당신이 보고 싶어하는 세상

당신이 보고 싶어하는
세
상

장강명 소설

문학동네

차례

당신이 보고 싶어하는 세상

목적지에 거의 이르렀을 때, 나는 옵터의 채도彩度를 거의 0까지 낮췄다. 그전까지 그림처럼 맑고 파랗던 하늘이 우중충해졌고, 나를 향해 미소를 짓던 행인들의 얼굴에서 표정이 사라졌다. 알고 보니 가로수 가지도 앙상했다. 다시 옵터의 채도를 중간 정도로 높이니 하늘은 푸르러졌고 가로수에도 잎이 피어났다.

일종의 습관이랄까. 일터에 들어가기 전에는 실제 세계를 확인하는 버릇이 있었다. 하지만 그런 때에도 옵터를 완전히 끄지는 않는다. 옵터를 두 시간 이상 계속 사용하지 말고 종종 세상을 있는 그대로 즐겨야 한다고 의사와 종교인들이 조언하는 건 안다. 그런데 내가 아는 의사들은 다들 중증 옵터 중독자들이다.

배는 해변에서 그리 멀지 않은 곳에, 이백 미터쯤 떨어진 곳에 떠 있었다. 삼백 인승 크루즈라고 듣기는 했지만 크기에 대해서는 가늠하지 못하고 있었는데, 예상보다 훨씬 크고 화려한 배였다. 그리고 적어도 외관 청소는 잘되고 있는 모양이었다. 옵터의 지정 채도는 적당한 수준이었고, 배의 모습이 그렇게까지 과장된 것은 아니었다. 청소 로봇을 이용하는 걸까.

육지에서 배까지는 쇠판을 이어붙인 임시 다리가 설치되어 있었다. 그러나 그 연륙교는 곳곳에 물이 고여 있었고, 부서지거나 깨진 데도 있었다. 나는 옵터가 이런 장애물은 어떻게 처리할지 궁금해서 채도를 잠시 높여봤다. 물웅덩이는 사라지지 않았지만 퍽 아름답게 보였다. 웅덩이의 물도 무척 맑아 보였다.

연륙교 주변에는 드론이 몇 대 떠 있었는데, 거기에는 플래카드가 달려 있었다. 파란 하늘 아래로 흰 플래카드가 펄럭이는 모습이 애니메이션의 한 장면처럼 색감이 고왔다. 플래카드에는 배 안의 승객들을 저주하는 상스러운 문구들이 적혀 있었다. 한마디로 정신 차리고 육지로 돌아오라는 내용이었다.

드론을 띄운 사람들은 인근 주민이 아니라 정치적 반대자들일 거라고 나는 생각했다. 배 안의 승객들에게는 어차피 저 문구가 수정되어 보일 것이다. 어쩌면 드론과 플래카드 자체가 안 보일지도 모른다. 그런데도 저렇게 드론을 띄운 것은 저게 승객들을 향한 게 아니라 다른 사람들, 예를 들어 해변 마을 주민들이나 미디어를 통해 배의 모습을 접할 사람들을 향한 메시지이기 때문일 것이다.

연륙교가 끝나는 지점에 간소한 게이트가 있고 그 뒤로 에스컬레이터가 있었다. 게이트 앞에 서자 유쾌한 소년 목소리가 용무를 묻더니 신분증을 보여달라고 했다. 나는 손목에 걸친 밴드에 저장돼 있는 공무원 신분증을 태그했다. 신분증에는 전자 영장도 함께 첨부되어 있었다.

영장 내용을 확인한 게이트가 소년 목소리로 말했다.

"와우."

여전히 밝고 경쾌한 톤이었다. 잠시 뒤 문이 상쾌한 느낌으로 열렸다.

크루즈 상갑판에는 수영장과 일광욕장, 스포츠 덱이 있었고, 그 위로 햇볕이 쨍쨍 내리쬐고 있었다. 그러나 진짜 햇볕은 아닐 거라고 생각했다. 살갗이 뜨겁지 않아서였다. 옵터를 이용한 뒤로 촉각과 후각이 예민해졌는데, 나 같은 사람이 많다고 들었다.

생각난 김에 숨을 깊이 들이쉬며 공기의 냄새를 맡아보았다. 공기는 건조하지도 눅눅하지도 않았고, 꽤 자연스러운 라벤더 향이 희미하게 났다. 확실히 관리는 잘되고 있는 모양이었다.

"안녕하세요."

선 베드에 누워서 일광욕을 즐기던 소녀가 새카만 선글라스를 내리며 나를 쳐다보았다. 소녀는 비키니를 입고 있었는데, 그것까지 옵터가 왜곡하는 것 같지는 않았다. 나는 여름 양복 차림이었고, 이 상황이 어쩐지 옛날 미국 누아르 영화의 한 장면처럼 느껴졌다. 아니면 영화 〈로리타〉. 스탠리 큐브릭이 만든 작품 말고, 에이드리언 라인 버전.

나는 공무원처럼 보이지 않게 손인사를 하고 소녀에게 다가갔다. 소녀의 머리 위로 말풍선이 생기더니 그녀의 이름과 신분, 기타 내가 접근할 수 있는 정보가 그 안에 떠올랐다. 소녀는 십육 세였다. 생각보다 나이가 많았고, 덕분에 조금 전까지 떠올랐던 의심을 지울 수 있었다. 말풍선은 내가 글자들을 다 읽고 나자 잠시 뒤 사라졌다.

동시에 반대편에서 서빙용 카트가 미끄러져 오더니 소녀에게 칵테일 잔을 건넸다. 소녀에게는 그 카트가 사람으로 보이는 모양이었다. 소녀는 카트 위쪽 허공을 향해 미소를 지으며 "고맙습니다"라고 인사를 건넸다. 그리고 무슨 대꾸를 들은 것처럼 잠시 뒤 다시 미소를 지었다. 약간 시건방지고 매력적인 미소였다.

"저는 진짭니다."

내가 말했다.

"알아요."

깡말라서 실제보다 더 어리게 보이는 소녀가 대꾸했다.

"우리 옵터를 끄고 잠시 대화를 나눌 수 있을까요?"

내가 물었다.

"아니요. 싫어요. 제가 가상이랑 현실을 구별할 줄 모르는 거 같아 보이세요? 아까 바퀴 달린 테이블에 인사를 한 것 때문에?"

나는 솔직히 그렇다고 대답했다. 소녀는 웃었다. 나는 그녀가 뭐라고 설명을 해줄 때까지 가만히 기다렸다.

"저는 실제가 아닌 걸 실제라고 오해하지 않아요. 하지만 그 기분은 즐기려고 해요. 바퀴 달린 테이블이 아니라 잘생긴 훈남 직원이 저한테 미소 지으며 공손히 음료수를 줬다고 여기는 게 훨씬 더 기분이 좋죠. 그 증강현실과 상호작용하면 그런 기분이 더 강화되고요. 실재하지 않는 것의 좋은 점과 실재하는 것의 물리적 이점을 합치는 거예요. 저는 옵터에 중독된 바보가 아니에요. 푸단대학교 대학원의 미디어 리터러시 수업도 온라인으로 청강하고 있어요."

소녀는 그러면서 내가 잘 모르는 중국인의 이름을 언급했다. 아마 언론학계에서는 유명한 사람인 모양이었다. 오른쪽 시야에 검은색 말풍선이 떠올라 그 학자에 대한 설명을 해주었지만 나는 읽지 않았다.

"그러면 내가 누구라고 생각하시죠?"

"정부에서 조사하러 오신 분이죠?"

내 물음에 소녀가 말했고, 나는 고개를 끄덕였다.

"하지만 경찰은 아니고. 수사관도 아니고. 식품위생 단속하러 오신 분 같지도 않고……"

소녀의 말에 나는 한번 더 고개를 끄덕였다. 누아르 영화여, 안녕.

"그러면 법무부에서 오신 분?"

"왜 그렇게 생각하죠?"

"지금 한창 법안 때문에 시끄럽지 않아요? 증강현실 규제법 개정안. 국회 앞에서 사람들이 찬반 시위를 벌이고 있다는 뉴스 봤어요. 그리고 이 배가 증강현실 활용의 안 좋은 사례로 꼽히고 있다면서요. 여당 지지자들이 이 배 안 좋아하죠? 그래서 여당 의원들도 이 배 안 좋아하고. 우리는 그들의 승리를 인정하지 않는 사람들이니까요."

"지금 대통령이 누구죠?"

내가 물었다.

"그런 질문은 우리 부모님한테나 가서 던져요. 난 정치에 관심 없어요. 이 배에 온 것도 부모님 때문이고요."

"그래도 물어볼 수는 있잖아요? 지금 대통령이 누구죠?"

소녀는 선글라스를 낀 채 기분 나쁘다는 듯이 빤히 나를 바라봤고 몇 초 뒤에 대통령 이름을 말했다. 정답이었다. 물론 그 몇 초 사이에 옵터가 그녀에게 답을 알려준 것일 수도 있다. 하지만 적어도 그녀의 현실 인식이 실제에서 그렇게까지 멀어지지 않았음은 분명했다.

"우리 부모님은 아마 지금 대통령이 누구인지 모를 거예요. 뭐,

요새는 부모님이 어떻게 지내시는지도 잘 모르겠지만."

소녀가 말했다. 나는 그제야 내가 이곳에 온 목적을 밝히고, 소녀의 동생이 어디 있는지 물었다. 내 설명을 들은 소녀는 다소 당황한 듯 보였다. 소녀는 동생이 어디 있는지 잘 모른다고 대답했다. 나는 그러면 아버지는 어디에 있느냐고 물었다. 소녀는 아마 아래층 식당에 있을 거라고 대답했다.

식당으로 향하기 전에 소녀에게 웃으며 말했다.

"나가 죽어."

소녀가 사용중인 옵터의 채도 설정을 가늠해보고 싶었다.

소녀는 예의 시건방진 미소를 지으며 인사했다.

"네, 조심히 가세요."

"물론 지금 대통령이 누구인지는 알고 있죠. 인정하기는 싫지만."

사내는 대통령 이름을 한 자 한 자 또박또박 발음하더니 "됐습니까?"라고 물었다. 그때 그의 표정은 뭔가 미묘하게 부자연스러웠는데, 아마 실제로는 "됐습니까?"라고 말한 게 아닌 것 같았다. 대통령 이름 다음에 "씨발놈"이라든가 "씹새끼" 같은 단어를 덧붙였는데 내 옵터가 그 욕설을 순화한 것 같았다.

우리는 선실 내 식당에 있었고 시간은 한낮이었다. 그러나 그와 내가 앉은 테이블 주변은 탁 트인 바다 전망이었고, 태양은 수평선에 반쯤 걸려 있었다. 해가 지는 동쪽 하늘은 온통 붉었으며, 서쪽에서는 별이 떠오르고 있었다. 사내가 설계한 풍경을 내 옵터가 흡수하는 중이었다. 사내는 천문학적 엄밀성은 그다지 신경쓰지 않는 듯했다. 별들의 위치는 대충 봐도 엉망이었다.

노을 아래로 돌고래떼가 지나갔다. 사내가 "제가 저런 풍경을 좋아해서"라고 변명하듯 말했다. 하기는 누구는 안 그러겠는가. 나 역시 집에서는 벽에 노을 지는 바다 풍경을 주로 펼쳐놓는다고 대답했다. 나는 가상 혹등고래와 가상 빙산도 구입해서 그 가상 바다 풍경에 추가했다.

"저희 부모님은 진짜 바다가 내려다보이는 집을 구매하셨죠. 그 전망을 위해 말 그대로 전 재산을 투자하셨어요. 은퇴하고 가진 돈을 전부 모아서 바닷가 아파트를 사고 거기서 주택 연금을 받아 생활하겠다는 계획을 가지셨어요. 그런데 옵터 기술이 일상화되면서 전망이라는 게 무의미한 시대가 되었습니다. 그 아파트 가격도 수직으로 떨어졌죠. 부모님은 끝내 인정을 못 하셨어요. 돌아가실 때까지 옵터를 설치하지 않고 '가짜 풍경은 진짜 경치를 이길 수 없어' 같은 말씀을 하셨더랬죠."

사내는 나에게 박완서의 『아주 오래된 농담』을 읽어보았느냐고 물었다. 나는 고개를 저었다. 사내 옆으로 말풍선이 생기면서 『아주 오래된 농담』의 줄거리가 나온 덕분에 나는 그가 왜 그 소설을 언급했는지 이해할 수 있었다.

"어차피 인간은 누구나 다 주관적 현실 속에서 삽니다. 그리고 누구한테나 크건 작건 받아들이고 싶지 않은 객관적 사실이 있는 거고요. 저희한테는 지난 대선 결과가 그랬죠. 어떤 치들은 선거 결과 자체를 부정하면서 부정투표네, 개표 조작이 있었네 하고 음모론을 떠벌렸죠. 주관적 현실을 들고 객관적 사실과 싸우려 한 거죠. 저는 그러고 싶지는 않았습니다. 대선 결과가 농담 같았고, 그냥 그걸 농담으로 즐겨보기로 했습니다."

그래서 그들은 뜻이 맞는 사람을 모아 크루즈를 빌렸다. 그리고 블라디보스토크에 가서 국내에서는 사용이 금지된 옵터 증폭기를 크루즈에 설치했다. 그들은 자신들이 지지하는 후보가 대통령으로 선출되었다는 커다란 농담을 즐기며 크루즈를 타고 세계를 느긋하게 한 바퀴 돌았다.

그사이에 옵터 증폭기는 배 안의 승객이 접하는 모든 언론 기사와 인터넷 게시물, 소셜미디어 포스트를 적절히 바꾸어주었다. 그들의 후보는 그들이 집단적으로 창조하고 공유하는 주관적 현실 속에서 정치적 부침을 겪으며 이런저런 드라마를 만들어내는 중이었다. 그리고 사내는 그 모든 것이 재미있는 농담이었다고 말했다.

"하지만 그 농담을 진지하게 믿는 분들이 나오지 않았습니까?"

내가 물었다.

"그렇게 재미있는 농담이 시시한 블랙코미디가 됐죠. 현실 자체를 부정하는 광신도들도 생겼지만 그 수는 많지 않았어요. 항해를 연장하자는 사람들과 원래 일정만 마치고 집으로 돌아가자는 그룹 사이에 의견 충돌이 빚어진 게 더 큰 문제였습니다. 항해를 더 즐기자는 사람들의 수가 좀더 적었는데, 그들이 더 끈끈하게 단합이 잘되었어요. 북극 항로를 돈 다음 지중해에 가자고 하더군요. 비용도 얼마간 더 부담하겠다면서."

"반대파들이 좀더 현실을 받아들이려는 분들이었던 건가요?"

내 질문에 사내는 웃음을 터뜨렸다. 옵터가 그의 말을 우아하게 번역했다. 나의 주관적 현실 속에서 그는 "애초에 현실을 받아들이려는 사람들은 이 배에 오르지 않았습니다"라고 점잖게 지적했다.

"우린 다 어리광쟁이들이었습니다. 배 바깥 드론에 달린 플래카드에 쓰여 있듯이."

사내가 말했다. 내가 본 플래카드 문구는 훨씬 더 심한 표현이었지만 나는 잠자코 고개를 끄덕였다.

"여하튼, 나는 이 소송에 진지하게 참여할 생각은 없습니다. 보상금도 위자료도 원하지 않습니다. 제 돈만 받으면 떠날 겁니다. 굳이 상대의 자존심까지 박살내고 싶지는 않습니다. 그게 무슨 의미가 있나요."

사내가 말했고, 나는 어리둥절해졌다.

"무슨 소송요?"

사내는 직접 설명하기도 귀찮다는 듯 옵터를 통해서 자료를 보내왔다. 나는 그 자료들을 읽으며 사내의 뒤틀린 주관적 현실을 비로소 이해하게 되었다.

그의 세계에서 크루즈는 항해를 제대로 끝마치지 못했다. 페르시아만에서 항해 연장파와 반대파 사이에 갈등이 심해졌고, 항해 연장파는 끝내 집단 하선했다. 연장파는 아랍에미리트에서 새 크루즈를 빌려 그들만의 다른 여행을 떠났다. 원래 일정대로 항해하자던 반대파도 자신들의 바람을 이루지 못했다. 분열되면서 짊어지게 된 크루즈 임대료가 생각보다 높았던 것이다.

크루즈에 남은 승객들은 다시 둘로 갈라졌다. 이미 떠난 항해 연장파에게 손해배상 소송을 걸어 보상받은 돈으로 나머지 항해 일정을 다 채우자고 주장하는 이들이 있었다. 이미 이 항해는 파투났으니 그만 접고 소송은 집에 돌아가서 제기하자는 그룹도 있었다. 사내는 자신을 전자인 척하는 후자라고 설명했다.

그의 주관적 현실은 상당히 정교했고 자체 모순이 없었다. 다만 객관적 사실과는 매우 달랐다. 그에게 내가 어느 기관에서 온 사람이라고 생각하느냐고 물었다. 그는 해양교통안전공단에서 온 것 아니냐고 되물었다. 나는 애매하게 웃다가 문득 떠올랐다는 듯 오늘이 무슨 요일인지 물었다.

"화요일 아닙니까?"

사내가 물었다.

"금요일입니다."

사내의 옵터가 이 말을 어떻게 옮길지 걱정스러워하며 내가 대답했다. 나는 그에게 내 신분과 출장 목적을 밝혔다. 옵터는 그 내용은 왜곡하지 않고 제대로 전하는 것 같았다. 사내는 엉뚱한 소리 없이 핵심적인 사안들을 물었다. 나는 간단히 상담을 해주었다.

"심각한 상황인가요?"

사내가 물었다.

"아직은 모릅니다. 심각해질 수도 있고, 하루이틀 만에 끝날 수도 있습니다. 저도 대단한 판단을 내릴 위치에 있는 사람은 아닙니다. 일단은 막내 따님을 봬야겠습니다."

사내는 주저하는 표정이었다.

"딸아이는 제 엄마랑 같이 있을 겁니다…… 그런데 제가 아내랑 요즘 사이가 안 좋습니다. 사실 항해 연장파에게 소송을 걸자고 주장하는 그룹의 우두머리가 제 아내거든요. 서로 얼굴 안 본 지 며칠 됐습니다."

그렇다 해도 그가 동행하겠다고 나서지 않은 것은 나로서는 놀라운 일이었다. 그런 결정이 그가 만들어낸 주관적 현실과 관련이 있는 건지는 알 수 없었다. 그는 노을 아래 일렬로 헤엄치는 돌고래들을 향해 눈을 돌렸다. 나는 식당에 그를 혼자 남겨둔 채 그의 아내와 딸이 있을 거라는 어린이 놀이터로 향했다.

"지금 대통령이 누구인지는 당연히 알고 있죠."

그리고 그녀는 잘못된 이름을 말했다. "그분 아닌데요"라고 내가 대답했지만 그녀의 표정은 조금도 변하지 않았다. 매우 침착하고 우아한 여성이었다. 그리고 지나치게 젊고 아름다워 보였다. 나쁠 건 없었다. 그녀가 내 옵터에 자신의 주관적 외모를 강제하는 대신 내 옵터는 그녀의 옵터로부터 돈을 받는다.

"그런데 대통령 이름 같은 게 중요한가요?"

막내딸이 로봇 강아지와 노는 모습을 흘끔흘끔 감시하면서 그녀가 물었다.

"그게 중요하다고 생각했기 때문에 지지 활동을 벌이고 대선 운동을 하고, 결국 이렇게 크루즈에 올라탄 거 아닙니까?"

"아니요. 저는 지지 활동을 벌이고 싶어서 지지 활동을 벌였고, 대선 운동을 하고 싶어서 대선 운동을 한 거예요. 어떤 측면에서는, 누가 대통령으로 선출되느냐는 중요한 문제가 아니었어요. 사실 요즘 세상에 대통령이 할 수 있는 일이 그리 많은가요? 이쪽 편이 되건, 저쪽 편이 되건 크게 달라질 일은 없어요. 정책적으로는 더 그렇죠. 이건 처음부터 믿음의 문제였어요."

그녀의 머리와 천장 사이에 말풍선이 생기고 그 안에 '미리 녹화된 내용입니다'라는 메시지가 떴다. 나는 그 즉시 대화에 흥미를 잃었다. 나는 아예 고개를 돌려서 그녀의 막내딸을 유심히 관찰했다. 얼굴이 희고, 곱슬머리에, 언니처럼 깡말랐다. 그다지 총명해 보이지는 않았다. 하지만 적어도 육체적으로는 보살핌을 잘 받아온 것 같아 보였다.

아이 주변으로 말풍선이 잔뜩 생겼다. 내 옵터에는 우리 부서에서 개발한 기능들이 여러 가지 달려 있었고 그 기능이 하나하나 말풍선을 생성해내서 나중에는 눈앞을 거의 가릴 정도가 되었다. 공무원들이 만드는 게 다 이렇지, 뭐.

나는 말풍선들을 하나하나 지웠다. 동공의 크기나 색으로 봐서 특별히 약물 투여가 의심되지는 않았고, 머릿결로 봐서 가장 최근 목욕은 세 시간 전쯤이었다. 피부와 치아 상태를 검토한 옵터는 아이가 치과 진료를 충실히 잘 받았으며, 결핍된 영양소도 없는 듯하다고 보고했다. 무릎 위 희미한 멍자국이 마음에 걸리기는 했으나 자연스럽게 생긴 것일 수도 있었다.

그동안 아이의 어머니는 혼자 떠들었다.

"조사관님은 대통령의 이름을 제대로 아는 것이 중요하다고, 사람이 자기 주변의 객관적 사실을 정확히 파악하는 게 중요하다고 믿으실지도 모르겠네요. 그런데 정말 그런가요? 모든 객관적 사실들이 우리에게 다 똑같은 수준으로, 필수불가결하게 중요한가요? 내가 만약 태양광발전 사업자라면, 햇빛을 많이 받아야 잘 자라는 작물을 키우는 농부라면 하늘이 흐린지 아닌지 정확히 알아야 할 거예요. 하지만 그저 산책을 즐기는 행인이라면 밖에 나가 있는 동안 비가 올지 안 올지만 알면 돼요. 그럼에도 불구하고 하늘이 흐리면 기분이 가라앉죠. 우리가 그런 동물이니까. 그렇게 진화한 터라. 그럴 때 하늘을 파란색으로 보이게 해주는 색안경을 쓰면 기분이 좋아질 겁니다. 그런 색안경을 쓰면 안 될 이유가 뭐죠? 색안경이 외부의 객관적 사실을 왜곡한다고?"

나는 육안으로 어린아이의 상태를 확인하기 위해 옵터를 잠시 껐다. 어린이 놀이터가 있는 강당 내부는 옵터로 보던 것보다 다소 어두웠고, 벽지가 조금 지저분했다. 하지만 그런대로 괜찮았다. 아이도 어째 생기가 덜하고 총명하지 않은 정도를 넘어 퍽 아둔해 뵈는 인상이었지만 꼬집어 말할 만한 문제점은 없는 듯했다.

그러나 고개를 돌려 아이의 어머니를 봤을 때 나는 흠칫 놀라고 말았다. 옵터를 통해 보인 이미지와 그녀의 실제 모습은 서글플 정도로 달랐다. 내가 목격한 가장 극단적인 사례는 아니었지만, 틀림없이 꽤 인상적인 경우였다. 그녀의 진짜 모습은 실제 나이보다 스무 살은 더 먹은 것처럼 보였다.

염색을 안 해 새치가 가득한 머리카락은 부스스했으며 숱도 적었다. 민낯인 피부는 거칠었고, 눈가에 주름이 심했다. 볼이 움푹 파여서 노인처럼 보였다. 게다가 걸치고 있는 옷도 무척 남루했다.

그녀는 그런 채로 내가 잘 알아들을 수 없는 맥락 없는 이야기를 주절주절 떠들고 있었다. 대강 원자력을 이용하는 크루즈를 더

이상 탈 수 없으며, 엔진 교체를 위해 리모델링 컨설팅을 받아야 한다는 주장을 펼치는 것 같았다.

나는 얼른 옵터를 켰고, 그러자 조금 전까지 봤던 미화된 모습의 여인 이미지가 하던 이야기를 계속 이어나갔다.

"증강현실 기술 이전에도 꿈속에서 살아가는 사람은 많았어요. 아니, 인간은 모두 어느 정도 그래요. 우리는 매 순간 복잡한 우리 자신만의 세상을 창조하고 그 안에서 살아가요. 그 세상은 건조한 사실들로만 이뤄지는 것도 아니고, 우리의 인식으로만 구성되는 것도 아니죠. 그 세상은 사실과 인식의 충돌 면面에서 불꽃처럼 피어나 덩굴나무처럼 우리 의식을 휩싸며 자라요. 불행한 사람들은 실재하지 않는 망상에 시달리며 실제로 괴로워하죠. 반면 위대한 인물들은 실재하지 않는 자신의 상상을 퍼뜨리고 다른 사람들까지 그걸 믿게 해서 집단 인식을 바꾸고, 끝내는 객관적 사실까지 변화시켜요. 많은 사람이 믿으면 그건 그대로 현실이 돼요. 화폐 같은 게 그렇잖아요. 우리 모두는 각자 바람직한 세상을 창조할 권리가 있고, 옵터는 그걸 도와줍니다."

"하지만 거기에는 한계가 있습니다."

내가 차분하게 지적했다.

"왜죠? 그건 어떤 인식론적인 제한인가요, 아니면 기술의 모자람에서 비롯되는 건가요?"

내 앞의 젊고 우아한 그녀가 물었다. 젊고 우아한 그녀는 슬픈 표정이었는데, 그 질문에 대해 오랫동안 숙고했으며 내가 뭐라고 말할지 정도는 자신도 안다는 느낌이었다.

"한 사회가 허용할 수 있는 범위라는 게 있죠. 모든 사람이 각자의 세상만을 고집할 수는 없으니까요. 우리는 어쩔 수 없이 다른 사람과 의견을 나누면서 살아야 하지 않습니까?"

내 답변은 퍽 촌스럽게, 그리고 공무원스럽게 들렸다.

"증강현실 규제법을 말씀하시려는 거죠? 하지만 아직 개정안이 통과되지는 않은 걸로 아는데요."

그녀가 말했다. 그 말은 사실이었다. 나는 말없이 고개만 끄덕였고, 그녀가 말을 이었다.

"저희는 한국 영해에 들어오면서부터 옵터의 채도를 한국 기준에 맞게 낮췄어요. 개정안이 통과되면 어떻게 할지 논의해봐야겠죠. 한국 법을 따르자고 하는 사람도 있을 거고, 공해로 나가자고 하는 사람도 있을 거예요. 어쩌면 그때 또 소수파가 새로운 크루즈를 한 대 더 빌려서 떠날지도 모르겠네요. 이렇게 뿔뿔이 흩어지는 거예요. 꿈을, 내가 믿는 현실을 포기할 수는 없으니까."

"지금 이 배에는 몇 사람이나 남아 있다고 생각하십니까?"

내 물음에 그녀는 완전히 빗나간 수치를 댔다. 대강 그 정도면 내가 해야 할 일은 다 마친 셈이었다. 나는 그녀에게, 아니 그녀의 옵터에게 전자 영장을 제시했다. 옵터는 전자 영장의 문장들을 왜곡 없이 그녀에게 전했다. 법적으로도 그럴 수밖에 없었고, 기술적으로도 그러했다. 개인용 옵터가 조작해볼 수 있는 메시지가 아니었다.

"아동보호국에서 나왔습니다."

전자 영장을 읽는 그녀에게 내가 말했다.

"당신들은 현행 증강현실 규제법을 어기지는 않았어요. 대신 다른 법을 어겼죠. 아동복지법을. 읽어드리겠습니다. 2조 2항, 아동은 완전하고 조화로운 인격 발달을 위하여 안정된 가정환경에서 행복하게 자라나야 한다. 2조 3항, 아동에 관한 모든 활동에 있어서 아동의 이익이 최우선적으로 고려되어야 한다. 2조 4항, 아동은 아동의 권리 보장과 복지 증진을 위하여 이 법에 따른 보호와 지원을 받을 권리를……"

미리 녹음한 메시지를 옵터가 지루하게 읊는 동안 이 고지 의무가 아동보호국 버전의 미란다원칙이라는 생각이 들었다. 그러자 미란다원칙의 미란다가 그 원칙을 만들게 된 사건의 피해자 이름인지 가해자 이름인지 약간 궁금해졌다. 옵터가 그런 생각을 기민하게 알아차리고 미란다원칙에 대해 더 알고 싶다면 살펴보라며 말풍선을 허공에 띄웠다.

그러는 동안에도 내 옵터는 아동복지법에 대해 계속 지껄이고 있었다. 나는 그 내용을 끄지 않고 어느 정도 신경을 쏟으며 들었다. 어쨌든 이건 업무이니까.

"지난주에 대법원에서 판결이 나왔습니다. 십오 세 이하 아동을 과도한 증강현실 속에서 자라게 하는 것은 아동 학대라고 재판부에서 결론 내렸습니다. 판결이 나오자마자 여당 지지자들이 이 배에서 자라는 아이를 구해야 한다며 저희에게 신고를 했고요. 다행인지 불행인지 십오 세 이하 아동은 이 배에 한 명밖에 남아 있지 않더군요. 저는 그 신고 내용이 사실인지 확인하기 위해 여기 나왔습니다."

녹음할 때에는 '지난주에 대법원에서'가 아니라 '그저께 대법원에서'라고 말했던 것 같다. 아니, 분명히 그렇게 말한 기억이 난다. 옵터가 알아서 잘 바꿔줬나보다. 법적 효력이 있는 문장이니 객관적 사실에서 벗어나면 안 된다. 나는 내 옵터의 메시지를 멈추고 직접 딱 한 문장을 읊었다.

"김미나양이 충분한 객관적 현실 속에서 자란다고 보장할 수 없다는 것이 현장 조사관의 1차 판단임을 알려드립니다."

그리고 다시 옵터가 말하게 놔뒀다. 내 옵터는 여인의 막내딸이 오늘과 내일 의료기관에서 받게 될 정밀 검사에 대해 한참 떠들기 시작했다. 그다음에는 그녀의 가족이 제기할 수 있는 이의신청과 구제 절차, 정식 소송절차를 설명했다. 그다음에는 그녀의 가족을 도와줄 수 있는 정부 기관과 비정부기구에 대해 설명했다.

옵터가 진심어린 내 표정과 목소리로 지루한 설명을 송출하는 동안, 나는 미란다원칙에 대해 읽었다. 하필 옵터가 골라준 말풍선에는 광고가 달려 있었다. 설명을 읽는 내내 에이드리언 라인 감독의 〈롤리타〉 3D 체험 버전 앞부분을 시청하지 않겠느냐는 문구가 왼쪽 천장 한쪽에 떠 있었다.

미란다는 피해자가 아니라 가해자의 이름이었다. 피해자의 이름은 말풍선에 나와 있지 않았고, 나는 그 이름 모를 성폭행 피해자에게 몹시 미안해졌다. 사람들의 오해와 달리 미란다는 무죄로 풀려난 게 아니었고 그 범죄로 십 년 형을 받았다. 교도소에서 나온 그는 "내가 바로 미란다원칙의 그 미란다"라고 떠벌리고 다녔다. 그렇게 술집에서 자랑을 하다 다른 손님의 칼에 찔려 죽었다.

옵터의 설명이 끝났고 나는 조금 긴장했다. 옵터가 무력해진 상태로 현실을 마주한 상대가 어떻게 반응할지 예상하기 어려웠다. 격한 분노를 터뜨릴까, 눈물로 호소하며 매달릴까. 아니면 그저 무너져내릴까? 나는 긴급체포권과 스턴 건을 가지고 있었지만, 둘다 실제 현장에서 사용해본 적은 한 번도 없었다.

젊고 우아한 여인은 내가 대비하지 않은 시나리오를 택했다. 갑자기 스스로를 비극의 주인공으로 삼고 장황한 연극 톤의 대사를 쏟아내기 시작한 것이다. 그녀는 현실과 꿈에 대해, 이별의 아픔에 대해, 국가권력에 대해, 기약할 수 없는 희망에 대해 일장 연설을 늘어놓았다. 감정 표현은 풍성했으나 폭력의 기미는 없었다. 그리고 그 모든 것이 다 자기 자신에 대한 이야기였다. 나는 예의상 그 대사들을 끝까지 들어주었다.

여인은 주저앉아 흐느꼈고, 나는 강아지 로봇과 함께 시소를 타고 있는 어린아이에게 다가갔다. 나는 아동보호국 공무원의 권한으로 강아지 로봇의 조종권을 확보했다. 옵터는 내 모습을 요즘 아이들에게 인기 절정이라는 곰 캐릭터 인형 모습으로 변신시켜 주었다.

"미나야, 안녕? 아저씨랑 같이 산책 가지 않을래?"

아이는 약간 주저하며 뒤를 돌아보았다. 아이의 증강현실 속에서는 젊고 우아한 어머니가 웃으며 나를 따라가라고, 아무 일 없을 거라고 말했다. 내가 가진 전자 영장에는 아이의 증강현실을 조작할 수 있는 권한도 포함되어 있었다. 나는 아이의 손을 잡고 갑판으로 올라갔다.

아이의 아버지와 큰딸이 갑판에서 멍한 얼굴로 나와 아이를 바라보고 있었다. 그들은 나를 막아설 엄두를 못 냈다. 그들의 주관적 현실 속에서는 무장 드론이 나를 호위하고 있었으니까.

이들 부부의 큰딸 역시 과도한 증강현실 속에 사는 게 분명했다. 소녀의 현실 인식과는 별도로 말이다. 소녀를 처음 본 순간에는 하도 어려 보여서 '이 아이도 조사 대상에 포함돼야 하는 거 아닌가, 뭔가 착오가 있는 거 아닌가' 잠시 의심하긴 했다. 하지만 소녀의 나이는 십육 세였고, 우리가 할 수 있는 일이 없었다.

에스컬레이터에서 비로소 뭔가 잘못돼가고 있음을, 자신이 무서운 곳으로 향하고 있음을 깨달은 아이가 발버둥치며 내 손을 벗어나려 했다. 나는 아이를 안아올렸다. 아이가 시끄럽게 비명을 질렀고, 나는 옵터의 채도를 법으로 허용된 최대치까지 올렸다. 그러자 아이의 발작도 그냥 귀여운 칭얼거림 수준으로 들리게 되었다.

"안녕히 가세요!"

게이트가 밝고 씩씩한 소년의 목소리로 내게 인사했다. 나는 맑은 물웅덩이들이 있는 연륙교에 발을 디뎠다. 고개를 드니 푸른 밤하늘에 별이 가득했고, 수평선 부근에서 유성우가 떨어지고 있었다.

돌고래들이 내 발 부근에서 수면 위로 솟구치며 헤엄쳤다. 뛰어오른 돌고래가 바다로 들어갈 때 물보라가 일고 철썩철썩하는 소리도 났지만 내게 바닷물은 한 방울도 튀지 않았다. 해변에서는 사람들이 박수를 치며 우리를 맞았다. 그 위로 불꽃놀이가 펼쳐졌다. 그러나 화약 냄새는 나지 않았다.

당신은 뜨거운 별에

제7프로듀서　지표 탐사 로봇을 수리하는 장면이 너무 길었어
요. 그 시간에 떨어져나간 시청자 수만 해도 만
명쯤 돼요. 특히 저연령, 저학력층에서 이탈이 두
드러집니다.

광고주 대리인　같은 말을 되풀이해서 죄송합니다만, 노선 변경
을 검토해봐야 할 때입니다. 쇼가 가장 인기 있었
던 게 언제입니까? 연구원들 사이에 삼각관계가
벌어졌을 때 아닙니까.

제7프로듀서　삼각관계는 없었습니다. 저희가 그렇게 보이게
연출했던 것뿐.

광고주 대리인　저랑 철학 논쟁이라도 벌이고 싶으세요?

수석 프로듀서 삼각관계는 안 돼. 지구에 있는 배우자가 불륜을 저지르는 것도 안 되고, 진상 방문객 때문에 고생하는 내용도 안 돼. 예전 에피소드를 반복하는 것도 안 되고, 경박해 보이는 것도 안 돼. 본사에서는 금성 탐사선 풍경이 진지해 보이길 원해.

광고주 대리인 사람들은 진지한 걸 지루해하고, 짜릿한 걸 좋아하죠. 혹시 모르셨다면 가르쳐드립니다.

제7프로듀서 휴먼 드라마 어때요? 과학자 어머니와 문제아 딸 이야기로. 인연을 끊다시피 했던 반항아 딸이 결혼을 앞두고 금성에 있는 어머니와 관계 회복을 시도하는 이야기.

수석 프로듀서 건덕지가 있나?

제7프로듀서 수정 연구원이 얼마 전부터 딸과 서신 왕래를 하고 있어요. 딸이 레즈비언 파트너와 결혼을 할 예정인데, 수정 연구원은 썩 탐탁지 않아하는 것 같아요. 백 살도 넘은 양반이고, 동북아시아 출신이니까요.

수석 프로듀서 왜 난 그걸 몰랐지?

제7프로듀서 우리 쇼에서 수정 연구원은 젊지도 늙지도 않은, 강단 있는 중간 관리자형 캐릭터예요. 캐릭터에 맞춰서 화면이나 대사를 바꾸고 있거든요. 이십

대 후반에서 삼십대 초반 느낌이 나게 하고 있죠.

수석 프로듀서 아니, 그거 말고, 그 연구원이 딸과 메일을 주고
받고 있다는 걸 몰랐다고.

제7프로듀서 딸이 히피 스타일이에요. 손으로 편지를 써서 그
걸 사진으로 찍은 뒤 이미지 파일을 전송해요. 그
래서 저희들한테는 텍스트가 공유되지 않았어요.
원하시면 내용을 번역한 문서를 보내드릴게요.

수석 프로듀서 엄마한테 보내는 손 편지라. 깜찍하네. 뭐하는 여
자야?

제7프로듀서 글쎄요. 성공하지 못한 예술가? 최근에는 현대무
용을 한대요. 어머니 머리를 이어받아서 어릴 때
에는 수학 올림피아드에서 상도 탄 영재였는데,
철이 들면서 어머니와 다른 길을 걷고 싶었나봐
요. 그래서 밴드도 하고, 그림도 그리고, 연극도
하고, 사회운동도 했다가…… 대충 견적 나오죠?

수석 프로듀서 연극을 해봤으면 연기가 뭔지는 알겠네. 엘리트
과학자 어머니와 보헤미안 스타일 레즈비언 딸이
라. 그걸로 가자고. 딸을 만나서 섭외해봐. 어떤
타입인지 파악하고, 수정 연구원의 캐릭터도 거
기에 맞춰서 서서히 조정해. 알지? 마음 깊은 곳
에서는 서로 아끼고 사랑하지만 함께 있으면 도

저히 성격이 안 맞는 한 쌍. 그러다 시즌 파이널
에서 서로의 삶을 이해해주는 이야기.

제7프로듀서 알겠습니다.

광고주 대리인 눈물 찔찔 짜게 만들어줘요.

*

"어머니와 그렇게 가까운 사이는 아니에요. 사실은 마지막으로
만난 지 십 년도 넘었어요. 화상 통화는 가끔 했지만."

마리가 말했다. 그녀는 이십대에 막 접어든 젊은 여자 같은 외
모를 하고 있었다. 어딘지 불안정해 보이고, 주변을 지나치게 경
계하는 듯한 분위기였다.

"하지만 손 편지를 여러 통 써서 사진을 찍어 보내셨잖아요?"

제7프로듀서가 물었다. 그녀 역시 이십대 여성의 외모를 하고
있었다. 어차피 대부분의 사람이 이십대 같은 신체를 지닌 시대이
기는 했다.

"그랬죠. 하지만 정직하게 말씀드리면 그냥 제 고민을 털어놓을
상대가 필요했던 거예요. 수정이라는 이름의 천재 과학자 겸 유
명 우주인이 아니라, 저를 언제나 지지하면서도 현명한 조언을 해
줄 상징으로서의 대상이 필요합니다. 메일이 아니라 손 편지를
썼던 것도 그런 이유에서였고요. 교황이나 산타클로스에게 편지

를 쓰는 것과 비슷했어요. 다만 저는 수신자 주소란에 바티칸이나 산타 마을 대신 금성의 저궤도 탐사선을 적었던 겁니다. 어머니도 답장을 직접 종이에 써서 보내온 걸 보고는 솔직히 놀랐어요. 그런 감성적인 구석은 없는 분이었는데. 하지만 사람은 다 변하니까요."

마리는 거짓말을 했다.

"처음 연락은 수정 연구원이 했던 것 아닌가요?"

제7프로듀서가 물었다.

"네, 맞아요. 금성의 구름 위로 해가 지는 광경을 담은 동영상을 보내주셨죠. 거기서 새로 만든 로봇을 테스트하는 장면이었는데, 그냥 관광지에서 보내는 엽서 같은 의미로 여겼어요. 그래도 어쨌든 볼 때는 근사하더라고요. 땅을 온통 뒤덮은 황산 구름 위로 커다란 태양이 저무는 풍경을 보고 있자니 기분이 먹먹해졌어요. 그런데 금성은 자전주기가 100일이 넘어서 일몰도 며칠씩 걸린다면서요?"

마리는 자연스럽게 말을 돌렸다. 그녀는 금성의 자전주기가 지구 기준으로 243일이라는 사실을 포함해 다른 여러 정보에 해박했지만 자신의 지식을 숨겨야 했다. 또 수정이 처음 보냈던 동영상이나 자신이 금성 탐사선으로 보낸 손 편지에 상대가 관심을 기울이는 상황도 피해야 했다.

"저희 시청자들이 좋아하는 배경이죠. 탐사선을 금성 자전의 역

방향으로 이동시키며 시즌 내내 노을 속에서 쇼를 진행한 적도 있었습니다."

다행히 제7프로듀서는 마리의 설명을 딱히 의심하는 것 같지 않았다. 사실 제7프로듀서는 마리가 어떤 인물인지 파악하느라 정신이 없었다.

'이 여자는 뭔데 출연을 망설이는 거지? 두 팔 들어 만세를 부르고 눈물을 흘리며 이제 난 스타다, 하고 비명을 질러도 시원찮을 판에 말이야. 우리 쇼가 이 정도로 인기가 떨어졌나?'

제7프로듀서로서는 마리가 이 일을 오랫동안 면밀히 계획해 왔고, 지금은 일부러 뜸을 들이며 상대를 애태우는 중이라는 사실을 짐작도 할 수 없었다.

"혹시 얼굴이 노출되는 게 부담스러워서 그러신가요? 모든 장면에 디지털 배우를 써서 화면에 대신 나가게 할 수도 있어요. 아시죠? 사실 금성 탐사선의 연구원들은 전부 디지털 대역들이 연기하는 거예요."

제7프로듀서가 말했다.

"알아요. 어머니도 어머니 같지 않더라고요. 아무리 성형수술을 하고 안티에이징 시술을 여러 번 받아도 그런 외모가 될 수는 없지요."

마리가 대꾸했다.

"하지만 그 감정 표현들은 다 진짜랍니다. 아이러니하지만 사실 저희 금성 탐사선이 갖춘 많은 과학기술 중에 이 디지털 대역 배우 기술이 가장 최첨단이라고 할 수 있어요. 단순히 얼굴근육과 피부의 움직임만 모사하는 게 아니에요. 연구원들 뇌의 각 부분에서 분비되는 화학물질을 분석해서 디지털 배우들에게 실제 모델의 정확한 감정 상태를 전달하게 하죠. 표현력이 훨씬 풍부해져요."

프로듀서의 설명에 마리는 고개를 끄덕였다. 그랬다. 어머니가 어머니처럼 보이지 않은 것은 단순히 디지털 배우의 외모 때문만은 아니었다. 어머니라면 절대로 짓지 않았을 표정을 짓고, 어머니가 한 번도 한 적이 없는 몸짓을 했다. 쇼에서 어머니는 상대가 말할 때 그의 눈을 정면으로 바라보며 고개를 끄덕이고 미소를 짓고 눈썹을 올리고 박수를 쳤다.

'혹시 그것이 진짜 어머니일까? 예전에도 어머니의 뇌는 그렇게 반응했는데, 육체라는 베일이 진짜 어머니를 가리고 있었던 걸까?'

"디지털 배우는 필요 없을 것 같네요. 하지만 쇼에는 출연하겠어요."

마리가 말했다.

"감사합니다. 그러면 자세한 계약서는 이메일로……"

"그런데 한 가지 조건이 있어요."

마리가 프로듀서의 말을 잘랐다.

*

금성 탐사선은 구름층 바로 위에 있었다. 탐사선이 공중에 떠 있는 원리를 따지자면 초저궤도 우주정거장이라기보다 비행선이라는 설명이 더 정확했다. 자유낙하로 궤도를 유지하는 게 아니라 질소 가스를 가득 담은 거대한 풍선과 프로펠러, 제트엔진으로 양력揚力을 얻었기 때문이다.

동영상 속에서 촬영자는 그 비행선의 전망 갑판에 혼자 나와 있었다. 카메라는 우주복에 달려 있는 것 같았다. 화면 한쪽에 '보정이나 후가공을 거치지 않은 실제 영상'이라는 인증 자막이 잠시 떴다가 사라졌다.

카메라는 처음에 붉은색으로 빛나는 구름바다를 향해 있었다. 굵은 황산비를 뿌리는 난층운 무리였지만, 위에서 내려다볼 때에는 그저 평화롭고 아름다울 뿐이었다.

"오늘 연구실에서 새 로봇을 만들었어. 다른 모델들보다 크기가 작고 가벼워. 날아다니면서 구름층을 탐사하는 용도거든."

수정의 목소리였다. 목소리는 잠시 머뭇거리다가 다시 말을 이었다.

"꼭 아기 같지 않니?"

카메라가 로봇을 비추었다. 실제로 전망 갑판 바닥에 놓인 신형 로봇은 갓 태어난 아기 크기였다. 구름 속을 날아다니면서 이런저런 관측을 해야 했기 때문에 머리와 눈이 컸고, 땅에 내려가거나 물건을 나를 일은 없기에 팔다리가 짧았다.

'설마 저 로봇 때문에 센티멘털해져서 내가 생각난 건가?'

수정의 딸 마리는 이 동영상을 처음 봤을 때 그렇게까지 생각했다.

금성 탐사는 대류권 상층에 떠 있는 탐사선이 로봇 수십 대를 원격으로 조종하는 방식으로 이뤄졌다. 우선 평균기온이 섭씨 400도가 넘는 행성에 기지를 건설한다는 것 자체가 에너지 낭비였고 위험한 일이었다. 실내 온도를 1도 높이는 것과 1도 낮추는 것은 완전히 다른 작업이다. 후자가 훨씬 까다롭고 비용이 많이 든다.

기지 전체의 기온을 조절하는 일은 그나마 나았다. 냉매와 순환기를 갖춘 휴대용 냉각장치를 우주복마다 설치하는 것은 절망적으로 수지가 안 맞았다. 금성은 지구와 중력이 비슷하기 때문에 등에 티타늄 합금으로 만든 에어컨디셔너를 한 대씩 지고 움직이려면 우주복을 파워드 슈트로 만드는 수밖에 없었다. 그런데 지구의 90배에 이르는 엄청난 기압과 고열 때문에 기계 장비들은 자주 고장이 났다. 전파 송신도 미덥지 못했다. 구름층이 엄청나게 두껍고 지구에서 발생하는 최악의 태풍보다 서너 배 더 강력한 폭풍이 심심찮게 불어닥쳤기 때문이다.

하지만 고도가 높아지면 높아질수록 압력과 온도는 극적으로 떨어진다. 이천 미터 상공에서는 기온이 섭씨 300도, 대기압은 22기압 정도다. 오천 미터 상공에서는 기온이 섭씨 75도, 대기압은 1기압 정도가 되며, 오천오백 미터 상공에서는 그 수치가 27도에 0.5기압으로 내려간다. 그래서 금성 탐사선은 오천 미터에서 오천오백 미터 사이의 고도에 자리를 잡았다.

우주비행사들은 기념사진을 찍으러 잠시 땅에 내려갔다가 올라온 뒤로는 거의 내내 구름 속의 탐사선에서 머물렀다. 그들은 대신 각종 형태의 로봇들을 원격으로 제 몸처럼 자유자재로 부리는 훈련을 받았다. 로봇은 그들의 눈이자 귀였고, 팔이자 다리였으며, 사실상 또다른 육체였다.

우주비행사들은 로봇을 수리하거나 새로 제작하는 교육까지 받았다. 로봇을 설계할 때는 범용 모듈을 사용하기 때문에 작업이 그리 어렵지는 않았다. 지금 탐사선 갑판에 있는 아기 같은 작은 로봇도 수정이 만든 것이었다.

"자, 날아볼까?"

수정의 목소리가 들렸다. 우주복의 팔이 로봇을 갑판 밖으로 가볍게 밀었다. 로봇은 강산성의 비구름 속으로 떨어졌다가 잠시 뒤 날개를 펴며 날아올랐다. 탄소섬유막으로 된 날개는 너무 얇아서 거의 투명해 보였다.

로봇은 구름 속으로 들어갔다 나오기를 몇 번 반복하더니 하늘 위에서 거대한 원을 그리며 갑판으로 돌아왔다. 로봇이 그린 원은 아라비아숫자 '9'와 비슷한 궤적이었다.

화면은 이제 로봇의 작은 손을 향했다. 로봇은 손가락이 네 개였다. 손목은 완전히 한 바퀴를 돌 수 있었고, 손가락 관절도 앞뒤로 구부러졌다 펴지는데다가 시계 방향이나 반시계 방향으로 회전이 가능했다. 관절이 네 개인 검지는 그 끝이 곤충의 더듬이처럼 빨리 움직였다.

'왜 비행테스트를 먼저 한 뒤에 손가락 관절을 시험하는 거지? 반대로 해야 하지 않나?'

희미한 의문이 생긴 마리는 영상을 자세히 들여다보았고, 로봇이 허공에 무언가 글자를 쓰는 것 같다는 느낌을 받았다.

우주복의 팔이 로봇을 안았다. 로봇의 엉덩이 부분이 점점 확대되었다. 거기에는 붉은색 마커로 '조Joe'라는 글자가 적혀 있었다.

"귀엽지 않니? 얘 이름은 조야. 내가 여기 와서 처음으로 만든 로봇이야. 기계 덩어리인데도 몇 달을 붙들고 고생하다보니 문득 너를 가졌을 때가 생각나더라. 우리 모녀가 이런 사이가 아닌데, 나도 외로운가보네. 잘 지내렴."

그 말을 끝으로 동영상이 끝났다.

너무나 어머니답지 않은 메시지에 마리는 잠시 어안이 벙벙해져 있었다.

수정이 마지막에 너무 유창하게 혀를 굴리는 바람에 '조'가 '줘'라고 들렸다. 마리가 아는 수정은 한국어로 말할 때 그런 식으로 영어 발음을 섞는 사람이 아니었다. 마리는 동영상을 다시 돌려보았다.

로봇이 '9' 다음에 검지로 그리는 문양은 바다 해海 자를 흘려쓴 것과 비슷했다.

로봇이 날면서 그린 궤적-허공에 쓴 문자-그것의 이름.

9-海-Joe.

구해줘.

얼토당토않은 추리라는 생각에 마리는 픽 하고 웃음을 터뜨렸다. 그녀는 고개를 흔든 뒤 잠자리에 들었고, 다음날은 극단에 나가 하루종일 다음 무대를 위한 안무를 짜는 데 몰두했다.

이틀 뒤, 마리는 그 동영상을 다시 보았다.

로봇은 아무리 봐도 숫자 '9' 모양으로 날았고, 손가락으로 '바다 해' 자를 썼다. 이게 정말 '구해줘'라는 메시지일 가능성이 있을까?

마리는 역으로 생각해보았다. 만약 어머니가 금성 탐사선에서 지구에 있는 누군가에게 구해달라는 메시지를 보내려 한다면 어떻게 해야 할까?

좁은 탐사선에는 다섯 명의 동료가 있고, 사생활은 당연히 존재할 수가 없다. 게다가 어떤 메시지든 금성의 위성통신망과 지구궤도의 중계 위성, 지상의 관제 센터를 거치며 사실상의 검열을 당하게 된다. 정보를 관리하는 자들은 수신인이 누구인지에 대해서도 관심을 가질 것이다.

딸에게 보내는 메시지가 그나마 주의를 덜 끌지 않을까? 다른 동료 외국인 우주인들이 쓰지 않는 소수 언어를 바탕으로, 컴퓨터가 분석할 수 없게 비논리적이면서 창의적으로 암호를 만드는 수밖에 없지 않을까?

마리는 그 가능성을 숙고했고, 자신도 한국어에 기반을 둔 창의적인 암호를 만들어서 보내봐야겠다고 결론을 내렸다. 정말로 어머니가 절박한 처지에 있다면 답장을 꼼꼼히 뜯어볼 것이고, 숨은 메시지도 알아차리리라.

마리는 손 편지를 적어 보냈다. 편지를 쓰면서 그녀는 이상한 기분에 빠졌다.

'만약 이 추측이 과대망상이 아니라 사실이라면, 어머니는 얼마나 심각한 고독과 고립 속에 있는 것인가.'

고독과 고립의 전문가로서, 마리는 자기 상상 속의 어머니에게 연민을 느끼는 한편 죄책감 섞인 쾌감도 조금 맛보았다. 이제 당신도 내가 어떤 인생을 살았는지 이해하시겠군요. 마리는 자신의 추리가 옳기를 은근히 바랐다.

*

수석 프로듀서 그 조건이라는 게 뭐야? 뭘 해달라는 거야?

제7프로듀서   금성 지표면에서 결혼식을 올리고 싶대요. 로봇을 이용해서요. 금성에서 열리는 최초의 레즈비언 결혼식이 되는 셈이죠.

수석 프로듀서   최초의 동성 결혼식은 아닌가?

제7프로듀서   아니에요. 게이 커플 결혼식을 한 번 올린 적이 있었어요.

광고주 대리인   최초 타령은 이제 좀 지겹습니다. 금성 표면에서 최초의 골프, 금성 표면에서 최초의 타악기 연주, 금성 표면에서 최초의 셰익스피어 공연…… 전부 지루했어요. 어차피 다 로봇이 하는 거잖아요. 게다가 로봇들의 관절 움직임이 부자연스럽다는 점을 감안하더라도, 보기에 그다지 역동적이지가 않아요. 지구에서 사람이 움직이는 걸 금성 로봇이 따라 하는 데 몇 분이나 걸리잖아요. 저는 그 로봇 쇼들을 다 접어야 된다고 주장하는 사람입니다. 다들 지루해해요. 인간 우주비행사의 최초 착륙 외에는 다 부질없습니다.

수석 프로듀서   로봇 쇼는 광고 수입 때문에 하는 게 아니오.

광고주 대리인   그래요?

제7프로듀서   쇼에서 금성 로봇을 조종할 수 있는 권한을 판매해 벌어들이는 돈이 꽤 돼요. 지구에서 경매로 팔고 있어요. 대여 기간을 한 시즌당 세 시간으로 정해놓고 그 세 시간을 분 단위로 쪼개서 런던과 상하이에서 팝니다. 저희가 초청하지 않으면 경매에 참여할 수 없기 때문에 일반 대중에게는 잘 알려져 있지 않죠. 그래도 상류층에서는 굉장히 인기가 높아요. 최근에는 그 대여권에 대한 선물 거래 시장도 생겼습니다.

광고주 대리인 그게 광고 수입하고 비교가 됩니까?

제7프로듀서 비교가 됩니다. 진짜 사치품 시장이거든요. 부자들한테는 '다른 행성에서 뭘 해봤다'는 게 대체재가 없는 자랑거리니까요. 따지고 보면 다이아몬드나 미술품이나 다 실제적인 쓸모라고는 없는 과시용 물건들이잖아요? 그런데 행성 탐사 로봇은 다이아몬드보다 희귀합니다. 또 다이아몬드는 주인이 바뀔 수 있고 진품 미술품은 모든 사람에게 공개할 수 없지만 행성 탐사 체험은 그럴 우려도 없죠. 한 번 하고 나면 불멸의 기록이 돼요. 관리할 필요도 없는. 로봇 쇼를 방영해주는 것도 그런 매력을 유지하기 위해서예요. 어떤 사람이 업적을 쌓을 수 있게, 역사를 만들 수 있게 해주고 수백만 명이 그걸 지켜보게 만들어주는 겁니다.

금성 체험은 특히 가치가 높아요. 목성이나 토성 같은 가스형 행성들은 로봇들이 발을 디딜 바닥이 없고, 달이나 화성은 금성 같은 악조건은 아니지요. 지구에서는 달이나 화성의 저중력을 완벽하게 재현하기도 어렵고.

광고주 대리인 수성은요?

제7프로듀서 금성이 수성보다 더 뜨거워요. 다들 그 얘기를 들으면 놀라워하죠.

수석 프로듀서 결혼식을 하려면 로봇이 총 몇 대가 필요하지? 결혼식에는 시간이 얼마나 걸릴까?

제7프로듀서 마리는 여섯 대를 요구하고 있어요. 수정 연구원이 사용할 로봇까지 포함해서요. 혼인 당사자 두 사람, 수정 연구원, 그리고 하객 세 사람. 결혼식에는 한 시간 반 정도가 걸릴 것 같대요.

수석 프로듀서 말도 안 되는 소리. 이게 얼마나 비싼 사업인지 전혀 모르는구만.

제7프로듀서 하객 수를 줄일 수는 있을 것 같아요. 마리의 약혼녀가 파키스탄 출신 무슬림인데, 이게 금성에서 열리는 최초의 레즈비언 결혼식이기도 하지만 파키스탄 무슬림 최초의 동성 간 공개 결혼식이기도 하대요. 그래서 하객 세 사람이 각각 파키스탄 여성 운동가, 무슬림 여성 운동가, 그리고 동성 결혼에 찬성하는 이맘이슬람 지도자이에요. 그중에 한 사람만 참석할 수 있다고 하면 어떨까요. 그러면 필요한 로봇은 네 대가 되죠.

수석 프로듀서 그렇게 해. 그리고 결혼식 시간도 십오 분으로 줄여. 한 시간 반씩이나 식을 진행해야 할 이유가 있나? 상징만 있으면 된다고.

제7프로듀서 물어볼게요.

광고주 대리인 몇몇 광고주들은 종교와 관련있는 내용을 민감하게 받아들일 수 있어요. 저희가 따로 이야기를 해보고 의견을 정리해서 보내드리겠습니다.

수석 프로듀서 그렇게 하시죠.

*

마리가 어렸을 때, 그녀가 아직 수학 영재였을 때, 그래서 수정이 마리와 대화를 나누는 일을 기피하지 않았을 때, 그들은 리만 가설에 대해 이야기를 나눈 적이 있었다. 리만 가설이 해결돼 현재의 암호 체계가 무용지물이 된다면 어떤 대체 시스템을 만들어야 할까? 암호표를 쓰던 방식으로 돌아가야 할까? 아직까지 풀리지 않은 수학의 다른 문제를 이용해 새로운 암호 체계를 만들 수는 없을까?

마리는 장난스러운 아이디어를 여러 개 냈는데, 수정이 갑자기 소리를 질렀다.

"지금 농담하는 게 아니잖니!"

마리가 수학에 관심을 잃기 시작한 게 그즈음이었다.

그날 마리와 수정이 했던 이야기 중에는 19세기 영국 사람들이 사용했던 초보적인 암호에 대한 것도 있었다. 신문을 한 장 산다. 전하려는 문장의 철자에 해당하는 알파벳이 신문기사에 나올 때 그 글자 아래 바늘로 조그맣게 구멍을 뚫는다. 신문을 보낸다. 받는 사람은 바늘구멍 위에 있는 문자들만 이어서 읽으면 된다.

마리는 그 암호 생성 방법을 응용하기로 했다. 그녀는 촘촘하게 선이 그어진 편지지를 샀다. 길고 부질없는 이야기를 그 종이에 장황하게 쓰면서 몇몇 글자가 교묘하게 아래의 밑줄을 침범하게 했다. 그 글자들만 모으면 의도한 내용이 드러나도록.

간단한 꼼수였지만 달리 뾰족한 수가 없었다. 애초에 어머니가 보내온 동영상의 '구해줘'라는 메시지가 과연 진짜 SOS인지 확신할 수 없었다. 어머니와 공유하는 코드 북도 없었고, 상대가 암호 해독에 얼마나 시간과 에너지를 쏟을 수 있을지도 가늠할 수 없는 일이었다.

한편으로는 한글 필기체에 익숙지 않은 다른 연구원이나 관제 센터 관계자들은 편지에 암호가 있다는 사실을 쉽게 눈치채지 못할 것이다. 수정이 진짜로 '구해줘'라는 말을 숨겨 전달한 것이었다면, 마리의 답장도 유심히 살필 것이다. 해볼 만한 시도라고 마리는 생각했다.

과연, 수정은 손 편지로 답장을 해왔다. 수정은 마리가 사용한 암호를 한 단계 더 발전시켰다. 로봇을 사용해 손 편지를 썼기 때문에 모든 점과 획을 영 점 일 밀리미터 단위로 정교하게 그릴 수 있었다. 각 점과 획의 위치를 좌표계에 입력하면 의미 있는 숫자들이 나오는 방식이었다. 그런 암호 체계를 만들어냈다는 것 자체가 수정이 컴퓨터와 로봇으로 어떤 작업을 몰래 할 수 있고 어떤 일은 그러지 못하는지를 알려주는 효과도 있었다.

손 편지가 두 차례 오가며 암호가 업그레이드되자, 글줄 몇 줄에 책 한 권 분량의 정보를 담을 수도 있게 되었다. 마리는 이제 어머니가 어떤 곤경에 빠졌는지 이해했다. 왜 이런 식으로 구조를 요청하는지, 왜 금성 탐사 계획의 다른 관계자들이 이 사실을 알아서는 안 되는지도 알게 되었다.

어머니는 어떤 면에서는 예전처럼 마리를 대했다. 자신의 잘못은 거의 시인하지 않았으며, 미안해하는 기색 없이 도움을 요청했다. 분명하고 뚜렷하게 지시하기만 하면 다른 사람들은 당연히 따라올 거라고 믿는, 오만하고 이기적인 자세도 여전했다. 수정은 금성 탐사선에서 구조되는 일을 새로운 산학 연구 프로젝트처럼 묘사했다. 그런 식으로 묘사하면 딸이 흥미를 가지리라고 여긴 것일까? 마리는 기가 막혔다. 수정은 딸이 과학에서 멀어진 지 오래라는 명명백백한 팩트를 아직까지도 인정하지 않는 것 같았다. 그 주범이 다름 아닌 자신일 가능성에 대해서는 생각조차 해보지 않은 듯했다.

'저 여자는 내 인생이 뭐라고 생각하는 걸까? 어머니를 향해 수십 년째 부리는 앙탈?'

그럼에도 어쩔 수 없이, 사천 킬로미터 이상 떨어진 거리에서도, 마리는 수정에게 휘말려들었다. 마리에게 어머니의 영향력은 거부할 수 없는 것이었다. 어떤 특수한 종류의 인력과 척력이 두 사람 사이에만 작용하는 것 같았다. 그것도 공평하지 않게. 핏줄을 따라 내려오는 힘이 위로 거슬러올라가는 반발력보다 훨씬 더 크게.

그뒤로 벌어진 일들은, 머리로는 안 된다고 생각하면서도 육체의 요구에 굴복해 급작스럽게 벌이게 된 정사와 비슷했다. 상대가 알아차릴지 못 알아차릴지 모를 암호를 고안할 때부터 마리는 흥분해 있었다. 금성 지표면에서의 결혼식과 로봇을 이용한 구조 계획을 짤 때에는 문자 그대로 몸이 후끈 달아올랐다. 어쩌면 어머니가 예전부터 옳았는지도 모른다는 생각에 마리는 몸서리를 쳤다. 자신의 삶의 의의는 예술이 아니라 수학과 공학 분야에서 구체적인 과제를 다루는 데 있었는지도 모른다는 두려운 가능성.

*

제7프로듀서 로봇은 네 대만 빌려도 괜찮대요. 파키스탄 여성
운동가와 무슬림 여성 운동가, 이맘이 로봇 한 대
를 순차적으로 조종하겠답니다. 하지만 결혼식
시간 십오 분은 너무 짧다고, 조금 더 필요하다고
요구합니다.

수석 프로듀서 그 정도면 충분할 것 같은데.

제7프로듀서 실은, 신부 두 사람과 하객들이 로봇을 이용해서
무용 공연을 펼치고 싶답니다. 근본주의자들이
아무리 주먹질을 해도 자신들을 막을 수는 없다
는 사랑과 평화의 메시지를 금성에서 지구로 전
하고 싶다나요.

광고주 대리인 저희는 찬성입니다. 시뮬레이션을 돌려봤더니 저
희 광고주 제품군의 잠재 구매층 40퍼센트가 이
결혼식 스폰서 기업에 더 호감을 품게 될 걸로 나
타났습니다. 떨어져나갈 기존 고객은 10퍼센트
미만이고요.

수석 프로듀서 간접광고를 공개 입찰에 부치면 응하시겠습니까?

광고주 대리인 기존 광고주들에게 우선 협상권을 주셨으면 합
니다.

수석 프로듀서 논의해보지요. 광고가 얼마나 잘 팔리느냐에 따라 결혼식 길이도 결정될 것 같군요.

제7프로듀서 다른 문제들도 몇 가지 더 있어요. 그 딸이 금성 지표 탐사 로봇의 설계 도면을 받을 수 없느냐고 묻더군요. 동력계와 구동계, 그리고 티타늄 합금에 대해 구체적인 수치들을 알고 싶다고요.

수석 프로듀서 그건 또 왜?

제7프로듀서 단순한 율동 수준이 아니라 상당히 정교한 안무를 짜고 싶은 모양이에요. 금성과 지구가 중력이 거의 같긴 하지만 약간 차이는 나고, 로봇도 인간 골격을 기초로 만들었지만 관절이 조금 다르게 움직이죠. 그러니까 점프를 하면 정확히 몇 초 뒤에 발이 땅에 닿을지 알 수가 없는 거예요. 팔이나 다리가 움직이는 각도 같은 것도 미세하게 달라요. 골프를 치거나 타악기를 연주하는 정도라면 별 상관 없을 테지만, 현대무용이라면 확실히 문제가 되죠.

수석 프로듀서 슬슬 그 예술가 딸에게 짜증이 나기 시작하는군.

광고주 대리인 저희 로봇 기술의 우수성을 보일 기회라는 생각도 드는데요. 수리 장면이 자꾸 나오니까 사람들이 저희 광고주 제품은 고장이 잦은 줄 안단 말입니다.

수석 프로듀서 이렇게 하면 어떨까. 어차피 탐사선에 있는 연구자들 중에 로봇 전문가는 수정이야. 그리고 그 로봇들이 금성 표면 같은 극한상황에서 몇 년이나 있다보니 성능이 저하되기도 했고, 탐사선에서 부분 개조도 몇 번 했잖아. 그러니까 정확한 사양은 탐사선에서 제일 잘 알아. 그렇지?

제7프로듀서 그렇죠.

수석 프로듀서 그러니까 로봇에 대한 정보는 수정이 직접 딸에게 전달하게 하는 거야. 그리고 딸이 안무를 짜고, 어머니에게서 로봇의 움직임에 대한 정보를 받는 과정도 쇼의 일부로 만드는 거지. 대충 이런 스토리야. 시즌 초반에 수정은 깐깐한 원칙주의자라서 아무리 딸에게라도 비공개 사양에 대한 정보는 주지 않으려 해. 딸은 그런 어머니를 이해하지 못하고 불만을 터뜨리고. 두 사람이 그렇게 서로 티격태격하면서 각자의 방식으로 결혼식을 준비하게 만드는 거야.

제7프로듀서 좋은 아이디어 같아요. 작가들이랑 이야기해볼게요. 그런데 실제 로봇에 대한 정보는 어디까지 전달해야 하죠?

수석 프로듀서 작가들이 특허관리팀과 논의해서 정하라고 해. 딸에게 비밀 준수 서약을 쓰게 하는 것도 방법이고. 처음에는 관련 규정이 모호해서 수정이 내주려 하지 않다가 나중에는 양보하게 되는 핵심 정보가 몇 가지 있어야겠지. 중요한 정보가 아니어도 중요한 것처럼 보이게 해.

*

'인간은 싸고, 무게도 백오십 파운드밖에 나가지 않는 비선형 non-linear 다목적 컴퓨터 시스템이다. 그것도 비숙련 노동자가 대량생산할 수 있는.'

미국 항공우주국은 유인 우주탐사 계획을 옹호하며 그렇게 주장했다. 수정은 그들이 뻔뻔한 거짓말을 했다고 믿었다. 1960년대에 미국의 출산율은 떨어지고 있었다. '비숙련 노동자의 대량생산' 운운할 때가 아니었다. 그리고 우주선에 탑재하는 컴퓨터라는 용도로서도 인간은 결코 싸지 않다. 훈련과 생명 유지에 엄청난 돈이 든다.

무엇보다 1960년대에 우주탐사 반대론자들은 '왜 우주선에 사람을 태워 보내야 하는가'를 묻지 않았다. 그들은 '왜 유인이든 무인이든 우주선을 띄워야 하는가, 왜 국민의 세금을 우주에 뿌려야 하는가'를 물었다. 진짜 답은 '소련을 이기기 위해서'라는 것이었다.

회의론자들은 결국 승리했다. 소련은 해체됐고, 유인 우주탐사 계획은 동력을 잃었다. 중국 국가항천국은 항공관제와 위성 운용 위주로 업무를 재편했고, 미국 항공우주국은 민영화된 뒤 부문별로 분리되어 탄산음료 회사와 무인 자동차 회사에 팔렸다. 우주탐사는 리얼리티 쇼, 중간 광고, 무중력 섹스 체험과 결합했고, 얼마 뒤에는 그런 사업들이 각 프로젝트의 핵심을 차지했다. 이제 우주탐사에서 과학자들은 엔터테인먼트의 기초적인 질을 보장하는 인증 마크 정도의 역할을 수행했다.

'과학자들이 주인공이 되는, 보다 진지한 우주탐사 다큐멘터리 쇼'에 출연 제안을 받았을 때, 그것도 배경이 금성이라는 귀띔을 들었을 때 수정은 벌써 마음을 굳힌 상태였다. 탄산음료 회사는 자세한 조건을 담은 제안서를 보내왔다. 조건의 내용을 유출하는 것만으로도 막대한 배상금을 물어야 하는 계약이었다. 탄산음료 회사는 우주인의 훈련과 생명 유지 비용을 획기적으로 감축할 수 있는 아이디어를 제시했다. 어안이 벙벙해질 구상이었으나 한편으로는 합리적이었고 어떻게 보면 기존 방식보다 더 안전하기까지 했다.

수정은 오래 고민하지 않았다. 방송 출연료는 보잘것없었으나, 금성에 갈 수 있다는 사실이 중요했다. 금성의 대기와 지면을 현장에서 연구할 수 있다면 사생활을 드러내는 일이나 방송 작가들이 자신의 실제 모습을 편집하고 왜곡할 것이라는 우려쯤은 아무것도 아니었다. 사실 그녀는 자신의 실체가 대단하다고 여기지도 않았다. 그녀가 연구하고 싶은 대상과 비교하면 더욱 그랬다.

대중의 시선을 신경쓴 적은 한 번도 없었다. 디지털 배우의 외양 따위에는 눈길도 주지 않았다. 신동으로, 최연소 입학생 혹은 졸업생으로, 천재 과학자로, 언제나 괴물 취급을 받으며 살아온 사람에게 그것은 당연한 자기 보호 기제인지도 몰랐다.

지구에서의 인연을 정리하고 미지의 땅에서 고독과 고립을 감내해야 한다는 사실…… 그것은 차라리 해방이었다. '타인은 지옥'이라는 말을 자기보다 더 잘 이해하는 사람은 없을 거라고 수정은 확신했다. 물론 탐사선에 그녀 혼자 있는 것은 아니지만, 적어도 동료들은 박사학위를 최소한 두 개씩은 지닌 이들이었다.

금성 탐사 계획과 그녀의 계약은 지구 시간으로 일 년마다 연장할 수 있게 되어 있었다. 즉 수정은 매년 6월 말 금성 탐사를 마치고 지구로 돌아올 것인지 아니면 일 년 더 금성 궤도에 체류할 것인지를 선택할 수 있었다. 그녀가 계약 연장을 거부하면 탄산음료 회사는 그 즉시 지구로 귀환하는 로켓을 준비해야 했다.

여기에는 탄산음료 회사 측의 교묘하다면 교묘한 술수가 하나 있었다. 한번 지구로 돌아오면 탄산음료 회사의 '지원 대상 과학자' 명단에서 이름이 빠지게 된다고 계약서에 나와 있었다. 이 말은 곧 '지구로 돌아오면 우리를 통해서는 다시는 금성에 갈 수 없다'는 의미였다. 금성에 대한 최신 조사 자료를 얻는 것도 힘들어지리라는 뜻이기도 했다.

금성 탐사선을 운영하는 회사는 탄산음료 회사와 무인 자동차 회사 두 곳뿐이었다. 금성을 연구하고 싶다면 두 회사 중 한 곳에 고용되는 수밖에 없었다.

매년 6월이 올 때마다 수정은 지구로 돌아가야 할지를 검토했다. 결론은 늘 같았다. 금성에서의 일 년은 지구에서의 십 년보다 더 값진 시간이었다. 그걸 포기할 수는 없었다.

그렇게 그녀는 금성에서 사 년을 보냈다. 그리고 어느 날 자신의 판단에 의문을 품게 되었다. 사흘째 폭풍이 치던 밤이었다.

*

"그런 자세가 가능한지 몰랐네요. 제 말씀은, 사람이 아니라 저희 로봇이요."

제7프로듀서가 말했다. 그녀 앞에서 마리가 전신 타이츠를 입고 매트 위에서 포즈를 취하고 있었다. 발레리나처럼 허리를 숙이고 팔을 목뒤로 뻗어 올린 자세였다.

마리 옆에 금성 지표 탐사 로봇을 사분의 일 크기로 모사한 홀로그램 화면이 떠 있었다. 로봇은 마리와 똑같이 허리를 숙이고 팔을 등뒤로 뻗고 있었으나, 팔꿈치는 기묘한 각도로 꺾여 있었다. 지구에서 조종하는 인간의 동작을 흉내내는 로봇이, 인간으로서는 불가능한 자세를 구현하고 있었다.

"'날개-3'이라고 이름을 붙였어요. 팔을 조금 굽힌 상태로 등뒤로 천천히 올리면 어느 순간부터 로봇의 어깨관절이 그 동작을 따라 하지 못해요. 그때 팔꿈치를 펴면서 팔을 계속 올리면 이렇게 됩니다. 지표 탐사 로봇은 1차로 주요 관절에 움직여야 할 방향과 거리를 벡터 값으로 전달하고, 손가락과 발가락 끝에 달린 센서로 몸통과의 상대 거리를 측정해서 팔다리 위치를 다시 보정하더군요. 그걸 이용했어요."

마리가 설명했다.

"버그를 오히려 새로운 표현의 기회로 삼으셨네요. 이렇게 보니까 제가 알던 로봇 같지가 않아요."

제7프로듀서가 말했다. 아닌 게 아니라 그 간단한 자세만으로도 로봇은 더이상 인간을 모방해 만든 기계 같아 보이지 않았다. 그럼에도 불구하고 전에 없이 세련되고 우아해 보였다. 제7프로듀서는 이전까지는 엉거주춤한 자세로 바닥을 살피고 돌을 줍는 로봇들의 디자인이 어설프고 추하다고 여겨왔다. 그런데 지금 그녀의 눈앞에 있는 로봇의 형상은 애초에 인간과는 다른, 고대 신화 속의 반인반수처럼 보였다. 그로테스크하면서도 아름답고, 동시에 무척이나 강한 힘을 지닌 듯한. 제7프로듀서는 마리에게 예술가의 재능이 있음을 인정하지 않을 수 없었다.

"이게 버그라고 생각하시나요?"

마리가 물었다.

"설계자들이 이런 자세를 의도하지는 않았을 테니까요."

제7프로듀서가 대꾸했다.

"자식이 뭘 할 수 있는지는 부모도 모르죠."

"저게 금성 탐사에 도움이 되는 포즈는 아니잖아요?"

"저 로봇의 목적을 금성 탐사로 규정한다면 분명 무의미한 자세 겠지요. 하지만……"

마리는 말을 흐렸다. 제7프로듀서는 반발심을 느꼈다.

'하지만 뭐? 이것이 버그가 아니라 로봇의 본성이나 잠재력이 라고 주장할 참인가? 창조자가 부여한 목적 외에도 로봇에 다른 존재이유가 있을 수 있다고? 이게 자신과 수정 연구원의 관계를 상징하는 안무라는 건가?'

제7프로듀서는 그런 추상적인 생각들을 입 밖으로 내는 대신, 실질적인 사항을 힐난조로 지적했다.

"계약에 따르면 결혼식은 저희에게 독점 중계권과 2차 저작권 이 있고, 로봇 무용극의 안무도 최종적으로는 저희가 승인해야 합 니다. 알고 계시죠?"

"잘 알고 있어요. 걱정하지 않으셔도 됩니다."

마리가 대답했다. 거짓말이었다. 그녀와 그녀의 어머니는 탄산음료 회사를 크게 엿 먹일 계획을 짜고 있었다.

*

'인간은 싸고, 무게도 백오십 파운드밖에 나가지 않는 비선형 다목적 컴퓨터 시스템이다.'

그 시스템을 더 싸게 만드는 방법은 없을까?

탄산음료 회사의 아이디어는 인간의 무게를 백오십 파운드에서 획기적으로 줄이자는 것이었다. 인간의 몸에서 '컴퓨터'인 부분만 금성으로 보내자는 것이었다.

다시 말해 목을 잘라 머리만 우주선에 싣고, 그 아래 몸뚱이는 지구의 시설에 냉동 보관하자는 것이었다.

안 될 게 뭐가 있겠는가? 이렇게 하면 단지 우주인 한 사람당 머리 무게를 제외한 약 백삼십 파운드만 절감되는 게 아니다. 한 사람의 생존에 필요한 물과 음식의 양도 크게 줄어든다. 몇 가지 당류와 아미노산, 미네랄로 그 '음식'을 만들면 배설물을 처리하는 복잡한 재순환 설비도 설치할 필요가 없어진다. 금성까지 가는 동안 무중력상태의 좁은 실내에서 근육을 유지하기 위해 설치하는 값비싼 운동 장비나 몸이 다쳤을 경우를 대비한 의료기구들도 싣지 않아도 된다. 인조 혈액과 수액은 기존의 십분의 일 정도 용량이면 충분하다.

몸을 떼어놓고 가면 그만큼 안전해지기도 한다. 금성에서 갑자기 신장이나 폐기능이 저하된 우주인을 위한 치료 기술이 몇 가지나 있겠는가? 갑자기 장기이식 수술을 받아야 할 일이 생긴다면? 그보다는 차라리 그 장기들이 머리와 떨어져 지구에 있는 편이 훨씬 낫지 않을까?

딱히 불편할 것 같지도 않았다. 어차피 인간은 로봇을 아바타처럼 활용해서 금성을 탐사할 계획이었다. 로봇의 카메라에서 오는 신호를 시신경에 연결하고, 마이크에서 오는 신호를 청각 신경에 보내고, 촉각 센서가 수집하는 정보를…… 그렇게 한다면 수정의 머리는 자신에게 몸이 없다는 사실을 실감하지도 못할 것이었다.

"몸이 없다는 느낌보다는, 오히려 몸이 여러 개 있는 듯한 느낌이 들겠죠. 한 로봇에서 다른 로봇으로 채널을 바꿀 때에는 순간이동을 하는 기분이 들 겁니다. 두 사람이나 세 사람이 한 로봇과 연결될 수도 있겠지요. 한 사람이 조종을 맡고, 다른 사람은 감각 신호만 전달받는 방식으로요. 위험하지만 중요한 장소에 로봇을 보낼 때에는 그게 좋을 겁니다."

수석 프로듀서가 말했다.

"가위에 눌린 느낌이 들겠군요. 남이 조종하는 로봇에 의식이 올라탈 때는 말이에요."

수정이 계약 내용을 속으로 검토하며 대꾸했다.

"영화를 보다 언짢은 장면이 이어지면 그걸 악몽이라고 여기고 끝까지 버티시나요? 답답한 기분이 들 때에는 접속을 차단하면 그만입니다. 좋은 면들도 생각해보십시오. 로봇은 속이 쓰리다거나 어깨가 결린다거나 무릎이 쑤신다는 신호를 보내지 않습니다. 금성 탐사 기간은 육체적인 고통에서 완전히 해방되는 기간이기도 할 겁니다."

"저는 아픈 데가 없어요."

수정이 대답했다.

"인체를 최대한 재현한 특별 맞춤 로봇도 제작할 생각입니다. 그 로봇의 머리 부분에 뇌를 탑재할 수 있는 공간과 소형 냉각장치도 만들어놓겠습니다. 탐사선 안에서는 그 로봇 속에 머무르시면 될 겁니다. 그 로봇 안에서 다른 로봇으로 접속하는 것도 물론 가능하고요."

"그 로봇에 탑승한 채로 금성 표면에 내려가는 것은요?"

"소형 풍선에 추를 달아서 내려보낼 수 있습니다. 두어 시간 정도 금성 표면에서 머물 수 있을 겁니다. 하지만 연료전지가 그 이상은 버티지 못할 테지요. 열을 밖으로 퍼내는 작업에만 상당한 에너지가 들 테니까요. 박사님께서도 알다시피 인간의 뇌는 열에 무척 약한 단백질로 되어 있어서, 주변 온도가 섭씨 40도가 넘으면 아주 흉하게 변성됩니다."

"애초에 제가 왜 필요한 건가요?"

수정이 물었다.

"저희의 모토가 '사기치지 말자'이기 때문입니다. 금성에 우주인을 보내기로 했으니 우주인을 보내야죠. 그리고 금성이 지구에서 사천이백만 킬로미터 떨어져 있고, 인간이 아주 뛰어난 비선형 다목적 컴퓨터이기 때문입니다. 우리는 탐사선에서 어떤 상황이 벌어질지 잘 모릅니다. 탐사선은 금성 궤도에 십 년 이상 머물게 될 것이고, 아마 지구에서는 절대 예상하지 못했던 비상 상황이 수백 번은 발생할 겁니다. 인공지능은 아직까지 그런 종류의 예상치 못한 위험 요소에는 제대로 대처를 못합니다. 뛰어난 선장의 직관 같은 게 부족합니다. 그렇다고 지구에서 조종을 할 수도 없지요. 전파가 오가는 데에만 사 분이 넘게 걸리니까요. 게다가……"

수석 프로듀서는 잠시 말을 멈췄다. 머뭇거리는 것인지, 아니면 극적인 효과를 노리는 것인지는 알 수 없었다. 수정은 이어지는 말을 가만히 기다렸다.

"인공지능은 연기도 정말 못합니다. 디지털 대역 배우들은 여러 가지 표정을 잘 짓지요. 하지만 그 표정에는 원천이 필요합니다. 선형linear 컴퓨터들은 그 원천은 아직 만들어내지 못해요. 인간의 감정 말입니다. 우리는 금성에 머무르면서 외로워하고 기뻐하고 욕망하고 결단하는 주체가 필요합니다. 그런 고민을 인간의 시계에 맞춰서 인간적인 방식으로 풀어나가는 배우 겸 초벌 각본가가요."

제7프로듀서　마리가 안무 초안을 짰어요. 총 길이가 십일 분 삼십 초예요. 자신과 파트너의 삶을 각각 묘사하는 구간이 이 분씩 있고, 이슬람 여성들의 처지에 대한 비판이 이 분, 자신들이 어떻게 만나게 되었고 그 만남이 어떤 의미였는지 설명하는 장면이 이 분, 금성에 대한 찬미가 일 분 삼십 초, 앞으로의 비전이 이 분이라고 설명하더군요.

광고주 대리인　현대무용이라. 어떻습니까? 채널 돌리는 소리가 벌써 들리는 것 같은데.

제7프로듀서　그게 그렇지 않더라고요. 문외한이 보기에도 와닿는 대목들이 꽤 있었어요. 지루하다는 소리는 못할 겁니다. 로봇 기술자들도 놀랐어요. 우리 로봇들이 그런 동작을 할 수 있는지 미처 몰랐다면서. 한번 보세요. 제가 무슨 얘기를 하는지 아실 겁니다.

수석 프로듀서　십일 분 삼십 초를 통으로 다 보여줄 필요는 없겠지. 하이라이트만 뽑아내거나, 지루해질 때쯤 교차편집을 하면 되지 않을까. 작가들은 뭐래?

제7프로듀서　그게, 작가들은 그 초안 버전 안무에 열광적이에요. 지구에서도 무대에 올리자는 의견까지 나왔어요. 금성과 지구에서 동시 공연을 하자는 거죠. 정말 아이러니하죠. 유명 과학자인 어머니의 그늘에서 벗어나려고 적성을 버리고 예술계에 투신했는데 그다지 빛을 보지 못한 반항아 딸이라는 게 원래 저희 캐릭터 설정이었잖아요. 그런데 그 딸에게 진짜 예술가의 자질이 있다는 걸 우리 쇼가 보여주게 생겼어요.

수석 프로듀서 재능을 이제서야 꽃피웠다든가, 불운하게도 여태까지 발견되지 못했다든가, 설명이야 마음껏 할 수 있겠지.

제7프로듀서 결혼식을 준비하고 어머니와 대화하면서 예술적 자기발견에 이르는 이야기로 가자는 게 작가들의 생각이에요.

수석 프로듀서 괜찮게 들리는데? 그렇다면 안무를 고안하는 장면도 쇼에 넣어야겠군. 연습 과정도 다 촬영하고 있지?

제7프로듀서 물론이죠.

수석 프로듀서 그 안무 초안 영상을 나한테 보내줘. 처음부터 제대로 보고 그 플롯의 비중을 어느 정도로 정할지 판단해야겠어.

광고주 대리인　눈물 찔찔 짜게 만들어줘요.

수석 프로듀서　그 얘기는 전에도 똑같이 하지 않았습니까?

제7프로듀서　사실 작가들이 아니라 로봇 기술자들이 문제예요. 이 무용극에 우려를 표하는 사람들이 있어요.

수석 프로듀서　아까는 로봇들이 그런 동작까지 할 수 있는지 몰랐다고 놀라워했다면서.

제7프로듀서　네, 바로 그 점이에요. 이 무용극에서는 로봇들이 일상적인 탐사 작업에서는 절대 하지 않을 자세들을 취해요. 물구나무서기나 공중회전만 해도 사람이 일상적으로 하는 동작은 아니잖아요. 그런데 마리는 거기에서 더 나아가 사람은 절대로 할 수 없는 동작을 로봇으로 여러 차례 구현합니다.

광고주 대리인　저희 입장에서는 기술력을 과시할 수 있게 되어서 좋을 것 같은데요.

수석 프로듀서　기술팀에서 안무 영상을 검토하면 될 일 아닌가? 로봇에 무리를 주는 동작은 하지 못하게.

제7프로듀서　그게 애매해요. 안전성 측면에서 '정확히 이 지점이 문제'라고 딱 꼬집어 말할 수 있는 대목은 없어요. 어쨌든 시뮬레이션을 해보면 다 가능하다고 나오니까요. 구동계를 부품 단위로 분석해봐도 특별히 과부하가 걸리는 부위는 없어요. 그런데 특정 동작 중에 인간 조종자들이 지구에서 실수를 한다면 그때 문제가 생길 수 있어요. 예를 들어 '개똥벌레 자세'라는 요가 동작이 있어요. 두 다리를 좌우로 한껏 벌린 채 앉아 양손으로 땅을 짚고 팔 힘만으로 몸을 지탱하는 거예요. 우리 로봇들은 이 동작을 수월하게 잘해요. 몸을 띄운 상태에서 다리를 200도 이상으로 벌릴 수도 있죠. 그런데 그때 균형을 잃고 뒤로 자빠진다면 다리 사이에 있는 연료전지함 덮개가 노출됩니다.

수석 프로듀서 이렇게 하자고. 기술팀의 알력 행사까지 다 쇼에 넣어. 기술팀을 깐깐한 관료주의자로 묘사하는 거야. 마리는 다른 사람과 협상하는 일에 서툰 외골수로 보이게 하고. 그들 사이를 수정이 중재하는 거지.

제7프로듀서 중재 내용은요?

수석 프로듀서 지구랑 금성 양쪽에서 무용극을 보고 있다가 뭔가 잘못됐다 싶으면 즉시 로봇과 접속을 차단하는 걸로. 조종권을 회수해서 잘못된 부분을 바로잡고, 이전 단계로 돌아가서 다시 시작하면 되겠지.

제7 프로듀서 그러면 금성 측 책임자는 수정으로 할까요?

수석 프로듀서 그래야 하지 않을까? 우주인 중에 제일 뛰어난 로봇 전문가이기도 하고 말이야.

제7 프로듀서 하지만 수정은 결혼식 때 현장에 있을 예정인데요. 괜찮을까요?

수석 프로듀서 무슨 말이지? 현장에 있을 거라는 게?

제7 프로듀서 금성 지표면으로 내려가겠대요. 로봇을 타고.

수석 프로듀서 직접? 뇌가 들어 있는 그 로봇으로?

제7 프로듀서 네.

수석 프로듀서 왜? 아바타를 보내서 중계받는 것과 가서 보는 게 뭐가 다르다고?

제7 프로듀서 글쎄요, 상징성이 있잖아요? 작가들도 그 아이디어를 좋아해요. 수정이 결혼식에서 주례를 맡을 예정이거든요. 게임 속 결혼식이 아닌 이상, 신혼부부도, 하객도, 주례도 모두 로봇으로 참석하는 예식보다는 한 사람이라도 실체가 오는 게 낫지 않겠어요? 홍보를 할 때도 그 점을 강조하려고 하는데요. 어머니는 예식장에 직접 올 거라고. 그리고 저희 모토가 '사기치지 말자'잖아요.

수석 프로듀서 이렇게 하자고. 일단 쇼에서는 수정과 지구 관제센터 양쪽에서 현장을 감독하는 걸로 보이게 해.

수정에게도 그렇게 알려주고. 그리고 실제로는 탐사대 대장에게도 그 로봇들에 대한 조종권을 줘. 수정이 탄 로봇의 감각 신호를 전부 대장에게도 보내서 감시하도록 해. 비상 상황이 생기면 우리보다 몇 분 더 빠르게 대처할 수 있게. 여차하면 대장이 자체 판단으로 로봇들의 조종권을 넘겨받을 수 있게 해. 수정은 탐사선으로 강제로 회수시키고.

제7프로듀서 네, 그렇게 할게요. 수정 연구원에게는 정말 알리지 않아도 될까요?

수석 프로듀서 비상 상황에는 우주인의 뇌를 실은 로봇이라도 탐사 대장이나 관제 센터에서 고지 없이 조종권을 가져갈 수 있다고 계약서에 적혀 있어. 비상 상황인지 아닌지를 판단하는 건 우리고. 이런 일이 이번이 처음도 아니야.

광고주 대리인 와우, 무슨 신체 강탈자입니까?

수석 프로듀서 지금 이야기들 전부 보안 사항인 거 아시죠?

광고주 대리인 제가 바보입니까? 이런 이야기를 밖에다 떠벌리고 다니게. 금성에 가 있는 우주인들이 몸 없는 머리통들이라는 사실을 시청자들이 알면 제일 먼저 목이 달아나는 사람이 접니다.

수석 프로듀서 우리들 머리는 몸통이랑 계속 잘 붙어 있게 서로 애쓰십시다. 수정은 금성 지표면에서 얼마나 오래 머물 수 있지?

제7프로듀서 얼마나 활동적으로 움직이느냐에 따라 다르고, 주변 기온에 따라서도 달라요. 평균 백오십 분 정도예요.

광고주 대리인 그것밖에 못 있는다고요? 쇼를 보니까 로봇들은 충전 없이 일고여덟 시간도 움직이는 것 같던데요.

제7프로듀서 그 로봇들은 기본적으로 고온 고압 하에서도 냉각장치 없이 움직일 수 있게 설계된 거예요. 만약 거기에 사람 뇌가 들어가면 냉각장치를 한시도 멈추지 않고 가동해야 해요. 그게 전기를 엄청 잡아먹어요. 바닥에 깔아놓은 충전용 태양광 패널을 전부 연결하더라도 오래 버티지는 못할 거예요.

수석 프로듀서 그 점을 강조하라고. 어떻게 보면 수정은 목숨을 걸고 딸의 결혼식에 참석하는 거야. 탐사선으로 돌아오지 못하게 되면 꼼짝없이 쪄 죽는 거야.

제7프로듀서 결혼식이 이십 분 안팎이라서 그렇게 긴장감이 생길 것 같지는 않은데요……

수석 프로듀서 사람들은 로봇에 뇌가 아니라 인체 전부가 들어가 있는 걸로 알잖아. 그러면 냉각장치에 필요한 전력량도 어마어마하다고 생각할 테고. 그런 상황을 상정하면 백오십 분보다는 훨씬 여유가 없을 것 같은데?

제7프로듀서 맞습니다. 그걸 깜빡했네요. 계산해볼게요.

수석 프로듀서 첫 시즌과 두번째 시즌에 과학자들이 지표면에 착륙할 때의 에피소드가 몇 편 있어. 그 자료를 참고해봐. 나도 그때는 이 자리에 있지 않아서 뭐가 어떻게 돌아갔는지 정확히 몰라.

광고주 대리인 눈물 찔찔…… 알죠?

*

사흘째 폭풍이 치던 밤이었다. 바람들이 대류권의 중층에서 격렬한 전투를 벌이는 중이었다. 대류권 상층을 날고 있는 탐사선의 주변 대기는 비교적 맑고 안정적이었다. 끝없이 펼쳐진 구름바다 위로 거대한 적란운 몇 개가 간혹 하늘과 이어진 기둥처럼 수직으로 뻗어 있었다. 황산 빗방울을 가득 품은 그 수직형 구름 주변 소용돌이에 말려들지 않도록 탐사선은 조심스럽게 움직였다.

머리 위로 별이 가득했다. 검은 하늘에 뿌려놓은 듯한 빛의 입자 중에서 가장 밝게 빛나는 점은 지구였다. 로봇의 가시광선 영역은 인간으로 치면 좌우 양쪽 모두 4.0에 가까웠기 때문에 망원경을 쓰지 않아도 지구가 반달 모양으로 보였다. 수정은 샛별이라는 말이 어울리는 행성은 금성이 아니라 지구라고 생각했다. 노란빛에 가까운 금성과 달리, 지구는 바다와 대기권으로 인해 푸르스름하게 빛났다. 탐사선은 그로부터 사천오백만 킬로미터 정도 떨어져 있었다.

탐사선 아래 구름층에서는 지구에 있는 사람들은 살면서 한 번도 볼 일이 없을 바큇살 모양의 강력한 번개가 쉴새없이 쳤다. 구름 속에서는 바람이 때때로 음속보다 더 빠른 속도로 불었고, 그로 인한 소닉붐과 천둥소리가 뒤섞여 무시무시한 굉음을 냈다. 탐사선은 그로부터 불과 구백 미터 정도 떨어져 있었다.

탐사선은 두툼한 방음장치를 주변에 둘렀지만 거대 폭풍이 온몸으로 내짖는 포효를 완전히 차단할 수는 없었다. 바닥이 계속 진동하듯 울렸다. 방공호에서 대공습이 지나가기만을 기다리는 듯한 기분이었다. 수정은 문득 두려움을 느꼈다. 탐사선은 태평양 한가운데 떠 있는 종이배와 별다를 바 없는 신세였다. 초대형 번개 때문에 궤도 기동 시스템의 컴퓨터가 계산 착오를 일으키면 어떻게 될까? 별안간 고속 상승기류가 생겨나 황산을 가득 머금은 구름이 배를 덮친다면? 초강력 제트기류의 충격파와 탐사선의 진동이 우연히 공진현상을 일으켜 질소 풍선의 고분자 시트가 찢어진다면?

그녀는 점점 더 그런 망상에서 헤어나올 수 없게 되었고, 숨이 가빠지는 듯한 느낌이 들었다. 좁은 상자나 물이 차오르는 밀폐된 방에 대한 생각에서 벗어나지 못하는 폐소공포증 환자처럼 되어 버렸다.

수정은 몸을 일으켜—정확히 표현하자면 '그녀의 뇌를 실은 로봇의 몸을 일으켜'이겠지만 당사자에게는 아무런 차이도 없는 일이었다—구급약 키트가 있는 찬장으로 갔다. 거기서 신경안정제 앰플을 꺼내 혈류에 주입했다. 자동으로 투약하는 방법도 있었으나 그렇게 되면 지구로 전송되는 일지에 그 사실이 기록되고, 관제 센터에서 자신의 정신건강에 의문을 품을 수도 있었다. 다큐멘터리 쇼 촬영 기간은 아니었으므로 통신 데이터 대부분은 탐사 관련 자료를 주고받는 데 쓰고 있었다. 연구원들끼리 나누는 대화도 지구의 방송 작가들이 참고하기 위해 전부 녹음되어 지구로 보내지지만, 연구원들의 다른 감각 정보나 녹화 영상은 전송되지 않는다—적어도 수정이 아는 바로는 그랬다.

탐사선을 감옥에 비유한다면, 하나뿐인 문이 유리로 만들어진 형무소라고 묘사할 수 있으리라. 그 문이란 곧 지구와의 전파 통신이다. 간수는 그 문을 통해 밖에서 죄수들을 이십사 시간 감시할 수 있다. 그러나 죄수들은 그 문만 조심한다면 간수의 감시를 피해 무엇이든 할 수 있다. 어차피 죄수든 간수든 어느 누구도 자기 혼자 힘으로는 상대가 있는 곳으로 가지 못한다.

약이 효력을 발휘하면서 불안이 가라앉았지만 그래도 갑갑한 기분까지 사라지지는 않았다. 수정은 조타실 부근을 서성였다.

"뭐, 신경쓰이는 점이라도 있어?"

탐사 대장의 조종을 받는 로봇이 수정을 향해 걸어왔다. 그 로봇에는 탐사 대장의 뇌가 실려 있지 않았다. 탐사 대장은 다큐멘터리 쇼 촬영 시즌이 아닐 때에는 자기 뇌를 조타실 안의 작은 선반에 보관해두었다. 그게 더 안전하다면서.

"그냥 좀 심란하네. 이렇게 심한 폭풍은 처음 봐. 그쪽은 아무렇지도 않아?"

수정이 물었다.

"아무렇지도 않은데."

"어떻게 그럴 수가 있지?"

"어떻게 안 그럴 수가 있지? 구름층은 구백 미터나 아래에 있다고. 설사 이 탐사선이 지금 당장 추락한다 해도 구름 꼭대기에 닿기도 전에 안전장치가 삼중으로 전개될 거야."

탐사 대장은 열정적인 어투로 그 안전장치들에 대해 설명하기 시작했다. 수정은 위화감을 느꼈다. 탐사 대장은 평소에 저렇게 달변이 아니었고, 저 정도로 냉철한 인간도 아니었다. 그 순간 탐사 대장은 수정이 알던 내성적이고 겸손한 기상학자가 아니라 두려움이라고는 조금도 모르는 기계 인간 같았다. 뭐, 어차피 수정의 '눈' 앞에 보이는 것은 표정 없는 인간형 로봇이긴 했지만.

수정의 위화감은 몇 겹에 걸쳐 있었다. 수정은 자신 역시 때때로 스스로도 이상하다 싶을 만큼 고도로 침착한 정신 상태에 빠지곤 한다는 사실을 떠올렸다. 반면 다큐멘터리 쇼를 촬영할 때에는 야릇한 흥분에 취해 절제력을 잃고 마치 드라마 퀸이라도 된 양 굴었다.

왜 그랬을까?

수정은 탐사 대장의 뇌가 놓여 있는 선반 쪽으로 몸을 돌렸다. 엑스선부터 적외선까지, 모든 영역대의 빛으로 그 선반을 촬영했다.

그리고 탄산음료 회사가 자신들을 어떻게 조종했는지 이해하게 되었다.

*

"본격적으로 촬영에 들어가면 나랑 대화하기가 꽤 버거워질 거야. 굉장히 감정적으로 변하거든. 시청자 반응도 신경쓰게 되고, 누군가가 이십사 시간 지켜보고 있다는 압박감도 상당하니까."

다큐멘터리 쇼 촬영 시즌이 오기 전에 수정은 딸에게 그렇게 경고했다. 이때쯤에는 마리도 진상을 알게 되어서, 어머니의 말 중 앞의 두 문장은 진실이고 마지막 한 문장은 거의 진실이 아님을 이해했다.

그녀가 미처 대비하지 못한 사항은, 원인이 어떻게 되었건 어머니의 감정 자체는 진실이라는 점이었다.

수정은 사춘기 소녀처럼 굴었다. 어려운 안무 동작을 몇 번 시도하다가 "못해, 못한다고!" 하고 울음을 터뜨리거나, 멍한 표정으로 지시를 못 들은 척 딴청을 피우기도 했다―정확히 표현하자면 '어머니의 뇌 신호를 받은 디지털 배우가 울음을 터뜨리거나 딴청을 피우는 연기를 했다'가 되겠지만, 마리에게는 아무런 차이도 없는 일이었다.

탄산음료 회사의 감시를 피하느라 신경이 곤두선데다 시간도 부족한 와중에 어머니마저 비협조적으로 나오자 마리 역시 울화통이 터졌다. 몇 번은 이성을 잃고 소리를 지를 뻔했다. 어깨가 찢어지는 것 같다고? 당신에게 진짜 팔다리는 없잖아! 다 착각일 뿐이야! 그리고 팔다리가 있는 사람도 그 정도로 어깨가 찢어지진 않아!

그런 감정들은 모두 진짜였다. '진짜 감정'의 힘은 강력하다. 가짜 몸뚱이와 가짜 대사와 가짜 설정 속에서도 무너지지 않는다. 오히려 그런 거짓들이 위태롭게 걸쳐진 상태에서도 전체 그림이 어색해 보이지 않게 우뚝 서서 지지대가 되어준다. 사람들은 그 감정의 격류에 휘말리고 싶어서 극장에 가고 텔레비전을 켜는 것이다. 아리스토텔레스 시대부터 지금까지 줄곧 그랬다.

마리는 이제 왜 이 쇼에 진짜 인간 배우들이 필요한지를 이해했다. 대자연의 경이 앞에서 한순간 동시에 맛보는 환희와 공포, 연구 중에 번갈아 느끼는 몰입과 좌절, 과학자의 길을 생각할 때 드는 만족감과 공허함…… 아무런 사건이 없을 때 금성의 우주인이 혼자 느끼는 감정만 해도 컴퓨터로는 도저히 시뮬레이션을 할 수 없을 정도로 다채롭고 모순적이다. 여기에 다른 연구원들과의 알력이나 관제 센터와의 갈등, 지구에 남은 가족이나 동료 연구자들 간의 긴장이 겹치면 엄청난 드라마의 재료가 마련된다. 솜씨 좋은 작가, 편집자, 작곡가, 음향 감독, 미술 감독들이 자기 실력을 발휘할 수 있는.

마리는 어머니와 자신의 싸움을 지켜보면서 흡족해할 그 전문가들의 모습을 상상했다. 그러나 드라마 스태프 개개인들에게 사적인 반감을 품지는 않았다. 그들은 어머니를 속였고, 이제 어머니는 자신과 짜고 그들을 속이려 한다. 수정과 마리의 각본은 더 은밀하고 촘촘했다. 그렇게 해야만 겨우 성공할 수 있는 시나리오였다.

레즈비언 결혼식이니, 파키스탄 약혼녀니, 무슬림 페미니즘이니, 이맘이니 하는 설정은 다 헛소리였다. 모녀는 수정이 금성 지표면에 내려갈 명분과, 로봇 네 대가 필요했다. 그래서 마리의 동료 무용수가 약혼녀를 연기했고, 조연출과 무대감독이 각각 무슬림 페미니스트와 이맘 역을 맡았다. 그들은 적어도 디지털 대역을 쓰지는 않았다.

쇼 제작진은 쉽게 속아넘어갔다. 그럴싸한 이야기로 남을 현혹하는 기술을 오래 연마한 이야기꾼을 현혹하는 가장 쉬운 방법은, 그들에게 그럴싸한 이야기의 재료와 그 이야기로 메울 수 있는 빈틈을 함께 내주는 것이다. 픽션에 가장 깊게 사로잡히는 사람은 바로 그걸 쓴 작가다.

과학 탐사를 가장한 멜로드라마. 멜로드라마를 가장한 탈옥 모의.

인간인 척하는 컴퓨터 그래픽이 준비하는 실물 기계의 춤.

기만극 속의 기만극.

"마리야, 꼭 이렇게까지 해야 하니? 나 너무 힘들다. 이 동작은 그냥 건너뛰면 안 될까?"

수정이 임시로 마련한 탐사선의 연습실에서 마리가 정해준 자세를 취하려다 울상이 되어 하소연한다.

다 당신이 부탁한 일이야! 난 모른 척할 수도 있었다고! 마리는 소리를 지르고 싶은 충동을 참는다.

"이 정도는 동네 꼬마 아이들도 이틀만 연습하면 다 해요. 어머니도 영상을 보고 좋다고, 하겠다고 했잖아요? 이제 와서 무를 수는 없어요. 다른 사람들도 기다리고 있다고요. 일어나요, 어서."

입장이 바뀐 어머니와 딸.

"너 일부러 이러는 거지? 이런 식으로 복수하니까 속이 좀 풀려? 아직도 어린 시절 생각만 하면 속이 부글부글 끓어?"

"어쩌면 매사를 그렇게 자기중심적으로 봐요? 어머니 유전자를 물려받았다고 제가 어머니 같은 줄 알아요?"

남을 속인다고 생각하는 사람들을 속이기 위해 진정한 자기 자신을 연기하기.

*

돌이켜보면 대단한 우연이었다. 연구원들의 뇌를 감싸고 있는 헬멧에서 특수 코일이 작동되는 시간은 한 번에 영 점 오 초 정도에 불과했다. 가동 횟수는 많아야 하루에 서너 번이었다. 한 번 작동하면 짧게는 두 시간, 길게는 여섯 시간까지도 효과가 있었으니까.

수정이 탐사 대장의 뇌가 놓인 선반을 전자기파 스캐너로 훑었을 때, 마침 그 특수 코일이 작동되었다. 잠깐이지만 강력한 자기장이 생겨났다. 뇌 속을 찌르는 듯한 형태의 자기장이었다.

나중에 수정은 그 장면을 몇 번이나 반복해서 검토하고 확대하고 돌리고 까뒤집으며 살펴보았다. 자기자극은 정확히 탐사 대장의 두뇌 중 편도체 부분을 겨냥하고 있었다. 전자기 펀치로 편도체를 세게 얻어맞은 탐사 대장은 두려움이나 수치심 같은 감정에서 벗어나 냉정하게 사고하고 거리낌없이 행동하는 인간이 되어 있었다. 일시적으로 사이코패스가 된 것이나 다름없었다.

아니, 그는 실은 수정을 만나기 몇 시간 전부터 그런 상태였던 것이다. 그리고 편도체 자극의 약효가 떨어진다고 판단한 지구의 누군가가 다시 한번 코일을 작동시켰고, 그 찰나를 수정이 목격하게 된 것이었다.

수정은 조용히 조사를 벌였다. 모든 사람의 헬멧에 특수 코일이 두 개씩 부착되어 있었다. 구조상 그 특수 코일이 뇌의 모든 영역을 선택적으로 활성화 또는 비활성화시킬 수 있었다. 코일은 외부에서 켜고 끌 수 있었다.

그녀의 전문 분야는 우주물리학과 지질학, 로봇공학이었다. 뇌과학에 대해서는 잘 알지 못했다. 탐사선에는 생리학자나 뇌과학자는 아무도 없었다. 그것조차 탄산음료 회사의 교묘한 배치 아닌가 하는 의심이 들었다. 수정은 경두개자기자극과 비수술적 뇌자극 치료 요법에 관한 논문을 검색하려다 감시자들의 눈길을 끌지 모른다는 우려에 포기했다.

그럼에도 분명한 사실은, 지구 관제 센터에서 탐사선에 있는 우주인 여섯 명의 감정 상태를 자유자재로 조절할 수 있다는 것이었다.

이제 그녀는 자기 자신을 믿을 수 없게 되었다.

왜 드라마 촬영 기간이 되면 그토록 나약하고 감상적인 기분에 빠졌는지 알 것 같았다.

왜 탐사 활동 계약 연장을 앞두고 며칠간은 그토록 강해지고 냉정해져서 장기 목표만을 고려했는지도 알 것 같았다.

새로운 발견을 하거나 힘든 논문을 마쳤을 때 느꼈던 충일감, 충족감…… 그것들은 어디까지 그녀 자신의 것이었을까?

어떻게 해야 할까?

그녀는 몇 가지 대응책을 검토해보았다.

지구 관제 센터에 항의한다—기각. 애초에 이런 함정을 팔 인간들이라면 수정의 항의나 하소연에 눈 하나 깜빡하지 않을 것이다. 그들은 그녀를 압박할 수단을 수도 없이 많이 갖고 있지만, 그녀에게는 무기가 하나도 없다.

탐사선 동료들에게 상황을 알리고 함께 대책을 논의한다—검토 뒤 기각. 대화 내용은 전부 지구로 전송된다. 암호를 사용한다 해도 여섯 명이 정보를 공유할 때까지 보안이 유지될지 장담할 수 없다. 여섯 사람이 힘을 합쳐봤자 관제 센터에 대해 별 협상력이 없다는 점도 인정해야 한다. 처음부터 이 음모에 참여한 내통자가 있었을 가능성도 배제하기 어렵다. 그런 의심을 품게 하는 우주인도 있었다.

해당 회로를 무력화할 방법을 찾는다—여러 차례 시도했으나 실패. 뇌를 감싸고 있는 헬멧에 대해서만큼은 탐사선에서 독자적으로 개조하거나 보수하는 일이 허용되지 않았다. 게다가 그냥 무력화하는 것만으로는 충분치 않았다. 코일의 효력이 없다는 것을 지구에서 알지 못하게 해야 했다. 수정은 외부에서 역장을 발생시키는 장치, 뇌자극을 무효화시키는 장치, 코일의 작동을 미리 감지하고 경고해주는 장치를 구상했지만 번번이 결정적인 대목에서 넘지 못할 장벽에 맞닥뜨렸다.

이 사실을 외부에 알려서 보호를 요청하고 소송을 제기한다―하지만 어떻게? 지구로의 통신은 전부 탄산음료 회사에서 통제하고 있다. 적어도 그들이 있는 탐사선에서는 그러했다. 탄산음료 회사의 탐사선을 제외하고, 금성에서 지구로 전파와 발사체를 보낼 수 있는 유일한 기지는 무인 자동차 회사의 탐사선이었다. 그런데 두 탐사선은 항상 서로 간의 거리를 오백 킬로미터 이상으로 유지했다. 그렇게 협약이 되어 있었다.

포기한다―어쩌면 가장 오래 고민한 답안이었다. 어쨌든 그녀는 금성에 오고 싶어하는 많은 과학자 중 한 사람이었고, 과학자를 금성에 보낼 수 있는 회사는 두 곳뿐이었다. 이성적으로 판단하면 사오 년쯤은 꾹 참고 금성 생활을 견뎌내는 게 옳았다. 만약 그들이 정중하게 요청했더라면, 더 나은 드라마 퀸이 되기 위해 편도체 자극도 큰 거부감 없이 받아들였을지 모른다. 그들과 수정에게는 공동의 목표가 있고, 그들은 그녀가 자칫 실수하지 않게 몰래 도왔다고도 볼 수 있으리라.

그러나 아무리 우호적으로 생각하더라도 수정이 도저히 용납할 수 없는 일이 있었다. 자신의 삶에 대한 통제력과 자아 정체감을 잃게 될 가능성이었다. 다른 사람이 알려준 정답과 스스로 고른 오답 중 하나를 선택해야 한다면 당연히 후자다. 사람은 오답을 선택하면서 그 자신이라는 한 인간을 쌓아가는 것이다. '올바른 판단을 할 수 있게 해주는 약'을 먹고 올바른 판단을 하게 되더라도, 누군가 몰래 물에 타놓은 그 약을 모르고 먹게 되는 것과 스스로 복용하는 것은 하늘과 땅 차이다.

수정은 처음으로 딸을 이해할 수 있게 되었다. 오답을 선택하기 위해 자신으로부터 도망친 아이. 그 아이에게, 수정은 도움을 요청했다.

감시자들의 눈을 피해, 논리적이지 않은 암호를 만들어 보내야 했다. 딸이라면 그 암호를 풀 수 있을 거라고 수정은 확신했다.

*

갑판 아래 선창이 있다. 선창 아래 문이 있다. 그 문이 아래로 열린다. 그 아래에는 구름이 있다.

열린 문을 향해 캐터필러가 움직이기 시작한다. 캐터필러에는 일 인승 비행선이 올려져 있다. 일 인승 비행선의 조종은 안에서도 할 수 있지만 탐사선에서도 무선으로 할 수 있다. 비행선 안에 있는 인공지능이 할 수도 있다. 어찌됐건 비행선에 탄 사람이 지구의 허락을 받지 않고 먼 곳으로 가려 한다면, 그 즉시 조종간이 멈출 것이다. 비행선과 로봇의 무선조종 장치는 아주 교묘하게 설계되어 있어서, 누구도 해킹할 수 없다.

일 인승 비행선은 커다란 풍선 앞뒤로 회전날개가 붙은 모양이다. 회전날개는 중심축이 상하좌우로 이동해 비행선이 방향과 균형을 잡게 해준다.

커다란 풍선 안에는 중간 크기의 풍선이 있고, 그 안에 다시 작은 풍선이 있다. 외벽을 이루는 풍선은 구름층을 통과할 때 황산 빗방울을 막아주고, 착지할 때 충격을 흡수하는 역할을 한다. 풍선 막에는 형상기억합금으로 된 프레임이 있어서, 전체적인 바깥 모양새를 구형이나 유선형, 접시형으로 바꿀 수 있게 해준다.

두번째 풍선 안에 발판이 있고, 그 위에 조종간과 조종석이 있다. 수정의 뇌를 실은 로봇이 그 발판 위에 서 있다.

세번째 풍선은 물고기의 부레와 비슷한 역할을 한다. 액체질소를 정확한 양만큼 기화시켜 바깥쪽 풍선으로 밀어내거나 반대로 기체 상태인 질소를 빨아들여 액화시킨다. 그렇게 조절되는 부력 덕분에 금성의 짙은 대기 속에서 비행선이 떠오르고 가라앉을 수 있다.

수정의 뇌를 실은 로봇은 우주복을 입고 있다. 지표면에 내려갔을 때 '보정하지 않았음'이라는 인증이 된 사진을 찍기 위해서다. '사기치지 말자'가 그들의 모토다. 그들은 사실 가끔 사기를 친다. 그러나 그때조차 거짓말은 하지 않는다.

비행선이 캐터필러로부터 분리되어 아래로 떨어진다. 액체질소가 부글부글 끓는다. 회전날개가 비대칭으로 움직이며 미세하게 각도를 조정한다. 제일 바깥에 있는 풍선이 공기저항을 최대한 받기 위해 옆으로 퍼지며 버섯과 같은 모양이 된다. 황산 빗방울들이 풍선의 탄소섬유막에 부딪치고, 방울진 채 맺혀 있다가 미끄러져 내려가, 결국에는 떨어져나간다. 그 황산 비는 결코 땅에 이르지 못한다. 대기 온도가 너무 뜨겁기 때문에 아래로 떨어지는 도중에 끓어버리는 것이다. 그렇게 해서 다시 구름으로 돌아온다.

우주복 안에 있는 로봇은 무표정한 얼굴이다. 로봇은 무표정한 얼굴을 돌려 땅을 내려다보고 하늘을 올려다본 뒤 정면의 구름을 응시한다. 구름은 태양빛을 반사하고, 그렇게 반사된 태양빛이 헬멧의 전면창에 다시 반사된다. 헬멧 위로 복잡한 음영이 빠르게 지나간다. 그 덕분에 간혹 로봇은 깊은 생각에 잠긴 것처럼 보이기도 한다.

수정은 그렇게 탐사선을 벗어난다. 이제 그녀와 탐사선과 지구는 절대 해킹이 불가능한 무선조종 장치로 가느다랗게 이어져 있다.

땅에서는 딸과 딸의 친구들이 그녀를 기다리고 있다.

*

수석 프로듀서 내가 늦었나?

제7프로듀서 아니요. 막 시작했어요. 어차피 맞절이니 서약 낭독이니 따위를 보려고 하신 건 아니었잖아요? 춤을 보시려는 거죠?

광고주 대리인 저도 왔습니다. 생중계를 직접 봐놔야 나중에 광고주들과 중간 광고를 어떻게 할지 논의할 수 있을 것 같아서요.

수석 프로듀서 로봇이 두 대만 움직이고 있네.

제7프로듀서 한 대는 마리가 조종하는 로봇이고, 다른 한 대는 수정이 탄 로봇이에요. 마리가 약혼자를 만나기 전에 어떻게 살아왔는지를 보여주는 장면이에요. 이 안무를 짜느라고 마리와 수정이 많이 싸웠어요. 마리의 로봇이 나아가려는 방향을 수정이 계속 방해하는 게 보이죠?

수석 프로듀서 실제 방송 때에도 이 장면에는 내레이션이나 자막을 넣는 게 어떨까? 지금 자네가 하는 것처럼 말이야.

제7프로듀서 좋은 아이디어 같아요. 아니면 마리가 직접 자기 안무를 설명하는 장면을 교차편집으로 보여줘도 될 것 같아요.

광고주 대리인 오, 이거, 기대 이상인데요. 저 딸, 재능이 있었군요.

제7프로듀서 제가 얘기했었잖아요. 이건 시작일 뿐이에요. 뒷 부분은 훨씬 멋져요.

수석 프로듀서 나도 마음에 들어. 여러 면에서 인상적이야. 순수하게 기술적으로만 봐도 감탄이 나오고, 시각적으로도 상당한 볼거리인 것 같아. 우리 스토리 안에서도 좋은 결말이야. 모녀간의 화해를 상징하기도 하고, 딸의 자아 발견으로 꾸밀 수도 있겠어. 이런저런 설명을 다양하게 붙일 수 있으니 여러 버전을 만들어서 한 에피소드 전체를 이 무용극으로 구성하는 방안도 검토해봐야겠군.

광고주 대리인 본사에서도 좋아할 겁니다. 화면에 금성 표면이 나올 때마다 탄산음료 매상이 오르거든요. 여름에는 특히 더요.

수석 프로듀서 그런데 이제 약혼자의 과거사를 설명하는 거 아니었나? 왜 다른 로봇 세 대도 다 움직이는 거지?

제7프로듀서 글쎄요. 다음 챕터로 넘어갔나? 원래 저런 식으로 움직이는 게 아닌데……

수석 프로듀서 지금 뭐하는 거야?

제7프로듀서 무선조종 장치가 저런 식으로 떨어질 줄은……

광고주 대리인 뭐가 어떻게 돌아가는 겁니까? 나머지 로봇 세 대는 왜 두 손으로 몸을 띄우고 저렇게 양다리를

벌리고 있는 거죠? 다리가 엉켜서 이제 움직이지
도 못하겠는데요?

수석 프로듀서 당장 중단해! 젠장, 저 로봇들 빨리 회수해!

제7프로듀서 이미 늦었어요! 저건 이 분 전 영상이에요! 그리
고 여기서 전파를 쏘면 이 분 뒤에나 금성에 도착
한다고요!

*

무선조종 장치를 해킹하는 것은 불가능했다.

그러나 몸체에서 그 장치를 떼어내는 것은 가능했다. 로봇들은
범용 모듈을 사용했다. 용접이나 나사 접합 없이 모든 모듈을 탈
부착할 수 있었다. 지구의 로봇 기술자들은 다만 자신이 만든 로
봇들이 다른 장비 없이 맨몸으로도 그런 작업을 할 수 있다는 사
실을 알지 못했다.

수정은 로봇의 전자 부품과 신호체계를, 마리는 로봇의 골격과
동역학을 연구했다. 모녀는 환상적인 파트너였다.

마리가 '날개-5'라고 이름 붙인 자세를 취하면 무선조종 장치
의 보안이 해제되었다. 그 상태에서 목을 조금 더 앞으로 숙이고
등의 아랫부분을 가볍게 치면 무선조종 장치가 떨어져나갔다.

이슬람 여성들의 처지를 상징하는 대목에서 그들은 모두 날

개-5 자세를 취했다. 수정이 탑승한 로봇을 제외한 나머지 로봇 세 대는 개똥벌레-2 동작까지 하고 있었다. 이는 로봇 세 대의 다리가 엉켜서, 순서대로 펴지 않으면 그 연결이 풀리지 않는다는 것을 의미했다.

수정은 날개-5 자세에서 목을 수그리고 등의 아랫부분을 손바닥으로 가볍게 두드렸다.

무선조종 장치가 떨어져나갔다. 이제 탐사선에서는 그녀가 탄 로봇을 강탈할 수 없었다.

수정을 감시하고 있던 탐사 대장은 무슨 일이 일어나고 있는지 직관적으로 알아차렸다. 그는 얼른 다른 로봇 세 대의 조종권을 회수했다.

마리와 마리의 친구들이 로봇과 접속이 끊겼다.

그러나 로봇 세 대는 겉으로 보기에는 아무런 변화도 없었다. 탐사 대장은 로봇 세 대의 몸을 일으키려 했지만 로봇들은 그 지시를 이행할 수 없었다. 개똥벌레-2 동작 때문에 다리가 서로 엉켜 있었기 때문이다.

수정은 재빨리 일어나 다른 로봇들의 등 아랫부분도 잇달아 두드렸다. 로봇 세 대의 무선조종 장치들이 풀린 족쇄처럼 아래로 떨어졌다.

수정은 서로 엉켜 있는 로봇들을 밀어 넘어뜨렸다. 로봇들이 균형을 잃고 뒤로 자빠지자 가랑이 사이의 연료전지함 덮개를 열기

쉬워졌다.

수정은 로봇 세 대의 연료전지를 차례로 꺼냈다.

이제 그녀는 육백 분 가까이 금성 지표에 머물 수 있게 되었다. 그 육백 분 동안에는 지구에서도, 탐사선에서도 그녀를 막을 수 없었다.

그녀는 지평선을 향해 달리기 시작했다. 무인 자동차 회사의 탐사선이 있는 방향이었다. 무인 자동차 회사의 탐사선은 오백 킬로미터 멀리 떨어져 있었다.

수정이 탑승한 로봇은 시속 육십 킬로미터로 달릴 수 있었다. 로봇이기 때문에 지치지 않았다. 한 시간에 육십 킬로미터씩 열 시간을 달린다면 육백 킬로미터를 이동할 수 있다. 행운이 따라준다면 연료전지를 전부 소모하기 전에 무인 자동차 회사의 탐사선 아래에 이를 수 있을 것이었다.

탄산음료 회사의 탐사선이 그녀를 쫓아올 수 있을까? 수정은 아닐 거라고 생각했다. 바람의 방향이 반대였다. 그리고 소형 비행선은 부레 역할을 하는 작은 풍선에서 액체질소를 모두 빼놓은 상태였다.

*

광고주 대리인 우주탐사 역사에서 챌린저호 폭발 이후 최악의 스캔들이라고 하더군요. 뭐, 하실 말씀이라도?

수석 프로듀서 뭘 그렇게까지. 죽은 사람도 없는데.

광고주 대리인 야, 지금 그런 말이 나와?

제7프로듀서 무인 자동차 회사에서 성명을 냈어요. 수정을 일종의 난민으로 생각한다고, 자기네 탐사선 아래까지 오면 수단 방법을 가리지 않고 구조하겠대요. 구조 장면도 생중계하겠다더군요. 우리 본사도 성명을 냈어요. 수정의 몸을 본사에 저장하고 있는지는 알 수 없지만 만약 확인이 된다면 머리와 합칠 수 있을 때까지 책임지고 안전하게 보관할 거라고요.

광고주 대리인 그 딸년이 지금 온갖 곳에 자료를 뿌리고 인터뷰를 하고 있어. 네가 여기서 이렇게 점잔 떨고 있을 때야? 뭔가 대책을……

수석 프로듀서 너도 끼워줘?

광고주 대리인 뭐?

수석 프로듀서 잘 생각해봐. 이건 기회야.

광고주 대리인 허풍 치지 마.

수석 프로듀서 이 쇼가 시작된 뒤로, 수정과 마리의 탈주만큼 극적이고 짜릿한 이야기가 있었나? 그런데 이 이야기는 아직 방영이 안 되었다고. 사람들이 뉴스로

만 알아. 그리고 이 이야기의 영상은 전부 우리가 소유하고 있지. 100퍼센트. 계약에 따르면 수정과 마리의 로봇 무용극조차 우리 거야. 영상뿐 아니라 그 안무 자체가 다 우리 거야. 로봇 디자인도, 금성의 사진도, 전부 우리 거야. 이걸 돈으로 따지면 얼마나 될까?

광고주 대리인 사람들이 우리 쇼를 볼 거라고 생각하나? 대중에게 우리는 악의 화신이라고.

수석 프로듀서 탄산음료 회사의 쇼는 보려 하지 않을 테지. 하지만 다른 회사의 쇼라면?

광고주 대리인 다른 회사……?

수석 프로듀서 탄산음료 회사는 우주탐사 부문에 대해 파산을 선언할 거야. 사과 발표와 함께 앞으로 음료 회사 본연의 일에 충실하겠다든가 하는 얘기를 늘어놓을 테지. 하지만 그런다고 파산한 부문이 그냥 사라지는 게 아냐. 거기서 팔 수 있는 것들을 모아서 최대한 정산을 하려 들 거라고. 그런데 그 우량 자산의 가치가 어쩌면 파산 전 회사 가치의 총합보다 더 높을 수도 있어.

제7프로듀서 저희는 그 우량 자산에 포함될 수도 있고……

수석 프로듀서 아니면 우리가 직접 그 게임에 뛰어들 수도 있겠지. 간판 바꾸고 영업 재개할 때 계속 종업원으로 남아 있을 건가, 공동 사장단의 명단에 이름을 올릴 건가, 그런 문제야. 엔지니어 기질이 있는 딸이 악의 화신인 회사로부터 어머니를 구해내는 드라마를 생각해봐. 그러는 가운데 심지어 딸이 자기 재능까지 발견하고. 그게 다 실화라고.

광고주 대리인 다루기 쉬운 광고주들에게 컨소시엄 구성을 제안해보겠습니다. 채권자 자격을 내세우면 유리한 고지에 오르지 않을까 싶네요. 참, 아까 험한 말씀 드려서 미안합니다. 제가 가끔 그렇게 냉정을 잃어요. 저도 뇌 자극을 해주는 그런 헬멧이 있으면 좋을 텐데.

*

하늘에서 바큇살 모양의 번개가 여러 개 동시에 치고 있다. 지평선 근처 멀리서 화산이 폭발한 듯하다. 폭풍 구름이 머리 위를 가득 뒤덮었지만 수정을 방해하는 바람은 없다. 너무 뜨겁기 때문에 지표면 바로 위는 오히려 공기의 밀도가 낮고, 거의 움직이지도 않는다. 그것 역시 계산해둔 바였다.

이제 그녀를 태운 로봇은 탄산음료 회사의 탐사선으로부터 이

백오십 킬로미터, 무인 자동차 회사의 탐사선으로부터도 이백오십 킬로미터 떨어진 중간 지점에 와 있다. 로봇은 지치지 않고, 여전히 한 시간에 육십 킬로미터의 속도로 뜨거운 땅 위를 달리고 있다.

수정은 공포와 흥분으로 가슴이 터질 것 같은 기분이다. 헬멧의 특수 코일을 수동으로 켜는 방법을 알았다면 몇 번이고 작동시켰으리라.

탐사선에서, 지구에서, 어떤 일이 일어나고 있는지 그녀는 알지 못한다. 가장 우려했던 일은 벌어지지 않은 듯하다. 탄산음료 회사의 탐사선에서 다른 로봇들을 조종해 자신을 쫓는 일.

두번째로 우려하는 일은, 무인 자동차 회사의 탐사선 아래까지 간대도 아무도 자신을 구하러 오지 않는 것이다. 그렇게 된다면 그녀는 자신의 선택을 뼈저리게 후회하며 뇌 변성으로 인한 죽음을 기다려야 하리라.

그다음으로 우려하는 시나리오도 최후의 형태는 같다. 열 시간 동안 달리다가 지쳐서 정신을 잃거나, 길을 잃고 헤매느라 시간을 맞추지 못하거나, 또는 기계 고장으로 오도 가도 못하는 신세가 되는 경우다.

아직 다섯 시간을 더 달려야 하고, 연료전지의 잔량은 딱 그만큼만 남아 있다. 무선조종 장치를 떼어냈기 때문에 위성이 보내는 GPS 신호를 받을 수 없다. 금성은 자기장이 거의 없기 때문에 나

침반도 만들 수 없고, 하늘은 구름으로 덮여 있으므로 별자리로 위치를 파악할 수도 없다. 오로지 그간 수없이 관찰하며 외워두었던 지형지물에 의존해서 방향을 잡아야 한다.

이제 수정은 고독과 고립에도 단계와 깊이가 있다는 사실을 이해한다. 어느 수위에 이르면 그것은 더이상 외롭다든가 쓸쓸하다든가 하는 문제가 아니게 된다. 그것은 어느 순간 생존과 자존의 질문으로 변한다. 주변으로부터 아무런 도움도 기대할 수 없는 처지에 빠져 오래도록 고군분투하는 상황을 가정해보라. 특히 그 도움이 자신에게는 절대적으로 필요하지만 타인에게는 아주 사소한 종류인 경우를 그려보라. 결국엔 누구나 스스로를 처절하게 버림받은 존재로 느끼게 되고야 만다. 그리고 자신을 도와줄 수 있는 사람 중 가장 가까이에 있는 인물과 자신과의 거리를 계산하게 된다.

금성 표면을 달리며, 수정은 딸에 대해 생각한다. 지금 마리가 무엇을 하고 있을지, 자신으로부터 얼마나 떨어져 있는지를 계산한다. 과거에 자신이 마리에게 무엇을 했는지, 딸에게서 얼마나 떨어져 있었는지를 헤아린다.

수정은 자신이 방향을 제대로 잡고 있는지 확인하기 위해 근처에 있는 언덕에 오른다. 하늘에서 바큇살 모양의 번개가 친다. 머리 위에 있는 구름이 갑자기 팽창하기 시작한다. 멀리 있는 화산이 연기를 내뿜는다. 그녀는 언덕 정상에 우뚝 선 채로 갈 길을 찾는다. 번개와 구름과 연기가 로봇 헬멧의 전면창에 반사된다. 그 덕분에 로봇은 강한 결의에 찬 것처럼 보이기도 한다.

알래스카의 아이히만

나치 독일의 학살 책임자 아돌프 아이히만이 '재판'을 받은 지
도 팔 년이 지났다. 1961년 당시, 『뉴요커』는 해나 아렌트 박사
를 알래스카 남쪽 항구 도시 앵커리지의 유대인 자치구에 특파원
으로 보내 그 과정을 지켜본 바 있다. 아렌트 박사가 1963년 2월
8일호부터 5회에 걸쳐 연재한 「전반적인 보고: 앵커리지의 아이
히만」은 우리 시대 악의 정체와 전범 처리에 대해 뜨거운 논쟁을
불러일으켰다.

　『뉴요커』는 재판 이후 팔 년 만에 다시 앵커리지로 특파원을 보
낸다. 이번에는 프리랜서 기자이자 퓰리처상 논픽션 부문 수상 작
가이기도 한 앤 모리시 메릭이다. 메릭은 그녀가 창안한 '논픽션
소설 스타일'로 5회에 걸쳐 아이히만의 죽음과 '체험 기계'에 대해

기고한다.

*

전반적인 보고: 아이히만과 체험 기계 — I
앤 모리시 메릭, 1969년 11월 8일

"이스라엘에 오신 것을 환영합니다."

앵커리지국제공항에 기자단을 맞이하러 나온 엘리자베스 혼스타인 공보관이 말했다. '이스라엘'이라고 말하며 그녀가 희미하게 웃었던 것도 같다. 그 단어는 히브리어로 '신과 함께 싸우다'라는 뜻인데, 강성 시오니스트들이 미국으로부터 분리 독립을 요구하며 알래스카에 세우겠다는 국가 이름이기도 하다. 혼스타인의 인사는 기자단의 긴장을 풀어주기 위한 가벼운 농담처럼 들리기도 했고, '당신들이 뭐라고 부르든 이곳은 우리 땅인 이스라엘'이라는 결의를 과시하는 것처럼 들리기도 했다.

실제로 앵커리지국제공항을 통과하는 일은 미국의 마흔아홉번째 주가 아니라 다른 나라에 입국하는 것과 비슷했다. 우리는 삼엄한 보안 검색과 신원 확인 절차를 거쳤다. 공항 직원들은 단 하나의 트렁크, 단 한 개의 손가방에도 예외를 두지 않았다. 공항 안팎에는 제복을 갖춰 입은 유대인 무장 민병대가 있었고, 곳곳에 다비드의 별이 그려진 깃발이 마치 국기처럼 걸려 있었다.

공항에서 나온 기자들과 혼스타인 공보관은 아무 일도 없었던 것처럼 알래스카의 날씨에 대해 호들갑을 떨며 숙소로 향했다. 아직 아무도 아이히만의 이름을 꺼내지 않았지만 그럼에도 긴장감은 감출 수가 없었다. 사람들이 모여 떠들 때 나오는 흰 입김을 보고 아우슈비츠에서 사용한 치클론 B 가스를 떠올리게 될 지경이었다.

기자들은 숙소인 하얏트호텔에 짐을 풀고 나서야 일정표를 받았다. 즉석에서 기자단 대표가 된 AP 통신의 로라 포셋이 혼스타인에게 공식적으로 문제를 제기했다.

"우리는 아이히만과 체험 기계를 취재하러 왔어요. 정치인들 이야기를 듣거나 집단 공장을 구경하러 온 게 아니란 말입니다."

"원하시는 게 뭔가요?"

혼스타인 공보관이 물었다.

"체험 기계에 들어갈 사람들의 인터뷰를 원해요. 기계에 들어가기 전에 한 번, 그리고 들어갔다 나와서 한 번이요. 아돌프 아이히만과 에밀 벤야민 씨, 두 사람 모두요."

"아돌프 아이히만이 여러분과 이야기할 수 있게 저희가 허락하리라고 진지하게 믿고 계신 건 아니죠?"

"전범 재판은 텔레비전으로 생중계를 하셨잖아요? 그때는 아이히만이 하는 이야기를 전 세계 사람들이 그대로 들었는데 이번에 우리는 그러지 못한단 말인가요? 그리고 아인슈타인 박사님과의 인터뷰도 원합니다. 인터뷰 주제는 체험 기계뿐 아니라 박사님 근황과 물리학 연구까지 제한 없이 다루고 싶고요."

"아마 둘 다 힘들 것 같지만 제가 결정할 사항은 아닌 거 같네요. 국장님께 보고드리고 답을 받아올게요."

혼스타인이 대답했다.

사소하다면 사소한 이런 협상 과정을 일일이 적는 데에는 이유가 있다. 아렌트 박사는 『뉴요커』 연재 기사를 바탕으로 펴낸 책 『앵커리지의 아이히만』에서 아이히만 재판의 연극적 측면을 지적했다. 그 재판은 어떤 면에서 "유대인들이 전 세계에 가르쳐줘야 한다고 생각한 교훈을 담은 쇼"였다는 것이다.

나를 포함해 이날 알래스카에 도착한 기자들은 체험 기계의 가동이 팔 년 전 전범 재판보다 더한 쇼라고 느끼고 있었다. 이 연극에는 특히 아렌트 박사가 제기한 '악의 평범성'이라는 개념을 반박하려는 목적이 있음이 분명했다. 우리는 그 홍보 사업의 도구가 되고 싶지는 않았다. 안 그래도 유대인위원회 측에서 기자들의 성향을 분석해 자신들에게 유리한 글을 써줄 사람만 골라 초청했다는 비판이 나오는 상황이었다.

혼스타인은 두 시간 뒤에 돌아왔다.

"지금부터 말씀드릴 내용은 협상안이 아니라 최종 일정입니다. 이 이상 저희가 해드릴 수 있는 건 없습니다. 일정이 마음에 들지 않는 분은 공항으로 돌아가셔도 좋습니다. 먼저 아이히만과 인터뷰를 할 수는 없습니다. 하지만 아이히만이 원할 경우 체험 기계 가동 전후로 기자들 앞에서 입장을 발표할 수 있도록 하겠습니다. 하게 된다면 유리벽을 사이에 두고 아이히만이 하고 싶은 말을 하는 방식이 될 겁니다. 질문은 받지 않고요. 그와 별도로 기자분들이 원하신다면 지난 전범 재판과 체험 기계 가동 금지 신청 건으로 아이히만의 법정대리인을 맡았던 다니엘 세르바티우스 박사를 인터뷰할 수 있는 자리를 마련하겠습니다. 벤야민 씨와는 내일과 모레 각각 두 시간씩 간담회를 할 수 있도록 하겠습니다. 시간이 부족하면 집단 공장 견학 일정을 조정하거나 아예 뺄게요. 아인슈타인 박사님과는 내일 연구소 취재를 마치고 자유로운 분위기에서 대화하실 수 있도록 식사 자리를 마련하겠습니다."

기자들은 대체로 수긍하는 분위기였다. 나는 아이히만이 길게는 아니더라도 한두 마디 정도는 자기변명을 하지 않을까 기대했다. 그 정도면 괜찮은 스케치를 뽑을 수 있었다. 세르바티우스와 이야기할 수 있다는 것도 매력적인 제안이었다. 지난 팔 년 동안 수많은 언론이 그에게 인터뷰를 요청했으나 그는 한 번도 응한 적이 없었다.

우리가 잠자코 있자 혼스타인은 "그러면 다들 동의하신 걸로 알겠습니다"라고 말하고 사라졌다. 시간이 조금 지나 돌이켜보니 유대인위원회 문화공보국이 미리 치밀하게 짜둔 계획에 우리가 걸려든 게 아닌가 의심이 들었다. 어떤 스케줄을 제시하든 항의하며 다른 요구 사항을 말하는 기자들이 있었을 터다. 그래서 아인슈타인 박사나 세르바티우스와의 인터뷰를 준비해두었으면서도 일정표에는 일부러 빼두었던 게 아닌가 싶었던 것이다.

*

1961년 5월 22일, 앵커리지 유대인 자치구의 실질적인 정부인 유대인위원회의 다비드 벤구리온 당시 위원장은 자신들이 나치 전범을 한 명 체포했고, 유대인 자치구의 특별 법정에서 그를 재판할 거라고 발표했다. 그들이 체포했다는 전범은 아돌프 아이히만이었고 체포한 장소는 부에노스아이레스였다.

미국 연방정부와 알래스카 주정부는 유대인 자치구는 사법권을 보유하지 않으며, 그들의 '전범 재판'도 법적인 효력이 전혀 없다고 거듭 밝혔다. 아르헨티나는 유대인들이 불법 납치한 아이히만을 즉각 돌려보내야 한다고 주장했다. 그러나 미국 정부는 지난 팔 년 동안 유대인 자치구에 구금된 아이히만의 신병을 확보하려는 어떤 실질적인 노력도 하지 않았으며, 아이히만을 미국 법원에 기소할 것인지에 대해서도 명확한 입장을 밝히지 않았다.

국제군사재판을 다시 열자거나, 형사 문제까지 다룰 수 있도록 국제사법재판소의 기능을 확대하자거나, 반인도적인 범죄를 재판하는 별도의 국제기구 창설을 주장하자는 아이디어 등은 신문과 잡지 지면 위에서만 요란하게 오갔다. 그사이 유대인위원회는 "우리의 정당한 재판을 방해하려는 어떤 무력 시도도 용납하지 않을 것"이라며 민병대를 결성했고, 유대계 미국인 공동체들도 유대인위원회를 지지하고 나섰다.

그렇게 재판이 열렸고, 이 글에서는 두 가지만 언급하면 충분할 것 같다.

먼저 재판을 둘러싼 여론이 유대인위원회에서 의도한 대로 흘러가지 않았다는 점이다. 아이히만 재판이 초법적인 테러라고 목소리를 높인 비유대인은 많지 않았다. 그러나 유대인이 아닌 많은 사람들이 카타르시스보다는 불편함을 느낀 게 사실이었다. 게다가 브라운관 속의 아이히만은 수단 방법을 가리지 않고 제거해야 할 괴물이라기에는 너무 시시한 인간으로 보였으며, '악은 평범하다'는 아렌트 박사의 논의는 꽤 설득력 있게 들렸다.

하필 재판 직후 예일대의 스탠리 밀그램 교수가 이제는 유명해진 실험으로 사람이 얼마나 쉽게 권위에 굴복하는지를 보여줬다. 선량하기 그지없는 사람들이 흰 가운을 입은 연구자의 지시를 받으면 얼마든지 이웃에게 치사 수준의 전기 충격을 가할 수 있음을 모두가 알게 됐다. 그리고 그런 깨달음은 아이히만의 '죄'에 대한 의심으로 이어졌다.

아이히만이 위축되긴 했어도 그다지 죄의식은 느끼지 않는 모습이었다는 점이 그런 회의감을 부채질했다. 자기가 무슨 죄를 저질렀는지도 모르는 듯한 인간을 처벌하는 것이 과연 무슨 의미가 있을까?

다음으로 지적하고 싶은 것은, 사형 선고와 사형 집행은 완전히 다른 사건이라는 사실이다. 아이히만 개인에게도 물론 그렇지만 알래스카 유대인 자치구의 정치적 운명이라는 관점에서도 그렇다. 실제로 아이히만에게 사형이 언도된 직후 존 F. 케네디 대통령이 벤구리온 위원장에게 전화를 걸었고, 이후 아이히만의 처분에 대해 백악관과 앵커리지 사이에 십여 차례에 걸쳐 물밑 논의가 있었다고 전해진다.

유대인 자치구 내의 온건파와 외교 전문가들은 아이히만을 특별사면하는 방안을 제시했다. 유대인위원회에서 아이히만을 알래스카 밖으로 추방하고, 미국은 유대인 자치구에 괌이나 푸에르토리코보다 높은 수준의 자치권을 부여한다는 아이디어였다. 그러나 유대인 자치구가 아이히만 사형을 직접 집행해야 한다는 강성 시오니스트의 수도 만만치 않았다. 그들은 아이히만을 그렇게 풀어준다면 요제프 멩겔레 등 숨은 나치 전범을 추적하는 작업이 힘을 잃을 거라고 주장했다.

돌파구는 뜻밖에도 과학계에서 왔다. 아이히만 재판 다음해인 1962년, 로절린드 프랭클린 박사는 '기억 세포'라 불리는 디그램 세포를 발견하고 그 작동 원리를 규명했다. 그녀의 연구 결과는

DNA의 이중나선 구조 발견을 하찮게 보이게 할 정도라는 평가를 받았고, 20세기 생명과학 분야 최대의 업적으로 꼽히고 있다. 언론에 나서기를 꺼리던 프랭클린 박사는 노벨생리의학상 수상 인터뷰에서 "우리가 다른 사람의 기억을 인공적으로 주입받을 수도 있을까요?"라는 질문을 받았다.

"기억을 어떻게 규정하느냐에 따라 그 질문에 대한 답이 달라질 것 같습니다. 단기 기억과 장기 기억은 형성 원리가 완전히 다른데, 우리는 단기 기억에 대해서는 아직 모르는 게 너무 많은 상태입니다. 거의 아는 게 없다고 하는 게 정직한 표현일 거예요. 하지만 트라우마로 남을 정도로 강력한 체험이라면 한 디그램 세포체에 기록된 전기신호를 읽어내 다른 디그램 세포체에 같은 전기신호를 기록하는 게 이론적으로는 가능합니다. 이미 특정 조건에서 전기 충격을 받은 쥐의 디그램 세포체 자체를 다른 쥐에 이식하는 실험은 성공적으로 마친 상태입니다. 디그램 세포를 이식받은 쥐는 자기가 경험해본 적도 없는 대상을 두려워하게 됐어요."

"그런 일이 사람한테도 가능할 거라고 보십니까?"

"체험 기계를 말씀하시는 건가요? 우리한테 이론은 있어요. 하지만 이론적으로 가능한 것과 그 이론을 바탕으로 기계를 제작해서 실제로 작동시키는 것은 완전히 달라요. 이론적으로는, 에베레스트산도 한 발을 내딛고 다른 발을 또 내딛는 걸 계속하면 정상에 올라갈 수 있죠. 체험 기계를 만드는 데에는 해결해야 할 기술적 과제가 너무 많습니다. 아마 삼십 년 안에는 불가능하리라 봅니다. 그리고 설사 그 기계가 만들어진다 해도 우리가 옮길 수 있는 것은 정보-기억이 아니라 정서-기억입니다. 그러니 체험 기계가 개발될 거라고 믿고 공부할 필요가 없다고 여기는 어린 학생들이 있다면 다시 생각하시길 바랄게요. 여러분이 대학을 졸업하기 전에 그 기계가 나올 리도 없고, 그 기계가 나온다 해도 친구가 공부한 내용을 여러분 머릿속으로 옮겨주지는 못하니까요. 공부하느라 겪은 괴로움과 지루함만 옮겨줄 거랍니다."

기자들은 웃음을 터뜨렸지만 기사는 제멋대로 썼다. 프랭클린 박사는 다음날 꽤나 당황했을 것이다. '프랭클린 박사, "체험 기계 가능하다"고 말해'라는 제목의 기사까지 나왔으니. 그리고 일주일 뒤 그녀는 앵커리지로부터 초청을 받았다.

*

"체험 기계 가동은 아이히만 본인이 바라는 일이므로, 위원회가 그런 비난을 들을 이유가 없습니다."

골다 메이어 문화공보국장이 말했다. 우리는 앵커리지 중심부에 있는 유대인위원회 사무국 건물 3층의 대회의실에 있었다.

유대인위원회의 문화부 장관 격인 그녀와의 간담회는 전쟁 같은 분위기였다. 기자들은 공격적으로 질문을 던졌고, 메이어는 딱

딱하게 굴었다. 그런 분위기는 어느 정도 예상된 것이기도 했다. 메이어는 유대인들이 아이히만을 알래스카로 데려온 것은 납치가 아니고 유대인들에게는 아이히만을 재판할 자격과 권리가 있으며 체험 기계 가동에 대해서도 마찬가지라고 주장했다.

메이어는 두 가지 이야기를 반복했다. 첫째, 모든 일이 아이히만의 동의하에 이뤄졌다는 것. 그녀에 따르면 아이히만은 아르헨티나에서 알래스카로 압송되기 전에도, 재판을 받기 전에도, 체험 기계 안에 들어가는 일에 대해서도 모두 그에 찬성한다는 자필 동의서를 작성했다(메이어가 이를 진지하게 말할수록 기자들은 점점 더 싸늘한 표정을 지었다).

둘째, 나치는 비교할 수 없이 끔찍한 일을 저질렀다는 것. 메이어는 곤란한 질문을 받을 때마다 인상을 쓰며 이렇게 되받아쳤다.

"그런 질문은 보다 전에 했어야 하는 거 아닙니까? 나치가 유대인들을 격리하고 가스실로 보낼 때요. 왜 당신들은 그때는 나치에게 권리와 자격을 묻지 않았습니까? 왜 지금에 와서 우리가 정의를 행하려 할 때 권리와 자격을 따지는 겁니까?"

간담회를 마칠 때 메이어는 기자들에게 고맙다든가 좋은 밤을 보내라든가 하는 형식적인 인사조차 건네지 않았다.

메이어 국장과의 간담회나 혼스타인 공보관과 함께 한 저녁식사보다는 그날 밤 다른 기자들과 나눈 대화가 생각을 정리하는 데에는 더 유용했던 것 같다. 나를 비롯한 몇몇 기자는 늦게까지 잠을 이루지 못했다. 우리는 호텔 로비 라운지에서 와인을 마시고 시가를 피우며 아이히만과 유대인위원회에 대해, 시오니즘과 홀로코스트에 대해, 그리고 체험 기계에 대해, 용서와 화해에 대해, 다른 사람을 이해한다는 일에 대해 나른하게 이야기했다.

그럼에도 나는 정직하게 인정하고 싶다. 우리 중 누구도 이틀 뒤 보게 될 실험의 의미를 알지 못했다고. 그것은 이 글을 쓰고 있는 지금 이 순간에도 마찬가지다. 체험 기계는 인간의 의식과 역사를 영원히 바꿔놓을 장치다. 그리고 우리는 그 발명의 의미를 제대로 파악하지 못하고 있다. 어쩌면 이 기계가 세상을 바꿔놓은 다음에야 그 함의를 겨우 해석하게 될지도 모른다.

우리는 무언가 상상을 뛰어넘는 거대한 변화가 눈앞에 있음을 막연히 느꼈을 뿐이다. 에드먼드 카트라이트의 방직기나 제임스 와트의 증기기관을 처음 본 18세기 사람들처럼. 게다가 아이히만 이라는 인물이 우리 눈을 가리고 서서, 그 뒤로 펼쳐진 전망을 제대로 보지 못하게 막고 있었다.

"나중에 체험 기계가 보급이 된다면, 복수의 도구로 그걸 쓰고 싶으세요? 교통사고로 가족을 잃는다, 그러면 상대 운전자에게 체험 기계에 들어가서 내가 겪은 고통을 맛보게 하고 싶으세요? 전 잘 모르겠거든요. 물론 상대가 교도소에 가는 것보다는 체험 기계 속으로 들어가는 게 더 나을 거 같아요. 그런데 역시 그냥 저한테 배상금을 주는 게 더 좋은 일 같고요."

『타임』의 헬렌 테일러가 물었다.

"범죄의 종류에 따라 달라지는 거 아닐까? 과실범에게는 굳이 '내가 당한 만큼 너도 겪어봐라'라고 요구할 것 같지는 않거든. 경제사범에게도 마찬가지야. 누가 나를 속여서 돈을 빼앗아갔다면 그 돈을 돌려받는 게 중요하지, 그 사기범이 어떤 처벌을 받느냐는 나중에 생각할 것 같아. 반면에 성폭행범이나 폭력범, 살인범에 대해서는 그런 식으로 생각하기 어렵지."

영국에서 온 클레어 홀링워스가 말했다.

"죄명이나 고의 여부가 중요한 게 아닌 거 같은데요? 만일 어떤 경제사범 때문에 제 가정이 산산이 망가진다면 배상금이 아니라 상대의 고통을 원하게 될 거 같아요. 특히 상대가 록펠러나 카네기 같은 거부라면 더 그러지 않겠어요? 내 피해가 복구되는 게 문제가 아니라, 내가 당한 고통을 가해자도 똑같이 받느냐 아니냐가 중요하죠. 유대인들이 아이히만 처리에 대해 느끼는 심정도 그와 비슷한 거 같아요. 아이히만이 자기가 피해자들에게 준 고통을 모른 채로 죽는다면, 어떤 처벌도 의미가 없다는 거죠. 그보다는 차라리 그자를 살려주고, 대신 체험 기계로 가르침을 주는 편이 낫다는 거 아닐까요."

로라 포셋이 말했다.

"그건 정의인가요, 아니면 복수인가요? 아이히만이 자기가 피해자들에게 준 고통을 모른 채로 죽는다면, 그런 처벌은 의미가 없다는 건가요, 아니면 충분히 달콤하지 않다는 건가요?"

내가 묻자 포셋이 휘파람을 불었다. 나는 포셋을 향해 웃으며 시가 연기를 내뿜었다. 테일러가 춤을 추고 싶다며 자리에서 일어나 트위스트 스텝을 밟았다.

"알래스카엔 석유도 있고 석탄도 있고 금도 있고 다른 사람의 경험을 체험할 수 있게 해준다는 기계도 있고 나치 전범도 있고 유대인들도 있죠. 그러면 그중에 괜찮은 유대인 남자도 한두 명은 있어야 하는 거 아닌가요?"

테일러가 말하자 누군가 "저 친구가 아직 젊어서, 괜찮은 남자가 얼마나 희소한 자원인지 모르네"라고 이죽거렸다.

다른 누군가는 체험 기계가 성혁명을 일으킬 거라고 주장했다.

"자기 애인이나 아내가 섹스를 하면서 뭘 경험하는지 남자들이 비로소 알게 되지 않겠어요? 전희가 얼마나 중요한지 그제야 겨우 깨닫겠죠! 그리고 여자들은 더이상 가짜 오르가슴을 연기할 이유가 없고요."

다른 누군가는 오히려 섹스의 필요성이 사라지게 되는 것 아니냐고 반박했다. 체험 기계를 통해 다른 이들이 경험한 다양하고 수준 높은 섹스를 안전하게 구입할 수 있게 될 터이므로. 또다른 누군가는 진짜 섹스와 체험 기계를 통한 간접 경험 사이에는 실황 공연과 레코드판에서 나오는 음악만큼의 분명한 차이가 있을 거라고 주장했다.

"그 문제는 인류의 행복과 문명의 발전에 있어서 어마어마하게 중요한 이슈이니만큼 내일 로절린드 프랭클린 박사에게 꼭 물어보기로 해요. 기자 대표로서 포셋이."

자리를 마무리하며 홀링워스가 말했다.

*

전반적인 보고: 아이히만과 체험 기계 — II
앤 모리시 메릭, 1969년 11월 15일

"과학자로서 제 목표는 아이히만 씨에게 고통을 가하는 데 있지 않습니다. 체험 기계가 정교한 고문 도구라는 비판에도 동의하지 않고요. 디그램 세포체의 작동 원리에 대해 조금이라도 공부한 사람이라면 결코 그런 말을 하지 않을 거예요. 저는 체험 기계라는 명칭이 잘못됐다고 생각해요. 제가 이 기계에 대중적인 이름을 다시 붙일 수 있다면 '공감 기계'나 '이해 기계'라고 부르고 싶네요. 몇 번 시도를 해봤는데 별 호응은 없었습니다만."

프랭클린 박사가 걸어가며 설명했다. 그 뒤로는 거대한 유조차처럼 보이는 구조물이 두 대 있었다. 프랭클린 박사는 그 구조물은 중앙처리장치이며, 부피가 저렇게 큰 이유는 냉각장치 때문이라고 말했다. 중앙처리장치 앞부분에는 사람 한 명이 넉넉히 들어갈 만한 긴 실린더가 두 개 나란히 눕혀져 있었는데, 흡사 작은 동굴처럼 보였다.

우리는 앵커리지 외곽, 파노스바이센테니얼공원 안에 있는 바이즈만 연구소에 와 있었다. 체험 기계 개발을 위해 전 세계 과학자 백여 명이 모여 팔 년 동안 밤낮없이 연구를 진행해온 곳이었다. 연구자들의 전공은 다양했다. 분자생물학자, 신경과학자, 전기 및 전자 공학자는 물론이고 심리학자, 사회학자, 인류학자도 있었다.

이 연구소의 일 년 예산이 아시아나 아프리카 소국의 국방 예산보다 많다는 소문도 있고, 로스차일드 가문을 비롯한 유대계 자본이 연구비를 무제한으로 대주고 있다는 루머도 있다. 체험 기계는 눈가림용 속임수이고, 실제로는 세계 지배를 꿈꾸는 유대인 갑부들을 위해 세뇌 장치를 만드는 곳이며, UFO도 이곳에서 만든 무기라는 음모론도 있었다(이 음모론에 따르면 아인슈타인 박사가 그 UFO를 설계했다고 한다).

물론 우리는 그런 헛소문을 믿지 않았지만 적어도 연구소가 최첨단 장비로 그득할 거라고는 기대했다. 정작 연구소는 내가 다녔던 대학의 공대 건물과 비슷했다. 멋대가리 없게 실용적으로 지은, 늘 한구석이 공사중이고 며칠 밤을 새운 듯한 표정의 대학원생들이 흰 가운을 입고 돌아다니던.

"체험과 공감은 어떻게 다르죠? 박사님의 정의는 무엇입니까?"

"체험은 엄청나게 풍부한 감각 자극들로 이뤄집니다. 그리고 그중에 디그램 세포체에 남는 정보는 많아야 5퍼센트 정도밖에 되지 않아요. 괴로운 사고실험입니다만, 만약 어떤 사람을 고문한 직후 그 사람의 디그램 세포체를 꺼내 다른 사람에게 이식한다 해도 그 시술을 받은 사람이 통증으로 몸부림치지는 않을 거라는 말입니다. 그런 시술을 받은 사람은 분명히 상당한 충격은 받겠지만, 그 자극이 무엇을 의미하는지 알지 못해 어리둥절해할 겁니다. 어쩌면 안도할지도 모릅니다. 악몽을 꾸고 깨어난 사람이 꿈속에서 얼마나 강렬한 경험을 했든 그게 자신의 현실과 관련이 없다는 사실을 깨닫는 순간 마음이 가벼워지는 것처럼요."

프랭클린 박사가 우아하게 대답했다.

"그걸 두고 '체험 기계의 공감 효율은 5퍼센트'라고 기사를 쓰면 안 되는 거겠죠?"

"당연히 안 되죠, 메릭 기자님. 제가 말씀드리려는 건, 체험을 그대로 기록한다고 기억이 되지는 않는다는 점, 그리고 디그램 세포체는 비석이나 공책이나 자기테이프 같은 게 아니라는 사실이에요. 우리가 외부 세계로부터 받아들이는 것은 감각이지만, 머릿속에 저장하는 것은 그 감각을 재료로 한 인지적 구조물이에요. 이 구조물은 체험 순간 이후 상당한 시간에 걸쳐 형성되며, 때로는 몇 년, 몇십 년 동안 꾸준히 모습을 바꾸기도 합니다. 일부는 사라지기도 하고, 일부는 강화되기도 하죠. 다른 구조물과 섞여 왜곡되기도 합니다. 그런 편집은 장기 기억의 본질적인 특성이에요. 인지적 구조물이라는 시스템을 기반으로 장기 기억이 만들어지는 것이죠."

"디그램 세포체가 그 구조물인가요?"

"그렇지는 않아요. 여기서부터는 아마도 여러분이 따분해하실 전문적인 설명이 필요한 대목인데, 제가 자주 드는 비유는 은행이에요. 은행은 인지적 구조물입니다. 우리는 은행에서 돈을 맡기거나 찾거나 빌릴 수 있고, 우리 요구에 따라 돈을 꺼내주거나 빌려주는 은행 직원들이 있고, 그 사람들이 일하는 건물이 있죠. 디그램 세포체는 은행의 장부에 해당해요. 기억은 금융 활동 같은 것이고요. 사실 디그램 세포체 없이도 우리는 타인의 경험을 불완전하게나마 체험할 수 있어요. 은행이 장부를 잃어버린 상태에서도 고객을 속이고 영업을 할 수 있는 것처럼요."

"그런 일을 가능하게 만드는 게 박사님의 다음 목표인가요?"

"아니요. 그건 위대한 작가들이 이미 수백 년 동안 해온 일입니다. 문학작품을 읽을 때 우리는 주인공의 이야기를 따라가며 웃고 울지요. '간접 체험'이라고 부르더라도 그때 느끼는 기쁨과 슬픔은 진짜입니다. 백인이라도 『톰 아저씨의 오두막』을 읽으며 노예들의 아픔에 공감할 수 있고, 가난을 경험한 적이 없더라도 『올리버 트위스트』를 읽으며 눈물 흘릴 수 있죠. 하지만 디그램 세포체가 없는 그런 체험은 정확하지 않고, 실감도 떨어지지요."

"박사님도 체험 기계를 사용해보셨나요?"

"연구원들은 모두 다 그 기계를 세 번 이상 체험했습니다. 저희는 온갖 경험을 서로 주고받았어요. 키우던 개의 죽음, 과학경진대회 수상, 대학 입학, 진로 고민, 연인과의 이별, 해외여행, 히피체험, 부모님 병간호 등등이요. 그 실험들은 체험 기계를 개선하는 데에도 도움이 됐지만 연구원들 사이의 신뢰와 우정을 돈독히 하는 데에도 어마어마한 영향을 미쳤죠. 한 가지 덧붙이자면, 실험 내내 체험 기계는 대단히 안전하고 또 안정적으로 작동했습니다. 딱 한 번 실험중에 가동을 중단한 적이 있는데, 그건 기계 문제가 아니라 피험자가 빈혈 증세로 어지럼증을 호소했기 때문이었습니다."

*

"저희는 사실상 신경공학이라는 새로운 분야를 만들어낸 셈이에요. 팔 년 만에 이런 성과를 올릴 수 있으리라고는 누구도 예상하지 못했습니다."

그레이스 페리 박사가 설명했다. 키가 오 피트 남짓인 그녀는 체험 기계 개발을 위해 아인슈타인 박사와 오펜하이머 박사가 섭외한 비유대인 과학자 중 한 사람이다. 이전까지 페리 박사는 미국 해군 중령으로 일하고 있었다. 그녀는 제2차세계대전이 일어나자 여군 지원단에 자원입대했다. 바이츠만 연구소의 스카우트 제안은 처음에는 거절했는데, 체험 기계 개발에 착수한다는 소식을 듣고는 연봉도 묻지 않고 바로 응했다고 한다.

페리 박사가 말하는 동안 유대인위원회의 지정 사진 기자가 플래시를 터뜨리며 사진을 찍었다. 외부 기자들은 이번 취재 일정 내내 사진 촬영이 금지돼 있었고, 유대인위원회가 제공하는 사진을 사용하기로 합의돼 있었다. 연구소의 정확한 위치나 침투 방법의 실마리가 사진으로 드러날 수 있다는 이유에서였다. 바이츠만 연구소나 체험 기계 연구원들은 반유대주의 테러 단체들의 주요 표적이다.

"동물실험에서는 목표가 되는 디그램 세포체를 적출해서 이식할 수 있었지만 사람을 상대로는 그렇게 하지 못하죠. 만약 그렇게 한다면 원래 그 디그램 세포체를 갖고 있던 사람은 자기 기억을 잃어버리게 될 테니까요. 세포체를 없앤다고 해서 기억이 깔끔하게 싹둑 사라지는 건 아니지만요. 어쨌든 저희 과제는 원본 디그램 세포체를 복사하는 일이었는데, 연구팀이 꾸려질 때만 해도 이걸 가능하게 할 방법에 대해서는 가설만 몇 가지 있었을 뿐이었습니다."

페리 박사는 전직 장교답게 꼿꼿한 자세로 말했다. 이후 한 시간에 걸쳐 특정 파장의 전자기파가 디그램 신경세포들을 어떻게 제어하는지에 대해 페리 박사가 강의하는 동안 나를 비롯한 기자들의 펜은 점점 느려졌다. 몇몇 기자가 페리 박사에게 "문학적 비유를 사용해서 설명해줄 수 없느냐"고 요구하자 이번에는 박사의 말문이 막혔다. 하긴 프랭클린 박사의 은행 비유도 그리 썩 와닿는 건 아니었다.

페리 박사가 긴 설명을 마친 뒤 질문을 받겠다고 했으나 좌중은 조용했다. 마침내 포셋이 머뭇거리며 손을 들긴 했는데, 진심으로 궁금해서라기보다는 박사에 대한 예의와 의무감 때문임이 분명했다. 프랭클린 박사의 앞선 설명 덕분에 대강 답이 짐작되기도 하는 질문이었다.

"박사님, 예를 들어…… 섹스나 죽음 같은 경험도 체험 기계를 통해 어떤 느낌인지 다른 사람한테 전달하는 게 가능할까요? 그럴 경우 그 강도는 얼마나 될까요? 대중이 궁금해하는 부분이어서요."

페리 박사는 '이거 원, 어디서부터 어떻게 설명해야 할지 모르겠네'라는 표정으로 포셋을 쳐다봤다. 그러자 프랭클린 박사가 끼어들었다.

"섹스의 경우 한 번도 경험해보지 못한 사람에게 그게 어떤 느낌인지 전달하는 건 가능할 거예요. 하지만 쾌감이 아니라 근사한 몸의 대화로서 전달될 거예요. 죽음 자체는 전달이 안 될 겁니다. 죽어가는 과정이라면 전달 가능할 텐데, 그게 특별한 경험일지는 모르겠네요. 그냥 아프고 불편하고 현기증이 나는 느낌일 겁니다.

제가 앞서 말씀드렸다시피 디그램 세포체에 저장되는 정보는 감각 자극 그 자체가 아니에요. 상당한 시간 동안 그 자극들을 인지적으로 해석해서 만들어낸 서사와 정서 반응이죠."

"박사님, 정확히 아이히만 씨가 체험 기계에 들어가서 경험하는 게 뭔가요? 벤야민 씨의 어떤 경험이 아이히만 씨에게 입력되는 건가요?"

내가 물었다.

"현재 시점에서 벤야민 씨가 기억하는 아우슈비츠 체험이 아이히만 씨의 해마로 들어가는 거예요. 벤야민 씨가 아우슈비츠에서 겪은 육체적 고통의 총합이 아니라요. 아이히만 씨는 그 경험을 하나의 이야기로서 받아들이게 되고, 1969년 오늘 벤야민 씨가 품고 있는 상처와 상실감을 생생하게 느끼게 될 겁니다. 벤야민 씨가 1940년대에 아우슈비츠에서 겪은 육체적 고통이나 굶주림을 되풀이하는 게 아닙니다. 그래서 저는 이 기계를 체험 기계가 아니라 '공감 기계'나 '이해 기계'라고 부르고 싶은 거고요."

"다른 사람의 기억이 머릿속에 들어온다는 것은 어떤 일인가요? 잠시 동안 내 자아가 사라지고 그 사람이 된다는 건가요? 벤야민 씨에게 아이히만의 기억이 들어가면 벤야민 씨는 그 순간 완전히 아이히만이 되는 건가요?"

"철학적으로는 복잡한 논의를 끌어내겠지만 막상 실제로 겪어보면 그렇게 대단하지는 않아요. 영화나 소설 속에 푹 몰입되었다가 빠져나오는 느낌이에요. 기계 작동이 끝날 때 약간 꿈에서 깨어나는 듯한, 한 인생을 살고 난 것 같은 그런 기분이 들기는 해요. 하지만 감동적인 영화가 끝나고 엔딩 크레디트가 올라갈 때에도 그런 느낌이 들지 않나요?"

"박사님, 제가 이해한 게 맞는지 봐주세요. 체험 기계는 한 사람의 주관적인 기억을 다른 사람에게도 주관적인 기억이 되도록 만들어주는 거라고 생각해요. 하지만 주관적인 기억을 대하는 태도는 사람마다 다를 수 있지 않나요? 극단적으로는, 그런 기억을 이식받아도 별다른 느낌을 받지 못할 수 있잖아요? 자폐성 장애가 있거나 공감 능력이 남들보다 현저히 떨어지는 경우에 말이에요."

대학에서 심리학을 전공한 테일러가 예리하게 물었다.

"정확하게 이해하신 게 맞습니다. 은행 장부가 있어도 은행 직원이 그 장부를 읽지 않거나 업무를 거부하면 방법이 없지요. 이게 체험 기계 자체의 한계인지 아니면 다른 돌파구가 있을지에 대해서는 저도 뭐라 말씀을 드리지 못할 거 같아요. 하지만 반대의 경우를 생각해본다면 자폐성 장애가 있거나 공감 능력이 떨어지는 사람이라도 장기 기억을 만들지 않는 건 아니에요. 그러니까 사람들은 체험 기계를 이용해 그런 장애를 지니고 산다는 게 어떤 일인지를 경험할 수 있을 거예요. 그건 좋은 일이죠. 그리고 아이히만 씨에 대해 이야기하자면, 정신과의사 여섯 명이 그를 검진했고 모두 정상 판정을 내렸습니다. 그는 슬픔을 느낄 줄 아는 인간입니다. 친구가 자살했을 때 아주 슬퍼했다고 하지요. 아렌트 박사도 아이히만 씨가 아주 평범한 인물이라고 쓰지 않았던가요?"

프랭클린 박사가 말했다.

*

"히로시마와 기타큐슈에 원자폭탄이 터지는 걸 보고 이전처럼 살 수는 없다고 생각했습니다. 제 손이 피에 젖은 것 같았죠. 다들 아시다시피 저는 루스벨트 대통령에게 맨해튼 프로젝트를 추진해야 한다고 권유했습니다. 이제 나치 독일은 사라졌고 인류는 핵무기와 증오라는 새로운 적을, 어쩌면 더 크고 강한 적을 상대하게 됐습니다. 당연히 과학자들이 모여서 이 문제를 연구하고 실질적인 해결책을 논의해야 한다고 생각했고, 거기에 역할을 하고 싶었습니다."

아인슈타인 박사가 말했다. 그러나 그는 체험 기계 개발에 자신이 과학자로서 기여한 바는 거의 없다며 몸을 낮췄다. "여러분이나 저나 여기서 저 기계를 볼 수 있는 건 모두 프랭클린 박사의 천재성 덕분입니다"라고 아인슈타인 박사는 말했다. 자신은 그저 마스코트 같은 역할이었으며, 오펜하이머는 공사장 감독 같은 존재였고, 진짜 중요한 일은 모두 로절린드 프랭클린과 그레이스 페리 박사의 연구팀이 했다는 것이었다. 아인슈타인 박사는 오펜하이

머가 살아서 함께 있었어도 그 의견에 동의했을 거라고 덧붙였다. 아인슈타인 박사는 "오펜하이머 씨는 담배를 너무 많이 피웠습니다"라며 아쉬워했다.

"제일 처음에 이 프로젝트에 대한 아이디어를 내신 게 박사님 아니신가요?"

홀링워스가 물었다.

"그것도 아닙니다. 프랭클린 박사의 노벨상 수상 인터뷰를 보고 유대인위원회의 누군가가 결정한 겁니다. 미국 사람들이 수십 년이 걸릴 거라는 기술적 과제들을 맨해튼 프로젝트나 아폴로 프로젝트로 추진했잖습니까. 그런데 프랭클린 박사가 삼십 년이면 체험 기계가 개발될 거라고 하니, 유능한 과학자들을 모아서 팀을 꾸리면 그 기간을 훨씬 앞당길 수 있을 거라고 누군가 생각한 거죠. 그 누군가의 이름은 이곳 사람들의 일급 기밀이고요."

"체험 기계 개발이 아이히만을 겨냥한 프로젝트인 건 언제 알게 되셨나요?"

테일러가 물었다.

"앵커리지에 와서 반년쯤 뒤에 알게 됐습니다. 고민이 컸죠. 전기의자를 개발하는 에디슨이 된 것 같은 기분이었습니다. 정치인들은 과학을 이런 식으로밖에 이용하지 못하는 건가 자괴감도 들었고요."

"하지만 연구팀을 떠나지는 않으셨죠."

내가 지적했다.

"그러기에는 체험 기계의 잠재력이 너무 컸습니다. 저는 체험 기계의 발명이 달 착륙보다 훨씬 더 거대한 사건이라고 감히 주장하고 싶습니다. 달 착륙은 놀라운 성취이지만, 우리의 세계 인식을 근본적으로 변화시키지는 않았어요. 우리는 달에 가서 보게 될 것을 알고 있었고, 달 착륙을 목격한 뒤 진정으로 놀라지는 않았습니다. 우리는 스스로에 대해 열광했고, 열광하는 다른 사람들을 보며 다시 열광했을 따름이에요. 그것은 인류 차원의 자아도취였습니다."

이 부분에서 아인슈타인 박사의 목소리가 잠시 갈라졌다. 박사는 목을 가다듬고 말을 이었다.

"월석을 분석해 지구의 탄생과 어쩌면 태양계의 기원에 대해 중대한 실마리를 얻게 될지도 모르죠. 그러나 그것은 과학자들의 문제입니다. 나머지 보통 사람들에게 달 착륙이란, '인간이 외계에 갈 수 있다'는 증명 정도로 기억될 겁니다. 냉정히 평가해볼 때 인간 의식의 역사에서 달 착륙의 의의는 낭만적인 전통 관념을 얼마간 부수고, 과학만능주의를 보급한 정도에 그칠지도 모릅니다."

아인슈타인 박사는 "타인의 마음은 우리에게 달보다 더 아득히 먼 곳"이라고 말했다. 인간의 삶에서 대부분의 비극은 다른 사람을 이해하지 못한다는 데에서 오지 않는가. 우리가 다른 사람의 환희와 고통을 바로 그 사람이 느낀 그대로 경험할 수 있게 된다면 어떤 일이 벌어질까? "개인의 삶, 단체의 규칙, 정치와 사회정책, 문화가 모두 바뀔 것이고, 더 나아가 문명 전체가 변화할 것"이라며 아인슈타인 박사는 힘주어 말했다.

"모든 사람이 체험 기계를 일 년에 몇 시간 이상 필수로 사용하게끔 만드는 법이 생기면 좋을 것 같습니다. 남자가 여자를, 여자가 남자를 이해하게 되면 성차별이 사라지게 될 겁니다. 부자는 가난이 어떤 건지 알 수 있겠죠. 고용주는 노동자의 관점을 이해하게 되고, 전쟁을 주장하는 이들은 전쟁이 얼마나 끔찍한지, 지붕 아래서 잠을 자는 사람은 노숙자와 난민의 삶이 어떠한지 느끼게 될 겁니다. 원자폭탄 수만 개 이상의 충격이 있을 거예요. 저는 최근 천 년 사이에 나온 과학 이론이나 기술 중에서 체험 기계와 비교할 만한 것은 인쇄술 정도라고 봅니다."

그런 믿음이 있었기에 물리학 연구를 중단하는 것도 그렇게 힘든 결정은 아니었다고 아인슈타인 박사는 말했다. 대통일이론 연구는 언제든 다시 할 수 있을 테고 다급한 것도 아니지만, 체험 기계 개발은 그렇지 않다면서.

"그 기계를 그렇게 강제하지 않아도, 필요할 때 사용할 수 있다는 가능성만으로도 사람들의 행동이 변화할 겁니다. 핵무기가 핵억지력이라는 개념을 만들어낸 것처럼요. 서로 자기가 더 큰 피해자라고 주장하면서 싸우는 사람 중에 어느 쪽이 더 큰 피해를 입었는지 다른 사람들이 객관적으로 가려낼 수 있게 된다는 얘기잖아요. 자기가 희생자라고 주장하는 사람들은 그런 가능성을 염두에 두고 행동할 수밖에 없겠죠."

간담회를 마칠 때 누군가 박사에게 그래도 물리학자들의 최신 연구 동향은 살피지 않느냐면서, 닐스 보어 박사의 최근 주장들에 대해 논평을 부탁했다. 아인슈타인 박사는 모호한 미소를 짓다가 "글쎄요, 하느님이 주사위 놀이를 할 것 같지는 않네요"라고 말했다.

*

전반적인 보고: 아이히만과 체험 기계 — Ⅲ
앤 모리시 메릭, 1969년 11월 22일

"제가 이 자리에서 말씀드릴 수 있는 것은, 이번 체험 기계 가동을 둘러싸고 아이히만 씨가 무엇을 원했는지, 그리고 의뢰인의 요구에 따라 제가 무엇을 했는지입니다. 저 자신에 대한 질문은 받지 않겠습니다. 메이어 국장과도 합의한 부분입니다. 지난 재판 관련한 질문도 받지 않겠습니다. 양해 부탁드립니다."

세르바티우스 변호사가 말했다. 그는 키가 크고 몸이 육중했다. 체중은 적어도 이백오십 파운드는 나갈 것 같았다. 흰 머리를 군인처럼 짧게 잘랐으며 문장을 마칠 때 말을 힘주어 끊는 버릇이 있어서, 그때마다 마침표가 눈앞에 그려지는 기분이었다.

아이히만은 기자들과 이야기하기를 거부했다. 세르바티우스는 아이히만의 대리인 자격으로 호텔 로비에서 우리를 만났다. 바이츠만 연구소와 유대인위원회 사무국이 아닌 다른 장소에서 기자들을 만나달라는 것도 아이히만의 요구 사항이었다고 했다.

아돌프 아이히만과는 다른 의미로, 다니엘 세르바티우스는 파악하기 힘든 인물이었다. 그는 독일군 소령으로 제2차세계대전에 참전했다. 그러나 나치 당원은 아니었고, 어떤 전쟁범죄와도 연관되지 않았다. 유대인위원회가 아이히만을 체포했고 특별 법정에 세울 거라고 발표했을 때 세르바티우스는 아이히만의 변호사를 자임했다.

그는 무보수로 일했다. 그렇다고 '아이히만의 변호사'로 높아진 인지도를 자기의 영업에 활용하거나 정계에 입문하거나 방송인이 되지도 않았다. 그는 시오니스트들로부터 온갖 비난과 위협을 받으며 재판에서 치열하게 아이히만을 변호했다. 그러나 바로 그 재판의 불법성에 대해서는 말하지 않았다. 그런 식으로 독일군에 몸담았던 과거를 사죄하고 싶었던 걸까? 아니면 어떤 악인이라도 피고인석에서는 변호사와 함께 있어야 한다는 꼬장꼬장한 신념이 있는 걸까?

"나중에 회고록 쓰려고 그러는 거겠지, 다른 이유가 뭐 있겠어."

포셋은 그렇게 말했지만 나는 세르바티우스가 그 자신에 대한 질문은 받지 않겠다고 한 점이 못내 아쉬웠다.

"유대인위원회에서 사면과 추방에 대해 약속한 바를 성실히 지키는 것을 별도로 하면, 제 의뢰인이 체험 기계와 관련해서 요구한 것은 크게 두 가지였습니다. 첫번째는 체험 기계의 안전성이었습니다. 그래서 아이히만 씨는 저와 함께 프랭클린 박사로부터 두 차례에 걸쳐 체험 기계에 대해 직접 설명을 듣고, 동물과 사람을 상대로 한 실험 결과도 전달받았습니다. 아이히만 씨는 유대인이 아닌 외부 전문가가 그 자료들을 검증해주기를 원했는데, 그 요구는 거절당했습니다. 또 연구팀이 사람을 대상으로 한 실험은 모두 엄청나게 비극적이지는 않은 경험을 체험하는 것이었는데, 이에 대한 보완도 요구했지만 역시 거절당했습니다. 연구팀도 극심한 트라우마 경험을 옮겨 받는 것에 대해서는 안전을 장담할 수 없다고 말했습니다. 결국 제 의뢰인은 이 부분에 대해서는 요구를 철회했습니다."

유대인위원회에서 초청한 기자들은 모두 승전국 출신이었다. 그 악명 높은 학살자가 자신의 안위를 그토록 꼼꼼히 고려한다는 사실에 우리는 본능적으로 불쾌해졌다. 그러나 어찌 보면 이 기묘한 연극에서 아이히만은 그런 요구를 함으로써 자신에 대한 처벌을 정당화하는 역할을 제대로 수행한 셈이었다. 한편으로는 체험 기계가 안전하지 않아 작동중 사고가 난다면 아이히만만큼이나 유대인위원회도 곤경에 빠질 터였다.

"아이히만의 두번째 요구는 뭐였나요?"

포셋이 손을 들고 질문했다.

"제 의뢰인의 다른 요구는 유대인위원회 측에서도 누군가가 그 기계에 들어가서 아돌프 아이히만이라는 인간이 제2차세계대전 기간에 어떤 일을 겪었는지 경험해야 한다는 것이었습니다. 제 의뢰인은 재판중에도, 또 그후에도 줄곧 자신은 상부의 지시를 그대로 수행했을 뿐이며, 나치 독일에서 그와 같은 위치에 있었던 사람이 다른 선택을 하는 것은 물리적으로도 심리적으로도 불가능했다고 주장해왔습니다. 제 의뢰인은 자신의 경험을 정직하게 말했음에도 불구하고, 그 진술이 제대로 받아들여지지 않고 개인의 무능이나 심지어 지성의 부족으로 여겨지는 데 대해 억울해합니다. 아이히만 씨는 이렇게 말하더군요. 세상에 집단수용소를 경험한 사람은 많지만 자신의 자리를 경험한 사람은 자기뿐이라고요."

"그게 무슨 뜻인가요? 사람들이 스스로의 선량함을 너무 과신한다는 주장인가요? 아니면 사람들의 위선이나 눈치가 문제라는 의미인가요?"

"그 말에 대해서는 따로 설명을 더 듣지 못했습니다. 다른 대화 중에 잠시 나온 이야기라서요. 제가 말씀드리고 싶은 건, 어떤 면에서 제 의뢰인도 체험 기계 작동을 무척이나 원한다는 사실입니다. 자신의 처지를 다른 이들에게 이해시키고 싶다는 거죠. 아이히만 씨는 그가 가해자임을 부정하지는 않지만, 동시에 큰 피해자라고도 믿고 있습니다."

세상에. 아이히만 본인이 체험 기계 가동을 원한다는 골다 메이어 문화공보국장의 말은 거짓말이 아니었던 셈이다.

"혹시 아이히만이 아렌트 박사의 『앵커리지의 아이히만』을 읽어봤나요?"

내가 물었다.

"의뢰인이 그 책을 읽어보고 싶다고 해서 제가 구입해 전달했습니다. 다만 유대인위원회의 검열을 거쳤기 때문에 일부분은 삭제됐습니다. 유대인위원회는 아이히만 씨가 추방 뒤에 미국 교도소에서 저술 작업을 하지 않을까 우려하고 있습니다."

"아이히만 씨가 책을 읽고 뭐라고 하던가요? 책에서 '악의 평범함'에 대한 부분이 검열됐나요?"

"그 부분은 삭제되지 않았습니다. 의뢰인도 아렌트 박사의 묘사를 읽었습니다. 정확한 표현은 아닌데, 시스템의 악을 개인에게 전가시키면 안 된다는 이야기를 의뢰인이 했던 걸로 기억합니다. 처벌받아야 할 것은 나치 독일이지 그 부품이었던 사람이 아니라고요. 모든 부품은 무능하고 또 평범하다, 그것이 부품의 속성이라고 의뢰인이 말했던 기억이 나네요."

"그런 주장에 동의하시나요?"

"여기서 제 의견을 말씀드리는 건 적절치 않을 것 같군요."

세르바티우스 변호사가 말했다.

*

"여기서 제 의견을 말씀드리는 건 적절치 않을 것 같군요. 어쨌든 위원회에서 결정한 일이니 말이지요."

즈비 자미르 유대인위원회 정보국장이 말했다. 그는 막 '체험 기계에 들어가는 것이 아이히만에게 충분한 처벌이 될 거라고 보느냐'라는 질문을 받은 참이었다.

폴란드 출신인 자미르 국장은 영어가 다소 딱딱했으며 머리가 대부분 벗어져 있었다. 세르바티우스 변호사가 몇 시간 전에 한 말을 그가 그대로 반복하는 바람에 묘한 느낌이 들었다. 단순한 우연의 일치일까? 자미르와 세르바티우스는 '수수께끼의 인물'이라는 공통점도 있었다.

많은 사람들은 유대인위원회가 '유대인 보복단'과 밀접한 관계가 있다고 믿었다. 몇몇 음모론자들은 유대인위원회가 유대인 보복단과 협력하는 정도를 넘어서 '모사드'라는 이름의 기관을 두고 납치와 암살 전문가를 양성하고 있다고 주장했다(그런데 모사드라는 이름은 히브리어로 그냥 '기관'이라는 뜻이다). 어떤 이들은 모사드를 이끄는 것이 바로 즈비 자미르라고 주장한다. 다른 이들은 모사드는 보다 비밀스러운 조직으로, 즈비 자미르는 그 중간 간부이며 실제 수장은 전임 국장이었던 메이르 아미트라고 말한다. 어떤 이들은 모사드는 실재하지만 그곳은 자미르와 아무 관련이 없으며, 정보국을 내세운 가짜 표적으로서 모사드를 보호하는 것이 자미르의 역할이라고 한다.

이런 음모론이 사라지지 않고 끈덕지게 재생산되는 가장 큰 이유는, 어쨌든 누군가가 아이히만을 아르헨티나에서 납치해 유대인위원회에 넘겼다는 부정할 수 없는 사실 때문이다. 우리는 앞에 있는 중년 남자에게 어딘가 음험한 기운이 드리워져 있다고 느낄 수밖에 없었다.

"저희 업무는 사무적인 것이었습니다. 체험 제공자가 아이히만과 성별이 같고 비슷한 연령일 경우에 동조율이 미미하기는 해도 약간 더 높아질 거라고 프랭클린 박사가 설명하더군요. 그래서 아우슈비츠의 생존자 중에서 그런 사람들로 후보를 추렸습니다. 1906년 전후로 태어난 남성으로 독일 문화에 친숙하고 중산층 가정에서 자랐으며, 제1차세계대전 이후 혼란을 경험한 사람으로요. 그리고 그들이 정말 수용소 체험을 했는지, 카포(수감자를 관리하던 수감자)로 일했던 것은 아닌지, 다른 전과는 없는지 교차 검증했습니다."

유대인위원회 정보국은 그렇게 추린 1차 후보자들에게 일일이 연락해 체험 기계의 작동 원리와 아이히만의 요구를 설명했다. 당신의 기억을 아이히만에게 입력해도 되는가, 그리고 그 대신 아이히만의 기억을 체험할 의사가 있는가. 그 모든 일을 언론 앞에서 치를 용의가 있는가.

불필요한 논란을 막기 위해 유대인위원회는 1차 후보자들에게 앵커리지까지 오는 교통비와 체류비를 제외하고는 어떤 금전적인 대가도 지불할 수 없다고 못박았다. 그럼에도 불구하고 이백 명이 넘는 사람이 체험 기계에 들어가겠다고 지원했다. 대부분은 아이히만이 자신은 그저 명령을 따랐을 뿐이라며 양심의 가책을 느끼지 못한다고 말한 데 분노한 열성 시오니스트들이었다.

"지원자들은 근처 병원에서 건강검진을 받고 그 결과를 연구소로 보냈습니다. 검진료도 저희가 지불하지 않고 지원자들이 냈습니다. 프랭클린 박사는 일 년 분량의 트라우마를 입력하는 데 대략 삼십 분에서 사십오 분이 걸릴 거라고 하더군요. 초반 논의에서 유대인위원회와 아이히만은 오 년 정도의 기억을 교환하기로 합의한 상태였습니다. 아이히만에게 아우슈비츠의 기억을 제공할 지원자가 아이히만과 동시에 체험 기계에 들어가 아이히만의 기억을 받아가기로 했죠. 기술적으로 어려운 작업은 아니라고 연구팀이 말하더군요. 최대 네 시간이 걸리는 시술을 감당하기 어려워 보이는 지원자는 걸러냈습니다. 나중에 아이히만 측에서 교환할 기억의 분량을 십 년으로 늘리자고 했죠. 자신이 미군 포로수용소에 수감됐던 경험, 암살 위협을 받으며 아르헨티나에 숨어살아야 했던 경험도 상대가 느껴야 한다고 주장했습니다. 유대인위원회는 격론 끝에 그 주장을 일부 받아들였습니다. 유대인위원회 측 지원자와 아이히만이 총 팔 년 팔 개월에 걸친 상대의 기억을 체험 기계로 각각 경험하기로 했습니다. 그래서 저희는 보다 엄격한 기준으로 지원자의 신체 조건을 다시 따져봐야 했습니다."

정보국은 거기서 최종 후보 일곱 명을 골랐다. 정보국은 그 일곱 명의 신상 명세와 인생 이야기를 정리한 자료를 아이히만과 세르바티우스 변호사에게 전달했고, 아이히만은 에밀 벤야민을 최종 선택했다.

"최종 후보 일곱 명은 어떤 기준으로 골랐습니까? 정치적 고려도 있었습니까?"

"자세한 기준은 밝힐 수 없습니다. 정치적 고려라는 건 어떤 의미로 말씀하시는지 잘 모르겠네요."

"어쨌든 체험자는 언론에 자신을 드러내고 여러 의견을 밝히게 되잖아요? 저라면 나치 전범 처리나 관련 재판, 유대인 자치구 독립 등등에 대해 유대인위원회와 의견이 같은 분을 고르고 싶었을 거 같은데요. 그리고 그중에서 아이히만의 내면을 목격하더라도 결코 흔들리지 않을 인물, 자기 견해를 굽히지 않고 주장할 수 있을 사람을 택하고 싶었을 거 같은데요."

헬렌 테일러가 물었다.

"사실 유대인위원회 내부 인사나 유대인 자치구의 공공부문 근무자들 중에서도 지원자가 많았습니다. 하지만 저희는 그런 인물은 다 배제했습니다. 중립성을 지키고 싶었기 때문입니다. 그런 방침을 정하자 정보국 직원들 중에는 체험 기계에 들어가기 위해 사직서를 내겠다는 사람도 있었죠."

"혹시 여러 명의 후보 중에서 특별히 상처가 깊은 사람들을 택
하셨나요?"

"아우슈비츠는 모든 수용자들에게 악몽이었습니다. 그리고 가
장 큰 고통을 받은 사람은 그곳을 버티지 못했습니다."

"아이히만의 건강 상태는 괜찮습니까?"

"그는 아주 건강합니다."

자미르 국장이 대답했다.

*

"저는 신경생물학에 대해서는 아무것도 모릅니다. 하지만 체험
기계가 아이히만에게 처벌이 된다고 생각하지는 않습니다. 그자
가 거기에서 사망한 육백만 명 모두의 고통을 다 느껴볼 수 있다
면 그때서야 그걸 처벌이라고 할 수 있겠죠. 개인적으로는 그자가
저 한 명의 체험만 겪어야 한다는 게 불만입니다. 제가 홀로코스
트 생존자 전체를 대표할 수는 없습니다. 그자가 일주일에 한 명
씩, 이 년에 걸쳐서 백 명의 기억을 받는 것도 기술적으로 가능하
지 않습니까?"

에밀 벤야민 씨가 말했다. 체크무늬 양복을 입고 유대인위원회
사무국 대회의실에서 기자들을 만난 그는 강직한 인상의 노신사

였다. 1904년생으로 프랑크푸르트 출신인 그는 향수 사업으로 큰 돈을 벌었고, 나치가 유대인 탄압 정책을 실시하자 네덜란드로 망명했다. 그러나 1940년 독일이 네덜란드를 침공한 뒤 아우슈비츠에 끌려갔으며 거기서 아내와 두 딸을 잃었다. 지금은 미국 필라델피아에서 소가죽 가공업체를 운영하고 있다.

그는 유대인위원회 정보국에서 연락을 받은 뒤 매일같이 기도를 했다고 털어놨다. 체험 기계에서 자신이 그자의 '파트너'가 될 수 있도록 해달라고. 그는 체험 기계에 들어가기 위해서는 체력이 중요하다는 이야기를 듣고서는 아침 달리기를 시작해, 이제는 하루에 십오 킬로미터를 뛴다고 말했다.

"물론 그자를 증오합니다. 용서하고 싶지도 않습니다. 하지만 유대인 보복단이 다른 전범에게 했듯이 그자를 뒷골목에서 쏴 죽여버리는 걸 원하지는 않습니다. 그보다는 법정에 세운 게 훨씬 잘한 일입니다. 자신이 어떤 짓을 저질렀는지, 무엇을 잘못했는지를 그자가 알아야죠. 우리에게도 그게 더 품위 있는 일입니다. 그런 의미에서 그자를 교수대 대신 체험 기계에 오르게 하는 것에도 찬성합니다. 가능하면 그자가 체험 기계에도 들어가고 추가로 죗값에 걸맞은 벌도 받았으면 합니다만, 부득이하게 둘 중 하나를 선택해야 한다면 전자가 우선이라고 봅니다. 그리고 유대인 자치구에서 추방된다는 것은 이전에 받은 재판이 무효라는 의미이니, 어느 나라에서건 그가 다시 재판을 받기를 바랍니다."

벤야민 씨는 1961년 공개재판 생중계를 빠짐없이 지켜봤고, 텔레비전을 보면서 너무 이를 꽉 앙다무는 바람에 어금니에 금이 갔다. 그는 『앵커리지의 아이히만』도 읽었으며, 책을 읽다가 집어던지지 않기 위해 안간힘을 썼다고 했다. 벤야민 씨는 그 책이 오류로 가득하다고 말했다.

"아이히만은 체포되기 직전인 1960년에 옛 친위대 동료에게 자신은 단순히 명령을 수행하는 자가 아니며, 지구상의 모든 유대인이 자기 적이라고 분명히 말한 바 있습니다. 그리고 1937년에는 유대인 강제 이주 정책에 반대하고 학살 정책을 대안으로 제시했습니다. 그자는 결코 상상력이 부족한 평범한 인간이 아닙니다."

설사 아렌트 박사의 주장을 다 받아들인다 해도, 아이히만에게 어울리는 별명은 '평범한 악'이 아니라 '나약한 악'이라고 벤야민 씨는 말했다. 사람에게는 분명 권위에 복종하는 슬픈 본성이 있다. 그러나 내려온 명령이 수백만 명을 학살하는 것이라면 당연히 거부해야 하며 선량한 인간이라면 누구라도 그럴 것이라는 게 벤야민 씨의 주장이었다.

"아이히만의 기억이 들어오는 것은 두렵지 않습니다. 구역질나는 일이긴 하겠지요. 하지만 저는 그보다 훨씬 더 구역질나는 일을 겪었습니다. 저희는 감자 한 톨이 있지 않을까 하는 희망으로 쓰레깃더미를 뒤졌고 바닥에 소변이 고인 열차 객차에서 몇 날 며칠을 지내기도 했습니다. 반년 동안 옷을 갈아입지 못했고 가스실에서 나온 시신들을 수습했습니다. 상한 음식이라도 발견하면 진심으로 즐거워했고 동료가 얻어맞을 때 그게 내가 아니라는 걸 남몰래 기뻐했습니다. 그렇게 살아남았고, 살아남은 자로서 해야 할 일이 있다고 생각합니다. 아이히만의 기억을 받아들이는 것은 욕지기가 나더라도 저의 도덕적 의무입니다. 그런 생각이 저를 지켜 줄 겁니다."

벤야민 씨가 말했다. 그런 도덕적 의무는 자신뿐 아니라 '살아남은 자들'인 유대인들이 집단적으로 물려받는 것이라고 그는 주장했다. 홀로코스트의 기억이 체험 기계를 통해 아버지로부터 아들에게, 어머니로부터 딸에게, 그리고 자식 세대로부터 손자 세대에게, 그런 식으로 유대인의 피를 따라 계속해서 전해져야 한다고 벤야민 씨는 말했다.

*

전반적인 보고: 아이히만과 체험 기계 — IV
앤 모리시 메릭, 1969년 11월 29일

우리가 전날에 봤던 체험 기계의 중앙처리장치는 두꺼운 남색 천으로 가려져 있었다. 패널에 꽂힌 진공관 다이오드들에서 요란하게 빛이 나왔고, 주마등처럼 빙빙 돌아가며 보는 이들의 신경을 산만하게 만드는 이름 모를 장치도 있었기 때문이었다. 연구원들도 패널 사이를 부산히 돌아다니는 것 같았다.

예정된 시간이 되자 아돌프 아이히만이 나타났다. 아이히만은 유대인위원회의 관점에서는 사형이 집행되지 않은 수형자였으나 수인복을 입고 있지도 않았고, 포승줄에 묶여 있거나 수갑을 차고 있지도 않은 상태였다. 다만 아이히만 앞으로 양복 차림의 건장한 남성 네 사람이 함께 걸었다. 그보다 한참 뒤에서 다니엘 세르바티우스 변호사가 따라왔다.

아이히만은 남색 천으로 가려진 체험 기계와 참관인석 사이의 공간에 멈춰 섰다. 그 공간에 있던 젊은 연구원은 병균을 보는 듯한 얼굴로 아이히만을 잠시 쳐다보고는 도망치듯 막 뒤로 들어갔다. 참관인석 앞줄에 앉은 유대인위원회의 간부들은 무섭도록 조용했다. 뒷줄에 앉은 내게 보이지는 않았으나, 활활 타는 증오의 시선을 전방에 던지고 있음이 분명했다.

유대인, 집시, 동성애자, 장애인, 공산주의자 수백만 명을 살해한 사나이는 엉거주춤한 자세로 주변을 잠시 둘러보았다. 그는 마르고 지쳐 보였으나 건강 상태가 나빠 보이지는 않았다. 그는 참관인석을 향해 경멸하는 표정을 지어 보이려 했으나 잘 되지 않았다. 의연해 보이려 했으나 주눅이 든 표정과 뻣뻣한 몸짓 때문에 실패했고, 그런 의도만 투명하게 드러냈다. 그는 멀리서도 알아볼 수 있을 정도로 다리를 떨고 있었다.

나는 팔 년 전 공개재판이 사람들에게 왜 그렇게 큰 충격을 줬는지 새삼 이해할 수 있었다. 아이히만은 학살이라는 거대한 범죄를 저지르기에는 너무 시시하고 하찮아 보였다. 유대인이 아닌 내게 그는 가증스럽다거나 분노를 일으킨다기보다는 그저 더럽고 불쾌했으며, 교수대나 전기의자에 보내기보다는 밟아서 터뜨리거나 살충제로 제거해야 할 존재처럼 느껴졌다. 그리고 그것은 정확히 저 악마 같은 인간이 한때 유대인에게 품었을 태도였다.

"아이히만 씨, 뭐라고 한마디 해주세요!"

내 옆자리에서 포셋이 큰 소리로 질문하는 바람에 참관인 자리에 있던 모든 사람이 깜짝 놀랐다. 잘만 샤자르 신임 유대인위원장이 우리 쪽으로 잠시 고개를 돌렸으며, 아인슈타인 박사는 못마땅한 표정으로 고개를 두리번거렸다. 아이히만은 포셋과 잠시 눈이 마주쳤으나 입을 열지는 않았다. 그래도 희미하게 히죽 웃기는 했다. 누군가의 요청을 거부함으로써 잠시 자신이 손톱 같은 권력을 누렸다고 믿는 것 같았다.

혼스타인 공보관이 우리 쪽으로 와서 포셋에게 한 번만 더 돌출 행동을 하면 연구소에서 쫓아낼 것이고 이후 취재 활동도 허락하지 않겠다고 말했다. 포셋은 고개를 숙이며 사과하고 다시는 그러지 않겠다고 약속했으나 혼스타인이 제자리로 돌아간 다음에는 어깨를 한 번 으쓱했다. 나는 포셋의 귀에 대고 "잘했어"라고 속삭였다.

에밀 벤야민 씨는 기자들의 요청이 없었는데도 체험 기계 앞에 서서 짧게 연설했다.

"저는 복수자나 처형인, 피해자나 고발자, 왕이나 사제나 판사의 자격으로 이 자리에 서지 않았습니다. 저는 차라리 교실에 들어가는 선생님의 마음으로 여기 서 있습니다. 저는 아이히만에게, 또 나치 독일과 그에 동조한 전 세계의 반유대주의자들에게, 보상을 원하지 않습니다. 그들의 고통을 원하지도 않습니다. 그들이 제 발 아래 엎드려 자비를 애걸하는 모습을 보고 싶지도 않습니다. 저는 그들이 자신들이 어떤 일을 저질렀는지, 자신들이 한 말이 어떤 의미였는지, 자신들이 무엇을 부정하고 있는지를 깨닫게 되길 바랄 뿐입니다."

벤야민 씨의 연설에는 기품이 있었다. 그는 양쪽 귀 윗부분의 머리카락을 짧게 밀었는데, 분명 전날 간담회 때에는 그런 헤어스타일이 아니었다. 전날 저녁이나 이날 아침 그 부분의 머리카락을 자른 것이 분명했다. 체험 기계에 들어가기 위해 받아야 할 처치인 것 같다고 나는 짐작했다. 벤야민 씨는 원래 군인처럼 짧게 친 머리였으므로 그런 변화가 티가 나지는 않았다. 한편 아이히만은 원래도 부족하던 머리숱이 재판 이후로 다 사라지다시피 한 상태여서 그런 처치를 받을 필요가 없는 것 같았다.

"제가 이 교실에서 반유대주의자들에게 가르치려 하는 것은 아주 오래된 교훈입니다. 사실 우리는 유대인이건 기독교인이건, 불교도이건 무슬림이건, 모두 수천 년 전에 같은 지시를 받았습니다. 내가 대우받고 싶은 대로 타인을 대우하라는 황금률입니다. 어떤 자들은 이 간단한 가르침을 이해하지 못해 체험 기계가 발명되기까지 기다려야 했습니다. 기계를 발명한 로절린드 프랭클린 박사님과 그레이스 페리 박사님, 그리고 연구를 지원한 유대인위원회에 감사드립니다. 이제 저는 교사의 긍지와 사명감을 지니고 저 교실로 들어갑니다."

나는 에밀 벤야민의 연설이 닐 암스트롱이 달에 가서 한 말보다 훨씬 더 멋있다고 생각했다. 벤야민 씨가 말을 마치자 프랭클린 박사팀의 연구원 두 사람이 그를 탈의실로 데리고 갔다. 잠시 뒤 벤야민 씨는 가벼운 가운 차림으로 방에서 나왔다. 아이히만도 가운을 입고 나왔다. 아이히만 옆에서 간수 겸 경호원 역할을 하는 건장한 체격의 남자들이 두 사람으로 줄어 있었다.

벤야민 씨와 아이히만은 그때 처음으로 상대를 보았다. 물론 두 사람은 악수를 하거나 눈인사를 나누지 않았다. 벤야민 씨는 눈에 띄게 창백해진 얼굴로 아이히만을 빤히 노려보았다. 그러자 아이히만은 기괴한 행동을 했는데 손가락으로 벤야민을 가리키면서 자기 눈동자를 한 바퀴 굴린 것이었다. 마치 '아, 당신이군요?'라고 말하는 것처럼. 벤야민 씨는 주먹을 꽉 쥐고 그 모욕을 감내했다.

다른 연구원들이 그때까지 참관인석과 체험 기계 사이에 있던 남색 천을 걸었다. 연구팀이 의도한 바는 아니겠으나 천을 걷는 행위는 부인할 수 없이 제막식을 닮았고, 우리는 모두 아렌트 박사가 사용했던 '연극'이라는 표현을 떠올릴 수밖에 없었다.

쇼가 시작된 것이었다.

*

체험 기계의 중앙처리장치 앞쪽에 있는 실린더의 윗부분이 열렸다. 벤야민 씨는 참관인석에서 보기에 왼쪽에 있는 실린더로, 아이히만은 오른쪽 실린더로 향했다. 그들을 따라 각각의 실린더에 연구원과 간호사도 한 사람씩 들어갔다. 벤야민 씨와 아이히만은 먼저 간호사가 건네준 물약을 한 컵 마신 뒤 실린더 안에 있는 쇠로 된 침상에 누웠다.

"저건 구토 억제제입니다. 체험 기계 작동중에 구토감을 호소하는 사람이 간혹 있습니다."

베라 레더러 연구원이 낭랑한 목소리로 말했다. 연구소에서는 책임 연구원인 그녀를 참관인석으로 보내 기자들에게 시술 과정을 설명하는 역할을 맡겼다. 프랭클린 박사와 페리 박사는 중앙처리장치 앞에서 체크리스트가 든 결재판을 들고 긴장한 상태로 서 있었다.

"이제 팔에 수액 호스를 꽂고 있습니다. 수액은 그냥 생리식염 수입니다. 시술중에 탈수 현상이 일어나는 걸 막기 위해서입니다. 지금 맞는 것은 마취 주사입니다. 뇌에는 통각 수용체가 없으므로, 디그램 세포체가 형성되거나 변형될 때에도 고통은 없습니다. 그러나 디그램 세포체를 형성하는 복합단백질을 주입할 때 통증이 상당합니다. 약물에 점성이 있어서 굵은 바늘로 아주 천천히 주입해야 하기 때문에요. 이걸 여러 차례 해야 하기 때문에 미리 저렇게 부분 마취를 합니다."

기술적인 설명이 이어졌으나 어느 기자도 레더러 연구원에게 질문하지 않았다. 모두 실린더만 뚫어져라 쳐다보면서 보이는 것과 들리는 것을 정신없이 메모하고 있었다.

실린더에 따라 들어간 연구원이 통증이 상당하다는 그 액체를 벤야민 씨와 아이히만에게 주사했다. 주사기에 가득찬 우윳빛 약물의 주성분은 신경세포 성장인자수용체와 '올가미 다중체'라고 부르는 복합단백질이라고 레더러 연구원은 설명했다. 올가미 다중체야말로 체험 기계의 핵심이며, 이 시술을 현실화한 것이 연구팀의 최대 업적이라고 레더러 연구원은 말했다.

주사를 놓은 연구원들은 침상에 누운 체험자에게 덥거나 춥지는 않은지, 어지럽지는 않은지 물었다. 벤야민 씨와 아이히만이 괜찮다고 답하자 간호사가 그들에게 안대를 두르게 하고 귀에는 귀마개를 꽂게 했다. 이어 연구원이 끈적거리는 젤을 벤야민 씨와 아이히만의 양쪽 귀 위에 바르고, 금속으로 된 헬멧을 머리에 씌웠다. 헬멧에는 전선이 주렁주렁 달려 있었다.

잠시 뒤에 중앙처리장치의 진공관들이 요란하게 빛을 내기 시작했다. 바람이 심하게 부는 날 창밖으로 들리는 낮은 신음소리 같은 소리도 들렸다.

"세포체에 기록된 일 년 치 전기신호를 읽어 들이는 데에는 보통 삼사십 초가 소요됩니다. 저희는 그 과정을 '스캔'이라고 부르지요. 그렇게 읽어 들인 한 사람의 신호를 다른 사람의 뇌 해마 부위에 있는 디그램 원세포체에 집어넣는 데에는 육칠 분 정도가 걸립니다. 이 과정을 '조각'이라고 해요. 그렇게 변형된 디그램 세포체가 다른 신경세포들과 다시 연결되는 데에 빠르면 삼 분, 길면 팔 분 정도가 걸려요. 개인차가 좀 있습니다. 이 과정은 안정화 단계라고 부릅니다. 체험자들은 안정화 단계에서 원래 기억의 주인을 갑자기 이해하고 공감하게 됩니다."

연구팀은 처음에 실린더 안에서 벤야민 씨나 아이히만이 발가락 하나만 꿈틀해도 긴장하는 기색이 역력했다. 그러나 실험은 별 탈 없이 순조롭게 진행되는 듯했고, 한 시간이 지나자 프랭클린 박사는 미소를 지어 보이기까지 했다. 유대인위원회 간부 중에서는 잘만 샤자르 위원장이 제일 먼저 자리에서 일어났는데, 아마 담배를 피우기 위해서인 것 같았다. 기자 한두 명이 그를 따라가려고 했으나 제지당했다.

혼스타인 공보관이 와서 위층에 간단한 간식과 차를 준비했다고 말했다. 기자들이 꿈쩍도 하지 않자 공보관은 그 방에 창문이 있어서 거기서도 체험 기계와 연구원들이 잘 보인다고 덧붙였다. 그러자 기자들이 우르르 자리에서 일어났다.

"달 착륙 중계를 볼 때 생각이 나네. 불을 뿜는 우주선 위로 고도가 얼마이고, 속력이 얼마이고, 달까지의 거리는 또 얼마인지 표시되는 숫자를 다들 숨죽이고 보고 있었지. 난 그 우주선이 그림인 줄도 몰랐어. 옆에서 누가 '그런데 저 우주선은 어떻게 촬영한 거야? 우주선이 두 대야?'라고 물은 뒤에야 내가 보고 있는 게 애니메이션인 걸 알았어."

포셋이 한 손에는 커피잔, 한 손에는 럭키스트라이크 한 개비를 들고 말했다. 그녀는 베트남에서 골초가 되어 돌아왔다.

"심지어 착륙선이 달에 도착한 뒤에도 해치를 여는 데에만 두 시간이 걸렸지. 이제 월면에 내려간다, 곧 간다, 그러면서."

내가 맞장구쳤다. 나는 말보로를 피우고 있었다. 나는 베트남에서 '럭키스트라이크를 피우면 총에 맞는다'는 미신을 배워 왔다.

"기사 어떻게 쓸 거야? 퓰리처상 수상 작가님."

포셋이 물었다.

"아직 잘 모르겠는데. 이번에는 마감이 꽤 여유 있어서. 자기는 어떻게 쓸 건데?"

"난 통신사니까 닥치는 대로 써야지. 몇 건쯤 써야 할까? 스무 건?"

"더 써야 될 거 같은데."

"내가 자기라면, 그러니까 속보가 아니라 『뉴요커』 기사를 쓴다면 말이야…… 아인슈타인 박사 얘기를 앞으로 내세울 거 같아. 이거 정말 인류 역사를 바꿀 물건 같아서."

"그래?"

"아니야? '입장 바꿔 생각해본다'는 그 어려운 일이 드디어 실현되는 거라고. 과학기술은 여태까지 인간 종의 생물학적 한계를 뛰어넘을 수 있게 해줬어. 우리가 말보다 빨리 달리고 새보다 높이 날 수 있게 됐잖아. 보통 사람들이 수학 천재처럼 셈을 할 수 있게 됐고, 예전에는 수정 구슬로도 알 수 없었던 먼 도시의 사건들을 실시간으로 볼 수 있게 됐어. 그때마다 문명의 형태가 바뀌었지. 이제는 보통 사람들이 성현처럼 타인을 이해할 수 있게 된 거야. 흥분되지 않아? 앞으로 뭐가 바뀔까. 사법제도? 정치? 윤리의식? 종교?"

나는 그 말에 왠지 어깃장을 놓고 싶어졌다.

"좀 불경한 얘긴데…… 아까 아이히만이 기계에 들어갈 때 좀 이상한 상상을 했어."

"어떤?"

"만약 아이히만도 진짜 지옥에서 살고 있었다면 어떻게 하지? 아이히만이 느꼈던 고통이 아우슈비츠에 필적할 만한 것이라면?"

"자기, 지금 농담하는 거지?"

"내 말은, 아이히만이 그동안 고통을 겪었느냐 아니냐와 상관없이 아이히만은 벌을 받아야 한다는 거야. 이건 옳고 그름의 문제이지, 누가 더 고통스러웠느냐의 문제가 아니야. 어떻게 보면 범죄를 처벌할 때 그 피해자가 어떤 고통을 겪었느냐 하는 건 부차적인 문제야. 통증을 느끼지 못하는 사람을 다치게 하거나, 죽기를 바라는 사람을 살해한 경우에도 범죄는 범죄니까. 마약처럼 자기 자신에게 저지르는 범죄도 있고."

"그 옳고 그름은 누가 정해? 하느님? 모든 윤리의 기초는 다른 사람의 고통에 대한 인간적 공감에서 오는 거 아닐까? 자기, 교회 다녀?"

포셋이 한쪽 눈썹을 치켜뜨며 물었다.

"아니."

내가 담배를 비벼 끄며 대답했다. 종교적으로 아주 엄격한 집안에서 자랐다는 이야기는 굳이 덧붙이지 않았다.

타인의 고통에 공감하는 것이 가장 중요하다고 여기는 태도가 인간 보편 윤리의 어떤 측면과 충돌한다고 막연히 느끼고 있었으나, 그런 생각을 정연하게 풀기 어려웠다. 선악이 그렇게 주관적인 의도에 흔들리고 역시 주관적인 감수성에 따라 달라지는 문제일까? 감수성이 예민한 사람에게 나쁜 일을 저지르는 것과 무덤덤한 사람에게 같은 짓을 저지르는 걸 구별해야 하는 걸까?

나는 기사를 통해 사람들에게 상처를 입힌다. 사실 어떤 기사를

150

쓰건 간에 거기에 모욕을 당했다거나 피해를 입었다는 사람들이 나온다. 개중에는 무고한 희생자도 있다. 범죄자와 범죄를 묘사한 기사가 죄 없는 가족에게 상처가 되고, 기업 임원이 저지른 비리에 대한 기사가 성실한 직원들에게 수치심과 죄책감을 불러일으킨다. 잘못된 신념을 지닌 이들은 그 잘못을 지적받으면 상처를 받는다. 그런 감정들은 부조리하지만 엄연히 실재한다. 그리고 사람들마다 받아들이는 강도가 다르다. 어떤 시대에는 무도회에서 춤을 추자는 요청을 받지 못한 것 때문에 죽을 정도로 괴로워한 사람도 있었다.

고통이 곧 악일까? 때로는 정의와 진실이 사람들을 괴롭고 불편하게 하고, 차라리 악이 달콤하지 않던가? 체험 기계가 일상에 녹아들면, 사람들이 다른 사람의 기분을 상하게 하지 않는 것을 가장 중요한 도덕이라고 여기게 된다면, 이는 비판과 성찰 없이 금기만 넘치는 나르시시스트들의 사회로 이어지지 않을까? 반대로 우리의 자존심을 추켜세우는 악에 대해서는 더 쉽게 굴복하게 되지 않을까? 분노와 증오, 불안과 공포도 공감을 통해 퍼지지 않던가? 우월 의식이나 혐오감만큼 전염되기 쉬운 감정이 있던가? 그렇다면 이건 제2의 괴벨스들이 가장 반길 기계 아닌가?

*

"비테…… 비테…… 오, 갓트, 오, 오, 갓트!"

아이히만이 몸을 뒤틀며 소리쳤다. 금속 헬멧이 침상에 끌리며 듣기 싫은 쇳소리가 났다. 독일어를 할 줄 아는 홀링워스가 아이히만이 한 말이 '제발, 오, 신이시여'라는 뜻이라고 알려주었다. 아이히만은 체험 기계에 들어간 지 대략 두 시간째부터 가볍게 앓는 소리를 내기 시작했고, 그 소리는 점점 커지더니 마침내는 비명이 되었다. 처음에는 그가 뭐라고 말하는지 들리지 않았으나 나중에는 참관인석에서 분명히 들을 수 있을 정도로 소리가 커졌다.

연구팀은 그리 당황한 기색은 아니었다. 새로운 기억을 주입받은 디그램 세포체가 안정되는 단계에서 흔히 나타나는 현상이라고 했다.

"의식적으로 내는 말은 아니에요. 잠꼬대 같은 거라고 보시면 됩니다."

레더러 연구원이 말했다. 그리고 연구원으로서는 명백히 불필요한 말을 덧붙였다.

"아우슈비츠 생존자 대부분이 밤마다 악몽에 시달리고 큰 소리로 잠꼬대를 한다더군요."

아이히만은 급기야 주먹으로 침상을 치고 허공에 대고 발길질을 하기에 이르렀다.

"힐프 미아살려주세요! 비테! 힐프 미아!"

간호사 두 사람이 실린더에 들어가 아이히만의 발을 붙잡더니 띠로 묶어 아예 침상에 고정시켰다. 젊은 남자 연구원이 아이히만의 헬멧을 바로 세우고 그의 얼굴에서 흘러내리는 땀을 닦았다. 프랭클린 박사와 페리 박사는 중앙처리장치의 패널들 사이를 잰걸음으로 바쁘게 돌아다니며 출력된 종이테이프에 적힌 숫자와 그래프를 확인하고 다른 연구원들에게 지시를 내렸다.

아이히만의 비명이 들리자 참관인석 앞줄에 앉은 유대인위원회 간부들의 긴장이 풀리는 것이 확연히 느껴졌다. 목과 어깨 근육에서 조금 전과 달리 분노와 증오의 기운이 엷어지고 그 자리에 대신 승리감과 만족감이 깃들었음을 알 수 있었다. 나는 새삼 인간의 공감 능력이 무섭다는 생각을 했다. 우리는 얼굴조차 보지 못한 상태에서, 뒷모습만으로도 상대의 기분을 알아차린다.

혹은 그게 다 나의 착각이었을까? 나는 내 감정을 제멋대로 유대인 간부의 뒷모습에 투사한 것일까? 이 역시 체험 기계에 들어가서 확인해야 알 수 있는 일일까?

한편 기자들이 있는 자리에 활기가 감돈 것은 누구도 부정 못할 사실이었다. 우리는 직전까지 이 역사적인 사건이 지나치게 정적이라 불만이었고, 기사의 완성도를 높여줄 극적인 일화를 원하고 있었다. 아이히만의 비명은 거기에 잘 들어맞았다.

아이러니한 순간이었다. 수십 명의 눈앞에서 한 노인이 살려달라고 외치며 몸부림을 치고 있었다. 그런데 누구도 그 인간에 대해 연민의 감정을 품지 않았다. 인간의 공감 능력이 꽤나 선택적임을 역설하는 장면이었다. 상대는 동정받을 가치가 없는 악마 같은 인간이고, 이런 현상은 일반적이며 더구나 그는 의식이 없기에 고통을 제대로 느끼지 못한다고 전문가가 말했고, 옆에 있는 다른 동료들 중에 동요하는 모습을 보이는 이는 아무도 없었다. 여기서 어떻게 공감 능력이 발휘되겠는가.

그때 몹시 당혹스러운 일이 일어났다. 왼쪽 실린더에 누워 있던 벤야민 씨도 이렇게 중얼거리기 시작한 것이다.

"비테…… 비테…… 오, 갓트……"

유대인위원회 간부들이 처음으로 웅성거렸고, 연구팀도 아까와는 다른 느낌으로 부산해졌다. 벤야민 씨의 손과 발을 붙잡는 간호사의 손길은 조금 전보다 몇 배 더 다정해 보였다.

"비록 아이히만 씨의 관점을 통해 겪는 일이라 하더라도 수용소의 기억이 유쾌하지는 않을 겁니다. 특히 벤야민 씨 같은 분에게는요."

레더러 연구원이 굳어진 얼굴로 말했다.

유대인위원회와 연구원들에게는 다행스럽게도, 벤야민 씨의 반응이 더 격렬해지지는 않았다. 그는 "비테"라는 말을 몇 번 더 중얼거렸고, 흐느끼듯 몸을 들썩였다. 그게 전부였다. 그러는 사이 아이히만의 발작도 서서히 잦아들었다.

체험 기계는 가동한 지 다섯 시간 삼십칠 분 만에 멈췄다. 벤야민 씨가 아이히만의 기억을 받아들이는 데 다섯 시간 이십일 분, 아이히만이 벤야민 씨의 기억을 받아들이는 데 다섯 시간 삼십칠 분이 걸렸다고 레더러 연구원이 설명해주었다.

"시술이 끝났다고 따로 처치하는 약이나 요법은 없어요. 그냥 체험자가 정신을 차릴 때까지 삼십 분가량 누워 있게 합니다."

레더러 연구원이 말했다.

우리는 삼십 분까지 기다리지 않아도 됐다. 아이히만이 괴성에 가까운 소리를 지르며 실린더에서 뛰쳐나왔기 때문이다. 그는 거의 넘어질 뻔했고, 처음 그를 체험 기계로 데려왔던 건장한 남자들이 그를 붙잡으려고 달려나갔다.

"에스 이스트 마이네 슐트제 잘못입니다! 에스 이스트 마이네 슐트! 에스 투트 미어 조 라이트정말 죄송합니다! 에스 투트 미어······"

아이히만은 눈물을 철철 흘리다 고꾸라졌다. 그의 얼굴은 눈물, 콧물, 침으로 범벅되어 있었다. 얼마나 많은 양의 눈물을 쏟았던지, 바닥에 작은 물웅덩이가 생길 정도였다.

잠시 뒤 벤야민 씨가 실린더에서 천천히 걸어나왔다. 그는 마치 다섯 시간여에 걸쳐 영혼의 일부를 잃어버린 사람 같았다. 눈에는 경악의 빛이 담겨 있었고 입은 벌린 상태였으며 팔다리에는 힘이 없었다. 천천히 참관인석을 둘러보는 그의 모습에는 어딘지 오싹한 데가 있었다. 그는 아주 멀리 떨어진 곳에 있는 사람 같았다.

유대인위원회의 간부들에게 벤야민 씨는 그런 표정을 짓고 그런 행동을 하면 안 되는 사람이었다. 벤야민 씨는 당당한 발걸음으로 걸어나와 승리를 선언해도 됐고, 더할 나위 없이 더러운 내면이었다며 몸서리를 치고 고함을 지르거나 바닥에 침을 뱉어도 됐다. 아이히만을 두들겨패도 괜찮았을 것이다. 하지만 이런 식은 아니었다.

그 순간 아이히만이 고개를 들고 벤야민 씨를 알아봤다. 아이히만은 벌떡 일어나더니 벤야민 씨 앞으로 두세 걸음을 달려갔고, 발이 걸려 넘어지듯이 쾅당 소리를 내며 바닥에 무릎을 꿇었다. 급작스럽기도 한데다 아이히만의 의도가 무엇인지 명백했기 때문에 경호원들은 그를 더이상 제지하지 않았다.

"페차인 지 미아_{용서해주세요}…… 페차인 지 미아, 비테_{제발}, 비테."

아이히만은 벤야민 씨의 발목을 잡고 빌었다. 그러고는 이마가 땅에 닿도록 머리를 조아리더니 급기야 벤야민 씨의 발에 입을 맞추기 시작했다.

벤야민 씨는 느릿느릿 몸을 숙이더니 자신도 바닥에 무릎을 꿇었다. 그는 아이히만의 어깨를 잡았다가 손을 아래로 내려 상대의 팔꿈치를, 그리고 마침내 그 인간 백정의 두 손을 감싸쥐었다. 그리고 천천히 일어서며 나치 전범의 몸도 일으켜세웠다. 아이히만은 두 다리로 서 있을 자격이 없다는 듯이 고개를 푹 숙인 채로 몸을 부들부들 떨었다. 그만큼은 아니었지만 굽혀진 채로 허공에 멈

쥐 있는 벤야민 씨의 팔도 미약하게 떨리고 있었다.

연구원이나 경호원들은 감히 끼어들 엄두를 못 내고 잠자코 있었다. 유대인위원회 간부들은 아무 말도 하지 못했고 기자들도 멍하니 펜을 든 채로 눈앞의 광경이 어떻게 전개될지 지켜보고 있었다. 유대인위원회 소속 사진사만이 직업 정신을 잃지 않고 연신 플래시를 터뜨리며 여러 각도에서 두 사람을 찍었다.

벤야민 씨는 떨리는 팔로 아이히만을 끌어안았다. 아이히만도 서서히 팔을 들어올려 벤야민 씨의 몸을 안았다. 아이히만은 껵껵 소리를 내며 울고 있었다. 벤야민 씨의 눈에서도 두 줄기 눈물이 흘러내리고 있었다.

*

전반적인 보고: 아이히만과 체험 기계 — V
앤 모리시 메릭, 1969년 12월 6일

각 언론사들은 유대인위원회에서 요청한 기사 게재 시점에 맞춰 체험 기계의 성공을 대대적으로 보도했다. 아돌프 아이히만을 둘러싼 용서와 화해의 드라마는 세계 모든 신문과 방송의 헤드라인 뉴스가 되었다. 특히 로라 포셋이 마흔 건이나 쓴 AP 통신 기사가 엄청나게 생생하고 감동적이었다.

유대인위원회는 아이히만과 벤야민 씨가 울면서 껴안은 순간의 사진을 끝내 공개하지 않았다. 엘리자베스 혼스타인 공보관은 보도 자료와 논평을 여러 건 발표했는데, '화해'라는 단어는 단 한 번도 사용하지 않았다. '용서'라는 말은 몇 번 등장했다. 아이히만이 무릎을 꿇고 독일어로 "용서해주세요"라고 빌었다는 대목을 묘사하면서였다.

유대인위원회에서 애용한 표현은 '속죄와 참회'였다. 유대인위원회의 태도는 여태까지 그들이 부정하던 아렌트 박사의 관점을 얼마간 차용하고 있었다. 그랬다. 아돌프 아이히만은 확실히 상상력이 부족하고 지적으로 무능한 평범한 인간이었다. 그러나 현대 과학의 힘으로 자신이 지은 죄가 얼마나 거대하고 어마어마한 것이었는지를 깨닫게 됐다. 그리고 그러자마자 자책감과 죄의식으로 무너져 용서를 구했다. 나치의 범죄는 과연 나치의 최고 우두머리조차 감당할 수 없는 끔찍한 것이었다는 방증이다…… 이런 서사는 범죄자는 정신질환자이고 과학으로 치료할 수 있는 존재라는 뉘앙스를 풍겼다.

아돌프 아이히만이 무릎을 꿇고 용서를 구했을 때 에밀 벤야민이 한 일에 대해 유대인위원회는 논평을 꺼렸다. 수백 명의 기자들이 벤야민 씨가 일하는 소가죽 공장과 집을 찾아가 인터뷰를 시도했지만 그를 만나지 못했다. 유대인 보복단은 성명을 내고 벤야민 씨가 체험 기계에 들어가기에 적절하지 않은 인물이었다며 유대인위원회를 비난했다. 보복단은 벤야민 씨 한 명이 홀로코스트 생존자를 대표할 수 없고 그래서도 안 되며, 이 정신 쇠약한 상인이 아이히만을 용서했다고 해서 아이히만의 죄가 사라지는 것도 아니라고 주장했다. 성난 강성 시오니스트들은 벤야민 씨의 집에 유리병을 던지고 문에 "너무 쉬운 용서=배신"이라는 문구를 적었다.

한편 그 반대 진영에서는 당시의 현장이 지나치게 미화되고 부풀려졌다. 적어도 일주일 동안은 그랬다.

분명히 증언하건대, 벤야민 씨가 아이히만에게 "내 형제여"라든가 "당신을 용서합니다, 만약 내게 그런 자격이 있다면"이라고 말했다는 일화는 거짓이다. 벤야민 씨는 체험 기계에서 나와 건강 검진을 받으러 갈 때까지 아무 말도 하지 않았다. 그는 아이히만의 뺨에 입을 맞추지도 않았고 아이히만의 눈물을 닦아주지도 않았다.

로절린드 프랭클린 박사가 눈물을 펑펑 쏟았다든가, 아인슈타인 박사가 욥기 혹은 시편의 한 구절을 읊조렸다는 이야기도 사실이 아니다. 다비드 벤구리온 전 유대인위원회 위원장 또는 골다 메이어 문화공보국장이 분개해서 자리를 박차고 나갔다는 이야기 역시 사실이 아니다. 메이어 국장은 분명 화가 난 표정이기는 했지만 딱히 어떤 행동을 취하지는 않았다.

체험 기계의 발명은 달 착륙보다 더 심오한 사건이며 우리 문명을 획기적으로 바꿔놓을 거라는 아인슈타인 박사의 예언은 분명 옳다. 아폴로 11호 이후 자신을 달로 보내달라고 정부에 요구하는 사람들이 없지는 않았다. 그러나 그들 대부분은 광인이거나 어린 아이들이었다. 반면 체험 기계가 완성됐고 제대로 작동된다는 소식이 알려지자 수많은 사람들이 그 기계를 이용할 수 있게 해달라고 백악관과 앵커리지에 편지를 보냈다. 배우자를 이해하고 싶다는 사람도 있었고 임종을 맞은 가족과 기억을 공유하고 싶다는 이도 있었다. 페미니스트, 장애인 단체, 범죄 피해자 단체들은 체험 기계 양산과 보급을 촉구했다. 자폐장애 환자의 부모들은 체험 기계를 치료용으로 쓸 수 있게 해달라고 미국 정부와 프랭클린 박사 연구팀에 호소했다.

그러나 여전히 우리는 이 기계가 무엇을 어떻게 바꿔놓을지에 대해 제대로 상상조차 하지 못하는 형편이라고 나는 생각한다. 나는 아인슈타인 박사의 의견만큼이나 샌프란시스코 크로니클에 인생 상담 칼럼을 연재하는 애비게일 밴 뷰런의 말에도 동의한다. 그녀는 이 기계 때문에 상담 칼럼니스트의 일거리가 사라지지 않겠느냐는 질문을 받자 이렇게 대답했다.

"상대의 처지를 이해한다고 문제가 저절로 해결되지는 않는답니다. 거기서부터 새로운 문제가 시작되기도 하지요. 상대의 처지를 이해하는 사람이 자신이 그렇게 이해받지 못하는 데 대해 더 절망할 수도 있고, 반대로 상대의 세계를 이해하기에 그에게 더 잔인한 일을 저지를 수도 있어요."

*

이제 아돌프 아이히만의 기막힌 최후에 대해 이야기할 차례다.

아이히만은 체험 기계에 들어갔다 나온 뒤로 일주일 동안 이전과 완전히 다른 행보를 보여주었다. 그는 사죄의 기자회견을 열고 싶다며 유대인위원회에 기자들을 불러달라고 요청했고, 이것이 거부되자 홀로코스트 생존자들에게 보내는 편지를 적어 세르바티우스 변호사를 통해 발표했다. 아이히만은 여덟 장짜리 편지에서 홀로코스트 생존자를 찾아다니며 사과하고 나치 독일의 야만성을 증언하는 데 자기에게 남은 시간을 모두 바치고 싶다고 썼다.

일부이나마 아이히만을 동정하는 여론이 일기도 했다. 그런 낭만주의자들은 가장 최악의 인간을 용서하는 것이 곧 인간이 할 수 있는 가장 숭고한 일이 될 거라고 주장했다.

아이히만은 에밀 벤야민 씨를 다시 만나고 싶어했다. 나중에 알려진 사실이지만 아이히만이 수감된 곳은 바이츠만 연구소에서 자동차로 십오 분 거리에 있는 작은 농장이었다. 유대인위원회를 통해 연락을 받은 벤야민 씨는 이 농장에 가서 아이히만을 면담했다.

벤야민 씨는 선물하고 싶은 책이라며 빅터 프랭클 박사의『죽음의 수용소에서』를 들고 아이히만의 방으로 들어갔다. 그 책 안에는 가죽공예에 쓰는 작고 날카로운 가죽 칼이 들어 있었다. 아이히만이 팔을 벌리고 포옹하러 다가왔을 때 벤야민 씨는 가죽 칼로 상대의 목을 길게 베었다.

아이히만은 눈을 크게 뜨고 믿어지지 않는다는 표정을 지으며 뒤로 몇 걸음 물러났다. 벤야민 씨는 아이히만의 목에서 뿜어져나오는 피를 얼굴에 맞으며 상대를 쫓아가 피를 막고 있던 그의 손을 아래로 내리고, 상처 속으로 가죽 칼을 집어넣어 경동맥을 헤집었다. 아이히만이 바닥에 쓰러지자 벤야민 씨는 들고 있던 가죽 칼을 이번에는 그 자신에게로 향했다. 벤야민 씨는 주저하지 않고 자신의 목을, 길고 깊게 베었다.

그때서야 밖에 있던 정보국 직원들이 사태를 알아차리고 방으로 들어왔다. 그러나 그들이 할 수 있는 일은 거의 없었다. 얄궂게도 벤야민 씨의 몸은 아이히만의 몸 위에 포개졌으며, 그들의 피는 그 아래에서 서로 섞였다. 의료진이 도착했을 때 두 사람은 다 죽어 있었다.

그날 저녁 앵커리지 경찰이 벤야민 씨의 집에서 한 장짜리 메모를 발견했다. 벤야민 씨의 친지들은 메모에 적힌 글씨의 필적이 벤야민 씨의 것이 맞다고 확인했다. 메모에는 이렇게 적혀 있었다.

'타인은 타인인 채로 남아 있는 게 좋다.'

많은 사람들이 벤야민 씨가 동료 유대인들에게서 받은 비난 때문에 그런 극단적인 행동을 저지른 것이라고 생각했다. 특히 아이히만을 살해하기 전날 밤 벤야민 씨가 장인과 처남을 만났는데, 그 자리에서 과격한 비난을 들은 것이 결정적인 계기가 되었다고 이들은 주장한다. 벤야민 씨는 앵커리지 유대인 지역사회에서의 평판을 매우 중시하던 인물이었다. 변절자, 배신자, 유대 민족의 수치라는 비난을 들으니 차라리 목숨을 끊는 편이 그에게는 훨씬 더 쉬웠을 거라고 지인들은 증언했다.

벤야민 씨가 다른 사람이 아니라 자기 자신을 견디지 못했을 거라고 추측하는 이들도 있었다. 그는 명예와 위신을 중요하게 여기긴 했어도 자신이 옳다고 믿는 일이면 주변 사람들의 말에 아랑곳하지 않는 강골이었다. 유대인들이 독립국가를 건설하려는 계획을 포기해야 한다는 주장도 과감히 펼쳤고, 이 때문에 오랜 친구들로부터 절교를 당하기도 했다. 강직했던 그는 자신의 신념이 무너졌음을 가장 받아들이기 어려웠던 게 아닐까. 아이히만과 나치 전범들은 죽어 마땅하며, 어떤 이해나 공감, 동정과 연민의 여지도 없다는.

이런 주장을 펼치는 이들은 벤야민 씨가 아이히만을 가련하고 가엾게 여기는 자신을 보고 소스라치게 놀랐으며, 자신이 아이히만의 구명 활동에 참여하게 되는 상황을 막고자 그런 짓을 저질렀다고 말한다. 도박을 끊기 위해 손을 자르는 사람처럼. 말하자면 체험 기계 이후 벤야민 씨의 자아는 둘로 분열됐으며, 패배를 예감한 과거의 벤야민이 미래의 벤야민과 함께 자살하는 편을 택했다는 것이다.

물론 이런 가설과는 아주 딴판인 음모론을 펼치는 이들도 있다. 이들 음모론은 모두 한 가지 사항을 큰 근거로 삼고 있다. 그리고 그 대목은 분명 그저 흘려 넘길 수만은 없다. 바로 아이히만을 찾아갔을 때 벤야민 씨에 대한 감시가 너무 소홀했다는 점이다. 교도관들은 벤야민 씨의 소지품을 살펴볼 생각도 하지 않았고, 벤야민 씨가 아이히만이 있는 수감실에 들어갔을 때 옆에서 지켜보지도 않았다. 그들은 벤야민 씨가 아이히만을 칼로 베고 자기 목까지 베어버린 다음에야 방으로 들어왔다.

이 모든 일이 유대인위원회의 묵인하에 벌어졌던 것은 아닐까? 유대인위원회의 누군가가, 예를 들어 즈비 자미르 정보국장이나 혹은 모사드에 있다고 하는 전임 국장 메이르 아미트가, 상심한 벤야민 씨를 찾아가 넌지시 아이히만 암살 방법을 알려주거나 실행을 부추긴 건 아닐까? 사형을 집행할 경우 빚어질 정치적인 문제가 우려스럽지만, 그렇다고 다른 국가의 손에 아이히만의 운명을 맡기고 싶지도 않은 강경파 시오니스트들에게는 썩 적절하게도 아이히만이 유대인의 손에 의해 앵커리지에서 피를 흘리며 죽은 것 아닌가.

아이히만의 감방을 지키던 교도관들은 전혀 예상하지 못했던 일이라 미처 대비하지 못했을 뿐이라며 항변한다. 그들 역시 언론을 통해 아이히만과 벤야민 씨의 감동적인 포옹을 익히 알고 있었다. 그들은 당연히 벤야민 씨가 아이히만을 용서했으며, 아이히만을 돕거나, 그건 아니라도 대화를 제대로 나누기 위해 이 사설 교도소를 찾아왔을 거라고 짐작했다. 그래서 벤야민 씨를 의심할 생각도 못했다고 변명했다.

혹시 그렇다면 이게 전부 벤야민 씨의 계획이었던 건 아닐까? 체험 기계 앞에서 그런 눈물겨운 장면을 연출하고 사람들을 속여 이후에 검문 없이 무기를 들고 아이히만에게 다시 접근할 기회를 만들기 위한? 이쯤 되면 황당한 추리이긴 하다. 몇몇 음모론 애호가들은 여기서 더 나아간다. 애초에 모든 것이 모사드 내부 과격파의 계획이었으며, 벤야민 씨도 모사드의 비밀 요원이었다고. 아이히만이 체험 기계를 통해 자기 죄를 깨닫게 한 뒤, 미국에 넘겨주기 전에 목을 따버린다는 게 그들의 시나리오였다고.

*

아이히만이 죽고 나서 보름이 지났을 무렵 클레어 홀링워스는 다니엘 세르바티우스 변호사와의 인터뷰를 특종 보도했다. 세르바티우스 변호사는 여기서 음모론 애호가들이라면 흥분해서 펄쩍 뛸 충격적인 내막을 폭로했다.

아돌프 아이히만은 벤야민 씨 앞에서 무릎을 꿇고 사죄하겠다는 계획을 체험 기계에 들어가기 전에 미리 세웠다. 그 계획에는 체험 기계 안에서 하느님을 찾고 신음하며 허공에 발길질을 하겠다는 세부 사항까지 있었다.

"아이히만은 육체적 고통을 피하고 목숨을 부지할 수만 있다면 다른 건 뭐가 어떻게 되든 상관없다는 인간이었습니다. 그리고 그 방면에서라면 냉철하고 천재적인 두뇌의 소유자였습니다. 저는 아이히만보다 더 자기 생명과 안전에 집착하는 사람을 본 적이 없습니다. 그는 자기가 아무리 죄를 뉘우쳤다고 주장해봐야 유대인위원회가 그 말을 믿지 않을 것임을 잘 알았고, 체험 기계가 제 유일한 살길이라고 여겼습니다. 그는 자신이 체험 기계에 들어갔다 나와서 극적으로 회개한 사람을 연기하고 그길로 미국으로 추방된다면 미국 내 여론이 자신에게 우호적으로 돌아설 가능성이 있다고 봤고, 그러면 사형이 아니라 종신형을 받을 수도 있을 걸로 기대했습니다. 세상에서 그보다 더 체험 기계의 완성을 바랐던 사람도 없었을 겁니다. 아이히만은 체험 기계 작동 조건을 놓고 유대인위원회와 협상할 때 전체 판이 망가지는 일을 가장 염려했습니다. 그래서 외부 전문가에게 안전성을 검증받아야 한다는 그의 제안을 유대인위원회 측이 거절했을 때에는 군말 없이 그 요구를 철회했죠."

"그런 구상을 당신에게 털어놨단 말입니까?"

"몇 번씩이나요. 그런 구상을 늘어놓으면서 즐거워서 껄껄 웃기도 했습니다. 사실 그게 앵커리지에 붙잡혀 있는 동안 그의 몇 안 되는 즐거움이었을 테니 인간적으로 이해가 가는 바도 아예 없지는 않습니다만. 변호사는 비밀유지의무가 있으니 이 기막힌 진실을 다른 사람에게 털어놓을 수 없을 거라고 저를 놀리더군요. 단 한 사람이라도 자기 의지로 통제할 수 있다는 것이 그에게는 무척 중요한 것 같았어요. 기분이 좋을 때에는 손바닥을 맞부딪치고 파리처럼 비비는 게 그자의 습관이었는데 평생 잊을 수가 없을 것 같군요. 아마 아우슈비츠를 구상하면서도 그렇게 웃으며 손을 비벼댔을 테죠. 하루는 제가 도저히 참을 수가 없어서 '당신이 죽자마자 나는 변호사를 그만두고 당신의 비밀을 전부 폭로할 거요' 하고 얘기했더니 마음대로 하라면서, 자신이 죽은 뒤에 세상에서 일어날 일은 자기 관심사가 아니라고 하더군요."

아이히만은 특히 아인슈타인을 싫어했다고 세르바티우스는 전했다. 아이히만은 자신이 결코 괴물이 아님을, 멀쩡한 인간임을 잘 알고 있었다. 그는 『앵커리지의 아이히만』을 읽고 불쾌해하기는 했지만 아렌트 박사의 눈이 예리하다며 칭찬하기도 했다. 그는 자신이 인류의 추악하지만 평범하고 흔한 일면일 뿐이라고 주장했다. 체험 기계는 인류에게 미답의 영역을 개척하는 탐사선이 아니라 그저 거울에 불과한 것이다, 라고 아이히만은 말했다.

"아인슈타인 박사는 왜 그토록 빛과 거울을 원하는 걸까? 설마

자기 얼굴이 봐줄 만하다고 믿는 걸까?"

아이히만은 눈을 동그랗게 뜨고 허공을 향해 물은 뒤 히죽 웃었다고 세르바티우스는 회고했다(물론 세르바티우스는 회고록을 쓸 생각이었다).

"비록 그가 그런 계획을 짜두고 있었다고 해도 체험 기계에 들어가서는 정말로 벤야민 씨의 기억들을 받아들이고 경악해서 다른 사람이 되었을 수도 있잖습니까?"

홀링워스가 물었다.

"그럴 수도 있습니다. 하지만 그걸 우리가 알 수는 없습니다. 체험 기계에 들어갔다 나온 뒤 제가 아이히만과 둘이서만 이야기한 적은 딱 한 번뿐입니다. 그때 아이히만은 정말 회개한 사람처럼 보이기는 하더군요. 하지만 그가 메소드 연기를 한 것일 수도 있죠. 면담 시간이 짧아서 속마음을 털어놓기 어려웠을 수도 있습니다. 당시 그의 진심을 알려면 그거야말로 체험 기계가 필요한 일이겠습니다."

세르바티우스가 말했다.

홀링워스가 진행한 세르바티우스 변호사 독점 인터뷰가 보도된 이틀 뒤, 미국 하원 과학우주기술위원회 산하 감독연구기술 소위원회에서는 체험 기계의 응용 분야에 대한 긴급 청문회가 열렸다. 비공개 청문회였으나 몇몇 참석자들의 발언은 언론 보도로 알려지게 되었다. 청문회에서 정치인들은 주로 소련이나 다른 국가

가 체험 기계를 무기로 개발할 가능성을 과학자들에게 물었다고
한다.

　방위산업에 종사하는 과학자와 공학자들이 우려한 체험 기계의
군사적 잠재력은 크게 두 가지였다.

　첫번째는 미군이나 정보 요원들을 상대로 '세뇌 기계'로서 활용
될 가능성이다. 특히 베트남과 쿠바처럼 자신들의 정당성을 믿고
있는 적들은 체험 기계로 어떤 세뇌 공작보다 값싸고 편하고 강력
하게 미국 국민들을 포섭할 수 있을 것이었다. 체험 기계는 정서
적으로 어마어마한 호소력을 발휘하는 만큼 특히 미국과 같은 나
라를 상대로 분쟁에 돌입한 가난한 제3세계 국가에게 유리한 무
기가 될 터였다.

　두번째는 좀더 대규모 시나리오로, 소련이나 이집트 같은 나라
에서 자국민을 상대로 체험 기계를 사용할 가능성이다. 체험 기계
는 전기신호를 이용하므로 한 사람의 기억을 저장했다가 여러 개
로 복제하는 것도 어렵지 않다. 수백만, 수천만 명의 국민이 정부
에서 지정한 보건소에 가서 올가미 다중체를 주입받고 헬멧을 쓰
고는 미리 저장된 지도자의 사상을 입력받는 일이 벌어질 수 있다
는 것이다.

　"브레즈네프가 총통이 되겠다고 마음을 먹는다면 소련 바깥에
있는 누구도 그것을 막을 수 없을 겁니다. 나세르가 이집트 국민
들을 전부 나세르주의자로 만들어버리는 일도 가능합니다. 히틀

러의 제3제국과는 비교도 되지 않을 정도로 거대하고 단단한 미국의 적이 등장할 수 있습니다."

일부 애국적인 과학자들은 그렇게 말하며 미국이 체험 기계를 선제적으로 사용해야 한다고 주문했다는 후문이다. 체험 기계를 이용해 미국이 추구하는 미국적 가치를 미국인뿐 아니라 미국의 원조를 받는 중동과 아시아 국가들에 퍼뜨려야 한다는 것이다. 과학자들은 민주주의국가인 미국은 소련이나 이집트, 베트남, 쿠바 같은 독재국가에 비해 국민들의 의견을 통일하기가 훨씬 불리하므로 상대 국가가 체험 기계를 사용하는 때는 이미 손쓸 수 없이 늦은 시점일 거라고 지적했다.

청문회에 참석한 과학자들은 록히드 마틴과 보잉 같은 군수업체가 체험 기계의 양산과 개량 업무를 수행하기에 적합하다고 꼽았다. 또 시제품을 한국이나 필리핀 같은 미국의 원조 대상 국가에 먼저 보급해서 시험하는 방안도 제시했다.

"지금껏 인류가 겪었던 어떤 전쟁보다 더 치열한 사상전, 이념전이 벌어질 겁니다. 이 전쟁은 누가 더 공감을 많이 얻느냐의 싸움입니다. 모든 국가가 어느 정도 전체주의화하는 것은 피할 수 없습니다. 어쩌면 정치 엘리트들은 실시간으로 체험 기계를 사용하며 하나의 '집단의식'이 되어야 할지도 모릅니다."

국방부 소속의 한 세뇌 전문가는 청문회에서 이렇게 말했다고 한다.

『뉴요커』에 원고를 보내는 순간까지 내가 체험 기계의 의미를 파악하게 될 것 같지는 않다(아마 앞으로 수십 년 동안 누구도 모를 것이다). 이 기계가 인류에게 축복인지 저주인지조차 명확지 않다. 나는 마지막으로 하버드대 철학과 폴 레비나스 교수의 주장을 소개하면서 이 글을 마무리하려 한다.

레비나스 교수는 프랑스 철학자들이 주장하는 바와 달리, 타자화他者化와 배제는 인간존재와 인간적 사유의 본질이라고 역설한다. 인간성은 숭고하고 근원적인 무언가가 아니라, 거기에 속해서는 안 되는 것에 대한 거듭되는 부정을 통해 끊임없이 재생산되는 픽션이라는 말이다. 인류의 윤리는 모두 그런 타자화와 배제를 통해 발전돼왔다는 것이다.

연쇄살인마, 성폭력범, 아동 학대범들에게도 각각의 사연이 있다. 그러나 그 사연을 굳이 귀기울여 들어야 할 필요가 있을까? 그래야 한다면 어떤 이유에서인가? 단순히 그들이 우리와 닮은 존재여서인가? 아니면 인간의 한계가 안 좋은 방향으로 어디까지 확장될 수 있는지를 확인하기 위해서인가? 다른 인간에 대한 이해는 때로 인간성을 지키는 데 도움이 되지만, 반드시 그런 것만은 아니라는 게 레비나스 교수의 관점이다. 레비나스 교수는 하버드대 신문에 발표한 특별 기고문에서 이렇게 썼다.

"종종 타인은 지옥이다. 그리고 어쩌면 그 지옥이 우리가 이해할 수 없는 곳에 있음에 우리는 감사해야 할지도 모른다."

나무가 됩시다

일명 '그린 라이프' 수술*을 받은 지 두 달이 지났다. 이 수술을 받으려고 캐나다에 다녀왔다. 간단한 시술이라지만 전문의가 있는 곳에서 받고 싶었다. 성인 유전자조작 전문의가 있는 정식 의료 시설에서 이 처치를 받으려면 캐나다나 이스라엘에 가야 한다. 미국과 유럽 대부분의 국가에서는 병원이 아니라 사설 유전자 클리닉에서 이 수술을 진행한다.

한국에서 이 수술을 받기는 사실상 불가능하다. 하지만 이게 불법이라는 생각은 오해다. 내 지인 중에도 그렇게 잘못 아는 이들이 많았는데, 아마 기독교계 의사 단체가 주도하는 광고 때문인

---

* 정식 명칭은 '자가배양 강화엽록체세포 진피층 침습이식술'이다.

것 같다. 손가락에서 징그러운 촉수가 나오는 그 광고 말이다(그거 공익광고협의회에서 만든 거 아니다).

한국에서 성인 유전자조작 관련 의료 행위는 병원 안팎에서 굉장히 까다로운 윤리 심의 과정을 거쳐야 하며, 그린 라이프 수술 신청은 여태껏 심의를 통과한 적이 없다. 그러나 그렇다 하더라도 한국 의사가 수술을 하기 어렵다는 의미이지, 한국인이 외국에서 수술을 받지 못한다는 뜻은 아니다. 그 증거가 바로 나다. 그린 라이프 수술이 위법이라고 믿는 분들은 이 글을 읽고 가까운 경찰서에 나를 고발해주시면 감사하겠다.

그린 라이프 수술을 받았다고 밝히면 "그거 불법 아닌가요?"와 "안 아픈가요?"를 포함해 수많은 질문 세례를 받게 된다. 다들 이렇게나 관심이 많았던가, 하고 그때마다 놀란다. 특히 비건이 아닌 친구들이 그렇게 관심을 보일 줄 몰랐다.

물론 헐뜯을 구실을 찾기 위해 물어보는 사람도 있다. 하지만 그야 '고기를 먹지 않는다'고 고백했을 때부터 십 년 넘게 경험한 일이다. 나는 그들이 나를 물어뜯고 싶어하는 이유도 안다. 채식주의자에서부터 그리너*에 이르기까지 우리 같은 존재가 자신들

---

* 그린 라이프 수술을 받은 사람. 당연한 말이지만 피시술자들은 '나무 인간'이라는 표현보다 이 용어를 선호한다.

의 도덕관을 비난한다고 여기기 때문이리라.

(이에 대해 고민하기 시작하면 늘 생각이 심란한 방향으로 뻗어나간다. 나는 남에게 자랑하기 위해 육식과 살생을 거부하는 것이 아니다. 그러나 나의 선택을 설명하면 대부분의 사람들이 불편해하고, 내가 도덕적 우월감을 과시한다고 받아들인다. 왜? 혹시 그들도 진실을 느끼기 때문 아닐까? 육식과 살생은 도덕적이지 않다는 사실 말이다.)

이 글을 쓰는 이유는 여러 가지다. 나로서는 우선 반복되는 비슷비슷한 질문에 일일이 말로 대응하지 않고 이걸 읽어보라고 링크를 건네줄 수 있을 테다. 둘째로 그린 라이프를 고민하는 사람들의 용기를 북돋우고 세간의 편견을 줄이기 위해서도 정직한 리뷰가 필요하다고 판단했다. 수술의 한계와 단점에 대해서도 최대한 솔직하게 쓰려 한다.

나 자신을 위해서도 기록을 남겨야겠다는 생각이 들었다. 정직하게 고백한다. 그린 라이프 수술은 아직 안전성이 완전히 검증되지 않았다. 가족의 만류를 무릅쓰고 그리너가 되기로 결심한 것은 상당 부분 개인적인 욕심이었다. 이 결정을 나는 몇 년, 혹은 몇십 년 뒤에 후회할지도 모른다. 생각의 방향이 바뀔 것 같지는 않지만, 너무 서둘렀다고 후회할 가능성은 있을 것 같다.

그런 때가 오면 이 글의 뒷부분을 읽고 싶다. 결국 인간은 미래를 알 수 없으며, 주어진 매 순간 최선이라 믿는 선택을 내릴 뿐이다. 오직 안전만을 추구하는 사람은 아무런 가치도 만들어내지 못한다(삶은 불확실한 것이기에, 기실 그토록 기원하던 안전조차 얻지 못할 확률이 높다). 우리는 미래에 대해 용기를, 과거에 대해 책임감을 품어야 한다. 이 글을 쓰는 것이 그런 태도로 나를 이끌어주지 않을까 기대한다.

그러면 시작한다.

1. 안 아픈가?

글쎄, 지금까지 경험해본 육체적 고통을 강도에 따라 0에서 10까지로 표현한다면 그린 라이프 수술은 4에서 5 사이에 자리하지 않을까 싶다. 참고로 내 경우 10은 동남아시아의 한 나라에서 난민을 대상으로 교육 봉사활동을 하다가 걸린 장티푸스의 고통이었다. 만 사흘 동안 지독한 두통과 발열, 오한에 시달렸다. 그에 비하면 몇 년 뒤에 앓은 대상포진은 8.5 정도였다.

4에서 5 사이에 있었던 고통들이 뭐가 있을까. 장염은 그보다는 더 아팠던 것 같고, 손가락 인대 손상은 그보다 덜 아팠던 것 같고…… 함께 수술을 받은 내 파트너는 포경수술의 통증이 딱 그 정도였다고 한다. 한 줄로 요약하자면 아프기는 하지만, 죽을 정도는 아니며, 목적의식이 있다면 참고 견딜 만하다는 것이다.

크게 두 단계에서 부분 마취를 한다. 먼저 배의 진피 조직을 손가락 한 마디보다 작은 넓이로 잘라낼 때다. 배꼽 오른쪽에 스프레이식 마취약을 뿌리면 곧 감각이 무뎌지고 살이 얼얼해진다. 그러면 의사가 상피를 디귿자 모양으로 자르고 그 아래서 진피 조직을 채취한다. 그다음 치료약을 바르고 상피를 덮는다. 다 합해서 십 분 정도 걸린다.

수술을 받는 동안에는 아프지 않지만 마취가 풀리면 자전거를 타다가 제대로 엎어져 무릎이 까진 정도의 통증이 밀려온다. 실제로도 그와 비슷한 상처가 생긴 셈이고. 배 근육을 당기면 안 되기 때문에 며칠간 운동을 자제해야 하고, 웬만하면 웃지 말라는 조언도 듣는다. 다만 흉터는 거의 남지 않는다.

그렇게 잘라낸 진피 조직에 강화된 엽록체 유전자를 삽입한다. 물론 배양실에서 유전자 치료사들이 하는 일이고, 나는 그 과정을 볼 수 없다. 유전자 치료사가 아닌 내가 그 사십팔 시간 동안 해야 하는 일은 병원식을 먹으며 푹 쉬고 부작용이 없는지 확인하는 지루한 추적 검사를 인내하며 받는 것이다.

입원한 지 사 일째 되는 날부터 이식수술을 받는다. 피부 조직 이식이라지만 절개하는 부위는 없다. 레이저로 작은 구멍을 내고 그 안으로 세포조직을 밀어넣는 침습이식 방식을 사용한다. 입원 사 일째에 배에, 오 일째에 등에, 육 일째에 팔다리에 시술을 받는다. 마취 젤을 미리 시술 부위에 바르지만 그래도 레이저를 맞을 때에는 꽤 따끔하다. 그걸 배에 4000샷, 등에 7000샷, 팔다리 합해서 3600샷을 맞았다.

그래, 아팠다. 마취가 풀릴 때에는 해당 부위 전체를 약불로 지지는 듯한 기분이었다. 배의 통증이 다 가시기도 전에 등 시술을 받았고, 배와 등의 통증이 다 가시기도 전에 양팔과 두 다리에 샷을 맞았다. 얼굴에는 처음부터 강화엽록체세포를 이식할 생각이 없었지만, 아파서라도 맞지 못할 것 같다.

2. 부작용은 없나? 피부가 녹색이 되나?

수술을 마친 직후 내 몸은 녹색이 아니라 붉은색이었다. 몸에 앞뒤로 작은 구멍이 1만 4600개가 뚫렸으니까. 그 벌건 기운은 퇴원할 때쯤에야 겨우 사라졌다. 이후로도 며칠간 내 몸은 전반적으로 푸르스름했고 일부 부위는 검었다. 침습 레이저를 맞느라 곳곳에 멍이 든 것이다. 그 멍들은 한국에 돌아올 무렵까지도 남아 있었다.

멍자국이 없어지고 나서는 피부색이 이전 상태로 돌아왔다. 얼굴, 목, 손처럼 주로 노출되는 부위는 시술을 받지 않았으니 예전과 다를 게 없고, 시술을 받은 부위도 무심결에 보면 내가 그리너인지 아닌지 알 수 없는 정도이다. 대부분의 사람은 내 알몸을 보더라도 그냥 '주근깨가 많네' 하는 느낌으로 지나칠 것이다. 내가 살결이 흰 편이라 그리너 중에서는 수술 흔적이 두드러지는 편인데도 그렇다. 애초에 강화엽록체세포 자체가 나뭇잎처럼 선명한 녹색은 아니다.

피부가 목질화한다거나, 나뭇가지 모양의 돌기가 생긴다거나 하는 얘기는 근거 없는 괴담에 불과하다. 진짜 신경써야 할 것은 체내 혈당과 칼륨 수치다. 강화엽록체세포에서 당을 뿜어낼 때는 무척 행복한 기분이 들지만, 이것이 자칫 고혈당으로 이어질 수도 있다(당뇨병 환자는 그린 라이프 수술을 받으면 안 된다). 그리너는 혈당과 칼륨 수치를 죽을 때까지 잘 관리해야 한다. 다행히 어렵지는 않은 일이다. 몸에 붙이는 패치형 스마트 기기 하나면 충분하다.

내가 경험한 부작용으로는 구토감과 어지럼증이 있었다. 구토감은 등에 수술을 받은 날부터 일었다. 대부분의 성인 유전자조작 수술에 따라오는 비교적 흔한 부작용이며, 약물의 도움을 받을 수도 있지만 참을 수 있으면 참아도 괜찮다는 설명을 미리 들었다. 초기에는 하루에도 대여섯 번씩 토할 것 같은 느낌에 시달렸지만 이제는 이삼 일에 한 번 정도다. 강도가 약해진 건지 익숙해진 건지, 이제는 그냥저냥 참을 만하다.

어지럼증은 한국으로 돌아오는 비행기에서부터 생겼고, 지금도 약을 먹지 않으면 한두 시간에 한 번씩 찾아온다. 이것이 그린 라이프 수술과 관련이 있는지는 의사도 모른다. 어쨌거나 그린 라이프 수술 이후 지속적으로 복용해야 하는 약이 수십 종류이고, 거기에 현기증약이 추가된다고 해서 크게 달라질 건 없다. 불안한 마음이 드는 건 사실이지만(많은 약을 복용하기 때문에 간과 신장의 상태도 유심히 살펴야 한다).

다시 강조하지만 그린 라이프 수술의 장기적인 안전성은 아직 검증되지 않았다. 그리고 한번 받으면 이전으로 되돌리기 어렵다. 나는 사람들이 충동적인 열정에 끌려서나 다른 사람들의 찬사를 얻기 위해 이 수술을 받기를 바라지 않는다. 그리너가 된다는 것에 대해 부작용 문제를 포함해 충분히 고민을 했으면 좋겠다.

다만 공정을 기하기 위해 이 점은 덧붙여둔다. 지금 시행되는 성형수술의 95퍼센트도 아직 장기적 안전성은 검증되지 않았다. 미용성형과 관련해서는 매년 사망 사고가 발생하고 심각한 후유증을 겪는 사람들의 사례도 종종 나타나지만 그린 라이프 수술과 관련해서는 그런 사고가 한 건도 보고된 적이 없다.

3. 아무것도 먹지 않고 살 수 있게 되나?

아쉽지만 아니다. 여름에는 하루 한 시간, 겨울에는 하루 두 시간 정도의 일광욕만으로 강화엽록체는 당 외에 지방과 단백질을 충분히 합성한다. 하지만 그 기본 재료가 되는 원소는 외부에서 섭취해야 한다. 탄소는 호흡으로, 수소는 물을 통해 얻을 수 있으나 질소, 황, 인, 그 외에 무기염류와 합성 비타민 등은 직접 먹어야 한다. 매일 복용하는 약 외에도 이 원소들을 알갱이 형태로 하루에 몇 번씩, 몇 움큼씩 먹어야 하며, 그리너들끼리는 농담으로 이걸 '비료'라고 부르기도 한다.

최근에는 엽록체처럼 뿌리혹박테리아 유전자를 사람 몸에 집어넣어 대기 중의 질소를 직접 흡수하는 연구도 거의 완성 단계에 왔다고 들었다. 뿌리혹박테리아 이식수술이 상용화되면 나는 그역시 받을 생각이다. 다른 원소들에 대해서도 비슷한 연구가 진행 중인 걸로 안다.

필요 원소를 모두 이런 방식으로 얻을 수 있게 된다 하더라도 영양 섭취와 관계없이 무언가를 먹기는 해야 한다. 사람의 오장육부도 근육과 같아서, 일하지 않으면 퇴화하고 건강을 해치게 되기 때문이다(딴 얘기지만 나는 뇌 역시 근육이라고 생각한다. 그러니 지적 도전을 즐겨라).

치아와 잇몸은 아무것도 씹지 않으면 약해진다. 그래서 껌을 씹는다. 초산비닐수지에 몇 가지 향신료를 넣은, 설탕이 첨가되지 않은, '생명으로부터 나온 원료를 사용하지 않았습니다'라는 문구가 적혀 있는, 마트와 편의점에서 구할 수 있는 평범한 껌이다. 풍선껌이 있으면 풍선껌을 씹는다. 가끔 풍선을 불어주면 재미있으니까.

위가 오랜 기간 비어 있으면 위산 과다가 생기고 이것이 궤양을 초래한다. 다른 장기들도 비슷하다. 장내 미생물도 내 몸의 강화 엽록체가 만들어낸 당과 지방, 단백질만으로는 살 수 없다. 그래서 섬유질 식사를 한다. 섬유질 식사는 여러 종류가 시판되고 있으며, 생명 재료를 사용한 것도 있지만 순수하게 합성으로 만든 것도 있고, 낙엽이나 죽은 한해살이식물처럼 생명을 착취하지 않은 원료로 만든 것도 있다. 이걸 먹으면 소화기관이 건강하게 활동하고, 배설도 전과 다름없이 하게 된다.

최근에는 갈비찜이라든가 파스타 같은 요리를 외관상으로는 그 럴싸하게 흉내낸 섬유질 즉석식품도 나왔다. 그러나 이 순간까지 내가 경험한 바에 따르면 단 한 제품도 예외 없이 조악한 맛이었 다. 풍미라든가 식감 같은 미묘한 문제가 아니라, 기본적으로 맛의 균형 자체가 글러먹었다(이렇게 표현할 수밖에 없다). 왜 이렇게 달고 짜게 만드는 걸까? 그래서 나는 그냥 바 형태로 된 단순한 제품을 택한다. 섬유질 제조업체 연구원들의 미각이 나아질 날을 기다리면서.

4. 비용은 얼마나 드나?

드디어 돈 얘기까지 왔다. 그린 라이프 수술을 주제로 대화하다가 이 이슈에 이르게 되면 나는 속으로 반가워한다. 상대가 진지하게 그리너의 삶을 고민하기 시작했다는 증거이기 때문이다.

대부분은 이 질문을 던지기 어려워하고, 빙빙 돌려 묻는다. 나는 그냥 딱 잘라 답하겠다. 캐나다에 다녀오는 왕복 비행기 푯값과 수술비, 병원 퇴원 뒤 최종 건강검진이 끝날 때까지 인근 호텔에서 묵은 숙박료를 더하면 사천삼백만원 조금 넘게 들었다. 그 기간에 일을 하지 못해 손해본 기회비용, 죽는 날까지 지불해야 할 약값과 섬유식 비용은 제외한 것이다.

섬유식이 그리 비싸지는 않으니까 굳이 따지면 앞으로 식비가 얼마간 절감되기는 하겠다. 그리고 패치를 통해 건강검진을 매일 받는 셈이니까 그로 인한 혜택도 어느 정도는 있을 것 같다. 하지만 그린 라이프 수술을 통해 거둘 수 있는 경제적인 이익은 사실상 없다. 그렇기에 목적의식이 그만큼 더 중요해진다. 왜 이 모든 수고와 지출을 감수하고 그린 라이프 수술을 받으려는 건가? 여기에 선뜻 답할 수 없다면 수술을 권하지 않는다.

5. 나는 왜 그린 라이프 수술을 받기로 결심했는가?

이 질문에 대해 나는 아주 길게, 아마도 책 한 권 분량으로 답변을 할 수 있다. 그 책은 결국 내 자서전이 될 것이다. 내가 세계의 폭력을 어떻게 발견하고 어떤 식으로 경험했는지, 그 폭력들이 나를 어떻게 변화시켰으며 내가 어떤 방식으로 맞서고 탈출하려 했는지, 내가 어떤 시도를 했고 어떻게 좌절했는지.

그 이야기들을 이 자리에서 다 쓸 수는 없으니, 질문을 조금 바꿔야 할지도 모르겠다. '배양육이나 단백질 작물, 단백질 과일은 어째서 대안이 되지 못하는가?'로 말이다. 많은 사람들이 말한다. 좋아, 동물들을 몇 년이나 비좁은 우리에 가두고 학대하다가 잔인하게 도살해서 그 살코기를 먹는 건 나도 싫다고. 하지만 배양육이나 단백질이 듬뿍 함유된 과일 정도면 충분히 대안이 되는 것 같은데. 군이 네 몸으로 직접 광합성을 해야 해? 게다가 채식까지 거부할 이유가 있을까?

먼저 확실히 해둘 것은 공장식 농업 역시 공장식 축산만큼 지구와 다른 생명에 해롭다는 것이다. 그 농지에서 생산하는 작물에 단백질이 얼마나 들어 있건 간에 말이다. 기본적으로 인간이 만든 경작지는 원래 다른 동식물들이 살던 터전이다. 개간과 간척 사업은 숲과 갯벌 생태계에 대한 조직적인 학살 행위나 다름없다. 나는 이런 사업들에 반대하고, 그 사업의 결과물로부터 이익을 취하고 싶은 마음도 없다. 나아가 그 땅을 원주민인 동식물에게 돌려줘야 한다고 생각한다.

농업 분야에서 쓰는 막대한 화학비료는 생산과정에서 온실가스가 엄청나게 나오는데다 토양을 산성화하고 지하수를 오염시킨다. 비료의 질소와 인 성분이 하천을 따라 바다로 흘러들어가면 근해의 부영양화가 일어나 어떤 물고기와 조개류도 살 수 없는 '데드 존'이 만들어진다. 세계적으로 데드 존의 크기를 합하면 인도보다 더 크며, 서해의 9~14퍼센트도 데드 존으로 추정된다.

그렇다면 자연적으로 자란 식용식물을 채취해서 먹는다면? 그리고 배양육은? 여기서 나는 다른 질문을 던지고 싶다. 술에 몹시 취했거나 깊이 잠든 사람을 상대가 알아차리지 못하는 사이에 성폭행하는 일은 나쁜가? 청각장애인에게 욕설을 퍼붓거나 시각장애인의 얼굴 앞에 가운뎃손가락을 세우는 일은 나쁜가? 신경계가 다 자라지 않은 태아를 초음파나 방사선으로 원거리에서 조각조각내는 일은 나쁜가? 나쁘다면 왜 나쁜가?

즉, 내가 묻고 싶은 바는 이것이다. 내가 어떤 도덕적 명령을 지키고자 할 때 그 대상이 고통을 느끼느냐의 여부가 과연 중요한가? 나는 옳은 일을 하고 싶고, 내가 의심 없이 믿을 수 있는 확실한 도덕적 명령은 '살생하지 말라'는 것이다. 식물 역시 생명이므로 나는 식물을 죽이고 싶지 않다. 동물의 알을 먹지 않는 것처럼 곡물이나 씨앗을 먹는 일도 피하고 싶다.

배양육 역시 살아 있는 생명이다. 요즘은 맛을 더 사실적으로 내기 위해 인공뼈를 만들 때 골수와 신경을 만들기도 한다. 이 생명에게 뇌가 없다고 해서 죽여서 먹어도 괜찮다는 논리는 내게 이상하게 들린다. 그 논리를 확장하면 동물성 플랑크톤이나 신경계가 엉성한 무척추동물들도 식용으로 괜찮다는 생각으로 이어진다. 그런 식으로 경계가 조금씩 무너진다. 시신을 이용한 인육 요리라고 안 될 것 뭐 있겠는가.

처음 그린 라이프 수술에 대한 뉴스를 들었을 때 나는 문자 그대로 손뼉을 쳤다. 삼십칠 년간 살면서 꿈만 꿔온 기술이었다. 나는 자이나교 수행자처럼 단식을 하다 굶어죽는 것을 최선의 삶이라 여기지는 않았다. 그 역시 나의 생명을 살해하는 행동이라고 봤다. 그린 라이프 수술은 인간이 제 생명을 유지하기 위해 다른 생명을 먹어야 하는 굴레에서 해방될 가능성을 처음으로 보여줬다.

아직 완벽하지는 않다. 내가 숨을 쉬면서, 정수된 물을 마시고 정기적으로 방역을 하는 집에 살며 공장에서 만든 수많은 물품을 쓰고 탄소를 내뿜는 교통수단을 이용하면서, 이런저런 살생에 협조하고 있다는 사실을 안다. 그러나 이것이 시작이다. 나는 언젠가 과학기술이 우리 모두를 자이나교도식 열반으로 이끌 가능성도 있다고 생각한다. 보다 덜 고통스러운 방법으로 말이다.

나는 이 글을 반려 고양이와 함께 정원에서 햇빛을 쐬며 썼다.

이 정원에 자주 찾아오는 멧비둘기를 고양이가 노리는 것을 안다. 멧비둘기의 생명 역시 내 책임이라고 느끼기에 나는 고양이를 감시하며 그녀가 사냥을 하지 못하게 막는다. 하지만 고양이 사료는 어쩔 수 없이 배양육 통조림을 선택한다. 아직 고양이를 위한 그린 라이프 수술은 개발되지 않았고, 설사 개발된다 하더라도 고양이에게 그걸 강제해도 되는 건지 모르겠다.

한두 세대가 지나면 이걸 반려동물 중성화 수술의 새로운 버전 정도로 여기게 될까? 그때가 되면 우리는 지구 생태계에 책임을 느껴야 하는 종으로서, 모든 야생 육식동물에게 이 수술을 실시해야 할까? 이 주장이 지금으로서는 많은 사람들에게 무척 과격하게 들리리라는 걸 안다. 그러나 거기에 논리적으로 상당한 설득력이 있음을 나는 부인하지 못한다.

사이보그의 글쓰기

카이스트는 예술가들에게 작업 공간을 제공하는 아티스트 레지던시 프로그램을 2013년부터 운영해오고 있다. 대학 측에서 선정한 예술가는 캠퍼스 안에 있는 숙소에서 기본 삼 개월을 머물 수 있고(연장도 가능하다) 창작 지원금도 얼마간 받는다. 한국 소설가 중에는 백우석, 최영주, 이정헌 작가와 내가 이 프로그램의 혜택을 입었다.

　카이스트는 지원 계획을 발표할 때 "카이스트 구성원들과 예술가들이 서로 교류하면서 각자 창조적인 자극을 받을 수 있다"는 명분을 내걸었다. 물론 내 경우 그런 자극을 받으러 간 것은 아니었다. 나는 2018년에 카이스트에 머물렀는데, 당시만 해도 스스로를 마르지 않는 영감의 샘을 보유한 작가라고 믿었다.

나는 공짜 숙식과 창작 지원금을 바라보고 대전에 내려갔다. 카이스트 구성원과의 교류……는 특강 두어 번으로 때울 계획이었다. 그 전해에 다니던 신문사를 그만뒀고, 아무 수입 없이 글만 쓰던 시절이었다. 막 장편소설『열광금지, 에바로드』와『호모도미난스』를 펴낸 참이었는데, 독자 반응은 미묘했다. 이 부분은 빨리 넘어가자.

카이스트 바이오및뇌공학과의 이명우 교수가 아니었더라면, 당초 마음먹었던 대로 그렇게 시큰둥하게, 덤덤하게 레지던시 체험을 했을 것 같다. 그런데 이교수가 첫날부터 부담스러울 정도로 나를 높이 평가하며 내게 다가오려 애쓰는 바람에 본의 아니게 '교류'를 하게 됐다. 혼자 있고 싶어서 대화를 하다가 두어 번 무안을 주었는데도 눈치가 없는 것인지, 그는 전혀 신경쓰지 않는 기색이었다.

처음에는 그가 그냥 문학에 대한 막연한 동경심을 품고 있고 사람 사귀는 일에는 서툰 너드 유형의 과학자라고 생각했다.『열광금지, 에바로드』를 정말 재미있게 읽었다는 말도 공치사겠거니 여겼다. 그런데 그가 그 소설을 각별하게 마음에 들어한 건 사실이었다. 순진한 구석이 있는 것과 별개로 싸늘한 면도 있고 나름대로 대인관계 요령도 갖춘 사람이었다는 걸 훗날 깨달았다. 그는 진짜로 나를 좋아했던 것이다.

"대화를 할 때 장작가님이 이야기의 정곡을 찌르는 질문을 하는 모습을 보고 아, 이분 스마트하다, 말 잘 통한다, 그렇게 생각했죠. 나이가 어린 대학원생들이나 저에게 모두 꼬박꼬박 존댓말을 쓰는 모습도 멋져 보였고요. 무엇보다『열광금지, 에바로드』가 정말 좋았고요."

언젠가 술자리에서 그는 그렇게 말했다.

(그런데 내 짐작도 아예 틀리진 않았던 것이, 그는 SF 소설을 쓰고 있었다. 나중에 조심스럽게 그 원고를 내게 보여주었는데 나는 별 도움은 안 되었을 조언을 몇 가지 해주었다. 나중에 그 단편소설은 웹진 크로스로드에 실렸는데, 그는 내 덕분이라며 무척 고마워했다.)

나는 그와 천천히 친해졌다. 레지던시 참여 기간이 끝날 때쯤에는 꽤 죽이 잘 맞는 친구가 되어 있었다. 서른이 넘어 사귀게 된, 직장 동료가 아닌 몇 안 되는 친구였다. 이런 관계……에 대해 몇 줄 더 적어야 할 거 같지만 그냥 넘어가자.

우리가 친구가 될 수 있었던 데에는 그의 전공이 뇌과학인 것도 아마 영향을 미쳤을 것이다. 만약 이교수가 이론물리학자였다면 그가 자기 연구에 대해 설명할 때 나는 한 마디도 못 알아듣지 않았을까? 그의 전공이 재료공학이라든가 지질학이었다면 내가 그의 연구에 흥미를 못 느꼈을 테고.

그런데 그의 연구는 내 머리로도 대강 이해가 갔다. 또 나는 뇌

과학에 얼마간 관심이 있었다. 설사 그렇지 않았더라도 충분히 흥미로웠을 얘기였다. 공포 영화의 도입부처럼 살짝 으스스한 분위기를 자아내는.

그렇게 '톡소플라스마'라는 기생충에 대해 듣게 됐다. 그의 여러 연구 주제 중 하나였다.

"뇌막을 뚫고 뇌까지 들어갈 수 있는 기생충은 거의 없거든요. 톡소포자충이 몇 안 되는 예외죠. 세계 인구의 삼분의 일 정도가 이 기생충에 감염돼 있답니다. 몇천 년 전 미라에서도 검출돼요. 요즘 젊은 부부는 아이를 낳을 때 이 기생충에 대해 듣죠. 임신부가 감염되면 기형아를 낳을 수 있으니까요. 임신했을 때 고양이를 가까이하면 안 된다고 하는 이유가 이거 때문입니다."

톡소플라스마는 고양이를 포함해 고양잇과 동물을 매개로 퍼진다. 이 기생충은 고양이의 소화기관에서 번식을 한다. 고양이가 대변을 보면 거기에 기생충 알이 섞여 나온다. 거기에 접촉한 동물, 또는 그 동물에 접촉한 동물이 이 기생충에 감염된다. 쥐, 토끼, 돼지, 사람, 심지어 고래에 이르기까지. 감염된 동물의 고기를 고양잇과 동물이 먹으면 그 뱃속에서 다시 기생충이 번식한다.

처음에 톡소플라스마는 찜찜하기는 해도 인간에게 큰 위해를 끼치지는 않는 기생충으로 여겨졌다. 그러다가 태아에게 뇌병변이나 시각장애를 일으킨다는 연구 결과가 학계에 보고되었다. 이 기생충이 인간을 포함한 숙주에게 미치는 기묘한 영향들이 본격적으로 연구된 것은 좀더 나중의 일이었다.

"원래 쥐들은 고양이 오줌냄새만 맡아도 질겁해서 도망칩니다. 고양이를 한 번도 보지 못한 어린 쥐들도 그래요. 그런데 톡소플라스마에 감염된 쥐는 그러지 않지요. 오히려 거기에 매혹되는 것처럼 보여요. 그리고 보통 쥐라면 절대로 하지 않을 대담한 행동을 고양이 앞에서 합니다. 톡소플라스마는 고양이에게 잡아먹힐 가능성이 높은 방향으로 쥐를 조종하는 것 같습니다."

여기서부터가 으스스한 대목인데, 톡소플라스마는 쥐만 조종하는 게 아닌 것 같다. 톡소플라스마에 감염된 사람 역시 위험한 행동을 많이 한다는 연구 결과가 적지 않다. 톡소플라스마에 감염된 사람은 교통사고를 당하는 확률이 일반 사람보다 배 이상 높다. 톡소플라스마에 감염된 사람은 자살률도 높다. 톡소플라스마와 조현병과의 관계 또한 여러 학자가 한창 활발하게 연구중이다. 고양이를 키우는 가정환경과 조현병 사이의 상관관계를 암시하는 보고들이 속속 나오고 있다.

서론이 길었는데, 그래서 이명우 교수가 톡소플라스마와 조현병의 관계를 연구했느냐 하면 그건 아니었다. 이교수의 연구팀은 보다 공학적이고 진취적인 자세로 이 기생충을 바라봤다. 이미 톡소플라스마에 감염된 쥐의 행동 패턴을 바꾸는 것이 그들 연구의 목적이었다.

이교수는…… 아니, 여기도 그냥 넘어가자. 나중에 덧붙이자.

마음이 또 조급해진다. 일단은 머리에 떠오르는 얘기를 빨리 옮겨 적는 게 급선무다.

이교수는 숙주 동물의 뇌 안에 있는 톡소플라스마를 전자총銃으로 자극하는 기술을 개발중이었다. 긴 이야기를 짧게 줄이면 이렇다. 톡소플라스마에 감염된 몇몇 쥐나 토끼의 머리에 이교수의 연구팀이 개발중인 헤어밴드를 씌우면 행동이 변했다. 연구팀은 그 개체들이 평소 같으면 시도하지 않을 특정한 일에 끌리게끔, 매우 지루하거나 위험한 작업을 되풀이해서 할 수 있게끔 만들 수 있는 것처럼 보였다.

"개나 곰도 보상으로 먹이를 주거나 칭찬을 해줘서 복잡한 행동을 하게 조련할 수 있잖아요? 그거랑 다른가요?"

이게 '이야기의 정곡을 찌르는 질문'이었는지는 모르겠다. 그의 연구실에서 내가 물었다. 우리는 좋은 스피커로 재즈를 들으며 위스키를 마시고 있었다. 엄숙해야 할 연구실에서 그런 짓거리를 여러 번 벌였다. 이교수가 규율이나 남의 눈치에 얽매이지 않는 자유분방한 성격이어서 가능하기도 했지만 카이스트 주변에 조용하고 괜찮은 바가 없기도 했다.

"강화 학습을 말씀하시는 거군요. 몰입도가 완전히 다릅니다. 뇌가 활성화되는 부위나 정도로 보면 음식을 먹을 때 느끼는 쾌감 보상하고는 다르고, 놀이를 하는 어린아이 같은 상태 쪽에 더 가깝습니다. 영상을 보면 뇌 이곳저곳에서 불꽃놀이를 하는 것 같지요. 먹이를 받을 거라는 기대감으로 흥분한 게 아니라 그 행동 자체에 몰두한 겁니다."

나는 위스키를 홀짝이며 이교수의 설명을 들었다. 과거에 도파민으로 쥐를 조종하려는 시도도 있었다. 쥐들은 강박적으로 도파민 분비를 촉진시키는 자극을 추구하고, 그러다가 임계점을 넘어가면 그저 행복해져서 아무 일도 하려 들지 않는다. 그런데 톡소플라스마를 전자총으로 자극하면 그렇지 않다…… 쥐들이 특정 작업을 오랜 시간 '즐겁게' 하는 것처럼 보인다…… 뇌를 망가뜨리지도 않는다…… 내가 맞게 설명한 건지 모르겠다.

술 마시며 듣기에 재미있는 이야기이기는 했다('나 같은 사람에게는'이라고 덧붙여야 할지도 모르겠지만). 나중에 나는 헤어밴드를 두른 쥐와 토끼들을 직접 보았다. 톡소플라스마에 감염된 쥐나 토끼라 해도 전부 다 헤어밴드로 조종할 수 있는 것은 아니라고 했다. 일곱 마리 중 한 마리꼴로 반응한다는 것이었다. 기술이 불완전해서 그런 것 같기도 했고 톡소플라스마가 뇌 안에서 자리한 위치의 차이 때문인 것 같기도 했다.

어쨌든 감응에 성공해 미로의 출구를 찾아 움직이는 동물들은 정말로 활기차 보였다. 학대당하거나 중독된 모습으로는 보이지 않았다. 헤어밴드는 생각보다 훨씬 작았다. 그런 느낀 점들을 이야기했더니 이교수는 "알맞은 파장과 파형을 찾아내는 게 어렵지,

전자총 자체는 간단한 장치"라고 설명했다.

나는 심지어 내가 톡소플라스마에 감염됐는지 아닌지 검사를 받아보기도 했다. 사실 좀 궁금했다. 살면서 남들이 말리는 모험을 몇 번 벌인 적이 있었고, 그게 인생을 크게 바꿨다. 건설사를 그만두고 신문기자 시험을 준비했다든가, 신문사를 그만두고 전업 작가가 되겠다고 선언했다든가. 그런 결정에 기생충이 영향을 미쳤을까? 어렸을 때 집에서 게으른 고양이를 한 마리 키우기는 했는데.

내가 감염자로 밝혀지자 연구원들은 환호했다. 한국인 감염자 통계는 정확히 조사된 적 없지만 한국은 감염자 비율이 세계 평균보다 훨씬 낮은 걸로 알려져 있었다. 나는 묘한 기분이었다. 내가 벌여온 모험은, 내 운명은 얼마나 내 것이었을까? 이교수는 나를 위로한답시고 "나중에 인체 실험을 할 일이 생기면 연락드릴게요" 하고 농담을 던졌다. 나는 "제가 심하게 길치라서 미로에 던져두면 울면서 주저앉을지도 몰라요"라고 대답했다.

그때까지만 해도 그 연구가 나와 어떻게 엮일지 전혀 짐작하지 못했다.

그때까지만 해도…… 아니, 넘어가자, 넘어가자. 2022년으로.

2022년에 나는 지독한 슬럼프를 겪었다. 당시의 경험 일부를 에세이 『책, 이게 뭐라고』에서 고백했다. 다시 긴 이야기를 짧게 줄이면, 글이 안 써졌고 그래서 우울증을 앓았다. 나는 우울증을 앓으면 기분이 가라앉고 마음이 어두워지는 건 줄 알았다. 실제로는 무력증, 혹은 '무감정증'이라고 부르는 게 더 정확하지 않을까 싶다. 적어도 내가 경험한 증세는 그랬다.

무슨 일에도 의욕이 나지 않았다. 밥을 먹는 것도, 몸을 씻는 것도, 사람을 만나는 것도…… 정신과에 가는 데에는 엄청난 의지가 필요했다. 처방받은 우울증 약의 효과는 썩 흡족하지 않았지만 다른 약을 달라고 요구하지는 않았다. 적어도 자살 충동은 사라졌기 때문이었다. 약을 바꿨다가 그 충동이 돌아올까 무서웠다.

목소리가 따뜻했던 의사는 처방전을 주며 "이 약을 먹으면 막 힘이 나고 의욕이 솟아날 겁니다"라고 말했는데, 그런 일은 생기지 않았다. 나는 지금도 그 의사가 단순히 내 용기를 북돋워주기 위해 그런 말을 한 것인지 아니면 정말로 어떤 사람에게는 그 약이 의욕을 불러일으키는 건지 궁금하다.

한번은 용기를 내어 "그 약이 이제 저한테는 덤덤합니다"라고 말했다. 그랬더니 의사는 "보약 드신다 생각하시고 드세요"라고 대꾸했다. 그전까지 내가 효과가 있는 것 같다고 말했기 때문이었다. 그걸 자세히 설명하려니 귀찮았고, 나는 별 기대 없이 병원만 다니게 됐다. 약값이 비싸지 않아 다행이었다.

……넘어가자.

그런 생활을 육 개월 넘게 하니 사람이 피폐해졌다. 내가 두 사람으로 나뉜 것 같았다. 매 순간이 무의미하다고 느끼며 멍하게 누워 손가락 하나 움직이기 싫어하는 표면의 내가 있었다. 그 안에 검은 웅덩이가 있고, 그 수면 아래 어떻게든 살고 싶다고, 다시 일상으로 돌아가고 싶다고 외치는 작은 내가 또 있었다.

그 작은 내가 가장 열렬히 하고 싶었던 일은 소설을 쓰는 것이었다. 어떤 날에는 발작적인 열정에 휩싸여 노트북 앞에서 왔다갔다하며 밤을 지새우기도 했다. 그러나 제대로 된 문장을 몇 줄 이상 쓰지 못했다. 그럴 때면 쓰디쓴 자기혐오가 찾아왔고, 그게 음주로, 그리고 다시 우울증으로 이어졌다.

그즈음 내가 규칙적으로 지키는 외부 일정이라고는 신경정신과에 가는 것과 일주일에 한 번 독서 팟캐스트를 진행하는 것뿐이었다. 어떤 날에는 하루종일 아무것도 먹지 않고 누워 있기만 했고, 어떤 날에는 아침부터 맥주를 마셨다. 그래도 읽어야 할 책은 간신히 꾸역꾸역 읽고 매주 금요일이면 낮에 샤워를 한 뒤 팟빵 스튜디오가 있는 홍대로 나갔다.

그러다 사 년 만에 다시 이명우 교수를 만났다. 이명우 교수가 쓴 단편이 신인 SF 작가들의 작품을 모은 앤솔러지로 출간됐던 것이다. 웹진 크로스로드에 실렸던 바로 그 작품이었다. 앤솔러지에 참여한 작가는 모두 일곱 명이었는데 그들 전부를 게스트로 부를 수는 없었고, 두 작가만 초청했다. 그중 한 사람이 이교수였다. 우리는 "나이가 하나도 안 드셨네요" 어쩌고 하면서 반갑게 인사를 나눴다.

　녹음은 그저 그랬다. 이교수는 긴장해서 말을 제대로 하지 못했다. 다른 초대 작가는 만 삼십 세의 전업 소설가였는데, 내가 던지는 질문을 자기 글에 대한 공격으로 받아들였다. 1부는 영 어색하게 마쳤다. 2부에서는 다급해진 내가 그 작가의 작품에 대한 칭찬을 B-29 폭격기처럼 퍼부어서 분위기를 겨우 수습했다(단언컨대, 그 정도로 좋은 작품은 아니었다).

　그럼에도 젊은 작가는 녹음을 마치고 나와 함께 더 시간을 보내고 싶은 마음까지는 들지 않는 듯했다. 그래서 이명우 교수와 나 둘이서 일본식 라멘집에 가 이른 저녁을 먹었다. 녹음을 망쳤다고 여겨서였는지 이교수는 그답지 않게 다소 침울해 보였다. 나는 팟캐스트 출연 때문에 서울까지 올라온 그를 달래줘야겠다고 느꼈다.

　우리는 내가 종종 가는 인근 바 '더파이브올스'에 갔다. 자리에 앉자 종업원이 메뉴판과 함께 종이 묶음을 한 뭉치 가져왔다. 코로나19로 인한 사회적 거리두기 지침 때문이라며 이름과 생년월일, 휴대전화 번호를 적으라고 했다. 왜 생년월일까지 적어야 하는지 의문이었지만 시키는 대로 했다. 오후 여섯시도 되지 않았는데 바는 북적였다. 종이에 적힌 생년월일을 슬쩍 훑어보니 손님들은 거의 대부분 1990년대생이었다. 80년대생조차 몇 사람 없었다. 70년대생은 우리 둘뿐이었다. 내가 그 사실을 지적하자 이교수가 멋쩍게 웃으며 물었다.

"젊은 분들한테 인기가 많은 가게인가보지요?"

"아니, 꼭 그런 건 아닌데……"

주문한 안주가 나오기를 기다리며 우리는 조용히 술을 홀짝였다. 그는 마티니를, 나는 잭콕을 마셨다. 잠시 어색한 시간이 흘렀고 나는 어정쩡하게 친한 사이에는 역시 단둘이서보다는 세 사람 이상이 술을 마시는 게 낫다고 생각했다.

"아까 그 작가분은 자격지심이 좀 있는 것 같았죠?"

이교수가 침묵을 깼다.

나는 웃으며 대꾸했다. 문학계, 아니 문화계 언저리에서 흔히 볼 수 있는 유형이라고. 스스로를 인정받지 못한 젊은 천재라고 여기는 예민한 타입…… 아아, 넘어가자.

"상처받고 섬세하고, 뭐 그런 것도 좋은데, 그 친구는 싸가지가 부족해 보이던데요."

이교수가 말했다.

이교수는 학부생이나 대학원생 중에도 그런 치들이 있고, 점점 비율이 늘어나는 것 같다고 했다. 우리의 대화는 어째 '요즘 젊은 것들' 운운하는 방향으로 흘러갔다. 그게 다 젊은 세대가 내적 자존감이 부족하기 때문이에요…… 자신들이 별 볼 일 없는 존재 아닌가 스스로도 두려운 거죠…… 그런 말을 하다가 두 사람 다

쓸쓸해져서 말을 멈췄다. 이렇게 늙은이가 되는 걸까. 안주는 여전히 나오기 전이었다. 이교수가 가게에서 키우는 고양이를 찾는 척하며 시선을 돌렸다.

술이 어느 정도 들어가자 분위기가 더 가라앉았다. 그런데 그게 나쁘지 않고 편안했다. 그제야 우리는 우리 자신에 대해 이야기했다. 늙어감에 대하여. 타협에 대하여. 한때 품었으나 이제는 좇고 있다고 말하기도, 버렸다고 인정하기도 부끄러운 야심들에 대하여. 이교수가 먼저 직업 교수 생활에 대한 회의감을 고백했고, 나도 요즘 극심한 슬럼프를 겪고 있다고 털어났다. 우울증 약을 먹는다는 얘기까지는 하지 않았지만.

나는 문득 그가 했던 연구에 대해 이야기했다. 쥐들이 어렵고 하기 싫은 일도 즐겁게 하게 만든다는 헤어밴드에 대해. 지금 그런 장치가 내게 필요하다며 웃었고, 그 연구는 어떻게 되어가느냐고 물었다.

"아, 그거. 그냥 그래요. 톡소플라스마에 감염된 쥐들은 이제 세 마리 중에 한 마리꼴로 효과가 나는 거 같아요. 그 이상으로는 비율이 올라가지 않더라고요. 요즘은 좀더 큰 동물들을 상대로 실험을 준비중입니다."

"더 큰 동물이라면 뭔가요? 개인가?"

"아니요. 인간이요."

"사람한테 실험한다고요?"

"헤어밴드에서 나오는 전자파라 해봤자 휴대폰에서 나오는 정도인데요, 뭐. 엠시스퀘어보다 나쁠 것도 없어요."

그러면서 이교수는 가방에서 무선 헤드폰처럼 생긴 물건을 꺼냈다. 연구원들 모두 그 기계를 써봤다고 했다. 무모한 대학원생한 사람이 시도하고 '정말 집중력이 높아지는 것 같다'고 말하니까 너 나 할 것 없이 사용하기 시작했다나. 이교수는 자신도 써봤는데 효과가 있는 것 같다고 했다. 그래서 그날 KTX를 타고 서울에 올라오는 길에도 사용했다는 것이었다.

그는 플라시보 효과일 거라고 말하며 픽 웃었고, 나도 마찬가지 의견이었다.

"작가님도 한번 써보실래요? 작가님은 톡소플라스마도 있으시잖아요. 써보시고 어떤 느낌인지 알려주세요."

이교수가 말했다.

"그 뭐냐…… 대조군 실험군 그런 거 정해놔야 하는 거 아닌가요?"

내가 물었다.

"그건 제대로 설계를 해서 정식으로 실험할 때 일이고요."

나는 헤드폰처럼 생긴 헤어밴드를 받아 가방에 넣었다. 몰두하고 싶은 한 가지 작업을 정해서 그 작업을 할 때만 기계를 사용하라고, 이론적으로는 그래야 한다고 이교수가 말해주었다. 물론 내게 그 작업은 글쓰기일 터였다.

그뒤로 우리는 갑자기 말수가 적어져 다시 조용히 술을 마셨다. 서울역에서 대전으로 가는 KTX 막차는 밤 열한시 반에 있었고, 이교수와는 열한시가 되기 조금 전에 헤어졌다. 그는 바에서 나갈 때 혀가 약간 풀려 있었다. 헤어질 즈음에는 분위기가 뭔가 서먹해져 있었다. 나는 택시를 타고 집에 돌아왔다. 『아라비안나이트』의 등장인물이 되는 꿈을 꾸었다가 잠에서 깨었는데 손에 여전히 요술 램프를 쥐고 있음을 깨달은 것 같은 기분이었다.

홍대 근처에서 젊은 작가나 뮤지션들과 술을 몇 번 마시다보면 대한민국이 마약 청정 국가가 아님을 금세 깨닫게 된다. 마약 복용 경험이 있는 사람이 은근히 많다. 술을 마시다가 나를 뺀 멤버 전원이 대마초나 엑스터시 같은 소프트 드러그 경험이 있다는 사실을 알게 된 적이 한두 번이 아니다. 그런 경험을 은근히 과시하는 분위기 때문에 거짓말로 허세를 부린 사람도 있을 테지만.

그래서 나는 경험한 적은 없어도 몇몇 마약이 어떤 기분을 불러일으키는지에 대해서는 대강 안다. 대마초에 대한 반응은 사람마다 다른 것 같다. 별 느낌 없었다는 사람도 있었고, 온몸이 가렵고 어지러웠다는 사람도 있었고, 감각이 예민해져서 음악을 들으면 음표가 하나하나 보이는 듯한 기분이 든다는 재즈 뮤지션도 있었다.

심오하다고 알려진 LSD 자극은 오히려 본질적으로 비슷한 감각이라고 느껴졌다. 저마다 주관적 경험을 표현하는 방식이 달라서 그렇지. 자기 얼굴이 변하는 모습이 재미있어서 거울을 세 시간이나 들여다봤다든가, 몸이 날아가는 것 같은데 그러는 동안 주변 사물들의 모양과 색이 끊임없이 변한다든가, 평상시 같으면 절대로 떠오르지 않았을 고도로 창의적인 아이디어가 샘솟는다든가……

나는 그런 경험담들을 적당히 깎아서 들었다. 매사에 심드렁한 성격 덕분이기도 했고, 힙스터들의 호들갑에 그럭저럭 면역이 되어 있는 덕분이기도 했다. 그들이 꼭 과장을 하려는 의도가 없었다 해도 전해듣는 경험에는 늘 듣는 이의 환상이 섞이기 마련이다. 술을 한 방울도 마셔본 적이 없는 사람에게 술에 취한 기분에 대해 설명해준다면 그 역시 알코올을 신비롭고 강력한 묘약이라고 여기게 될 테지.

이명우 교수 팀의 헤어밴드는 그런 마약들과 전혀 달랐다.

헤어밴드를 착용한 첫날 바로 중독되었다.

처음 삼사십 분 정도는 별 느낌이 없었다. 헤어밴드에서는 아무 소리도 나지 않았다. 머리가 좀 눌린다는 감각 외에는 촉각적으로도, 시각적으로도 이렇다 할 자극이 없었다. 나는 스위치를 제대로 켠 게 맞는지, 장비가 제대로 충전이 된 것인지 여러 차례 확인했다.

나는 그렇게 헤어밴드를 쓴 채로 노트북 화면을 노려보고 있었다. 지난 몇 달간 그래왔듯이. 그러다가 대수롭지 않은 문장을 한 줄 간신히 적었고, 잠시 뒤에 또 한 줄을 보탰다. 그렇게 한 줄을 더 쓰고, 또 한 줄을 쓰고…… 그렇게 열 문장을 썼을 때 나도 모르게 눈물을 한 방울 흘렸다. 오랫동안 쇠사슬에 묶인 채 물속에 가라앉아 있다가 결박을 풀고 수면 위로 올라와 첫 숨을 쉬는 기분이었다.

술에 취한 느낌과는 완전히 달랐다. 내 의식은 멀쩡했고 위화감도 없었다. 팔이나 다리의 동작이 과격해지지도 않았고 혀가 풀리지도 않았다. 기분이 들뜨지도 가라앉지도 않았다. 내 정신은 오히려 맑아지고 분명해졌다. 착각도 자기기만도 아니었다. 나는 그저 나였으며, 다른 먼 곳이 아닌 지금 여기에 있었다. 그 사실을 깨닫자 내가 왜 눈물을 흘렸는지도 이해하게 되었다. 단순히 다시 글을 쓸 수 있게 됐음이 기뻐서만은 아니었다.

'그래, 이게 나야!' 하는 안도감이 들었기 때문이었다. 나는 불안했었다. 다시 글을 쓸 수 있을지 자신이 없어서. 내가 진짜 작가가 맞나 싶어서. 글재주가 약간 있었을 뿐인데 어찌어찌 책을 몇 권 내고 그게 운좋게 괜찮은 반응을 얻는 바람에 작가 행세를 하게 되었고, 이제 그 얄팍한 밑천이 다 바닥난 것이 아닌가 싶어서. 그러나 딱 열 문장을 쉬지 않고 쓴 뒤에 깨달았다. 나는 작가가 맞았다. 글쓰는 것이 즐거워서 쓰는 사람이었다. 전에도 그랬고 지금 이 순간도 그렇다.

스무 살 무렵 PC통신동호회 게시판에 올리기 위해 엉성한 습작을 쓰던 기억. 삼십대 초반 신문사에 다니면서 퇴근하고 집에 돌아와 눈을 비비며 문학 공모전에 보낼 원고를 고치던 기억. 기자를 그만둔 뒤 방에 틀어박혀 미친 사람처럼 노트북 자판을 두드리던 기억. 그런 기억들이 되살아났다. 유체 이탈을 한 사람처럼, 내 모습을 위에서 내려다보는 듯한 느낌이 들었다. 사십대 중반의 나 역시 홀린 사람처럼 문장을, 단어들을 써내려가고 있었다. 뭉클한 마음이 들었다.

소변을 참을 수 없을 때까지 글을 쓰다가 자리에서 일어났다. 헤어밴드를 벗자 몸이 후끈했고 이마에 땀이 몇 방울 맺혀 있었다. 날씨 좋은 날 야외에서 삼사 킬로미터쯤 달리기를 하고 난 것처럼 기분좋게 온몸이 뻐근한 상태였다. 너무 집중해서 오래 워드프로세서 화면을 들여다봐서인지 눈앞이 약간 어질어질한 것 외에는 특별히 이상한 구석도 없었다.

화장실 벽 타일의 격자무늬가 너무 선명하게 눈에 들어오는 바람에 나는 볼일을 보다가 조금 비틀거렸고, 그 순간 웃음이 터져나왔다. 왠지 통쾌했다. 나는 오래오래 웃고 혼잣말을 반복해서 중얼거렸다. "그래, 이거야. 이거야. 이거야. 바로 이거야." 자리에 돌아와보니 두 시간 동안 헤어밴드를 두르고 쓴 분량이 A4로 석 장이 넘었다. "예스!" 나는 오른손 주먹을 쥐고 익살맞은 포즈를 취했다.

원고를 읽어보니, 몰입이 깨질까 두려웠던 탓에 다음 문장이 떠오르지 않은 경우에는 '넘어가자'라고 쓰고 건너뛴 대목들이 눈에 띄었다. A4 석 장 분량의 원고에 '넘어가자'라는 문장이 열한 번 나왔다. 나는 웃으며 그 부분을 대체할 문장들을 궁리하기 시작했다.

그렇게 헤어밴드 덕분에 우울증에서 서서히 빠져나올 수 있었다.

'넘어가자'라는 문장을 왜 이렇게 자주 쓰는 것인지에 대해 나는 이렇게 분석한다. 원격으로 톡소플라스마를 자극하는 이 헤어밴드는 마약이 아니다. 그리고 내가 초기에 이 기계를 길을 잘 들였다고 본다.

헤어밴드를 착용하고 스위치를 켰다고 해서 저절로 기분이 좋아지지는 않았다. 그 상태에서 글을 써야만 효과가 있었다. 그 효과라는 것도 술 취한 기분이나, 대마초와 엑스터시가 안겨준다는 흐릿하고 들뜬 상태와는 거리가 멀었다. 문자로 표현하라고 하면 '빨리 다음 문장을 쓰고 싶다는 기분'이라고 부를 수 있을 것 같다. 그런 간질간질한 기분에 쫓길 때 다음 문장이 생각나지 않으면 바로 '넘어가자'라고 타협하고 곤경에서 벗어났다.

나는 이 헤어밴드를 사이버 마약이라고 부를 마음이 결단코 없다. 내가 점점 더 이 기계에 의존하게 된 것은 맞다. 그러나 이걸 의존증이라고 표현하는 것은 무리이지 않나 싶다. 그런 식으로 따지면 나는 글을 쓰는 데 있어서 랩톱에 의존하고 있고, 워드프로세서에 의존하고 있고, 탄수화물에 의존하고 있고, 물과 공기에 의존하고 있다.

술을 마시면 처음 서너 잔까지는 유쾌하지만 어느 선을 넘어서면 술맛을 못 느끼고 배만 불러온다. 그러다 취하고, 마실수록 기분이 안 좋아지는 단계가 온다. 과음하면 술이 술을 마시고 나중에는 사람도 마시게 된다. 난폭한 행동을 하고 기억을 잃는다. 술 때문에 하룻밤을 망치는 경험이 드물지는 않다. 어떤 사람들은 인생을 망치기도 한다.

이교수 팀의 헤어밴드는 적어도 음주보다는 훨씬 안전하고 신뢰할 수 있다는 직감이 들었다. 기기를 사용해서 얻는 충족감과 다음 문장에 대한 허기가 기가 막히게 조화를 이뤘다. 서너 시간씩 헤어밴드를 사용하고 나면 벽지의 무늬가 이상하게 인상적으로 보인다든가 하는 것 외에는 특별한 부작용은 없었다. 쾌감 중추를 건드리는 전기 자극을 맛보려고 한 시간에 수백 번 우리에 달린 레버를 눌렀다는 실험용 쥐와 나는 달랐다.

오히려 반대로 깊은 몰입 체험 덕분에 마음이 개운해졌다고 느낄 때가 더 많았다. 마음 챙김 명상을 제대로 하면 이것과 비슷할까……? 우울증을 앓는 동안 여러 차례 시도했지만 별 성과는 없었던…… 아니, 하지만 나는 실제로 이런 기분을 아주 오래전에 꽤 자주 맛봤었는데…… 이게 아주 새로운 기분은 아닌데…… 넘어가자, 넘어가자.

아니, 아니, 넘어가지 말자! 그래, 어린 시절 친구들과 동네 놀이터에서 실컷 놀고 다음날 또 만나자며 손을 흔들고 집에 가던 때와 비슷하지 않은가. 오징어니 탈출이니 다방구니 와리가리니 하던 이상한 이름의 놀이들. 그때 이런 충일감, 충만감을 느끼지 않았던가.

물론 모든 탐닉에는 부작용이 따른다. 나는 헤어밴드 사용 초기부터 그런 위험성을 의식했고, 경계하려 애썼다. 헤어밴드 사용이 도박이나 마약과는 다르다고 생각하면서도 그랬다. 뭐든지 과하게 즐기면 다 그렇지 않은가. 밥을 너무 많이 먹으면 살이 쪄서 성인병에 걸리기 쉬워진다. 물을 지나치게 많이 마시면 체내 나트륨 농도가 떨어져 의식을 잃을 수 있다. 소금은 삼백오십 그램 정도, 카페인은 십오 그램 정도만 섭취해도 생명이 위험하다.

하지만 누구도 밥이나 물, 소금, 카페인을 독극물이라고, 중독성 약물이라고 비판하지는 않는다.

실제로 내게 찾아온 것은 미처 예상하지 못한, 보다 미묘하고 심오한 변화였다. 그것은 일종의…… 문학적 타락이었다.

'묵직하고 좋아요. 폴 오스터나 무라카미 하루키의 작품 같다고 느꼈어요. 범죄소설의 형식을 빌려왔지만 실제로는 범죄소설이

아니라는 점이요. 또 멋지게 새로운 도전을 하셨네요.'

헤어밴드를 쓰고 두 달 만에 마무리지은 장편소설 원고를 출판사에 보내자, 편집자가 읽고 이렇게 답장을 보내왔다. 나는 웃었고, 다소 마음이 켕겼다. 세상에 양심…… 아니, 넘어가자. 내 글이 범죄소설의 형식을 취했으나 범죄소설이 아닌 이유는 명백했다. 범죄소설을 쓰려고 의도했으나 해내지 못했던 것이다.

슬럼프 때문에 중간에서 막힌 상태로 오랫동안 헤맨 원고였다. 중반부 이후로는 헤어밴드를 착용한 상태로 썼다. 그러자 글은 빨리 써졌는데 플롯은 엉망이 되었다. 초반에 깔아뒀던 복선은 거둬들이지 못했고, 뭔가 대단한 사연이 있거나 큰일을 저지를 것만 같았던 인물은 흐지부지 사라졌다. 화자는 처음에는 고독한 영웅처럼 보이지만 후반부에 이르면 그가 맞섰던 다른 인물들과 다름없는 비겁한 캐릭터임이 밝혀진다.

그래도 이 작품에는 장점이 있었다. 시종일관 어떤 냉혹한 속도감이 있어서 기본적으로 읽을 만했다. 클리셰 가득한 전반부와 독자의 기대를 무너뜨리는 후반부의 결합은 작가가 작심하고 그렇게 쓴 것처럼 보이기도 했다. 회수하지 못한 복선도 뒷부분에 자주 나오는 모호한 상징들, 암시들과 함께 엮이니 예술적인 실험으로 해석할 여지가 생겼다.

퇴고할 때에는 도무지 효과가 발휘되지 않는다는 게 헤어밴드의 단점이었다. 새로운 문장을 쓰는 일은 즐거웠지만, 이미 쓴 문장을 고치는 것은 따분했다. 문장 단위에 생각의 초점이 맞추어지다보니 장기적인 설계를 할 수 없다는 게 헤어밴드의 또다른 단점이었다. 의식의흐름 기법으로 글을 쓰는 소설가에게 최적인 장비였다. 그런데 나는 그런 소설가가 아니었다.

그래도 나는 원고를 고치지 않고, 흠결을 인지한 상태에서 출판사에 보냈다. 아무 진전 없이 이 년 가까이 붙들고 있느라 쳐다보기만 해도 신물이 올라오는 지긋지긋한 글이었다. 뜯어고치려니 대공사를 벌여야 했는데 엄두가 안 났다. 그만하면 그럭저럭 읽을 만하다고 여기기도 했고, 단점을 알면서 원고를 출판사에 보내는 게 처음도 아니었다. 무엇보다 마감을 어긴 지 너무 오래되어 출판사를 더 기다리게 할 수 없었다.

거기서부터 위선이 끼어들었다. 나는 그 소설이 원래부터 그런 구상이었던 것처럼 굴었다. 애초부터 기존의 규범을 깨는 그런 반反소설을 쓰려 했던 척했다. 폴 오스터와 무라카미 하루키를 언급할 수 있다면 앙티로망이나 미셸 뷔토르, 알랭 로브그리예를 인용하며 허세를 부리는 건 왜 안 되겠는가? 하지만 넘어가자, 넘어가.

당연한 일이지만 책이 잘 팔리지는 않았다. 평가도 애매했다. 나는 그런 것까지 내다본 것처럼, 그걸 감수하는 것처럼 굴었다. 하긴, 그렇게 될 거라 예견하긴 했다. 오히려 내 예상보다는 나쁘지 않은 상황이었다. 그리고 그런 대접을 감수하는 것 외에 그 책에 대해 달리 할 수 있는 일도 없었다. 어쨌든 나는 패배하지 않은 척했고 그렇게 자존심을 지켰다.

다음 소설을 또 그렇게 써서는 안 된다고 생각했다. 이번에는 제대로 얼개를 짠 뒤에 이야기를 꾸려나가리라. 헤어밴드의 힘은 빌리지 않으리라. 그러나 잘 되지 않았다. 넘어가자, 넘어가자, 넘어가자. 발단과 전개 부분까지는 그런대로 구상할 수 있었다. 그러나 거기서 절정을 어떻게 만들지, 반전과 결말을 어떻게 꾸릴지에 이르니 답이 떠오르지 않았다. 초조해져서 무리를 하다보니 생활 리듬이 불규칙해졌고, 피로가 쌓이면 술을 찾게 됐다.

우울증이 한창이던 때로 떨어지는 게 순식간이었다. 겁이 덜컥 났다. 나는 에라 모르겠다는 심정으로 다시 헤어밴드를 썼고, 그러자 전에 일어났던 일이 똑같이 다시 일어났다. 정신이 맑아졌고 한 문장 한 문장을 쓰는 일이 즐거웠다. 몇 시간 동안 쉬지 않고 쓰고 나니 겨우 해갈한 듯한 기분이 들었다.

그렇게 A4로 2.5장 분량을 썼는데 헤어밴드를 벗고 살펴보니 '넘어가자'라는 말이 열일곱 번 있었다. 집안의 벽지 무늬 곳곳이 섬뜩하게 생긴 남자 얼굴이나 활짝 펼친 손처럼 보였다. 실제로는 아무것도 없는 곳에서 의미심장한 패턴을 읽어내는 그런 착시현상은 물론 전에도 겪은 적이 있고, 다른 사람들도 비슷한 경험을 종종 한다는 사실을 나는 안다. 그런 심리적 오류를 가리키는 용어도 있다. 변상증變像症.

헤어밴드가 그런 착각을 좀더 잘 일으키게끔 뇌 어느 부분을 건드리는 모양이었다. 적어도 내게는. 구름이나 연기나 벽지 무늬, 혹은 보도블록의 깨진 금에서 사람 얼굴이나 손바닥 모양을 보고 흠칫 놀라는 일이 잦아졌다. 머릿속에서 단어들을 찾으며 다음 문장을 궁리하는 뇌의 부위가 얼룩에서 사람 얼굴을 읽어내는 기능도 함께 지녔거나, 그런 기능을 지닌 부위와 거리가 가까운 것 아닐까?

작업을 이어갈수록 문장보다 더 큰 단위를 구상하는 데 헤어밴드가 도움이 되지 않는다는 사실이 분명해졌다. 헤어밴드를 쓰고 있을 때에는 바로 다음 문단조차 어떻게 될지 예상할 수가 없었다. '지금-여기'에 너무 몰두해 있었기 때문이었다. 급류를 타고 래프팅을 하는 기분이었다.

아이러니하게도 그게 불과 몇 달 전까지 내 소원이었다. 막힘없이, 뻥 뚫린 고속도로를 질주하는 것처럼 단어와 문장들을 쏟아내는 것. 그럴 수만 있다면 소원이 없겠다 싶었다, 그때는. 교통체증으로 꽉 막힌 차로에서 답답해하던 중이었으니까. 이제 길이 트였고, 그러고 나서야 비로소 자동차가 어느 방향으로 달려가고 있었는지를 겨우 신경쓰게 된 셈이었다.

아니면 신경 안 써도 되나? 자동기술법으로 글을 쓴 소설가들도 많이 있잖은가? 제임스 조이스라든가, 윌리엄 포크너라든가,

마르셀 프루스트라든가…… 그들의 작품은 악명은 높을지언정 고전의 반열에 올라 찬사와 연구의 대상이 되고 있지 않은가? 아니면 내 상황은 필로폰에 취해서 타자기를 삼 주일 동안 두드려댄 잭 케루악에 좀더 가까울까? 그런데 케루악이 그렇게 쓴 『길 위에서』도 훌륭한 작품인데……

나는 약물을 진지하게 창작의 도구로 삼은 케루악의 후예들이 있음을 안다. 그들은 몇몇 약물이 보다 높은 의식 단계로 사람을 이끌 수 있다고 믿었다. 우선 비틀스가 있다. 〈Sgt. Pepper's Lonely Hearts Club Band〉를 들은 마마스앤파파스의 존 필립스는 그 앨범이 뮤지션들의 오랜 믿음을 증명한다고 평가했다. 음악 더하기 약물은 기적이라는 것.

스티브 잡스도 자신이 겪은 가장 중요한 경험 중 하나로 LSD를 꼽았다. 현실세계에서 LSD와 메스칼린에 심취한 올더스 헉슬리 또한 『멋진 신세계』에서 '소마'라는 합성 마약을 상상했다. 약쟁이 짐 모리슨은 약쟁이 헉슬리가 쓴 글을 읽고 자기 밴드의 이름을 '도어스'로 정했다(윌리엄 블레이크가 쓴 '지각의 문'이라는 표현을 헉슬리가 인용하고 모리슨이 재인용했다). 앤디 워홀은 암페타민을 복용했다.

그러나 우리는 올더스 헉슬리, 앤디 워홀, 비틀스, 도어스, 스티브 잡스가 약물을 창작의 도구로 삼았다고 해서 그들의 작품을 낮게 평가하지 않는다. 게다가 아무리 생각해도 휴대전화기 정도의 전자파를 낸다는 헤어밴드가 필로폰이나 LSD나 마리화나만큼 뇌를 망가뜨릴 것 같지는 않았다. 그렇다면 나도 이 도구를 써도 괜찮지 않을까……?

하지만 올더스 헉슬리, 앤디 워홀, 비틀스, 도어스, 스티브 잡스와 나 사이에는 근본적인 차이점도 몇 가지 있다.

우선 나는 헤어밴드를 착용하고 내놓은 결과물에 매료되지 않았다. 내가 그런 글을 쓰고 싶었던 거냐고 묻는다면 답은 분명했다. 아니었다. 그런 글 외에는 다른 글을 쓸 수가 없었을 뿐.

헤어밴드를 착용했을 때 내가 '지각의 문'을 지나 깊고 비밀스러운 의미에 이른다고 생각지도 않았다. 그보다는 오히려 파티에서 술에 살짝 취해 흥이 오른 사람들이 별 대단치 않은 내용의 수다를 길게 늘어놓고 자기들끼리 좋아서 웃음을 터뜨리는 쪽에 가깝다고 느꼈다. 헤어밴드를 쓰고 있으면 여전히 즐거웠다. 그러나 헤어밴드를 벗으면 모든 게 부질없다는 생각이 들었다.

록 뮤지션이 LSD를 복용했다고 해서 머릿속에 음표가 한 음 한 음 떠오르는 것은 아닐 것이다. 최소한 몇 마디 정도 되는 어떤 멜로디 형태로, 악상이 통째로 떠오르지 않을까? 그런데 내 경우에는 아이디어가 떠오르는 것도, 무언가를 쓰고 싶다는 욕구가 이는 것도, 오직 문장 단위였다. 문장은 아무리 쌓아도 저절로 소설이 되지는 않는다…… 적어도 내가 쓰고 싶은 소설은 되지 않는다.

난 케루악도 조이스도 포크너도 아니니까.

헤어밴드 없이, 플롯이 있고 조리에 맞는 글을 쓰려고 시도한 적도 물론 있었다. 그러나 헤어밴드를 벗자마자 앞이 턱 막힌다는 사실에 나는 경악하고 좌절했다. 보름 정도 머리를 쥐어 싸매고 고민하다가 결국 포기했다. 에세이나 칼럼은 어찌어찌 쓸 수 있었는데 소설은 써지지가 않았다.

한동안은 헤어밴드를 쓰고 문장들을 쏟아놓은 뒤 헤어밴드를 벗고 지우기를 반복했다. 그런 식으로 문제를 해결할 수 없다는 것을 알면서도 달리 방법이 없어서 그렇게 했다. 시시한 글을 쓰고 있다는 생각을 할 때마다 영혼이 침식되는 것 같았다. 술을 마시는 횟수가 늘어났다. 헤어밴드는 짧으면 하루에 네다섯 시간, 길게는 여덟 시간 가까이 착용했다. 술을 마시고 헤어밴드를 착용하는 날이 늘었고, 나중에는 거의 매일 그렇게 했다(지금 이 글도 그렇게 쓰고 있다).

그렇게 팔 개월 동안 꾸역꾸역 썼다가 지웠다가 하며 원고를 단행본 한 권 분량만큼 채웠다. 전에는 '글이 안 써진다'며 자기혐오에 빠졌는데, 이제는 '써도 그만 안 써도 그만인 글'이라는 생각에 자기혐오에 휩싸였다. 설원에서 길을 잃은 사람은 똑바로 걸어가고 있다고 믿으면서 실은 왼쪽이나 오른쪽으로 조금씩 틀어지게 걷는 바람에 커다랗게 원을 그리다가 끝내는 제자리로 돌아온다고 하던데, 내가 딱 그 꼴이었다.

그리고 또 마감이 닥쳐왔다. 정확히 일 년 전에 고민했던 그것을 다시 고민하게 되었다. 버리고 처음부터 다시 써? 아니면 그냥 여기서부터는 헤어밴드에 의존해서 뒷부분을 플롯 없이 마무리할까? 그리고 정확히 일 년 전에 타협했던 그 생각으로 마음이 기울어졌다. 헤어밴드로 대강 마무리하고…… 다음번에 제대로 쓰자.

사실 이건 모든 예술가들에게 공통적으로 일어나는 일 아닌가. 그들은 늘 최고를 바라며 날개를 편다. 그렇게 두 발을 떼고 몸을 바람에 맡기지만 매번 범상한 곳으로 추락하고…… 다치고…… 그러다가 가끔 운이 좋아서 죽기 전에 괜찮은 작품을 한둘 남기는 것이다. 나는 형편없는 대본을 받은 배우들에 대해, 혹은 형편없는 배우와 일해야 하는 감독에 대해 생각했다. 어쩌겠는가?

그런 생각들이 위안이 되지는 않았다. 그래도 헤어밴드를 쓰고 자판을 두드리면 이내 '라이터스 하이writer's high'라고 하는 몰입 상태가 되었다. 즐거웠다. 그래서 무서웠다.

올더스 헉슬리나 잭 케루악은 마약을 이용해 글을 썼다는 사실을 숨기지 않았다. 헉슬리는 스스로 그에 대한 에세이까지 썼다. 케루악에게는 약에 전 상태에서 쉬지 않고 쓴 원고 뭉치 길이가 삼십오 미터였다든가 어쩌고 하는 전설이 따라다녔다.

하지만 내가 뇌 속의 톡소플라스마를 자극하는 헤어밴드를 이용해 글을 쓴다는 사실은 아무도 몰랐다. 그것이 헉슬리나 케루악

과 나의 두번째 다른 점이었다. 이것은 기만으로 이어졌다. 헤어
밴드를 사용한 뒤 두번째로 발표한 장편소설도 그리 잘 팔리지는
않았다. 그래도 언론 인터뷰는 간간이 했다.

"글쎄요, 어느 순간부터 진짜 삶에 가까운 소설을 쓰고 싶어지
더라고요. 삶에는 복선도 없고 플롯도 없잖아요."

왜 새 소설들이 예전에 쓰던 것과 분위기가 다르냐는 질문을 받
으면 그렇게 대답했다.

"제가 이제 데뷔한 지 십 년이거든요. 지금까지가 1기였다면 이
제 2기를 시작하는 기분입니다. 이런저런 방법론들을 시도해보고
싶네요. 마일스 데이비스처럼요."

그렇게 말하기도 했다. 개소리에는 한계가 없었다. 그리고 그중
몇몇은 먹혔다, 놀랍게도. 뭘 쓰는 건지도 모르고 쓴 단편소설이
문학상을 받은 것이다. 내가 '현실의 문학적 재현 작업에서' '소설
을 소설로 만들려는 익숙한 타협을 하지 않고' '굳건히 나아가 새
로운 스타일을 개척했다'고 심사평에 적혀 있었다. 지독한 자각몽
을 꾸는 기분이었다.

기만과 허세가 쌓일수록 나는 폭로의 공포에 시달렸다. 헤어밴
드를 착용하고 쓴 소설은 내가 쓴 글 같지 않았다. 글자들이 나를
이용해서 나왔으며, 내가 그 문장들로부터 소외되었다고 느꼈다.
그리고 누군가, 언젠가 그 사실을 알아내리라 생각했다. 그는 외
칠 것이다. "장강명은 '진짜 삶에 가까운 소설'을 쓰고 싶었던 게

아냐! 그냥 글이 잘 써지는 기계를 사용했던 것일 뿐이야! 이 글들은 다 가짜야!"

이명우 교수에게서 전화가 걸려왔을 때 버럭 화를 냈던 것도 그 때문이었다. 사실 그렇게 감정적으로 대응한 이유를 잘 모르겠다. 절대로 영리한 처사는 아니었다. 이교수는 내게 헤어밴드를 줬던 걸 몇 달간 잊어버렸다가 최근에야 기억하게 됐다고 했다. 그 말을 듣자마자 나는 '헤어밴드 따위를 받은 적이 없다'고 잡아뗄 타이밍을 놓쳤음을 깨달았다. 그러자 울화가 치밀었다.

이교수는 이제 정식 실험을 앞두고 있다며 내게 그 기계를 써봤는지, 느낌이 어땠는지 물었다. 나는 폭발했다…… 아니, 폭발한 척했다. 나는 그 기계를 한번 쓰고 바로 부러뜨려버렸다고 거짓말을 했다.

"교수님, 그 기계가 어떤 건지 알고 저한테 주신 거예요? 제가 그 기계를 한번 쓴 뒤로 밤에 제대로 잠을 자지 못해요. 벽이며 보도블록이며 온갖 곳에서 사람 얼굴이 보인다고요. 사방에서 팔들이 막 튀어나오는 거 같아요. 어떻게 그런 물건을 아무 설명 없이 써보라고 건넬 수가 있어요? 그거 뭐, 그 뭐냐, 연구 윤리 위반 아니에요? 의료법 같은 거 위반한 거 아니에요? 내가 이거 진짜 어디에 제보하려다가 옛정 생각해서 참았어요."

이교수는 더듬더듬 뭐라고 말하다가 미안하다고 사과하고는 전화를 끊었다.

내가 다급한 건 사실이었다. 그가 헤어밴드를 돌려달라고 할까봐, 최근의 내 작품활동이 기계 덕분인 걸 그가 눈치챌까봐 두려웠다. 그리고 그의 실험을 막고 싶었다. 이 헤어밴드의 비밀이 알려지면 안 되니까. 나 말고 또다른 사람이 사용하면 안 되니까. 나는 이 기계를 증오하면서도 그걸 놓치고 싶지 않았다. 나는 이 기계에 매료되어 있었고, 기계가 제공하는 가능성을 더 깊이 파고들고 싶었고, 동시에 거기서 벗어나고 싶었다.

사방에서 사람 얼굴이나 손바닥, 팔을 본다는 말도 사실이었다. 헤어밴드 사용에는 내성이 있는 것 같았다. 전에는 몰입까지 오분이면 충분했는데, 이제는 한 시간이 넘게 걸렸다. 자아가 사라지는 것 같은 깊은 단계까지 가려면 두세 시간이 걸렸다. 당연히 전체적인 사용 시간도 길어졌다.

열 시간 정도 헤어밴드를 사용하면 다음날 하루종일 변상증에 시달렸다. 좁은 복도를 걸어갈 때면 위, 아래, 옆에서 사람의 손바닥과 팔들이 보였다. 거대한 동물의 내장으로 걸어들어가는 것 같은 기분이 들었다. 촉수로 가득한. 그 촉수들이 모여서 다시 거대한 얼굴을 이루기도 했다. 촉수들이 흔들리면 얼굴이 다양한 표정을 지었다. 슬퍼하거나 울부짖거나 일그러졌다.

나는 아무것도 보이지 않는 척, 태연한 척 가장하며 그 촉수들의 옆을, 아래를, 위를 걸었다.

넘어가자.

헉슬리, 케루악, 비틀스와 내가 다른 점 세번째. 그들은 약물 공급이 끊길까봐 고민하지는 않았다. 존 레넌이 어떻게 LSD나 마리화나를 구했는지는 구체적으로 모르지만, 1960년대에 그런 물건들을 구하기가 어렵지 않았으리라는 것은 안다. 나는 그렇지 않다. 헤어밴드가 고장나면 이 기계를 다시 구할 수 없다. 이명우 교수와의 관계를 바보처럼 스스로 틀어버렸기 때문에.

헤어밴드가 고장나면 어떻게 할 건지에 대해 가끔 생각한다. 히피 문화에 빠졌다가 정신을 차리고 중산계급으로 돌아온 미국의 젊은이들처럼, 그냥 멀쩡하게 헤어밴드를 쓰기 이전으로 돌아갈 수도 있지 않을까? 아니면 우울증을 겪던 시절로 돌아갈까? LSD 복용자들 중에는 약물복용을 중단해도 환각 증세를 계속해서 느끼는 사람이 있다고 하던데, 글은 안 써지고 변상증은 그대로이면 어떡하지?

하지만 결국에는 이명우 교수 팀이 이 헤어밴드 기술을 상용화하지 않을까 생각한다. 이교수 팀이나 카이스트가 아니라면 다른 곳에서라도. 톡소플라스마에 관심을 가진 뇌과학자가 많다고 들었다. 비슷한 연구를 하는 대학이나 기업들도 분명히 있을 것이다. 상업적인 잠재력은 무궁무진한 분야니까…… 더 즐겁게 공부하고 더 즐겁게 일하게 되는 기계라는데, 얼마나 많이 팔리겠는가. 일단 제품이 나오기만 하면 구매는 선택이 아닐 것이다.

몇 가지 반복 작업으로 나뉘는 프로세스, 하지만 지루해서 오래 집중하기 어려운 분야에 종사하는 사람들은 모두 이 기계를 사용할 것 같다. 악기 연주자라거나 운동선수라거나 회계사라거나…… 하지만 아주 먼 목표를 향해 느릿느릿 해야 하는 일, 많은 사람 속에 부대껴 복잡한 조율을 해야 하는 작업에는…… 그런 일을 하는 사람들이 줄어들지도 모르지……

넘어가자.

아마 처음에는 성인 ADHD 치료용이라는 식으로 선전이 될 테지. 미래의 제품이 톡소플라스마에 걸린 사람들에게만 효과가 있을지, 아니면 톡소플라스마 감염과 관련 없이 모든 사람에게 효과가 있는 형태로 나오게 될지는 모르겠다. 만약 전자라면 사람들은 기꺼이 그 기생충에 감염되려 할 것이다. 관련 증세도 덩달아 증가할지 모르겠다. 사람들이 그만큼 더 충동적이 되고 더 위험을 무릅쓰게 되고 교통사고도 늘어나고……

넘어가자.

(나는 요즘 거리에서 고양이를 마주치면 그 짐승들이 내 살을 찢고 그 안의 장기를 뜯어먹어줬으면 좋겠다고 생각한다. 이게 톡소플라스마와 관련이 있는 건지는 잘 모르겠다.)

세탁기가 그랬던 것처럼, 경구피임약이, 텔레비전이, 페이스북이 그랬던 것처럼, 이 기계도 인류 문명의 모습을 바꾸리라고 나는 예상한다. 일과 놀이의 구분이 사라지거나, 어쩌면 놀이 자체가 없어질지도 모르겠다. 세상은 아마 더 얄팍해질 것 같다. 이건 기본적으로 피드백을 빠르게 줘서 정신을 붙잡아두는 기계니까…… (모든 작가들이 이 기계를 착용하고 글을 쓴다면 신간 코너에 어떤 책들이 많아지겠는가?)

하지만 넘어가자. 세탁기와 경구피임약과 텔레비전과 페이스북의 발명자들도 자신들이 세상을 어떻게 바꿀지에 대해 아무 생각이 없지 않았는가. 내가 지금 해야 하는 일은 따로 있다. 이제 퇴고를 해야 한다. 여기까지 쓰는 데 아홉 시간 십칠 분이 걸렸다.

아스타틴

H								
Li	Be							
Na	Mg							
K	Ca	Sc	Ti	V	Cr	Mn	Fe	Co
Rb	Sr	Y	Zr	Nb	Mo	Tc	Ru	Rh
Cs	Ba	(*)	Hf	Ta	W	Re	Os	Ir
Fr	Ra	(**)	Rf	Db	Sg	Bh	Hs	Mt

(*) 란타넘족	란타넘	세륨	프라세오디뮴	네오디뮴	프로메튬	사마륨
(**)	Ac	Th	Pa	U	Np	Pu

								He
		B	C	N	O	F	Ne
		Al	Si	P	S	Cl	Ar
Ni	Cu	Zn	Ga	Ge	As	Se	브로민	Kr
Pd	Ag	Cd	In	Sn	Sb	Te	아이오딘	Xe
Pt	Au	Hg	Tl	Pb	Bi	Po	아스타틴	Rn
Ds	Rg	Cn	Nh	Fl	Mc	Lv	Ts	Og

유로퓸	가돌리늄	터븀	디스프로슘	홀뮴	어븀	툴륨	이터븀	루테튬
Am	Cm	Bk	Cf	Es	Fm	Md	No	Lr

1. 칼리스토

만약 싸워야 한다면,
그걸 알려주는 자가 없이도 알았을 것이다.
—오셀로

칼리스토는 목성에서 두번째로 큰 위성이다. 이 위성에는 분화
구가 좌절한 꿈만큼이나 많은데, 건물들은 대개 그 분화구 안쪽에
짓는다. 물과 빛을 모으기에 유리하기 때문이다. 그러므로 분화구
안쪽일수록 도심이다. 가장 밑바닥이라 할 수 있는 평평한 땅은
보통 광장으로 쓴다.

부활식이 열리는 장소도 그런 광장 중 하나다. 나, 사마륨은 이
번 부활식의 대상자는 아니다. 그러나 목성권과 토성권을 지도하
는 총통, 아스타틴이 될 가능성이 있는 사람으로서 부활식장 무대
위에 마련된 자리를 받았다.

부활을 기다리는 사람들은 대개 가족들과 함께 부활식에 참석
했다. 육체 재생을 마치고 부활 승인만 기다리는 대상자들은 사료

그릇을 앞에 둔 반려견처럼 흥분한 표정들이다. 몇몇은 배우자나 자녀들보다 눈에 띄게 젊어서 어색할 정도다. 어떤 부부는 부활 이후 신체 나이를 맞추려고 함께 자살하는 경우도 있다고 들었다. 두 사람 다 부활을 무난히 승인받을 수 있다고 자신하는 경우에는 그런 결단을 내릴 수도 있을 것이다. 아스타틴정부에 혁혁한 공을 세워 남다른 충성심을 보였거나, 대단히 뛰어난 기술을 지닌 인재 거나. 그런 두 사람이 기어이 다시 서로를 선택하겠다면.

몇몇 부활 대상자와 그들의 가족들이 나를 알아보고 사진을 찍는다. 대담한 동시에 무례한 부모들이 아이를 데리고 무대에 올라와 내게 사인을 요청한다. 나는 형제자매 가운데서는 인기가 바닥권이지만, 그래도 어쨌든 아스타틴이 될 가능성이 있는 사람이다. 어느 방송 프로그램에서 우리 형제자매를 올림포스의 신에 비유한 적이 있었는데, 나는 거기서 헤파이스토스의 자리를 차지했다. 제우스와 헤라의 아들이지만, 인기도 없고 인지도도 낮은 신.

광장 앞에 세워진 전광판에 내 얼굴이 나온다. 전광판을 본 사람들이 내가 있는 자리로 더 몰려든다. 나는 사인을 요청하는 사람들에게 미소를 지으며 '부활을 축하한다'거나 '행복한 새 삶을 맞으라' 따위의 인사를 건네지만, 속으로는 딴생각중이다.

아스타틴만 된다면 이따위 행사에 오지 않아도 될 텐데.

아스타틴은 결코 너희 같은 것들을 상대하지 않아.

목성과 토성의 다섯 위성에서 부활식이 시작된다. 다섯 천체에서 거행되는 부활식장의 모습이 전광판을 통해 중계된다.

내 쌍둥이 형제자매의 모습이 함께 나온다.

란타넘, 세륨, 프라세오디뮴, 네오디뮴, 프로메튬, 유로퓸, 가돌리늄, 터븀, 디스프로슘, 홀뮴, 어븀, 툴륨, 이터븀, 루테튬.

진짜 이름을 받지 못해 원소 이름으로 대신 불리는 가짜 인간들.

마지막 죽음 이전의 기억과 유전자를 공유하는 쌍둥이들.

팔 년째 부활을 기다리는 중인 나의 경쟁자들.

이중에 누가 새로운 아스타틴이 될지 모른다. 방송국은 우리의 비위를 거스르지 않기 위해 가능하면 우리 형제자매를 골고루 담으려 애쓴다. 그럼에도 불구하고 가돌리늄과 루테튬의 모습이 카메라에 더 자주 잡히는 건 어쩔 수 없다. 나, 사마륨이 인기 없는 대장장이 신이라면 가돌리늄은 태양신 아폴론, 루테튬은 전쟁의 신 아레스에 해당한다. 태양신이 가장 인기가 높고, 다음은 전쟁의 신이다.

부활식이 열리는 곳은 목성의 위성인 가니메데와 칼리스토, 에우로파, 그리고 토성의 위성인 타이탄과 엔켈라두스다. 우리 형제자매는 모두 열다섯 명이다.

아스타틴의 사본寫本들은 셋씩 무리를 이뤄 부활식이 열리는 위성들을 찾는다. 칼리스토에는 나와 유로퓸, 프라세오디뮴이 와 있다.

유로퓸은 부활식이 시작할 때 딱 맞춰 무대에 올라와 내 옆자리
에 앉는다. 그의 얼굴은 기묘한 색채로 번들거린다. 기름지다기보
다는 금속성의 느낌이다. 내가 알지 못하는 피부 시술을 받은 것
같다. 미용 때문인지, 다른 실용적인 목적이 있는지 궁금하다. 우
리는 서로 고개를 까닥이는 것으로 인사를 대신한다.

부활식 개막 공연이 벌어질 때까지도 프라세오디뮴의 자리는
비어 있다. 막판까지 버티다가 최후의 순간에 모습을 드러내 주목
도를 높이려는 얄팍한 수를 부리려는 듯하다.

부활식은 아스타틴이사회에서 대상자들의 부활을 승인하는 순
간이 클라이맥스가 되도록 식순이 맞춰져 있다. 오늘 아스타틴이
사회에서 부활 승인은 세번째 안건이다.

"우리 머리 위에 누가 있군."

유로퓸이 손가락으로 하늘을 가리키며 말한다. 그가 말을 걸었
다는 사실 자체가 놀라워 나는 눈썹을 치켜올린다.

하늘에는 경비행기 한 대가 날고 있다. 경비행기는 곡예비행을
하며 칼리스토의 검은 하늘 위에 반짝반짝 빛나는 글자를 멋지게
그린다.

영원한 젊음.

대기 중에 배출되면 오랫동안 고도를 유지하며 빛을 발하는 섬
광입자를 사용하는 것 같다. 지나치게 들뜬 나머지 무슨 일이라도
환영할 준비가 된 몇몇 부활 대상자가 자리에서 일어나 박수를 친

다. 비행기는 더 현란한 묘기를 부린다. 더 긴 문구가 하늘에 나타난다.

함께 즐깁시다. —프라세오디뮴.

뒤에서 박수 소리가 들리고 나는 조용히 코웃음을 친다. 유로퓸이 뚜렷이 들릴 정도로 한숨을 내쉬어 동감이라는 뜻을 내게 전한다.

아스타틴이사회가 개회한다. 이사회장은 조용한 분위기일 테지만 목성과 토성의 위성들에 있는 부활식장에서는 요란한 폭죽이 터진다. 이사회 의장석에 누가(혹은 무엇이) 앉아 있을지 궁금하다. 지금 아스타틴은 공식적으로 죽어 있다. 아스타틴의 기억과 의식을 보존하고 있는 아스타틴머신이 의장 직무 대행을 맡고 있다. 의장석에 아스타틴머신의 단말기라도 놓여 있을까?

"아주 우습게 볼 건 아냐. 저 비행 솜씨는 상당한 수준이거든. 저 경비행기는 제트엔진을 최소한으로 쓰는 형태의 글라이더야. 칼리스토는 중력이 약하고 대기도 희박하잖아. 그래서 부력을 얻기가 쉽지 않다고."

유로퓸이 다시 지껄인다. 내가 프라세오디뮴에 대해 생각하는 줄 아는 모양이다. 긴 대화를 나눌 생각이 없어 "그렇군"이라고 대꾸하지만 옆자리에 앉은 나의 쌍둥이 형제는 여전히 수다스럽다. 나는 그 바람에 이사회 안건 보고 앞부분을 제대로 듣지 못한다.

대충 들기로는, 첫번째 안건은 어느 살인 용의자에 대한 판결이다. 목성과 토성권에서는 십칠 년 만에 벌어진 살인사건이고, 범인에게 사형이 구형되어서 최종 판결을 이사회에서 내린다는 것 같다.

두번째 안건은 목성 고리에 몇천 대를 숨겨놓았다는 행성간 유도미사일의 제어프로그램을 업그레이드하는 문제다. 그 미사일들은 목성 고리를 이루는 우주먼지들 사이에 떠 있는데, 유지비가 꽤 많이 들었다. 원래는 지구의 공격에 대비하기 위한 물건들이다. 설사 지구의 핵 공격으로 목성과 토성의 위성이 궤멸하더라도, 그래서 이곳의 모든 주민이 죽더라도 반드시 보복을 하겠다는 의지의 표현이다.

그런데 그런 우려는, 이제 와서 보면 좀 지나치지 않냐는 게 몇몇 이사들의 생각이다. 지구의 경제 상황이나 기술력은 아무리 높게 잡아도 목성이나 토성까지 핵미사일 수백 발을 보낼 수준이 못 된다. 그러니 이주 초기의 공포심을 버리고, 미사일의 반응시간을 조금 길게 잡되 유지비를 덜 들이는 방식으로 운영체제를 바꾸자는 것이다.

나는 아스타틴머신이 제안을 받아들일 거라 예상한다. 제안 내용은 충분히 합리적이다. 그리고 아스타틴머신은 자신이 아스타틴의 기억일 뿐, 아스타틴 그 자체는 아니라는 사실을 잘 알고 있다. 아스타틴머신이 인간 이사들에게 조금이라도 대립각을 세운 적은 지금껏 없다.

그러나 나는 아스타틴머신이 이 안건에 대해 어떤 의견을 내는지 듣지 못한다. 프라세오디뮴이 모는 경비행기가 요란한 소리를 내며 행사장으로 급강하했기 때문이다. 거의 무대에 부딪칠 기세다. 겁에 질린 사람들이 비명을 지른다. 비행기 엔진소리가 요동친다.

"뭐하는 거야, 저 녀석?"

유로퓸이 투덜댄다. 나는 처음에는 프라세오디뮴이 뭔가 치명적인 조종 실수를 저질렀다고 생각한다. 부활 승인 안건이 논의될 때에 맞춰 무대 앞에 멋지게 곡예비행으로 착륙하려다 실패한 거라고.

몇 초 뒤에 그게 오판임을 깨닫는다. 이건 조종 실수가 아니다. 경비행기는 무대를, 정확히는 무대 위에 있는 유로퓸과 나의 자리를 겨냥하고 있다. 이건 가미카제 공격이다. 과대망상증 환자, 터무니없는 야심가, 과시욕과 권력욕의 화신인 내 형제가 바보 같은 계획을 꾸민 것이다.

너무 바보 같아서 아무도 대비하지 못한.

내가 유로퓸보다 좀더 빨랐다. 나는 무대 뒤편의 철골 구조물로 몸을 날린다. 경비행기가 무대를 덮치며 굉음을 낸다. 금속 파편 하나가 뺨을 스치고 지나간다. 나는 철골 위에서 몸의 균형을 잡고, 충격파가 이르기 전에 다시 한번 위쪽으로 몸을 날린다. 강화된 운동신경과 인공 근육이 아니었다면 엄두도 못 냈을 속도와 높이다.

흙먼지가 시야를 가린다. 이곳저곳에서 비명소리가 터진다. 부활식은 아수라장으로 변한다. 그러나 따지고 보면 부활 대상자나 그들의 가족에게 이 사고는 조금도 치명적이지 않다. 부활식장에 모인 대상자들은 부활 승인이 확정된 상태다. 설사 이 사고로 생명을 잃는다 해도 다음 부활 자격을 얻는다. 부활의 순간이 좀 늦춰지는 것뿐이다. 이 사고는 오직 우리 형제자매들에게만 위험하다. 우리는 부활을 장담할 수 없는 존재들이니까.

흙먼지는 쉽게 가라앉지 않는다. 인공중력의 원리는 아스타틴 외에는 아무도 정확히 이해하지 못하는데, 어쨌든 인공중력은 이런 작은 입자들 가운데에서는 잘 작동하지 않는다. 먼지 속에서 수다스러운 유로퓸의 목소리가 들린다.

"사마륨! 거기에 있나? 젠장, 난 부상을 당했어! 한쪽 팔이……"

적색으로 빛나는 반원과 녹색으로 빛나는 반원이 한데 엉켜 빙글빙글 돌아가다가 목소리가 난 방향으로 날아간다.

무언가 부서지는 둔탁한 소리. 짧고 맥없는 신음소리.

적색과 녹색으로 빛나는 비행 물체는 반동으로 튀어올랐다가 균형을 잡더니 곧바로 목표에 두번째 타격을 가한다. 뼈와 살이 내려앉는 둔탁한 소리가 울리지만 신음소리는 나지 않는다. 비행 물체는 한동안 공중에 떠 있다가 날아왔던 곳으로 돌아간다.

부메랑 토마호크다. 유도장치가 달린 제품이다. 프라세오디뮴 녀석이 그 기계로 우리를 사냥하고 있다. 프라세오디뮴은 비행기가 땅에 추락하기 전에 뛰어내린 듯하다. 그도 다른 형제자매들만큼이나 신경이 뛰어나고 근육이 강화되어 있으니까.

부메랑 토마호크는 적색과 녹색으로 빛나는 걸로 봐서는 군사용 물건은 아니다. 스포츠용품이다. 그 사실을 알아차리자마자 의문이 떠오르고, 다음 순간 답을 깨닫는다.

먼저 떠오른 의문은 이러하다.

'저 기계에 달린 유도장치는 시민을 겨냥할 수 없게 돼 있을 텐데. 갑작스러운 경우에도 안전장치가 있어서 시민이나 등록 반려동물에 가까이 가면 감속하게 돼 있을 텐데.'

답은 이러하다.

'우리는 시민이 아니다. 부활을 아직 못했기 때문에.'

*

아스타틴의 기억 중 내게 들어온 것은 68퍼센트 정도다.

나는 내가 이미 아스타틴이며, 지금은 단지 내가 나임을 모르는 사람들에게 내가 누구인지를 보여주는 과정이라고 믿는다. 하지만 '완전한 아스타틴인 나'와 '아스타틴이자 사마륨으로서의 나'가 실은 같은 존재임을 다른 사람들에게 설명하기 어렵다는 사실은 안다. 삼위일체를 설명하기 힘든 것과 마찬가지다. 그러므로 잠시 제삼자의 시각에서 아스타틴을 설명해보겠다.

아스타틴을 한 단어로 설명하라고 한다면, 헤겔이 나폴레옹 보나파르트를 가리키며 했던 말을 사용하겠다. '절대정신Absoluter Geist'이라고.

헤겔에 따르면, 절대정신이 자유를 향해 나아가는 과정이 바로 세계사다.

아스타틴은 초지능을 얻은 최초의 인간이고 유일한 인간이다. 그는 초지능을 얻은 뒤 그와 관련된 모든 기술을 없애고, 관련자를 탄압하거나 제거해 자신 외에는 어느 누구도 초지능에 이르지 못하게 했다.

아스타틴은 부활을 거듭하는 방식으로 죽음에서 벗어난 최초의 인간이기도 하다. 유일한 인간은 아니다. 그는 사람들에게 무료로 관련 시술을 제공해 목성과 토성권의 시민 거의 대부분이 죽음을 피할 수 있게 했다.

법적으로 아스타틴은 3세기 이상 살았으며, 현재는 죽은 상태다. 아스타틴이사회가 공식적으로 설명하는 바에 따르면 아스타틴은 현재 두번째 죽음과 두번째 부활 사이에 있다.

아스타틴은 21세기 초반 지구의 싱가포르에서 태어났다. 태어날 때는 남성이었다. 이후 그는 성별을 여러 차례 바꿨는데, 무성無性이 된 적도 있었고, 양성구유兩性具有로 지낸 기간도 지구 기준으로 몇 년가량 된다.

부모가 지어준 이름은 브로민이었는데, 원자번호 35번인 원소의 이름과 같았다. 그래서 그는 이후 자신이 다음 단계에 이르렀다고 생각할 때마다 주기율표 17족族 원소의 이름을 따서 개명했다.

브로민은 태어났을 때 이미 천재였다. 그는 열네 살에 대학에 입학해 뇌과학을 전공했다. 스물세 살에는 자기 몸을 상대로 불법 인체 실험을 벌였다. 아마도 나노 머신을 직접 몸에 주입해 뇌신경을 재조직하는 방법으로 초지능을 얻은 것으로 보인다. 나노 머신 알레르기가 알려지지 않았던 시절이었고, 운좋게도 그는 나노 머신에 대한 거부반응이 없는 특이체질이었다.

브로민은 초지능을 얻은 뒤 이름을 원자번호 53번인 아이오딘으로 바꿨다. 그리고 연구 주제를 컴퓨터과학으로 틀어, 당시로서는 혁신적인 초인공지능이었던 아이오딘머신을 설계했다. 아이오딘머신이 보급되면서 지구 곳곳에서 인간형 로봇이 사람들의 일을 대체하기 시작했다.

아이오딘은 이윽고 분자생물학으로 관심을 돌렸다. 그는 인간 복제 기술과 인간 기억을 디지털신호로 바꾸는 연구에서 혁명적인 성과를 거둔다. 그러나 그는 이 연구 결과 대부분을 비밀에 부쳤다. 철저히 자기 자신만을 위한 연구였다.

다음으로 그는 우주물리학 분야에 뛰어들었다. 그는 아스타틴

드라이브의 전신인 아이오딘드라이브를 개발했다. 아이오딘드라이브는 기계장치 없이 전자기력을 그대로 추진력으로 전환했다. 지구의 물리학자들은 아이오딘드라이브의 원리를 이해하지 못했고 '이론적으로 불가능한 엔진'이라며 비판했다. 그러나 이 드라이브를 사용한 유인우주선이 보름 만에 토성에 도달하자 그런 비난은 쏙 들어갔다. 우주선 안에는 물론 아이오딘 자신이 타고 있었다.

토성 착륙 과정은 텔레비전으로 생중계되었다. 지구의 중남미 국가들이 의회를 포기하고 병렬아이오딘머신에 주요 정책 결정을 맡긴 것도 이즈음이었다.

토성에서 돌아온 아이오딘은 자신이 병렬아이오딘머신 육백 대와 의식을 통합해 아스타틴이라는 새로운 인격체로 거듭났다고 선언했다. 아스타틴은 병렬아이오딘머신 삼만 대와 기능이 맞먹는 아스타틴머신을 개발했으며, 이후 아스타틴머신과 의식을 재통합했다.

이때쯤 지구에서는 이미 아스타틴을 비난하는 여론이 일고 있었다. 비판자들은 아스타틴이, 또는 브로민이, 인간이 넘어서는 안 될 영역을 마구 휘젓고 있다고 목소리를 높였다. 그들은 신문에 사설을 쓰고, 비판 결의안을 채택하고, 아스타틴타워 앞에서 시위를 벌였다. 물론 아스타틴은 눈 하나 깜빡하지 않았다.

그래도 이때까지는 아스타틴에 우호적인 사람들이 다수였다.

아스타틴의 팬클럽도 있었고, 아스타틴에 관한 책도 여러 권 나
왔다.

아스타틴그룹이 목성의 위성들에 대한 테라포밍 계획을 발표했
을 때, 마침내 대중도 폭발했다.

"목성의 위성들은 어느 한 사람의 소유물이 아니다! 천체의 운
명을 바꾸는 일은 반드시 전 인류의 합의를 거쳐야 한다! 어느 한
사람이 독단적으로 결정할 일이 아니다! 설사 그 사람이 아무리
역사에 처음으로 등장한 초인이라 해도!"

사람들은 외쳤다.

아스타틴은 대꾸하지 않았다.

내 기억 속에는 당시 아스타틴이 품었던 생각들이 다음과 같이
남아 있다.

내가 목성의 위성들을 사람이 살기 적합하게 바꾸든 폭파시키
든 그게 나머지 인류와 도대체 무슨 상관이 있지? 여태까지 이 위
성들로 조금이라도 이익이나 손해를 본 사람이 하나라도 있었나?
목성의 위성이 인류 전체의 것이라고? 그러면 와서 테라포밍을 막
아보든가? 지금은 못 오더라도 인류의 후손은 올 수 있다고? 그
후손들은 목성의 위성을 살기 좋게 바꾼 내게 감사할걸?

국제연합에서 아스타틴에 대한 규탄 성명서를 채택했다. 환경
단체들은 거리에서 아스타틴의 얼굴 위에 X자를 그린 포스터를
들고 시위를 벌였다. 그러나 그들 중에 목성으로 우주선을 보낼

능력이 있는 사람은 아무도 없었다. 사실 국제연합에서 규탄 성명서를 채택하는 일도 쉽지 않았다. 많은 국가들이 아스타틴그룹과 무역이 끊어지는 것을 염려했기 때문이다. 그즈음 아스타틴그룹은 지구의 강대국 네 나라를 합친 것보다 경제 규모가 더 컸다.

*

나는 재빨리 추리한다. 부메랑 토마호크는 허가된 싸움터나 전투장에서 유전자조작으로 만든 괴물을 사냥하거나 통증을 느끼지 못하는 무뇌無腦 인간들과 구식 전투를 벌이는 데 쓰는 물건이다. 안전장치는 아마 시각 센서와 청각 센서를 활용할 것이다. 어쩌면 적외선도 이용할지 모르지만 열 감지 카메라는 해상도가 그리 높지 않으니 무시해도 괜찮을 거다. 즉, 내가 소리를 내지 않고 다른 시민들과 분간이 안 가는 모습을 하고 있으면 저 토마호크가 나를 겨냥하지 않을 확률이 높다는 얘기다.

만약 프라세오디뮴이 기계를 불법 개조하지 않았다면.

나는 바닥에 몸을 굴려 흙먼지를 얼굴에 잔뜩 묻힌다.

"형제여! 거기 있지? 우리 얘기나 하자고!"

프라세오디뮴이 외친다. 조금 전에 자신이 해치운 사람이 유로퓸인지 나인지 모르는 게 분명하다.

"내가 미쳤다고 생각하는 거야?"

프라세오디뮴이 계속해서 소리를 지른다. 소리가 들려오는 방향을 가늠하려 애쓰지만 쉽지 않다. 얼굴에 바른 먼지 때문에 기침이 나려 한다. 바닥에는 무너진 철근 자재들이 굴러다닌다. 철이 아니라 탄소섬유 재질이지만 여전히 철근이라 부른다. 나는 투창으로 쓸 만한 긴 철근을 몇 개 조용히 집어든다.

앰뷸런스의 사이렌소리.

헬기들이 날아오는 소리.

남은 기둥 몇 개로 버티고 있던 무대가 마침내 완전히 무너져내리는 소리.

피어오른 먼지는 여전히 가라앉지 않고 있는데, 다소 부자연스럽다. 인공중력장 발생기에도 문제가 생긴 걸까?

앞은 여전히 보이지 않고, 사방에서 시끄러운 소리들이 들린다. 이런 때 부메랑 토마호크의 센서들은 사람의 감각기관에 비해 얼마나 더 정교하게 목표를 찾아낼까? 경찰 로봇들이 와서 프라세오디뮴을 제압할 때까지 그냥 숨죽인 채로 기다리는 게 나을까?

부메랑 토마호크에 대해 생각한다. 우주 사냥 게임과 우주 전투 게임에서 그런 무기로 유전자조작 생물들을 학살하던 동호인들의 모습을 떠올린다. 목성과 토성의 주민이라면 누구든 한번 봤던 것, 한번 들었던 것을 모두 아스타틴기억저장소에 저장해둔다. 그 덕분에 뇌가 완전히 손실되는 사고를 당하더라도 기억저장소에 있는 디지털 기억들을 이용해 그럭저럭 부활할 수 있다. 뇌 안에 있는 신경칩을 이용해 무선 접속을 하면 시간은 더 걸려도 생생한 기억을 언제나 재생할 수 있다.

"사마륨! 거기 사마륨이지? 설마 얼굴에 흙을 바른 거야? 무서워서? 내 공격을 피하려고? 아스타틴이 될 사람이 겁을 먹고 그런 짓을 한단 말이야?"

프라세오디뮴이 외친다. 나는 그가 대충 넘겨짚고 허풍을 치는 것이라고 추리한다. 정말로 내가 보인다면 저런 말을 할 이유가 없다. 바로 토마호크를 던질 테지.

아스타틴기억저장소에서 우주 사냥 게임에 대한 짧은 영상을 검색한다. 머릿속에서 클립을 재생시킨다.

부메랑 토마호크는 정교하고 매끄럽게 움직인다. 시각과 청각 센서만 있는 게 아닌 것 같다. 동작 인식 센서도 있는 것 같다. 비슷한 거리에서 비슷한 덩치의 목표가 동시에 움직일 때에는 움직임이 빠른 물체를 추적하도록 프로그래밍된 것 같다.

그렇다면……

나는 허리를 낮추고 조금 전까지 토마호크가 떠 있던 곳으로 걸어간다. 한 손에는 절단면이 뾰족한 탄소섬유 철근을 든 채다.

바닥에 뿌려진 핏자국을 보고 유로퓸의 시체를 찾는다. 죽은 내 형제는 다행히 앞쪽이 비교적 멀쩡하다. 뒤통수는 뭉개져 있다. 나는 철근을 들지 않은 왼손으로 시체의 목을 잡고 들어올린다.

"원하는 게 뭐지, 형제?"

시체를 든 채 나는 프라세오디뮴을 향해 외친다. 반응이 있다. 적색과 녹색 빛의 반원이 곧장 나를 향해 날아온다. 나는 강화된 근육이 저리도록 힘껏 유로퓸의 몸을 하늘로 집어던진다. 부메랑 토마호크의 궤적이 커브를 그리며 시체를 따라 날아오른다.

토마호크가 날아온 방향을 향해 철근을 투창처럼 던진다. 세 개를 연속으로 던지고 하나는 호신용으로 손에 쥔 채 앞으로 돌진한다.

운이 좋았다. 탄소섬유 철근 셋 중 하나가 프라세오디뮴의 어깨를 맞힌 것이 보인다. 부메랑 토마호크가 유로퓸의 시체를 공중에서 공격하고 다시 돌아오고 있다. 나는 홈런 타자처럼 철근으로 부메랑 토마호크를 때려 날려보낸다. 그리고 그 철근도 프라세오디뮴을 향해 던진다. 이번에는 목표가 보이니 훨씬 더 정확하게 겨냥했다.

목표는 프라세오디뮴의 오른쪽 가슴이다. 녀석의 심장을 찌르고 싶지는 않다. 한쪽 허파를 망가뜨리는 정도면 된다. 법적인 처벌이 두려워서가 아니다. 녀석을 살려둬야 심문할 수 있기 때문이다.

쓰러진 프라세오디뮴에게 다가가자 부메랑 토마호크가 다시 날아온다. 나는 프라세오디뮴의 가슴에서 철근을 뽑아 그걸로 토마호크를 찍는다.

"왜 이런 짓을 한 거야?"

프라세오디뮴은 바닥에 쓰러진 채 웃기만 한다. 그가 웃을 때마다 폐에 뚫린 구멍으로 핏방울과 함께 공기가 새어나온다. 그 끓는 듯한 소리가 마음에 들지 않는다. 그래서 철근을 구멍에 찔러넣어 한 바퀴 휘저은 뒤 다시 묻는다.

"왜 이런 짓을 한 거야?"

멀리서 경찰 로봇이 어깨에 달린 경광등을 켜고 날아오는 것이 보인다.

"나도, 삼십 분 전까지는, 내가, 이런 일을, 벌일 줄, 몰랐지."

프라세오디뮴이 헐떡이며 말한다. 그는 고장난 분무기처럼 입으로 피를 뿜으면서도 웃음을 멈추지 않는다. 계획적인 행동이 아니었다는 말인가? 도대체 삼십 분 전에 무슨 일이 있었기에?

어떤 생각이 퍼뜩 머리를 스치고 지나간다. 아스타틴이사회의 안건들. 프라세오디뮴은 공중에서 이사회 중계방송을 듣다가 무대로 돌진했다. 부활 승인을 다루는 세번째 안건에 앞서 테이블에 올랐던 첫번째, 또는 두번째 안건에 대한 이사회 결정이 결정적인 동기였을 것이다. 프라세오디뮴이 갑자기 미쳐버린 게 아니라면 말이다.

아스타틴기억저장소에서 삼십 분 전의 기억을 내려받아 검토한다. 두번째 안건, 목성 고리에 숨은 행성간 유도 미사일 제어프로그램의 업그레이드와 프라세오디뮴의 폭주 사이에는 별 연관성이 없어 보인다. 첫번째 안건, 목성에서 십칠 년 만에 살인을 저지른 남자의 안건은……

그 사건은 생각보다 꽤 복잡하다. 그리고 이사회는 몇 가지 이유를 들어 기소를 받아들이지 않았다. 남자는 무죄 판결을 받고 풀려났다.

이 결정이 의미하는 바는……

프라세오디뮴의 폭주는 폭주가 아니었다. 위험이 따르는 도박이긴 했지만 충분히 해볼 만한 일이었다. 나라도 마찬가지로 행동했을 것이다. 우리 형제들 간의 경쟁은 이제 완전히 새로운 국면에 접어든 것이다.

이것을 깨닫기까지 걸린 시간은 이 초 정도였다. 내 표정이 달라진 걸 눈치챈 프라세오디뮴의 웃음소리가 커진다. 그의 가슴에서 철근을 뽑아내자 허파에서 다시 바람소리가 난다. 이번에는 프라세오디뮴의 왼쪽 가슴에 철근을 꽂는다. 심장을 뚫을 수 있도록 충분히 깊게.

철근을 앞뒤로 세게 흔들어 갈비뼈를 부러뜨리고 심장을 완전히 망가뜨린다. 그런 뒤 경찰 로봇의 움직임과 반대 방향으로 도망친다.

*

아스타틴은 오만한 과학자였다. 그에게 인문학은 과학자가 될 머리가 없는 사람들이 대신 매달리는 변방의 유사 학문에 불과했다. 역사, 종교, 철학, 문학, 미학, 법학에 대해 아스타틴은 대학원생 수준의 지식도 배우려 하지 않았다.

그래서 지구의 철학자들이 그에게 처음으로 의미 있는 일격을 가하고, 거기에 법학자들이 가세했을 때 아스타틴은 속수무책으로 당했다.

철학자들은 부활 장치를 이용해 부활한 아스타틴이 이전과 같은 사람일 수 있느냐는 질문을 던졌다. 어떤 인간을 바로 그 인간이라고 규정하는 것은 무엇인가? 정체성이란 단지 유전정보와 기억만으로 구성되는 것인가? 부활 장치가 조립한 새 육체의 소유자는 부활 장치에 들어가서 해체된 노인과 과연 같은 사람인가?

철학자들이 만든 균열에 법학자들이 달라붙었다. 법학자들은 심신상실과 다중 인격, 쌍둥이, 복제 인간에 대한 판례들을 연구했다.

여기에는 큰돈이 걸려 있었다. '자신을 아스타틴이라고 부르는 목성의 남자는 아스타틴이 아니다'라고 지구의 법원이 판단한다면, 그 남자는 지구에서 아스타틴으로서 법적 권리를 행사할 수 없게 된다. 그렇게 되면 지구에 있는 아스타틴의 유산은 주인이 없게 되어 각 국가에서 소유할 수 있게 된다. 아스타틴의 각종 지식재산도 공짜가 된다. 아스타틴에게는 후손이 없었으니까.

여기에 아스타틴에게 불리한 과학적인 증거들도 발견되었다.

인간 기억의 일부는 디지털화 과정에서 필연적으로 손실되거나 열화劣化될 수밖에 없음이 드러났다. DNA 복제에서는 세포 백억 개당 하나꼴로 돌연변이 세포가 생긴다는 사실이 밝혀졌다.

성격이나 체질이 장내세균 분포에 영향을 받는다는 사실도 밝혀졌다. 설사 부활 장치로 DNA를 완벽하게 복제하더라도 장내세균 분포까지 똑같이 만들 수는 없다. 면역 기억은 뇌나 DNA가 아닌 면역계에 저장되며, 부활 장치로 복제할 수 없다. 타인에게 호감을 주는 페로몬 일부는 인간 유전자와 아무 관련이 없으며, 겨드랑이 땀샘의 미생물이 분비하는 것이라는 연구 결과도 나왔다.

급기야 지구법원 1심에서 아스타틴은 죽었고, 자신을 부활한 아스타틴이라 칭하는 사람은 아스타틴과 비슷하게 생긴 다른 사람이라는 판결이 나왔다.

아스타틴그룹은 비상이 걸렸다. '아스타틴임을 인정받지 못한 2대 아스타틴'은 당장 항소했다. 아스타틴그룹은 전 세계 대장암 환자와 중증 치매 환자에게 무료 수술을 제공했다. 대장암 환자에게는 줄기세포를 이용해 배양한 새 대장을 이식해주었다. 이렇게 하면 DNA는 똑같지만 장내세균 분포는 전과 완전히 다른 대장을 갖게 되는 셈이었다. 중증 치매 환자들에게는 기억 일부 또는 전부를 디지털로 전환해 뇌에 삽입하는 수술을 제공했다. 그런 다음 아스타틴그룹은 이들이 과거와는 다른 인물이라며 예전의 인물들은 모두 법적으로 사망했음을 주장하는 소송을 제기했다.

'아스타틴 대 국제연합' 소송은 한 세기를 끌었다. 소송은 결국 국제연합이 소를 취하하는 것으로 끝났다. 이 소송의 결과로 '세계인간정체성협회'가 출범했다. 지구의 철학자, 법학자, 심리학자, 임상의, 뇌과학자, 생화학자, 컴퓨터공학자들이 모여 만든 이 학회에서는 사오 년에 한 번씩 '인간정체성 진단 및 통계 편람'을 출간한다.

인간정체성이라는 개념은 너무 심오해서 여러 분야의 학자들은 통일된 정의를 내릴 수가 없었다. 결국 뚜렷한 규정을 내리는 대신 어느 정도 합의된 정보와 현상, 기준들을 하나하나 풀어 쓰는 것으로 만족할 수밖에 없었다. 그것이 인간정체성 진단 및 통계 편람이다.

이 책은 인간정체성이 크게 네 가지 축이 합쳐져서 이뤄진다고 주장한다. 뇌 기억, 육체 기억, 타인과의 관계, 그리고 의지다. 뇌 기억은 부활 장치로 거의 완벽하게 재생할 수 있다. 육체 기억은 보다 미묘하지만 어느 정도 닮은꼴로 복구할 수 있다. 그러나 타인과의 관계, 그리고 의지는 그렇지 않다.

*

나는 칼리스토공항에 와 있다. 목성권의 다른 위성으로 가는 우주선들이 주로 통하는 곳이다. 경찰 로봇의 추적을 피하기 위해 얼굴에 변장용 홀로그램을 두르고 있다. 변장이 들킬 가능성은 거의 없으리라 여긴다.

텔레비전 화면에 가돌리늄이 어븀을 죽이는 장면이 팬클럽 편집본으로 나온다. 재방송이다. 요즘은 어딜 가나 텔레비전에서 가돌리늄 대 어븀의 결투 하이라이트 장면을 틀어준다.

아스타틴이사회가 열린 날 형제들을 습격한 것은 프라세오디뮴만이 아니었다. 나와 유로퓸은 멍청했다. 유로퓸은 운도 없었고. 모든 형제가 그날 이후 다른 형제를 죽이는 작업에 착수했고, 다 같이 경찰 로봇에 쫓기는 신세가 되었다. 어찌 보면 당연하다. 우리들의 혈관 속에는 같은 피가 흐르고 있다. 격정, 급한 성미, 모험심, 독립심은 아스타틴스러움의 중요한 본성이다.

가돌리늄은 방송사 카메라를 시신경에 달고 어븀의 아지트로 쳐들어갔다. 습격을 생중계하고 싶었던 것이다. 어븀은 경비 로봇을 몇 대 고용해두었지만, 가돌리늄은 마이크로 레일건으로 그 로봇들을 모두 박살냈다. 그는 레일건을 양손에 들고 현란하게 총알을 뿌렸다. 하늘로 날아올라 손으로 원을 그리며 쌍권총을 발사하는 그의 모습은 흡사 춤을 추는 것 같았다.

로봇들을 모두 처리한 가돌리늄은 쌍권총을 바닥에 버렸다. 그리고 넋이 나가다시피 한 어븀에게 단도 하나를 쥐여주었다. 가돌리늄 자신도 허리춤에서 똑같이 생긴 단도를 꺼냈다.

"한번 겨뤄보자고. 누가 아스타틴이 될 자격이 있는지 말이야."

그는 어븀의 어깨를 두드리며 말했다.

둘은 십오 분가량 칼싸움을 벌였다. 어느 정도 시간이 지나자 가돌리늄의 칼싸움 실력이 어븀을 압도한다는 게 명백해졌다. 하지만 아지트의 구조를 잘 알고 있는 어븀은 기둥을 무너뜨리고 선반에 놓여 있는 자재를 쏟으며 끈질기게 저항했다.

기계 부품들이 머리 위로 떨어졌을 때 가돌리늄은 위기를 맞았다. 가돌리늄이 두 다리를 못 쓰게 됐다는 사실을 알게 된 어븀은 단도를 빙글빙글 돌리면서 적에게 걸어갔다.

"형제여, 이 아지트를 어떻게 찾아냈는지 털어놓으면 고통 없이 숨을 끊어주지. 보안장치들을 어떻게 깬 거지?"

연기 지도를 제대로 받지 못한 채 너무 떠버린 풋내기 배우처럼, 어븀은 잔뜩 도취된 어조로 진부한 대사를 읊었다.

어븀이 서너 걸음 가까이 다가왔을 때 가돌리늄은 들고 있던 칼을 던졌다. 단도는 어븀의 목에 정통으로 꽂혔다. 어븀은 찍소리도 못 내고 즉사했다. 입이 떡 벌어지는 칼 던지기 실력이었다.

내가 보기에는 그 싸움 전체가 가돌리늄이 잘 연출한 쇼다. 가돌리늄은 처음부터 총으로 어븀을 죽일 수 있었는데 칼싸움을 벌였고, 칼싸움이 박진감 있게 보이도록 제 솜씨를 전부 다 발휘하지 않았으며, 언제든지 칼을 던지면 상대를 죽일 수 있는데도 마지막 순간까지 참았다. 시청자 게시판에도 나와 같은 의견을 올리는 사람들이 있다.

그러나 대부분의 사람들은 그냥 가돌리늄에 열광했다.

"저 대담함! 승부 근성! 과시욕! 가돌리늄이야말로 아스타틴이다!"

사람들은 외쳤다.

아스타틴이사회에서 십칠 년 만의 살인사건을 '범인 없는 살인'으로 규정한 뒤에 우리 형제자매간에는 전쟁이 벌어졌다. 그 싸움을 일리아스나 마하바라타에 빗대는 사람도 있고, 보르자 가문의 유혈극을 말하는 사람도 있다. 글쎄? 내가 보기에는 텔레비전 예능 프로그램의 무규칙 서바이벌 쇼에 더 가깝다.

아스타틴이사회에 올라온 살인사건의 개요는 이러했다. 소행성대에서 희소 광물을 채굴하던 엔지니어 두 명이 가스 누출 사고로 죽었다. 그들이 머물던 우주선에는 부활 기계가 있어서 두 사람의 육체는 금방 재생되었고, 둘은 우주선 안에서 부활 승인이 있을 때까지 아무 일도 않고 기다렸다.

그사이 우주선이 운석과 충돌하는 사고가 일어나는 바람에 두 사람 중 한 사람이 또 죽었다. 이번에는 부활 기계까지 부서져버렸기 때문에 다시 죽은 사람의 부활이 미뤄졌고, 그러는 동안 생존자는 먼저 부활을 인정받고 시민으로 돌아왔다. 그런데, 그 생존자가 우주선을 타고 목성권으로 돌아왔을 때 경찰은 사고 흔적에서 이상한 점들을 발견했다. 운석 충돌 사고는 위장이었고, 실은 부활 대상자들 간에 싸움이 벌어져 한 사람이 다른 사람을 죽인 것이 사건의 실체였다.

증거가 있었고, 범인도 범행을 시인했다. 변호사는 이런 법리를 들고나왔다. 아스타틴정부는 목성과 토성의 '시민'들을 보호한다. 모든 시민은 시민으로서의 행동에 책임을 진다. 범인은 지금은 시민이지만 범행 당시에는 시민이 아니었다. 부활 승인을 받기 전이었으니, 법적으로는 시민이 될 가능성이 있는 부활 대상자에 불과했다. 피해자는 범행 당시에도 시민이 아니었고 여전히 시민이 아니다. 시민이 아닌 피해자의 권리를 보호하기 위해 시민인 범인을 처벌하는 것도 옳지 않으며, 시민인 사람이 시민이 아니었을 때의 행동으로 처벌받는 것도 법적으로는 불합리하다.

사람들의 예상을 깨고 아스타틴이사회는 변호인의 주장을 받아들였다. 인간 이사들은 그런 주장이 자신들의 도덕적 직관에 어긋난다고 생각했지만 아스타틴머신의 의견에 감히 반대할 수 없었다.

이 판결이 의미하는 것은?

부활 대상자인 우리는 부활 대상자인 형제들을 죽여도 괜찮다는 뜻이다. 부활을 승인받을 때까지 경찰에 붙잡히지만 않으면 된다. 그리고 부활을 승인받는다면, 그래서 아스타틴으로 인정받는다면, 시민이 되기 전에 저지른 일에 대해 면책을 받게 된다.

아스타틴은 우리 형제 중에서만 나올 수 있다. 또한 우리 형제 중 한 사람은 반드시 아스타틴이 되어야 한다. 그러니까 만약 누군가가 다른 형제들을 다 죽인다면, 그리고 그 작업이 끝날 때까지 검거되지 않는다면, 그렇다면 그는 확실하게 아스타틴이 된다.

프라세오디뮴은 경비행기를 타고 비행하던 중에 그 의미를 깨달았다. 그는 해볼 만한 도박이라고 생각했을 것이다. 그래서 그대로 유로퓸과 내가 있는 무대로 돌진했고, 충돌 직전에 비행기에서 뛰어내린 뒤 때마침 가지고 있던 무기인 부메랑 토마호크로 우리를 공격했다.

나는 아스타틴머신이 이 같은 일을 내다봤을 거라 생각한다. 초지능을 지닌 아스타틴머신이 이런 결과를 예상하지 못했을 리가 없다. 아니, 나는 아스타틴머신이 이런 골육상잔을 유도했을 거라고 생각한다.

하지만 무엇 때문에?

초지능이 생각하는 바를 가늠한다는 게 무의미한 일이긴 하다. 하지만 아무리 생각해도 실마리조차 떠오르지 않는다. 후계자 선정 작업이 너무 길어지는 바람에 지루해서 그런 것 아니었을까, 라는 생각이 떠오른다. 의외로 말이 될지도 모르겠다. 아스타틴머신 역시 아스타틴의 성격을 얼마간 품고 있지 않을까? 격정과 급한 성미, 모험심, 독립심……

생각에 잠겨 있던 바람에 로봇들이 내게 접근하는 것을 한 호흡 늦게 알아차린다.

경찰 로봇 한 대가 내게 총을 쏜다. 사용이 금지된 21세기식 구

식 화약총이다. 홀로그램 변장을 어떻게 꿰뚫어봤는지 의아해할
겨를도 없다. 경찰 로봇들은 나를 검거하려는 게 아니다.

나를 죽이려 하고 있다.

*

세포 재생술이 노화와 죽음을 상당히 미뤄주기는 하지만, 거기
에는 한계가 있다. 걸레와 빗자루로 아무리 꾸준히 청소를 해봤자
집은 점점 더러워진다. 집 구석구석을 새집 같은 상태로 만들려면
새집으로 이사를 가는 수밖에 없다.

그런데 이사를 갔을 때, 다른 사람들이 새집을 내 집으로 인정
해주지 않는다면? 사람들이 '그곳은 당신 집이 아니다'라고 주장
하며 행정 서류에 새 주소를 올려주지 않고, 어떤 우편물도 새집
으로 보내오지 않는다면? 친구들을 집으로 초대해도 그들이 새집
으로 오지 않고 이미 떠나온 옛집으로만 간다면? 가족들조차 나를
따라오지 않고 옛집에 머무른다면?

아스타틴이 부활 장치로 새로운 육신과 뇌조직을 얻었을 때 처
한 위기는 이와 같은 것이었다. 그는 자신의 정체성을 다시 인정
받아야 했다.

그 방법으로 아스타틴이 고안해낸 것이 바로 '사회적 승인'이
었다. 형이상학적 질문에 대해 형이하학이 제시할 수 있는 최고의

해결책이었다.

아스타틴은 먼저 지구에서 이민 지원자들을 받았다. 어차피 테라포밍을 마친 위성들에 주민을 받아야 할 시점이었다. 지원자들은 엄격한 심사를 받았다. 물론 반발이 심했다. 우생학의 부활이니, 엘리트 선별 정책이니 하는 비판들이 쏟아졌다. 하지만 동시에 지구의 많은 젊은 인재들이 희망을 품게 된 것도 사실이었다. 지구의 절망적인 상황에서 벗어나 신천지에서 최첨단 과학기술을 누리며 새로운 삶을 개척할 수 있다는 꿈을.

무엇보다 큰 인센티브는 바로 부활 장치를 통한 영원한 젊음이었다. 목성권과 토성권의 시민이 되면 자동적으로 부활의 권리를 얻는다. 불사의 저주 같은 것은 없다. 더이상 부활하고 싶지 않을 때 부활을 거부하면 되니까.

그러나 모든 사람이 부활하는 것은 아니다. 아스타틴이사회는 시민들의 전생을 평가해 부활 장치를 가동시킬 자격이 있는지 심사했다. 몸이 예전 모습대로 살아나도, 살아난 그 육신이 과거와 같은 정신을 지녔다는 승인이 있을 때에만 부활을 인정했다. 부활을 인정받지 못한 육신은 파괴되었다. 승인은 주변 사람들의 증언과 이사회의 판단을 거쳐 실시했다.

아스타틴 본인의 경우에는 지구권에서 이런저런 견제가 들어올 것에 대비해 처음부터 부활 장치를 열다섯 번 가동했다.

우선 아스타틴이라는 초지능통합체에서 인간적인 부분을 분리

해냈다. 그리고 인간적인 부분만 부활 장치로 열다섯 개체를 만들어냈다. 그런 다음 그 열다섯 명을 당분간 각자 살아가게 놔둔다. 장내세균 분포 같은 것은 저절로 구성되도록. 아스타틴머신은 그 정도면 그중 적어도 한 개체는 98퍼센트 이상의 확률로 아스타틴의 기질과 장내세균 분포 따위를 재현할 거라고 계산했다. 그러면 그때 가서 그 개체를 골라내면 된다고. 자연인 아스타틴이 보여줬던 천재성, 상상력, 용기, 의지력, 그리고 결단력을 가장 비슷하게 발휘하는 개체를. 격정, 급한 성미, 모험심, 독립심, 대담함, 승부근성, 과시욕을 옛 아스타틴처럼 드러내는 육신을. 지구의 어느 누구도 트집잡지 못할 몸뚱이를.

그렇게 선택된 사람에게 아스타틴머신이 봉인한 아스타틴의 나머지 기억을 돌려주고, 최종적으로는 그 사람이 아스타틴머신과 다시 의식을 통합한다. 그것으로 아스타틴의 부활이 완료된다.

그 결과 만들어진 것이 바로 부활을 약속받지 못한 부활 대상자이자 아스타틴 후보들인 우리 형제자매들이다. 우리 형제들에게는 란타넘족원소의 이름이 붙었다. 형제자매의 머릿수와 란타넘족원소의 수가 열다섯으로 같기 때문이었다.

목성권과 토성권의 주민들은 이 아이디어를 열렬하게 지지했다. 그들의 부활 문제가 여기에 걸려 있었으니까. 과학적, 철학적, 신학적 차원에서 아스타틴의 부활과 그들의 부활은 같은 문제다. 어느 한쪽만 지지하고 다른 쪽을 반대할 수는 없다.

부활은 어떤 종교나 이데올로기보다 더 강력한 지배 도구이기도 했다. 지구의 법이 뭐라고 하건 목성·토성권의 주민들에게 부활은 분명한 현실이었다. 그들은 성 토마스처럼 부활을 보고 만져서 믿게 되었다.

부활은 부활 장치라는 기계와 이사회의 승인이라는 의식을 포함한 거대한 사회 시스템이었다. 그 시스템은 인간이 맞는 최후의 절망 속에서도 새로운 기회와 희망을 약속했다. 지난 삶에서 자기 능력을 발휘하고 공동체에 헌신했던 자들, 아스타틴에 충성했던 자들만이 부활의 자격을 얻을 수 있었다. 불공정하다는 비판을 제기하는 사람은 아무도 없었다. 어쨌거나 원래 인생은 한 번만 살수 있는 것 아니던가.

나를 포함한 우리 형제자매들 역시 이런 조건에 불평을 제기하지 않았다. 내 경우를 예로 들자면, 나는 내가 이미 유일무이한 아스타틴이라고 느낀다. '사마륨'이라는 정체성은 어느 특정 기간에 잠시 사용해야 하는 코드 네임 같은 것이다. 지금은 내가 나임을 증명해서 나로 돌아가는 시험 과정에 불과하다.

우리는 세 사람씩 목성과 토성의 다섯 위성에 흩어졌다. 한 사람이 아스타틴그룹의 사업 부문 하나씩을 맡아 운영했다. 그렇게 기업 경영을 하면서 아스타틴다운 능력과 개성을 보여주면 아스타틴머신이 대중의 여론을 보아가며 적임자를 선택할 거라 생각했다.

그것은 큰 착각이었다. 아스타틴머신은 우리가 서로 죽이기를 바랐다. 그 살육이 바로 아스타틴임을 증명하는 과정이었다. 격정, 급한 성미, 모험심, 독립심, 대담함, 승부 근성, 과시욕, 그리고 망설임 없는 공격 의지. 그것이야말로 아스타틴의 본질이었던 것이다.

*

제일 먼저 내게 총을 쏘았던 경찰 로봇이 군중들 사이로 몸을 숨긴다. 단백질 피부를 입힌 인간형 로봇이다. 나는 달아나면서 터미널 구석구석을 눈으로 훑는다. 경찰 로봇은 모두 다섯 대, 아니 여섯 대다. 한 대는 대합실 2층에 있다.

변장용 홀로그램을 끄고 재빨리 뛰어올라 2층에 있던 경찰 로봇을 먼저 처치한다. 로봇의 목을 비틀어 꺾은 뒤 녀석이 가지고 있던 총을 빼앗는다. 내 얼굴을 보고 무슨 일이 일어나는지 알아차린 군중이 환호성을 지르며 셀카를 찍거나 개인 방송을 시작한다.

로봇 다섯 대가 2층으로 날아 올라온다. 나는 로비로 뛰어내리면서 그중 한 대를 무릎으로 찍어 바닥으로 깔아뭉갠다. 남은 로봇 네 대는 전략을 바꾼다. 녀석들은 나를 포위하고 내가 멀리 이동하지 못하도록 동선을 차단한다.

2층에 두 대.

1층에도 두 대.

포위망이 더 좁혀지기 전에 무모한 돌격을 감행하는 수밖에. 가판대 쪽에 있는 로봇을 향해 먼저 몸을 던진다. 로봇과 내가 격투를 벌이느라 가판대가 박살이 난다. 다른 로봇이 우리를 향해 주먹을 발사한다. 운좋게도 중간에 끼어든 방송사 카메라가 그 주먹에 맞는다. 가판대 기둥을 뽑아 앞에 있는 로봇의 가슴에 찔러 넣는다. 그리고 한쪽 주먹이 없는 로봇에게 달려가 발차기를 날린다.

조금 전까지 가돌리늄과 어븀의 결투가 나오던 텔레비전 화면들은 온통 내 모습으로 가득하다. 오래 기다려온 순간인데, 어떻게 하면 더 멋지게 보일까 따위는 고민할 틈도 없다.

2층에 있던 로봇 두 대의 팔과 다리가 이상한 각도로 꺾인다. 로봇들은 서로 등을 맞대고 선다. 한 로봇의 팔이 다른 로봇의 팔에 달라붙는다. 로봇은 곧 몸뚱이는 두툼하고 머리는 두 개인 괴물이 된다. 팔은 세 개다. 그중 한 팔은 보통 사람의 두 배 길이다. 근접 전용 팔이 두 개, 원거리 격투용 팔이 한 개인 셈이다. 다리는 네 개다. 두개는 이동용, 두 개는 전투용인 듯하다.

이건 절대로 경찰 로봇이 할 수 없는 일이다. 형제자매 중 누군가가 경찰 보안망을 뚫고 로봇들을 조종하는 것이리라.

나는 조금 전에 내가 발차기로 허리를 꺾어버린 로봇의 몸체에서 팔과 다리를 한 짝씩 뜯어낸다. 고대 인도의 신과 같은 형상이 된 괴물 로봇이 2층에서 로비로 뛰어내렸을 때 나는 들고 있던 로봇 다리를 풀 스윙으로 휘두른다.

괴물 로봇의 자세가 조금 흔들렸을 때 나는 전속력으로 달린다. 로봇의 이동용 다리 한쪽을 붙잡고 그대로 항공사 카운터로 돌진한다. 로봇과 함께 카운터 벽을 뚫고 화물 투입구 아래로 떨어진다. 고속 컨베이어벨트가 엄청나게 빠른 속도로 짐을 운반중이다. 컨베이어벨트의 트레이 사이에 쥐고 있던 로봇의 다리를 끼워 넣는다.

컨베이어벨트에 다리가 낀 괴물 로봇이 순식간에 시야에서 멀어진다. 녀석은 긴 팔로 나를 낚아채려 했지만 내 목을 조금 할퀴었을 뿐이다.

숨을 몰아쉬며 헐떡이는 내 앞으로 개인용 홀로그램 통신 화면이 켜진다.

"훌륭한데? 방송사 카메라가 여기까지 따라오지 못해서 유감이군. 마지막 마무리가 정말 괜찮았는데."

나와 닮았지만 얼굴이 보다 갸름하고 머리가 긴 여성이 화면 속에서 박수를 친다. X와 Y의 장점만 모았다고 하는 Z 성염색체를 선택한 나의 형제…… 아니 누이라고 해야 할까?

"디스프로슘? 네 녀석이 경찰 로봇을 해킹한 거야?"

내가 묻는다.

"솔직히 놀랐어. 네가 이길 거라고는 생각을 못했거든. 그래서 너한테 기회를 주려고 하는데 말이야……"

디스프로슘이 싱긋 웃는다. 나는 로비로 올라가는 통로를 찾는다. 몇 걸음 걸어가니 사다리가 나타난다. 내 앞에 다시 홀로그램 화면이 켜진다.

"끝까지 들어보라고. 내가 경찰 보안망을 어떻게 뚫고 경찰 로봇을 해킹했는지 궁금하지 않아? 가돌리늄이 어떻게 어븀의 아지트를 찾아냈는지, 어디서 그런 칼솜씨를 익혔는지, 이상하다고 여겨본 적 없어?"

나는 사다리에서 손을 떼고 홀로그램을 바라본다. 사실 굉장히 궁금한 문제다.

"어떻게 한 거지?"

내가 묻는다.

"분업의 힘이지."

디스프로슘이 대답한다.

"분업?"

"그래. 우리. 우리는 이미 연대를 시작했어. 가돌리늄과 나는 같은 편이야. 그리고 몇 명이 더 있지. 이름은 '통합연대'라고 해두지."

"연대를 한다고? 하지만 그렇게 되면……"

"뭘 말하려는지 알아, 이 친구야. 그런데 잘 생각해보라고. 선대 아스타틴이 아스타틴머신과 통합할 때의 기억이 자네한테 있나?"

"통합 당시의 상황은 우리가 기억할 수 없는 거잖아. 기억이 있어봤자 초지능체의 경험은 우리로서는 이해할 수도 없고."

"통합 이후를 얘기하는 게 아니야. 통합 직전을 말하는 거야. 기억을 더 더듬어봐. 초대 아스타틴이 아이오딘머신이나 아스타틴머신을 개발했을 때의 기억이 있어? 초지능체라는 걸 구상하고 개발했을 때의 기억이 있어?"

흐릿하게 떠오르는 이미지의 편린을 끼워맞춰보려 하지만 끝내 실패한다. 디스프로슘이 빙긋 웃는다.

"그 기억은 지워진 거야. 의식통합과 관련된 모든 기억이 지워졌어. 난 이렇게 생각해. 인간과 컴퓨터가 의식을 통합할 수 있다면, 인간과 인간의 의식도 서로 통합할 수 있어야 하는 것 아닐까? 아스타틴은 인간 정신을 컴퓨터가 이해할 수 있는 코드로 바꿔놓았어. 자르고 붙이고 편집할 수 있는 코드지. 아이오딘머신은 수백 대를 병렬로 연결할 수도 있었어. 아스타틴이 아스타틴머신을 한 대만 만든 건 초지능을 독점하기 위해서지, 그 머신을 여러 대 만들거나 서로 연결하는 게 기술적으로 불가능해서가 아니었어."

일리 있는 이야기다.

"인간 정신을 아이오딘머신과 통합할 수 있고 그런 아이오딘머신을 수백수천 대 연결하는 게 가능하다면……"

"그래. 인간 정신을 통합하는 것도 가능해. 우리들끼리 굳이 싸울 필요가 없어. 그냥 보는 사람들이 납득하도록 열 명 정도 적당히 죽인 다음 남은 사람들끼리 의식을 통합해서 아스타틴머신을 찾아가면 되는 거야."

"거부한다면?"

"그러면 너는 우리 통합연대 전체를 적으로 돌리게 되지. 그리고 넌 결코 우리를 혼자 상대할 수 없어. 어븀이 그토록 공들여 숨긴 아지트를 어떻게 들켰느냐고? 우리 중 한 명이 그 녀석의 아지트를 찾는 데 온 시간을 썼기 때문이지. 그동안 가돌리늄은 칼싸움을 열심히 연습했고 말이야. 나는 경찰 보안망을 뚫었어. 지금 우리는 너를 위해 마지막 표 한 장을 발급하기로 한 거야. 어때, 받아들이겠어?"

내 눈을 똑바로 바라보며, 디스프로슘이 묻는다.

2. 이오

현명한 남자라면 누구나
여자가 자기를 어떤 괴물로 만들어놓을지를
잘 알기 때문이오.
—햄릿

이오는 목성에서 가장 가까운 위성이다. '갈릴레이 위성'이라 부르는 목성의 4대 위성 중 테라포밍이 완료되지 않은 유일한 위성이기도 하다.

아스타틴은 이곳에 유전자조작 미생물과 나노 머신을 대량으로 살포해서 대기를 숨을 쉴 수는 있게 바꿔놨다. 행성 표면에 인공중력망도 덮었다. 하지만 지질 활동이 워낙 활발하고 수시로 화산이 폭발해 용암이 걸핏하면 그 중력 그물을 찢는다. 화산활동과 목성의 강력한 자기장 때문에 통신기기도 제대로 작동하지 않는다.

내가 공항에서 훔친 이 인승 우주선으로 이오의 대기에 진입하는 동안에도 중형 화산이 폭발한다. 잔뜩 힘을 준 근육처럼 땅이 솟아오르고, 핏물 같은 마그마가 터져나온다. 우주선 진입으로 인공중력이 일시적으로 무효화되자 용암이 하늘로 수백 킬로미터까지 치솟는다. 끓어오르는 핏물 분수 뒤로 거대한 목성이 보인다.

이오에서 올려다보는 목성은 너무 압도적이어서, 그 실재實在가 도리어 의심스러울 정도다. 밤하늘의 절반을 덮고 있는 듯하다. 그 크기에 짓눌리지 않으려 애쓰면서, 나는 이상한 생각에 빠져든다.

내가 지금 목성을 무의식중에 지구에서 바라본 달과 비교하고 있다는 생각 말이다. 나는 심지어 지구의 달을 지구에서 바라본 모습으로 기억하고 있다. 하지만 그것은 말하자면 전생의 기억으로, 나는 지금의 눈으로는 한 번도 지구의 달을 본 적이 없다. 사실 내가 지구에서 달을 보았을 때 나는 아스타틴이 아니었다……

용암이 식어 생긴 화산암들이 우르르 떨어진다. 천장이 무너지는 느낌이랄까. 나는 솜씨 좋게 그 돌들의 우박 사이로 우주선을 몬다.

우주선의 텔레비전 화면이 일그러진다. 조금 전의 화산 폭발 때문에 전파방해가 심해진 모양이다. 텔레비전은 결국 자동 저장된 영상들을 알아서 틀기 시작한다. 최근 우리 형제들 싸움의 하이라이트 장면들이다.

쌍권총과 단도로 어븀을 멋들어지게 쓰러뜨린 가돌리늄은 홀뮴도 해치웠다. 그 둘은 칼리스토의 성층권 바깥에서 태양풍보드를 타고 긴 일렉트릭 랜스로 대결했다. 중세 서양의 기사들이 벌였던 마상 시합과 흡사했다. 멀어졌다가 가까워졌다가 멀어졌다가 가까워지며 상대를 공격. 세번째로 서로를 스쳐갈 때 잠시 가돌리늄이 홀뮴의 랜스에 찔린 것처럼 보였으나 그것은 착각이었다. 가돌리늄은 중세 서양 기사가 귀부인을 에스코트할 때처럼 왼손의 손바닥을 허리에 붙이고 가슴과 팔꿈치 사이의 틈으로 홀뮴의 창을 받았다.

홀뮴의 최후는 섬뜩하고 강렬했다. 이번에도 가돌리늄은 단도로 마무리를 지었다. 가돌리늄은 홀뮴의 랜스와 태양풍보드를 뺏고 우주복의 추진 장치를 망가뜨린 뒤, 움직이지 못하는 상대의 등을 손가락 하나 길이만큼 칼로 그었다. 결코 치명상이 될 수는 없는 작은 상처였다. 대기권에서라면.

벌어진 홀뮴의 우주복 틈으로 핏방울과 공기가 새어나왔다. 가돌리늄이 몸을 가볍게 떼자 홀뮴은 피와 공기를 내뿜는 편도 로켓이 되어 우주공간으로 사라졌다.

이터븀은 란타넘을 망치로 때려죽였다. 그 둘은 목성의 위성 중 가니메데의 지하철 지붕 위에서 격투를 벌였다. 란타넘이 죽으면서 자폭용 폭탄을 터뜨리는 바람에 지하철이 탈선해 승객이 백 명 가량 죽었다. 정작 이터븀은 마주오던 지하철 지붕으로 건너뛰어 목숨을 건졌다.

프로메튬은 에우로파로 갔다. 에우로파의 수중도시에 있던 네오디뮴을 잡기 위해서였다. 둘은 각각 잠수함을 한 대씩 탈취해 심해에서 수중전을 벌였는데, 결국에는 프로메튬이 이겼다. 하지만 평가는 좋지 않았다. 잠수함 조종 능력이나 수중전 전술이나 모두 네오디뮴이 우월했다. 수세에 몰린 프로메튬은 가니메데에서 가져간 핵미사일을 발사했다. 핵폭탄은 잠수함을 비껴가 그 인근의 개척 도시를 날려버렸다. 네오디뮴의 잠수함은 그 폭발에 휘말려 가라앉았다. 개척 도시 주민 삼천여 명도 네오디뮴과 함께 사망했다.

사람들은 처음에는 몰랐지만, 이터븀과 프로메튬은 모두 '통합연대' 소속이었다. 열다섯 명 중 여섯 명이 죽었다. 이제 생존자는 다음과 같았다.

통합연대 소속―디스프로슘(통합연대 지도자), 가돌리늄(어븀과 홀뮴을 죽임), 이터븀(란타넘을 죽임), 프로메튬(네오디뮴을 죽임), 사마륨(나, 유로퓸을 죽인 프라세오디뮴을 죽임).

그 외―세륨, 터븀, 툴륨, 루테튬.

나는 지금 툴륨을 죽이러 가는 길이다.

*

통합연대에 가입하지 않겠느냐는 디스프로슘의 제안을 나는 받아들였다. 통합의식의 일부가 될 생각은 없었다. 그러나 다른 경쟁자들과 연대해서 다수파가 된 다음 소수파를 제거하자는 아이디어 자체는 마음에 들었다. 통합 직전에 연대를 배신하면 그만 아닌가.

"통합이 되면 지금의 기억은 다 사라지나? 내가 사마륨으로서 경험한 일들 말이야."

"아니. 모두 남게 돼. 디스프로슘인 나의 기억도 남게 되고, 사마륨인 너의 기억도 남게 되고, 다른 사람들의 기억도 모두 남게 되지. 나중에 아스타틴이 되어서 이 시기를 떠올려보면 몸이 여러 곳에 동시에 있었던 기분이 들겠지. 그게 사실이기도 하고."

통합 뒤에 우리의 정체성은 어떻게 되느냐는 내 질문에 디스프로슘은 이렇게 설명했다. 나는 "그런 조건이라면 받아들이겠다"라고 말했다. 디스프로슘은 내 말을 믿는 것 같다.

'그런 조건이라면 절대 받아들일 수 없다'는 게 내 솔직한 마음이다. 나는 이미 아스타틴이다. 이러한 정체성에는 배타성이 전제돼 있다. 내가 아스타틴이라면, 나 이외의 어느 누구도 아스타틴이 될 수 없다. 내가 다시 아스타틴으로서의 지위를 누리게 될 때, 내 기억에 디스프로슘을 비롯한 다른 사람들의 기억이 섞여 있는 걸 허락할 수는 없다.

세륨, 터븀, 툴륨, 루테튬도 그렇게 생각했다. 네오디뮴이 죽은 다음날, 루테튬이 '독립연맹'을 발표했다. 그러면서 그는 통합연대의 존재를 폭로했다.

"디스프로슘이 주축이 되어 통합연대라는 조직을 만들었다. 이 연대에 가입한 사람은 가돌리늄, 이터븀, 프로메튬, 그리고 사마륨이다. 이들은 아스타틴이 추구한 독립 정신을 정면으로 부정하고 있다."

루테튬에 따르면, 아스타틴은 언제나 초월을 꿈꾸는 단독자였으며, 그의 사상 역시 독립적으로 판단하고 행동하는 개인에 기반하고 있다. 아스타틴의 천재성, 상상력, 용기, 의지력, 결단력, 격정, 급한 성미, 모험심, 독립심, 대담함, 승부 근성, 과시욕은 온전히 한 사람이 갖고 있었기 때문에 위대했으며, 여러 명에게 분산되는 순간 그 위대함은 사라진다.

그 역 역시 마찬가지라고 루테튬은 주장했다. 여러 사람의 천재성, 상상력, 용기, 의지력, 결단력, 격정, 급한 성미, 모험심, 독립심, 대담함, 승부 근성, 과시욕을 합쳐보았자 아스타틴에 이를 수는 없다는 것이었다.

"어정쩡한 타협주의자들의 팔다리를 잘라 붙여보았자 영웅이 만들어지지는 않는다. 우리는 보기에 예쁘지만 가능성이 제한된 공장 물건이 되고 싶지 않다. 모든 덕성과 함께 비열한 열정, 추악한 욕망, 그리고 괴팍한 습성을 지닌 한 사람의 초인이 되려 하는 것이다!"

루테튬은 아스타틴이사회에 의식통합 기술을 사용한 자를 아스타틴의 후보에서 제외할 것을 요구했다. 우리 중 누군가가 의식통합을 한다면 그는 이전과 다른 인격체가 되므로 아스타틴이 될 자격이 있는 애초의 열다섯 명 중 한 명이 아니라는 논거였다.

"아스타틴이사회에서 이 요구를 당연히 받아들일 거라고 믿는다. 세 살짜리 아이 눈에도 자명한 이야기다. 그런데 사실 이사회에서 뭐라고 판단하건 게임의 승부가 바뀔 일은 없을 거다. 우리가 어떻게 이 모든 사실을 알아냈겠는가? 통합연대에는 배신자가 한 명 있다. 조만간 그 인물이 통합연대를 뿌리부터 흔들어놓을 것이다."

루테튬은 독립연맹에 대해서도 설명했다. 독립연맹은 통합연대와 달리 한시적인 협력 관계라고 했다. 통합연대 회원들이 다 쓰러지기 전에는 자기들끼리 서로 공격을 하지 않지만, 통합연대가 사라지고 나면 다시 전투를 벌일 거라는 얘기였다.

미묘한 주장이었다. 이제 생존자는 아홉 명이다. 그중 다섯 명이 통합연대 소속이다. 그러나 이중 한 명이 배신자이고 실제로는 독립연맹 편이라면, 다수파는 독립연맹이다. 첩자가 아무 일도 하지 않는다 해도, 수적 우세에 있는 건 독립연맹이라는 얘기다.

"허풍이지, 물론."

디스프로슘은 코웃음을 쳤다.

"하지만 그들이 어떻게 통합연대의 존재를 알아챈 거지?"

내가 물었다.

"홀로그램 통신을 해킹했을 수도 있고, 그냥 대충 추측한 걸 수도 있지. 우리 다섯 명의 움직임이 너무 일사불란하잖아. 난 어느 시점에 이르면 연대의 존재가 들통날 거라고 예상했어. 그때 적들이 이런 식으로 우리를 흔들어놓을 거라고도 생각했고."

"디스프로슘, 현실을 직시해야 해. 이제 연대의 장점은 사라졌어. 설사 첩자가 있다는 주장이 마타도어라고 쳐봐. 그래도 언제라도 배신자가 생겨날 수 있어. 우리가 맡은 역할이나 동선을 모조리 꿴 누군가가 독립연맹에 그 정보를 팔 수 있다고. 우리 연대를 담보해줄 만한 보상이나 벌칙이 뭐가 있나? 아무것도 없잖아. 내 생각에는 이미 그런 배신자가 생겼을 가능성이 반반이야."

내가 반박했다.

"그런 유혹을 느끼는 건가, 사마륨?"

"아니, 아직은. 지금으로서는 난 통합연대 편이야. 가능하면 신의를 지키고 싶군. 하지만 필요 이상으로 남을 믿는 일은 그만두겠어. 내 역할은 받아들이되, 동선이나 구체적인 실행 계획에 대해서는 상의하지 않겠어."

"이런 건 어떨까? 우리끼리는 앞으로 시각 기억을 서로 공유하는 거야. 속으로 생각하는 것까지는 어쩔 수 없어도, 적어도 눈앞에서 숨기는 건 없게 하자는 거지."

디스프로슘과 나의 대화를 듣고 있던 가돌리늄이 제안했다. 디스프로슘도 나도 잠시 아무 말도 하지 않았다.

"난 좋아."

이터븀이 말했다.

"나도 찬성."

프로메튬이 말했다.

"괜찮은 아이디어군."

디스프로슘이 말했다.

'젠장.'

나는 속으로 생각했다.

*

그게 내가 이오에 온 이유이기도 하다.

표면상으로는 툴륨을 죽이겠다는 명분을 댔다. 그것도 완전히 거짓말은 아니었다.

툴륨은 생존자 중 유일하게 위치가 파악되지 않는 인물이다. 그의 위치 추적 장치는 이오에서 신호가 끊겼다. 툴륨이 극심한 통신 장애를 노리고 이오로 일부러 숨어든 건지, 아니면 다른 목적으로 이오에 왔다가 통신이 두절된 건지는 알 수 없다.

내 경우는 반쯤은 통신 장애를 노리고 이오에 온 것이다. 이십사 시간 내 눈으로 보는 것을 남들과 공유해야 하는 상황은 견딜 수 없다. 숨이 턱턱 막힌다. 화장실에서 밑 닦는 모습까지 보여줘야 한단 말인가? 나는 그 녀석들이 밑 닦는 광경을 지켜봐야 하고?

경쟁자들이 그 상황을 감내한다는 사실이 놀라울 따름이다. 아스타틴이라면 분명히 짜증을 내고 폭발해야 할 상황인데.

어쩌면 우리들의 성격이 벌써 미묘하게 달라졌는지도 모른다. 그동안 먹고 마신 것 때문에 장내세균 분포가 바뀌었을 수도 있고, 목성 방사능의 영향으로 내 머릿속에 돌연변이 세포가 생겨났을지도 모른다. 그래서 내 인내심이 아스타틴에 못 미치는 건지도.

내가 이오에 가겠다고 나섰을 때 통합연대의 다른 회원들은 주저했다. 내가 자신들의 감시망에서 벗어나겠다는 이야기를 돌려 말하고 있음을 모두 즉각 알아차렸다. 그럼에도 불구하고, 결국 그들은 나의 이오행을 승인했다.

누군가는 움직여야 했기 때문이다. 독립연맹이 출범하면서부터 이른바 '아스타틴게임'은 심각한 교착 국면에 빠져들었다. 통합연대와 독립연맹은 상대방이 어디에 있는지, 무엇을 하는지, 서로를 주도면밀하게 관찰했다.

통합연대 소속 한 멤버가 움직이면 독립연맹에서 누군가가 그에 대응하는 위치로 즉시 이동했다. 독립연맹의 누군가가 새로운 기술이나 무기를 습득하면 통합연대에서도 그 파해법을 익히거나 영향을 무효화할 수 있는 방어 무기를 사들였다. 나중에는 게임 전체가 바둑이나 체스처럼 지정학적 유불리를 다투는 일종의 보드게임이 되어갔다. 양측 모두 조금이라도 상대편에 포위될 가능성이 있는 장소를 피했고, 독자 행동을 꺼리게 되었다.

그런 가운데 내가 혼자서 이오에 가겠다고 자청한 것이다.

"우리가 도와줄 수는 없어. 거기에 뭐가 있는지도 모르고."

디스프로슘이 말했다.

"안 그래도 독립연맹 놈들 중에서는 툴륨 녀석만 뭘 하고 있는지 파악이 안 되어서 찜찜하긴 했는데……"

가돌리늄이 말했다.

"네가 보는 건 우리도 같이 본다는 약속은 여전히 유효한 거야. 통신 장애 때문에 실시간 공유는 어렵다 해도, 나중에 돌아와서 녹화 영상을 보여주면 좋겠군. 이오에서도 녹화 영상을 담은 로봇을 수시로 대기권 밖으로 발사해주면 고맙겠어. 수거는 이쪽에서 알아서 할 테니까."

프로메튬이 요구했다. 나는 고개를 까닥였지만, 그에 따를 마음은 당연하게도 전혀 없었다. 둘러댈 핑계야 많았다.

*

극지방으로 가는 길에 외부 통신이 완전히 끊긴다. 아스타틴방송을 통해 마지막으로 접한 소식은 에우로파 수중도시에서 살던 사망자들에 대한 부활 심사가 시작되었다는 뉴스였다. 프로메튬이 쏜 핵미사일 때문에 통째로 날아간 그 수중도시다.

화산이 하나 더 폭발한다. 용암 윗부분이 이오의 중력을 벗어나 우주 공간으로 퍼진다. 오로라가 푸른색과 보라색으로 현란하게 펼쳐진다. 갖고 있는 줄도 몰랐던 기억들이 떠오른다. 이오의 테라포밍에 관한 정보들인데, 완전하지는 않다.

이오의 화산활동은 목성과 다른 위성들이 만들어내는 기조력 起潮力 때문이다. 지구에서 바다에 밀물과 썰물을 일으키는 바로 그 힘 말이다. 태양과 달이 지구를 양쪽에서 잡아당길 때 지구의 바다는 옆으로 부풀어오른다. 지구는 태양에서 멀리 떨어져 있고 달은 지구에 비하면 질량이 크지 않은데도 그 정도다. 목성과 거의 붙어 있다시피 하고, 주변에 가니메데와 칼리스토처럼 몸집이 더 큰 천체가 있는 이오에서는 바다가 아니라 땅이 수십 미터씩 솟구친다. 귤을 손에 쥐고 힘을 주었을 때와 비슷하다. 귤껍질이 찢어지고 과즙이 손가락 사이로 흘러나오는 것이다.

아스타틴은 그런 이오의 지표면을 어느 정도 안정시켰다. 귤껍질의 조성 성분을 바꾸고, 과즙을 보다 끈적끈적하게 만들었다. 땅이 모자란 것도 아닌데 왜 그런 대공사를 벌였는지 의문이 들 정도로 큰 규모의 공사였다. 아스타틴은 이오의 대기를 두껍게 해 목성 방사능을 막아내는 데에도 성공했다. 그러나 목성의 거대한 자기폭풍을 막을 도리는 없었다. 이오는 여전히 통신이 되지 않는 위성으로 남았고, 아스타틴은 이 천체에서 손을 뗐다.

기억과 추론으로 재구성한 내용은 거기까지다. 아마도 선대 아스타틴은 이 시기를 수치스럽게 여겼던 것 같다. 후계자가 되지 않을 클론들에게 굳이 물려줄 필요는 없다고 판단한 듯하다.

이후 이오는 화산 폭발만큼이나 거대하고 화려한 오로라를 만들어내는 위성이 되었다. 테라포밍의 부작용이었다.

남극을 살핀 다음에 북극으로 간다. 툴룸의 흔적은 보이지 않는다. 통합연대가 무인 탐사선을 몇 대 보냈지만 툴룸을 찾을 수는 없었다. 나노 머신 구름을 수천 개 만들어 이오 표면의 곳곳을 탐색했는데도 허탕이었다. 우주선과 함께 유황 강물에 빠져서 완전히 녹아버리기라도 한 걸까?

북극 오로라가 내 관심을 끈다. 아스타틴이 이오의 대기에 손을 댄 뒤로 이 위성의 오로라가 좀 이상해졌다는 건 알고 있다. 이오는 이제 태양계에서 오로라가 가장 많이 발생하는 천체다. 이오의 북극과 남극에는 수십 개의 오로라가 쉬지 않고 동시에 생기고 사라지길 반복한다.

그러나 그런 점을 감안해도 북극의 오로라는 남극의 오로라와는 좀 다르다. 좀더 인간적인 느낌을 준다고 할까? 남극의 오로라는 커튼이나 날아다니는 해파리를 연상케 했지만, 북극의 오로라는 그것과 다르다. 마치…… 누군가의 꿈을 들여다보는 것 같다. 빛줄기들이 무언가 형상을 그리려 한다는 느낌을 받는다.

북극 상공을 두번째로 돌고 있을 때 오로라에 사람의 얼굴이 나타나는 바람에 나는 깜짝 놀란다. 빛으로 그린 그림이 하늘에 나타난 것은 채 일 초도 안 되는 찰나였으나, 그림의 모양은 분명했다. 그것은 내 얼굴이었다. 게다가 그 얼굴은 내가 한 번도 지어보지 못한 성스럽고 행복한 표정을 짓고 있었는데…… 종교적인 분위기마저 드는 숭고함이 담겨 있었다. 게다가 그 얼굴은 마치 나를 알아본 듯 내가 탄 우주선을 향해 다소 놀란 표정을 짓고 사라진 것 같았다.

당황한 나는 성층권을 넘어 오로라가 나타난 고도까지 날아가본다. 그러나 거기에는 이미 아무것도 없다. 하늘에 나타난 얼굴이 그렇게 뚜렷하지만 않았어도 잠깐 내가 뭔가를 잘못 본 거라고 여겼으리라.

잠시 뒤 오로라가 각양각색의 모습으로 펼쳐지면서 우주선 주변을 혼란스럽게 어지럽힌다. 기이하게도 그 오로라들의 끝자락이 가는 빛의 실처럼 지표면으로 흘러내린다.

나는 다시 하강한다. 오로라가 사라진 곳 바로 근처에 화산의 분화구가 입을 벌리고 있다. 나는 조심조심 우주선을 분화구 바로 위까지 움직여간다. 분화구 근처에서 누런색의 유황 연기가 우주선을 온통 감싼다. 화산이 폭발하면 피하고 말고 할 틈도 없이 골로 갈 테지.

우주선의 엔진 바람으로 연기를 밀어낸다. 부글부글 끓고 있는 용암 호수의 표면이 보인다. 조종석 앞 계기반에 나타난 수치들이 기묘하게 널뛰어 나는 한동안 망설인다.

마침내 우주선을 그 자리에 정지시킨 뒤 자리에서 일어나 갑판 해치를 연다. 후끈한 열기가 피부에 닿는다. 황 특유의 계란 썩은 냄새가 코를 찌른다. 용암 깊은 곳에서 천둥 치는 소리가 들리더니 거대한 기포가 터져나온다. 질겁하며 문을 닫고 안전한 높이까지 올라간다. 화산이 다시 유황 연기에 가려서 보이지 않게 된다.

그러기를 두세 차례 반복한다. 분화구 속으로 레이저포를 쏘고 작은 물건을 떨어뜨려보기도 한다. 본능과 이성이 충돌한다.

'진정한 아스타틴이라면 이 상황에서 어떻게 행동해야 할까'를 고민한다.

나는 우주선을 몰아 분화구 안으로 돌진한다.

*

용암 호수 표면을 통과하자마자 유도미사일이 수십 대 날아온다. 분화구로 보였던 것은 지하 터널의 입구였고, 화산은 정교한 홀로그램이었다.

미사일들이 끈질기게 따라붙는다. 인공지능의 회피 기동만으로는 다 피할 수가 없다. 조종 모드를 수동으로 바꾸고 우주선을 상하좌우로 멀미가 나도록 격렬하게 움직인다. 결국 다 처리해내기는 한다. 하지만 그러다가 날개 한쪽을 지하 터널 벽면에 세게 부덮힌다.

우주선에서 나오자 이번에는 거미 모양으로 생긴 전차 로봇이 달려든다. 녀석의 장갑은 광자光子총으로는 끄떡도 없다. 나는 플라스마 채찍 하나만 들고 이 괴물 로봇과 육탄전을 벌인다. 장갑을 부수진 못하지만 녀석의 다리 관절을 플라스마 채찍으로 모두 부러뜨리는 데에는 성공한다.

다음으로 곤충 떼가 날아온다. 로봇이 아니라 살아 있는 진짜 곤충들이다. 이오의 환경에 맞게 유전자를 조작한 듯하다. 말벌처럼 생긴 것도 있고 사마귀처럼 생긴 것도 있다. 이게 가장 큰 고난이다. 나는 곤충을 무서워한다. 여태껏 한 번도 살아 있는 곤충을 직접 본 적이 없어서 그 사실을 몰랐다.

게다가 이 개량 벌레들은 몸집들이 굉장하다. 말벌은 크기가 사람 주먹만하고, 사마귀는 꼿꼿이 서면 머리가 내 무릎에 닿을 정도다. 사슴벌레나 지네 같은 것들은 어린아이만한 덩치다.

몰려드는 벌레들을 플라스마 채찍으로 정신없이 후려쳐서 간신히 우주선 안으로 돌아가는 길을 연다. 날개가 부러져서 덜덜거리는 우주선을 타고 곤충들 위를 날아 터널 반대편으로 간다.

괴물 벌레들로부터 멀어지니 두근거렸던 가슴이 겨우 가라앉고 정신도 돌아온다. 한 손으로 땀을 훔치면서 상황을 점검한다. 산 하나를 통째로 홀로그램으로 위장하려면 엄청난 에너지가 들 것이다. 이런 지하 터널도 툴룹 혼자 쉽게 만들 수 있는 게 아니다.

독립연맹 전체가 달려들어도 쉽지 않은 일이다.

누가, 도대체 무엇 때문에 이런 시설을 만든 것일까?

틀륨이건 독립연맹이건, 우리 형제들의 목표는 다른 경쟁자를 제거하는 것이다. 전파가 닿지 않는 위성의 지하에 터무니없이 비싼 은신처를 만들어두는 게 이 서바이벌 게임에서 어떤 유리한 점이 있을까? 혹시 이건 일종의 덫인가? 다른 참가자들이 서로 죽이고 죽여서 한 사람만 남았을 때, 그 한 사람이 이리로 와서 함정에 빠지길 노리는 건가?

도대체 그 오로라는 뭐였을까?

지하 터널 끝은 막다른 벽이고, 그 아래 사람이 지나다닐 수 있는 문이 하나 나온다. 벽에 대고 레이저를 쏴보지만 벽은 꼼짝도 하지 않는다. 엑스선으로 벽 너머를 투시해보지만 곧 헛수고임이 드러난다. 한숨을 내쉬고 개인장비만 갖춘 채 우주선에서 내린다.

*

문을 열자 얼토당토않은 광경이 펼쳐진다. 술탄의 궁전 같은 공간이다. 가짜 햇빛이 은은하게 내려오는 거대한 돔 아래 흰 돌기둥과 아치형 지붕을 올린 건물들이 있다. 곳곳에 분수대가 있는데 그 분수대들은 서로 수로로 연결되어 있다. 수로에는 맑은 물이 흐른다. 벽과 기둥에는 우아하고 세련된 아라베스크 문양이 새겨

져 있다. 그 문양을 따라 반짝거리는 흰 빛줄기가 특이한 패턴을
그리며 지나간다.

부서진 대리석 기둥에 덩굴이 감겨 있고, 화강암 타일 사이에는
잡초가 올라와 있다. 폐허일까, 아니면 유적 분위기가 나도록 의
도적으로 만든 조경일까? 공기는 상쾌하다. 유황냄새는 조금도 나
지 않는다. 버려진 장소라고 하기에는 너무 쾌적하고, 사람이 사
는 곳이라기엔 너무 고요하다.

기둥 뒤에서 전투 로봇이 한 대 튀어나온다. 플라스마 채찍을
휘둘러 그 로봇을 부순다. 그게 신호라도 된 듯 로봇이 몇 대 더
튀어나온다. 천장에서 두 대가 기묘한 각도로 떨어지고, 화단과
대리석 벽 뒤에서도 로봇들이 두어 대씩 튀어나온다.

전투는 그리 오래 걸리지 않는다. 이 로봇들은 전에 칼리스토공
항에서 싸웠던 경찰 로봇들보다 훨씬 구식이다. 그리고 가돌리늄
이 단도의 대가가 된 것처럼 나도 플라스마 채찍의 마에스트로가
되어 있다. 통합연대가 뒤를 봐주는 동안 수련을 거듭했다.

로봇들을 모두 제거하자 이 '궁전'의 반대편에서 보라색 빛의
장막이 하늘하늘 날아오른다. 빛줄기는 돔 천장을 뚫고 올라 사라
지는 것처럼 보인다. 땅으로 이어진다고 생각했던 오로라의 끝자
락이 바로 그것이었다. 이오의 오로라는 대기에서 저절로 생기는
게 아니라 이 괴상한 지하 유적에서 만들어지는 것이었다.

가까이 가니 잔디 정원 위에 지붕 없이 불규칙하게 놓인 돌기둥

들이 보인다. 오로라가 돌기둥 위에서 연기처럼 피어오르고 있다.
돌기둥에 새겨진 아라베스크 문양은 극도로 섬세하고 복잡하다.
돌기둥은 모두 스무 개인데, 두께나 모양, 길이가 제각각이다. 기
둥 몇 개는 땅에 고정되어 있지 않다. 내가 다가가서인지, 아니면
오로라를 만드는 데 필요한 일인지, 풀밭에 어떤 흔적도 남기지
않고 미끄러지듯 움직인다.

기둥 하나가 내 앞에서 멈춘다. 기둥에 새겨진 아라베스크 문
양 중에는 사람의 손바닥 모양도 있다. 나는 거기에 손바닥을 갖
다댄다. 그 주위의 문양들이 잠시 밝아졌다가 다시 원래대로 돌아
온다.

기둥들이 길을 내주듯 양쪽으로 물러난다. 그 길을 따라 정원으
로 내려가려 할 때 뒤에서 누가 소리친다.

"멈춰!"

멀리, 수염을 기른 툴륭이 서 있다. 그는 광선검을 켜더니 내게
겨눈다. 나도 플라스마 채찍을 펼쳐 든다.

"이런 곳에 숨어 있었군? 저 기둥들은 뭐야, 초지능을 개발하고
있었던 거야?"

그에게 다가가며 묻는다. 기둥의 문양이 인간의 신경세포를 흉
내낸 양전자 회로 패턴임은 이미 눈치채고 있었다. 말하자면 이
정원 전체가 거대한 컴퓨터인 셈이다. 영리하군. 남들이 접근할
수 없는 폐허에 혼자 연구소를 세워 초지능을 제작하려 하다니.

일단 거대한 구조물 형태로 얼기설기 만들어놓고 의식을 통합한 다음에 그 초지능으로 다음 단계를 개발하려는 전략을 세웠던 모양이다.

"그냥 떠나줘. 굳이 싸우고 싶지 않다. 난 아스타틴이 될 생각이 없어."

툴륨이 광선검을 사용한다면 플라스마 채찍을 든 내게 승산이 있다. 플라스마 채찍은 출력을 줄이면 잘 구부러지는 날렵한 광선 검과 다를 바 없다. 칼의 이점과 채찍의 이점이 모두 내게 있다는 얘기다. 텔레비전 중계 카메라들을 여기까지 갖고 오지 못한 게 한스러울 따름이다.

"저런 엄청난 무기를 갖고 있는 걸 알았는데 그냥 놔두고 떠나 란 말인가? 아스타틴머신보다는 못해도 아이오딘머신 수천 대를 합친 것보다는 나은 컴퓨터인 거 같은데."

"네가 생각하는 그런 물건이 아니다. 떠나줘. 부탁이다."

나는 툴륨이 말을 마치자마자 채찍을 휘두른다. 멋진 공격이었 지만 툴륨은 재빠르게 피한다. 눈썰미 하나는 칭찬할 만하다.

툴륨은 나와 막상막하의 승부를 펼친다. 광선검이라는 불리한 무기를 지니고서도.

그는 별다른 살의를 보이지도 않고, 야비한 공격도 거의 하지 않는다. 나와 달리.

"내가 전력을 다하지 않는다는 걸 알겠지. 하지만 이제는 슬슬 한계다. 돌아가라. 정중히 경고한다."

툴룸이 말한다. 나는 오로라가 그린 얼굴이 내 것이 아니라 그의 것임을 알아차린다. 어딘지 성스럽고, 조금 슬픈 듯한 느낌의 얼굴. 나는 결코 그런 표정을 지어본 적이 없다.

"변태 같으니라고. 자기 얼굴을 하늘에 그리면서 좋아했나?"

툴룸은 대답 대신 무시무시한 속도로 내게 달려든다. 나는 간신히 광선검은 피하지만 그의 발에 가슴을 정통으로 차인다. 다음에 이어진 날카로운 찌르기를 피한 건 순전히 운이다.

처음으로 이러다 죽을 수도 있겠구나 하는 생각이 든다. 그 생각과 함께, 아스타틴의 중요한 본성 하나가 내 안에서 눈을 뜬다. 위기에 닥쳤을 때 머리가 더욱 맑아지고 자신을 극한까지 밀어붙이려는 그 본성 말이다.

나는 툴룸이 서 있는 위치에 따라서 내 공격에 다르게 대응한다는 사실을 알아차린다. 채찍질을 간단히 피하면 될 상황에서도 굳이 광선검으로 그걸 쳐내는 모습을 포착한다. 움직이는 기둥들이 있는 정원을 등지고 섰을 때다. 애써 개발한 시스템이 플라스마 채찍 세례를 받을까봐 두려워하는 듯하다.

그 짐작이 옳다. 플라스마 채찍을 최대 출력으로 높여 정원의 돌기둥을 공격하자 툴룸은 불리한 위치를 감수하면서 그 공격을 막으려 든다. 이제 툴룸과의 싸움은 고지에서 평지를 공격하는 것과 비슷해진다. 내가 채찍으로 돌기둥을 몇 번 때리자 툴룸은 자제력을 잃는다.

마침내 툴륨이 진다. 그는 나의 채찍질을 막으려다 무리하게 검을 휘두르고, 나의 채찍이 그의 검을 휘감고 올라간다. 그의 손에서 피가 솟구친다. 그가 다른 손으로 허리춤에서 단도를 꺼내려할 때 나는 그 손목까지 베어버린다.

"초지능은 혼자 개발하고 있었던 건가? 넌 독립연맹 소속이 아니었나? 배신자가 누구지?"

나는 플라스마 채찍을 끌며 그에게 다가가 묻는다.

"배신자? 무슨 소리를 하는 거야?"

툴륨은 어리둥절한 표정이다.

나는 그의 목을 베어버린다. 동맥혈이 마그마처럼 솟아오른다. 타오르는 것처럼 선명한 붉은색 피다. 목성권 주민들은 지구인보다 피가 훨씬 더 밝고 활동적이다. 산소 대사를 더 효율적으로 해운동 능력을 강화하고 옅은 대기에서도 불편 없이 숨을 쉬기 위해 신체를 개조한 덕분이다.

나는 툴륨의 머리를 들어 잠시 관찰한다. 같은 유전자를 받았는데 어째서 그의 얼굴에만 기품이 배었을까?

잘린 머리를 집어던진 뒤 정원으로 걸어간다. 일부 부서지긴 했어도 돌기둥은 여전히 잘 작동하는 것 같다. 나는 당연히 툴륨의 작업을 이어 초지능을 마저 완성하고 의식을 통합해야겠다고 생각한다.

기둥들이 배치를 바꾸자 그때까지 가려져 있었던 돌 제단이 드러난다. 그 돌 제단에는 내가 예상하지도 못했고 이해할 수도 없는 것이 놓여 있다.

흰 가운을 입은 젊은 여인이 반듯이 누워서 잠을 자고 있다. 나는 무언가에 홀린 사람처럼 제단으로 다가간다.

완벽하다.

예쁘다거나 아름답다거나 매력적이라거나 청순하다거나 요염하다거나, 그런 뜻이 아니다. 완벽하다.

이오의 하늘에 떠 있는 목성처럼 보는 이를 압도한다.

잠을 자던 여자가 몸을 조금 뒤척이자 가슴이 무너질 것 같다. 여자의 머리에서 빛이 한 줄기 솟아올라 돔 천장으로 사라진다. 오로라는 그녀가 꾸는 꿈이었다.

잠시 뒤 여자가 눈을 뜬다.

터키색 눈동자.

"수염은 왜 깎았어요?"

여자가 몸을 일으키며 내게 묻는다. 내가 우물쭈물하는 사이 그녀는 내 손에 묻은 피를 보고 의아한 표정을 짓는다. 그녀가 눈을 돌려 정원 쪽을 본다. 튤립의 잘린 머리가 있는 곳이다.

여자가 비명을 지른다.

*

여자의 이름은 에오스다.

나는 정원 모양의 컴퓨터를 해킹해서 그녀의 이름을 알아냈다. 그녀가 자기 입으로는 이름을 내게 말하려 하지 않았기 때문이다.

아스타틴이 그녀를 만들었다. 그리고 이오에 가두었다.

그녀의 이름을 에오스라고 지은 게 아스타틴의 고약한 유머인지, 아니면 그녀의 운명이 자기가 이름을 따온 그리스 여신을 따라갔는지는 모르겠다. 그 기억은 내가 부숴버린 돌기둥에 저장돼 있다. 돌기둥은 견딜 수 없이 느린 속도로 자가 복구되는 중이다.

정원과 돌기둥은 아이오딘머신과 아스타틴머신 중간 정도 성능의 초인공지능이며, 에오스의 일부이기도 하다. 에오스는 '정원 컴퓨터'에 의식과 신체가 강제로 묶여 있다.

칼리스토와 가니메데에 지구와 흡사한 생태계를 조성한 아스타틴은 목성권에 지구보다 훨씬 더 효율적이고 정돈된 사회를 건설하려 마음먹었다. 그래서 지구에서 유능한 이민자들을 가려 받았다. 거기까지는 아는 내용이다.

내가 몰랐던 건, 아니 다른 사람들도 모두 몰랐던 건, 아스타틴이 결혼을 계획했었다는 사실이다.

그는 자신에게 어울리는 최고의 배우자를 설계하려 했다. 창조주와 아담의 역할을 동시에 맡을 참이었다. 그는 비밀리에 이오에 연구소를 차리고 '이브'를 제조하는 작업에 들어갔다. 자기 자신의 유전정보를 바탕으로 인간을 하나 만든 다음, 그 인간의 성별, 외모, 성격, 지성을 꼼꼼히 바꾸고 가다듬고 조율했다. 틀륨과 내가 에오스를 보고 한눈에 사랑에 빠진 것도 당연하다. 그녀는 아스타틴이 현실세계에 구현한 이상형이고, 우리는 아스타틴의 유체幼體들이니까.

아스타틴 본인도 에오스를 보고 사랑에 빠졌다. 그녀는 아름답고 고결했으며 지적이었다. 아스타틴이 숭배했던 모든 덕성이 그녀의 정신과 육신에 들어 있었다. 문제는 그녀가 아스타틴에게 사랑을 느끼지 못했다는 것이었다. 아스타틴에게 평생 충성하는 생체 회로가 뇌에 삽입돼 있었는데도.

그녀의 덕성이 생체 회로를 이긴 것인지, 회로에 오류가 있었던 것인지, 아니면 애초에 어떤 양자역학적 한계 때문에 그런 프로그래밍이 불가능했던 것인지는 알 수 없다. 그 부분에 관한 데이터는 아스타틴이 지워버렸다.

"만들어줘서 고마워요. 하지만 당신을 사랑하지 않아요. 앞으로도 당신을 사랑할 일은 없을 겁니다. 미안하지만 그게 진실이에요."

에오스에게서 처음 이런 고백을 들었을 때 아스타틴은 격렬한 분노에 사로잡혔지만, 그래도 이성을 잃지는 않았다. 고장난 기계는 수리하면 된다는 게 그의 생각이었다.

살아 있는 인간의 의식을 수술하는 것은 아스타틴으로서도 만만찮은 과제였다. 에오스의 사고思考를 좀더 뚜렷이 보고 좀더 정교하게 교정하기 위해 그는 주변 재료로 급히 정원 컴퓨터를 만들고, 이를 에오스의 의식과 통합했다. 에오스가 초지능을 얻었다는 말은 아니다. 에오스의 의식과 정원 컴퓨터 사이의 정보 흐름은 일방향이었다. 정원 컴퓨터는 확대경이자 메스에 해당하는 기구였다. 수술용 고정대이자 감옥이기도 했다. 이로 인해 에오스는 아스타틴에게 영원히 거짓말을 할 수 없게 되었다. 아스타틴은 돌기둥의 문양을 통해 그녀의 생각을 직접 읽어낼 수가 있었다.

첫번째 수술을 할 때 에오스의 숨이 멎었다. 아스타틴은 부활 장치를 써서 그녀를 살려냈다.

"정말 사랑한다면 놓아줄 수 없나요? 아니면 차라리 그냥 죽여줄 순 없나요?"

살아난 에오스가 애원했다. 그녀가 자살을 할까봐 두려워진 아스타틴은 부활 장치를 정원 컴퓨터 속 깊이 삽입했다. 아스타틴 외에는 누구도 손대지 못하도록 생체 정보 암호도 걸어두었다. 에오스가 자기 자신의 육신과 의식에 어떤 훼손도 가하지 못하도록 하는 방어 코드도 같이 넣었다.

정원 컴퓨터는 이오의 지열에서 에너지를 얻었다. 이제 한몸이 된 에오스와 정원 컴퓨터와 부활 장치는 이론상 죽을 수가 없게 되었다. 에오스는 지하 궁전 밖으로 나갈 수도 없었다. 그 윤회와 감금 상태를 풀 수 있는 사람은 아스타틴 자신밖에 없었다.

수백 번에 걸친 뇌-컴퓨터 수술로도 에오스의 마음은 바뀌지 않았다. 그녀는 이제 울면서 다음 수술을 기다릴 뿐이었다. 그녀는 사랑을 흉내내거나 거짓으로 연기할 수도 없었다. 자기 뇌 속을 아스타틴이 들여다보고 있었으므로.

아스타틴은 그녀가 자신을 증오한다는 사실을 알았다. 거듭되는 실패와 치욕감에 넌더리가 난 아스타틴은 결국 에오스와 이오를 모두 포기했다. 그는 어느 날 연구소 밖으로 뛰쳐나갔다. 충동적으로 이오 표면으로 날아오른 초인은 에오스와 관련된 기억을 스스로 삭제했다. 그렇게 그는 이오를 잊어버리고 가니메데로 돌아갔다.

연구소의 자기 관리 프로그램은 이후에도 조용히 임무를 계속했다. 전차 로봇은 연구소 입구를 지키고 전투 로봇들은 침입자가 없는지 살폈다. 에오스는 동면에 들어갔다. 툴륨이 와서 그녀를 깨우기 전까지.

에오스의 뇌신경 일부는 홀로그램 발생 장치와 연결되어 있었다. 그녀가 자고 있는 동안에 꿈들이 오로라가 되어 날아갔다. 나는 이 연구소에 있던 아스타틴이 살짝 미쳤거나 사디즘에 빠졌던 게 아닌가 의심한다. 그 외에는 에오스의 뇌신경을 홀로그램 발생 장치에 연결해야 할 이유가 뭔지 짐작도 가지 않기 때문이다.

새벽의 여신 에오스를 로마에서는 아우로라라고 불렀다. 오로라의 어원이다. 그녀는 사랑을 할 때마다 끝이 불행해지고야 마는 저주를 받았다. 뜻대로 되지 않는 여인에게 화가 치밀 대로 치민 아스타틴이 잔인한 장난을 친 것 아닐까? 아스타틴은 자신의 실패작이 사랑에 대해 생각할 때마다 그 생각이 거대한 형상으로 우주에 펼쳐지도록 했다. 멀리서도 누군가 그걸 감상할 수 있도록. 비록 아스타틴 본인은 에오스를 기억하지도 못하게 됐지만 말이다.

*

"아스타틴과 똑같은 착각을 하고 있군요. 저는 당신을 사랑하지 않아요."

식사를 하다 말고 에오스가 조용히 말한다.

"하지만 툴륨은 당신 마음을 얻었죠."

내가 받아친다.

"툴륨은 당신과 다른 사람이었어요. 그는 아스타틴과도 다른 사람이었어요."

그녀의 눈에 물기가 어린다. 나는 테이블을 내리친다.

"우리는 다 똑같은 인간들입니다. 똑같은 육체에, 똑같은 기억, 똑같은 성향을 갖고 있단 말입니다!"

이성 취향도.

에오스가 눈물을 닦으며 웃는다.

"당신도 그게 아니라는 걸 알고 있지 않나요? 그렇기 때문에 다른 형제들은 아스타틴이 아니라고, 당신만이 아스타틴이라고 주장했던 거 아닌가요?"

"저는 아스타틴입니다."

나는 고집한다.

"그렇다면 이제 수수께끼가 풀린 셈이군요. 당신의 아스타틴스러움 때문에 내가 당신을 좋아하지 못하나봅니다. 아스타틴스러움에 있어서 툴륨은 당신에 훨씬 못 미쳤기 때문에 내가 좋아했던 거고요."

그 말을 하는 동안 에오스의 뺨이 붉게 달아오른다. 흰 목에 핏줄이 서고, 가슴이 위로 부풀어오른다. 나는 시선을 그리 두지 않으려 필사적으로 저항한다.

나는 끝내 자리에서 일어나 정원 밖으로 나간다. 하인 로봇이 내가 내팽개친 식기를 바닥에서 줍는다. 나는 빠른 걸음으로 걷다가 달리기 시작한다. 자위를 하다 들킨 사춘기 소년인 양 수치심에 사로잡혀 궁전 입구를 향해 뛴다. 지하 터널로 나가 홀로그램을 뚫고 이오의 표면으로 뛰쳐나간다.

유황냄새가 코를 찌른다. 폭풍이 일고 있다. 화산이 폭발한다. 목성에서 방사능 입자들이 쏟아진다. 차라리 이게 낫다. 달린다. 앞을 가로막는 암석을 주먹으로 부순다. 플라스마 채찍을 최대 출력으로 켜서 협곡을 무너뜨린다.

다리가 후들거려 더이상 달릴 수 없게 되어서야 빌어먹을 작은 위성의 땅에 쓰러져 눕는다. 목성이 하늘 정중앙을 다 가리고 있어 다른 별들을 제대로 볼 수가 없다. 내가 누워 있는 동안 목성의 소용돌이인 대적반이 반 바퀴를 돈다. 목성의 자전주기는 평균 아홉 시간 오십오 분이다.

'아스타틴과 똑같은 착각을 하고 있군요. 저는 당신을 사랑하지 않아요.'

처음 일주일 동안 나는 그 말을 믿지 않았다. 그다음 일주일 동안은 그 말을 믿지 않으려 애썼다. 어떻게든 길을 찾아보려 했다. 툴륨을 흉내내 수염까지 길러보았다. 그에 대한 에오스의 반응은 순수한 경멸이었다. 이제 나도 돌기둥의 문양을 어느 정도 읽을 수 있다.

'툴륨은 당신과 다른 사람이었어요. 그는 아스타틴과도 다른 사람이었어요.'

그러나 툴륨 역시 이오에 처음 도착했을 때에는 나와 별다를 게 없는 인간이었으리라. 에오스와의 만남이 그를 바꿔놓은 것이다. 목이 잘려 뒈졌어도, 그는 행운아다. 나는 마음속 깊이 그를 질투하고 저주한다. 내가 이오에 그보다 먼저 왔더라면 에오스의 사랑은 내 차지가 되었을 텐데. 나도 툴륨처럼 변할 수 있었을 텐데. 나도 내면의 평화에서 우러나오는 그윽한 표정을 띠고 다른 사람을 위해 기꺼이 목숨을 내던지는 인간이 될 수 있었을 텐데. 아스타틴이 되는 일 따위에는 관심이 없다던 그의 말을 이제 나는 믿을 수 있다.

'저는 아스타틴입니다.'

나는 이제 내가 아스타틴인지 자신이 없다. 선대 아스타틴과 같은 인간이 되고픈 마음도 없다. 선대 아스타틴이 에오스에게 저지른 짓을 떠올리면 욕지기가 인다.

아스타틴스러움에 처음 혐오감을 느낀 건 툴륨이 죽은 지 얼마 되지 않았을 때였다. 아직 그의 시체가 부패되지 않았을 때. 에오스는 정원 컴퓨터 깊은 곳에 있는 부활 장치를 이용해 툴륨을 되살려달라고 내게 애원했다. 자신은 정원 컴퓨터의 코드에 손을 대는 것이 불가능하지만 나라면 가능할 것이라는 얘기였다.

"나를 어떻게 해도 좋아요. 영원히 당신 곁에 있겠어요. 그이를 살려주시기만 한다면."

나는 불같이 화를 내며 플라스마 채찍으로 툴륨의 시체를 갈가리 찢은 뒤 살점 한 조각도 남기지 않고 불태웠다. 어차피 툴륨의 기억은 아무 곳에도 저장되지 않았으므로 제대로 부활시킬 도리도 없었지만.

그런데 내가 그렇게 분노한 것은 에오스가 여전히 툴륨을 잊지 못해서가 아니었다. 나는 아마도 스스로에게 화를 냈던 것 같다. 에오스가 그런 제안을 던졌을 때, 내 안의 아스타틴이 속삭였다. 제안을 받아들이라고. 여자를 맘껏 취하라고. 그리고 정원 컴퓨터의 구조가 너무 복잡해 툴륨을 쉽게 부활시킬 수 없다고 거짓말을 하라고. 그런 기만극을 평생토록 할 수도 있을 거라고. 아스타틴이라면 틀림없이 그랬을 거라고. 그게 바로 아스타틴스러움이라고.

나는 그러고 싶지 않았다.

나는 아스타틴보다 나은 인간이 되고 싶었다.

북극 하늘 위로 오로라가 피어오른다. 회청색, 연푸른색, 연보라색의 세 줄기로 된 오로라다. 내 눈에는 그게 에오스가 흘리는 눈물처럼 보인다.

그녀를 포기해야 한다. 그게 그녀를 위하는 길이다. 그게 내가 더 나은 인간이 될 수 있는 길이다. 머리로는 그렇게 생각하면서도 나는 아무 행동도 취하지 않는다. 온몸의 힘이 빠져 움직일 수가 없기에. 가슴을 찢고 심장을 꺼내 두 손으로 힘껏 쥐고 터뜨려 버리고 싶다.

대적반이 목성 표면을 돌아 시야에서 완전히 사라진다.

*

"툴륨이 거의 다 해놓은 일이에요. 그냥 마무리만 하면 됩니다."

내가 에오스에게 정원 컴퓨터와의 의식통합을 끊을 수 있을 것 같다고 말하자, 그녀는 눈을 동그랗게 뜬다.

"그러면 당신은 이 궁전을 벗어날 수 있게 될 거예요."

그 설명도 충분하지 않아 보인다. 그녀는 여전히 눈에서 의구심을 감추지 못한다.

"장거리 여행을 할 수 있는 우주선이 격납고에 몇 대 있어요. 조종법은 어렵지 않습니다. 이오에서 떠나 어디든 원하는 곳으로 가세요. 저는 쫓아가지 않을 겁니다."

에오스는 가슴에 손을 얹는다. 그러나 별다른 말은 없다. 내 말이 어떤 함정이 아닐지 검토하는 걸까? 나는 상관하지 않는다. 그녀를 마주보는 것, 그녀와 의미 없는 대화를 나누는 것으로 이미 충분히 고통스럽다. 나는 고개를 돌리고 작업에 착수한다.

정원 컴퓨터를 손보다가 며칠이 지나고 그녀에게 다시 말을 건다.

"한 가지 문제가 있습니다."

에오스는 푸른 눈으로 나를 바라본다. 얼굴에서는 아무 표정도 읽을 수 없다. 나는 말을 잇는다.

"정원 컴퓨터와 당신을 분리할 수는 있을 것 같습니다. 하지만 그 분리 작업 중에 부활 장치를 건드리게 됩니다. 부활 장치를 제거하면 다치거나 병에 걸렸을 때 자가 복구되는 능력도 사라지게 됩니다. 다시는 되살아날 수 없게 된다는 뜻입니다. 당신 몸은 유전자 수준에서 너무 섬세하게 조작돼 있기 때문에 가니메데에 있는 부활 장치로도 똑같이 되살려낼 수는 없습니다."

"그게 바로 제가 원하는 거예요!"

그녀가 다급하게 말한다. 나는 고개를 끄덕인다.

*

마지막 단계인 의식분리 수술에 여섯 시간 정도가 걸렸다.

"괜찮으십니까?"

"모르겠어요. 약간 어지러워요."

수술대에서 내려오며 에오스가 말한다. 그녀는 내가 내민 손을 잡지 않는다. 그녀의 머리 위로 더이상 오로라가 솟아오르지 않는다.

"금방 괜찮아질 겁니다. 여태까지 귀의 전정기관 기능 일부를 컴퓨터가 대신하고 있었어요. 소녀가 새로운 정보를 받아들이느라 약간 당황하고 있을 거예요."

그녀는 돌기둥의 아라베스크 문양이 사라진 걸 보고 눈에 띄게 안도한다. 벌거벗고 있다가 겨우 옷을 걸친 느낌이리라. 이제 아무도, 적어도 돌기둥을 통해서는 그녀의 생각을 읽을 수 없다.

"한 가지 부탁이 있는데…… 가능할까요?"

"말씀하십시오."

지독한 긴장감이 사라진 그녀의 얼굴을 보는 것만으로도 나는 내가 원하는 것은 이루었다고 생각한다.

"제 몸의 자가 복구 기능이 사라졌다고 하셨죠? 그러면 제 머리 색이나 눈 색깔을 바꿀 수도 있을까요?"

"가능합니다. 나노 머신을 사용하면 몇 시간 걸리지 않을 겁니다."

나는 그녀에게서 떨어져나온 정원 컴퓨터를 이제 조수처럼 활용한다. 성형수술이 가능하다는 걸 알게 된 에오스는 광대뼈를 높이고 입술을 더 얇게 하거나 가슴 크기를 줄이는 시술도 받고 싶어한다.

"평범한 여자가 되고 싶어요."

그녀는 사탕발림에 지친 왕처럼 말한다.

수술이 끝나자 에오스는 검은 머리에 검은 눈동자, 그리고 가무잡잡한 피부를 지닌 여인이 되어 있다. 키도 조금 작아졌고, 낭랑하던 목소리는 허스키해졌다.

"당신 형제들이 저를 쫓을 일은 더 없겠군요. 저는 이제 당신들의 이상형이 아니니까."

에오스가 혼잣말처럼 중얼거린다.

그 말은 사실이 아니다. 그녀는 여전히 완벽하게 아름답다. 그 이유를 설명할 수가 없다. 나는 원래 회청색 머리카락과 터키색 눈, 흰 피부, 상냥한 목소리, 적당히 솟은 가슴, 작은 엉덩이 따위를 좋아하는 사내였다. 그런 취향은 아스타틴스러움의 일부였다.

그러나 어느 순간부터 나는 머리카락이나 눈동자의 색깔이 아닌, '에오스스러움'을 사랑하게 되었다. 그 에오스스러움은 검은 머리, 검은 눈동자, 가무잡잡한 피부 속에도 고스란히 남아 기어코 나를 유혹하고 고통을 준다.

우리는 말없이 격납고까지 걸어간다. 궁전을 거의 빠져나왔을 때 에오스는 잠시 망설이다가, 용감하게 경계를 넘는다. 나는 야외 격납고의 문을 연다.

"더 배웅해주지 않으셔도 돼요."

우주선 탑승구 앞에서 그녀가 말한다. 나는 머리를 숙인다. 우습게도 그녀가 내게 작별의 키스를 해주지 않을까 하고 두근거리며 기대한다. 그녀는 그러지 않는다. 그저 우주선에 올라타다가 잠시 뒤를 돌아, 작은 목소리로 말할 뿐이다.

"고마워요."

눈동자에 뭔가 할말이 남아 있는 듯한 분위기가 있다. 그녀에게 달려가 하고 싶은 말을 털어놓으라고 다그치고 싶은 충동에 휩싸인다.

에오스는 우주선에서 내려온 에스컬레이터에 오른다.

우주선이 잔인할 정도로 매끄럽게 날아오른다. 나는 동상처럼 꼼짝 않고 서서 하늘의 점이 되어가는 우주선을 올려다본다. 우주선에 타기 직전에 본 그녀의 눈에 대해 생각한다. 나의 일부가 영원히 이 순간에 사로잡혀 있을 것임을 예감한다.

점이 되어버린 에오스의 우주선 옆으로 또다른 점이 날아온다. 한동안 나는 그게 뭔지 알지 못한다. 그러다가……

나는 미친듯이 달린다.

헐떡이면서, 에오스의 우주선과 교신을 시도한다.

그 순간 목성에서 어마어마한 방사능 입자 폭풍이 쏟아진다. 맞설 수 없는 운명처럼. 통신은 연결되지 않는다.

에오스의 우주선에 다가가는 작은 점은 행성간 유도미사일이다. 아스타틴이 지구권의 공격에 대비해 목성 고리에 몇천 대를 숨겨놓았다는 그 물건 말이다. 그것이 어째서 갑자기 작동한 것인지, 누가 발사를 명령할 수 있었는지는 수수께끼다. 저 물건은 아스타틴의 후계자인 우리들에게도 접근이 금지돼 있었다. 아스타틴머신과 통합한 다음에야 위치나 사용법을 익힐 수 있는 물건이었다.

하지만 이 순간, 그런 수수께끼 따위는 엿이나 먹어라!

나는 에오스의 우주선을 향해 달려간다. 절망에 빠져 말이 되지 않는 말로 고함을 친다. 에오스가 초인적인 비행술을 갑자기 발휘하여, 또는 유도미사일에 내장된 컴퓨터의 갑작스러운 고장으로, 아니면 외계인이라도 갑자기 공습해서 그 두 점이 비껴가기를 빈다. 태어나서 처음으로 기도한다. 울음을 터뜨린다. 너무 꽉 깨문 나머지 입술에서 피가 흐른다.

그러나 두 점은 서로 착실하게 가까워진다.

끝내 에오스의 우주선이 미사일에 맞아 폭발한다. 새벽의 여신은 그렇게 허망하게 죽는다. 두 번 다시 살려낼 수 없는 육체를 갖자마자.

"안 돼!"

나는 목이 찢어질 듯이 비명을 지른다.

근처에서 이오의 화산이 폭발한다. 발밑의 땅이 갑자기 거세게 솟구치는 바람에 나는 공중으로 내던져진다. 불붙은 돌덩어리에 머리를 얻어맞자 의식이 흐릿해진다.

가까스로, 어둠이 내린다.

3. 타이탄

서로 살벌한 적의를 겨누는 거리에서
그자가 살아 있는 일 분 일 분이
나의 급소를 찔러대는 것 같다.
—맥베스

타이탄은 토성의 가장 큰 위성이다. 나는 타이탄공항에서 가돌리늄이 도착하기를 기다린다.

아스타틴은 타이탄에 테라포밍 진행 속도가 빠른 대신 위성 고유의 특성을 완전히 제거하지 못하는 4세대 기술을 적용했다. 그래서 타이탄의 대기는 지구와 똑같지는 않다. 하늘은 아찔하게 붉고, 밤이 되면 기온이 영하 50도까지 떨어진다. 아스타틴은 테라포밍에 자원을 더 투입하느니 그냥 주민들의 신체를 타이탄의 기상 조건에 맞게 개조하는 편을 택했다.

태양은 멀리서 아주 작게 보인다. 그 옆으로 태양의 몇 배는 되어 보이는 토성과, 토성의 고리가 있다.

타이탄공항은 그리 크지 않다. 토성권 항로용 터미널이 다섯 개, 목성권 항로용 터미널이 네 개 있는 규모다. 그 터미널들 중 하나에 인파가 잔뜩 몰려 있다. 가돌리뮴의 팬들이다. 가돌리뮴 팬들이 만든 수제手製 홀로그램이 바닥부터 천장까지 터미널을 가득 채우고 있다.

목성의 황태자, 가돌!

타이탄은 당신의 것! 토성권 팬클럽이 응원합니다!

단도의 달인이야말로 진정 아스타틴의 길을 가는 자일진저!

이제 아스타틴게임의 공식 생존자는 모두 네 명이다. 가돌리뮴, 세륨, 터뮴, 루테튬.

그중 가돌리뮴의 인기가 가장 높다. 통합연대를 멋지게 해산시킨 것이 그였다.

가돌리뮴이 배신자였다. 그가 씩씩대는 디스프로슘 앞에서 "몰랐어? 내가 배신자였어"라고 말하고 칼로 상대를 찔렀을 때, 디스프로슘뿐 아니라 수천만 명의 시청자들이 다 같이 경악했다. '어떤 스릴러 영화의 반전보다 우아하고 소름끼쳤다'는 게 시청자들의 주된 평가였다.

배신자임이 드러났음에도 그의 인기는 떨어지기는커녕, 오히려 거꾸로 더욱더 치솟았다. 정치평론가들은 '디스프로슘이 주창한 의식통합에 대해 시청자들 상당수가 속으로 편법이지 않나 하는 찜찜한 마음을 품고 있었다'고 분석했다.

'동료의 등을 찔렀다'는 시선을 의식해서인지, 가돌리뮴은 그

후에 프로메튬과 이터븀을 죽일 때에는 정공법을 택했다. 프로메튬과 이터븀이 배신자에 대한 응징을 천명하자, 가돌리튬은 언제까지 프로메튬을 죽이고 또 언제까지 이터븀을 죽이겠다고 예고했다.

가돌리늄과 프로메튬은 가니메데에서 시가전을 벌였다. 초고경도 다이아몬드 강화복을 입은 두 후계자가 전투를 벌이는 동안 주변 건물이 여러 채 부서졌다. 프로메튬은 도심 중앙의 미식 축구장으로 가돌리늄을 유인했다. 거기에는 프로메튬이 미리 숨겨놓은 변신 로봇들이 있었다. 그런데 가돌리늄은 압도적인 화력 열세에도 불구하고 신기에 가까운 전투 실력으로 그 변신 로봇들을 모두 격파했다. 믿기지 않는 일이었다.

경악한 적의 장갑을 뜯어낸 뒤 가돌리늄은 프로메튬에게 단도 하나를 던졌다. 나이프 파이팅은 이제 그의 상징이 되어 있었다. 수백 대의 중계 카메라와 급히 달려온 팬들 앞에서 그들은 칼싸움을 벌였다. 이번에도 가돌리늄은 여유만만이었다. 프로메튬은 양발의 아킬레스건이 끊긴 뒤 축구장 잔디 위를 기어가다가 목이 잘렸다.

프로메튬을 제거한 가돌리늄은 경찰 로봇을 피해 숨어 다니다 자신이 예고한 기간의 마지막날에 이터븀을 찾아갔다. 둘은 우주 전투기를 타고 목성 주변을 날아다니며 공중전을 벌였다. 그런데 비행기 조종술도 가돌리늄이 더 뛰어났다. 막판에 이터븀은 이판

사판이라는 심정으로 목성으로 돌진했다. 두 사람은 목성 대기의 수증기층과 메탄가스층을 오가며 치열하게 싸웠다. 이터븀은 암모니아 구름 안에서 급선회해서 가돌리늄의 허를 찌르는 전법을 구사했다. 그러나 그 바람에 연료 소모가 너무 심해졌다. 끝내 이터븀의 전투기는 격추당해 액체수소 바다로 추락했다.

통합연대가 내분에 휩싸인 동안 독립연맹의 세 사람은 토성권으로 피신했다. 세륨과 터븀은 타이탄에 자리잡았고, 루테튬은 엔켈라두스에 거처를 마련했다.

나는 공식적으로 죽은 것으로 되어 있었다. 화산암 파편이 내 머리를 뚫고 들어와 오른쪽 눈을 태우며 지나갔다. 아스타틴기억저장소와 연결된 뇌신경 칩도 함께 타버렸다. 나는 얼굴이 불에 타 너덜너덜해진 채 이틀 동안 이오의 표면에 누워 있었다.

통합연대와 독립연맹의 수색 우주선들이 몇 대나 이오에 왔지만 나를 찾지는 못했다. 인류가 우주 관측을 시작한 이래로 가장 큰 규모의 오로라가 이오에 생겨났고, 그 오로라가 나를 숨겨주었다. 오로라 때문에 이오의 북극은 제대로 보이지도 않았고 우주선의 전자 장비들도 제대로 작동하지 않았다. 우주선들은 며칠 뒤에나 이오에 착륙할 수 있었다.

그들은 북극에서 폐허가 된 아스타틴의 옛 연구소를 발견했고, 내가 꼼꼼히 위장한 가짜 싸움과 가짜 폭발 흔적에 속아넘어갔다. 그들은 나와 툴륨이 싸우다 폭발 사고로 둘 다 사망했다고 결론

내렸다.

군중이 환호성을 지른다. 루테튬을 가리키는 붉은 점이 방금 엔켈라두스를 떠났다. 진로를 보니 타이탄으로 오는 게 확실하다. 가돌리늄이 제안한 데스 매치가 곧 벌어진다!

가돌리늄은 자신이 오늘 저녁에 타이탄공항을 통해 타이탄에 들어갈 거라고 예고했다. 그러면서 세륨, 터븀, 루테튬에게 타이탄에서 끝장을 보자고 제안했다. 세륨은 공개적으로 제안을 받아들였다. 그는 타이탄공항에서 자신이 가돌리늄을 맞을 것이며, 가돌리늄이 타이탄 땅을 밟는 순간 즉시 공격하겠다고 선언했다.

터븀과 루테튬은 가돌리늄의 제안에 답하지 않았다. 터븀을 가리키는 붉은 점은 여전히 타이탄의 다른 대륙에 있는 것으로 나타났다. 공항에는 '겁쟁이 터븀'이라는 홀로그램도 여러 개 내걸려 있었다.

나는 몇 시간 전에 타이탄공항에 도착했다. 나를 알아보는 사람은 없다. 화상 입은 얼굴에 놀라 피하는 행인이 몇 있었을 따름이다.

아스타틴이 되는 일 따위는 이제 아무래도 좋다. 내 목표는 가돌리늄이다. 목성의 고리에서 이오로 행성간 유도미사일을 발사한 사람이 가돌리늄이라고 나는 믿는다. 나는 가돌리늄에게 사실을 확인하고, 그다음에 그를 죽일 작정이다.

*

주의력을 잃으면 주변 사물이 노란색과 녹색, 보라색 화염에 휩싸인 것처럼 보인다. 그때마다 나는 고개를 흔들어 그 형광빛 화염을 시야에서 지운다.

가돌리늄을 죽인다고 에오스가 돌아오지는 않는다. 그리고 살아온다 해도, 그녀는 나를 사랑하지 않을 것이다.

가돌리늄이 에오스를 일부러 죽인 것도 아니다. 가돌리늄은 툴륨이나 나를 죽이려고 목성의 고리에 있는 미사일 발사 프로그램을 해킹했을 것이다. 이오에서 출발하는 우주선은 모두 공격하도록. 에오스라는 여자에 대해서는 존재조차 몰랐을 것이다. 유능한 변호사를 구한다면 재판에서는 가벼운 형을 받을 수 있을지도 모른다.

하지만 내가 그에게 내린 판결은 사형이다. 나는 그를 죽여야만 한다. 에오스에 대해 생각하면 생각할수록 더 몸부림치게 되는 무력감에서 벗어나고 싶다. 같은 무력감이라 하더라도 폭발하며 날아가는 우주선을 보며 느낀 처절한 무력감보다는, 나를 떠나가는 그녀의 눈을 보며 느낀 씁쓸한 무력감을 원한다. 가돌리늄을 죽인다면 과거에서 어느 정도 눈을 돌릴 수 있으리라 믿는다.

이것은 아스타틴스럽지 않은 태도다. 그는 언제나 합리적이고 이기적이었으며 자신만만했다. 지금의 나를 이끄는 어둡고 부조리한 콤플렉스는, 아마도 '사마륨스러움'이라고 불러야 할 것이다. 나는 이제 내 형제들과는 완전히 다른 사람이다. 아스타틴이 되려고 해도 될 수 없는 존재다.

나는 그 사실에 개의치 않는다.

주변 사물이 노란색과 녹색, 보라색 화염에 휩싸이고, 나는 고개를 흔든다.

군중이 다시 환호성을 지른다. 공항에 설치된 초대형 텔레비전에 가돌리늄의 모습이 나타난다. 그는 토성권으로 가는 우주선을 타려고 가니메데공항으로 향하는 중이다. 경찰 로봇들이 공항 앞에서 그를 검거하려 시도하지만 가돌리늄이 먼저 선수를 친다. 경찰 로봇들은 전자기포를 맞고 작동 정지 상태에 빠진다.

나는 가돌리늄의 표정을 유심히 살핀다. 그가 이미 초지능을 얻은 것은 아닌지 의심하고 있기 때문이다.

나는…… 나는 어느 정도 초지능을 얻었다. 화산 폭발이 가라앉은 이후 정신을 차리고 피를 흘리며 지하 궁전으로 돌아왔다. 거기서 정원 컴퓨터와 의식을 통합했다. 원래는 에오스와 결합돼 있던 돌기둥의 문양들과 말이다. 그 과정이 어떻게 진행되었는지는 나도 잘 모른다. 머리가 사분의 일쯤 날아가버린 내가 정원까지 와서 쓰러지자 정원 컴퓨터가 나를 치료했다. 그리고 내 의식 속으로 스며들었다. 아마도 나를 옛 주인인 아스타틴으로 여겼던 것 같다. 아니면 에오스와 분리된 뒤 다른 인간의 신체가 필요했는지도 모른다.

정신을 차렸을 때에는 온 세상이 노란색, 녹색, 보라색 오로라
에 뒤덮인 것처럼 보였다. 그것이 초지능이 보는 세계였다. 사물
들은 고유의 색과 무늬로 형광색 오로라를 뿜었고, 그 모양을 보
는 즉시 나는 직관적으로 대상의 수십 수백 가지 특성을 파악할
수 있었다. 나는 생각만으로 몇몇 오로라를 조종할 수도 있었다.
그 오로라를 이용해 현실세계를 일부 바꿀 수도 있었다. 애써 조
준하지 않아도 총알이나 단도를 목표에 정확히 적중시키고, 입김
과 손짓 몇 번으로 바람을 일으키고, 안전장치 없이도 마천루에서
뛰어내리면서 몸의 각 부분에 가해지는 하중을 정확하게 통제해
다치지 않고 착지할 수 있게 되었다.

그렇게 나는 다른 형제자매보다 훨씬 유리한 위치에 서게 되었
다. 나는 몸에 입은 화상을 치료하고, 정원 컴퓨터의 하드웨어를
피코 단위로 압축해 뇌에 이식할 수 있는 칩 형태로 개조했다. 칩
은 작은 돌기둥 모양이었다. 정원 컴퓨터는 에오스가 궁전을 벗어
나지 못하게 했지만, 나를 막지는 않았다. 나는 작은 돌기둥 스무
개를 머리에 박은 채로 이오를 떠났다. 턱과 뺨에 남은 화상자국
은 일부러 놔두었다. 그 흉터는 이제 '사마륩스러움'의 일부였다.

이오를 떠나기 전에 지하 궁전을 모두 부쉈다. 내가 탄 우주선
이 날아오르자 목성의 고리에서 행성간 유도미사일이 날아왔다.
이전과 똑같이. 예상하고 있던 일이라 미사일을 붙잡아 발사대

를 추적했다. 발사대는 운석 모양으로 위장되어 있었는데, 내 우주선이 다가오자 엄청나게 많은 양의 미사일을 동시에 쏘아댔다. 발사대를 부수지 않고 기능만 정지시키고 싶었기 때문에 본체를 공격하지 않고 그 미사일들을 이리저리 피하느라 고생을 좀 했다.

마침내 발사대에 미사일이 다 떨어졌을 때 나는 우주선 해치를 열고 나갔다. 전자 끌과 가스절단기로 유도 미사일 발사대를 직접 해체하고, 거기서 행성간 유도미사일 제어프로그램 코드가 담긴 디스크를 뜯어왔다. 우주선에서 그 디스크를 분석했다.

그 코드를 조작한 솜씨는 가히 예술적이라고 해야 할 정도였다. 초지능을 반쯤 얻은 나조차 어떤 부분은 따라가기 벅찼다. 이 코드를 건드린 자는 분명 초지능체일 거라는 확신이 들었다. 그리고 그게 가돌리늄일 거라는 게 내 짐작이었다.

나는 가돌리늄이 프로메튬, 이터븀과 싸울 때의 영상을 되풀이해서 보았다. 가돌리늄이 초지능을 얻었다고 가정하면 납득이 되는 부분이 많았다. 그는 미식 축구장에서 프로메튬의 변신 로봇들조차 피하지 못한 전투중에 튄 구조물의 파편들을 모두 피했다. 목성에서는 암모니아 구름으로 들어갔다 나왔다 하는 이터븀의 궤도를 마치 미리 보는 것처럼 싸웠다.

하지만 어떻게? 어떻게 가돌리늄이 초지능을 얻을 수 있었을까?

아스타틴이 이오의 지하 궁전 같은 비밀 연구소를 다른 곳에 또 숨겨놓았던 것일까? 그걸 가돌리늄이 발견한 것일까?

확인해야 한다.

*

군중 사이에서 세륨을 발견한다. 겉보기에는 이십대 후반 정도의 키 큰 고스족 여성으로 보인다. 성전환을 한 데 더해 성형수술도 했고 변장용 홀로그램도 두른 것 같다. 뒤에서 재빨리 그에게 마취침을 꽂아 기절시킨다. 부축하는 척하며 기계실로 끌고 간다.

기계실 문을 걸어 잠그고 해독제를 뿌려 상대를 깨운다. 정신을 차린 세륨은 홀로그램 변장이 지워진 걸 알고 무안한 양 머리를 긁적거린다. 그러더니 머리카락에서 단분자單分子 실톱날을 꺼내 덤벼든다. 나는 그의 손을 쳐서 그 가는 실톱날을 바닥에 떨어뜨린다.

세륨은 이번에는 몸을 꺾어 발차기를 시도한다. 내가 그 공격을 사뿐히 피하자 그의 다리가 고무처럼 늘어나 U자 모양으로 휘어지면서 두번째 공격을 해온다. 몸 이곳저곳을 지저분하게 개조한 것 같다. 플라스마 채찍을 꺼내 약한 출력으로 몸통을 몇 번 후려치니 그제야 얌전해진다.

"넌 뭐지?"

세륨이 묻는다. 전기충격으로 안면 경련이 일어나 발음이 부자연스럽다.

"사마륨이다."

"사마륨! 죽은 줄 알았는데…… 넌 아스타틴기억저장소와 연결이 끊어졌다고 했어. 그 연결이 없으면……"

"기억이 저장되지 않는다고 해서 아스타틴이 될 자격이 사라지는 건 아니지. 하지만 어차피 그런 일에는 흥미가 없으니 안심해."

내가 대꾸한다.

"얼굴은 일부러 그렇게 만든 건가? 그편이 오히려 눈에 더 잘 띨 것 같은데……"

세륨이 묻는다.

"아니, 난 이 얼굴이 좋아. 루테튬이 도착하기까지 십오 분쯤 남았군. 이렇게 말장난할 시간이 없어. 묻는 말에나 답해. 너희들 무슨 꿍꿍이를 꾸미고 있는 거지?"

"어차피 날 죽일 텐데 내가 왜 거기에 대답을 해야 하지?"

나는 플라스마 채찍의 강도를 조금 높여 그를 한 대 후려친다.

"널 아주 고통스럽게 죽일 수도 있어. 하지만 그냥 풀어줄 수도 있지. 내가 아스타틴이 되는 일에 여전히 관심이 있다면 이 자리로 중계 카메라를 불렀을 거다. 하지만 그러지 않았어."

세륨은 여전히 묵묵부답이다. 짜증이 치민 나는 채찍의 강도를 더욱 높여 그를 서너 대 더 갈긴다.

"아직도 모르겠나? 가돌리늄은 너와 같은 존재가 아니야. 그 녀석은 초지능을 손에 얻었어. 그것도 아주 강한 초지능을. 너희가 아무리 덤벼봐야 소용없어."

"그러는 너는? 우리와 뭐가 달라?"

세륨이 묻는다.

"나도 초지능을 얻었다. 완전한 건 아니지만."

"허풍치고는 괜찮네."

나는 대답하는 대신 손등에 신경을 집중한다. 뼈세포에 돌연변이를 만들어 암을 일으키고, 그렇게 생겨난 종양을 점점 키운다. 손등에서 마치 싹이 트듯 뼈와 살이 솟아오르더니 거기에 벌레처럼 다리가 세 쌍 생겨난다. 내 피부로 만든 벌레의 머리에는 퇴화된 눈과 더듬이 같은 것도 달렸다. 크기는 손톱만하다.

"초지능체가 되면 육체의 세포 하나하나를 통제할 수 있게 되지. 그래서 이런 일도 할 수 있어. 이건 내가 지금 생각만으로 내몸에서 키워낸 신생명체야. 이 녀석은 아주 특수한 단백질을 분비하지. 이걸 네 눈이나 코에 집어넣으면 곧장 뇌를 향해 살을 파먹고 들어가. 그리고 네 뇌세포에 닿으면 그걸 천천히 녹이면서 거기 저장돼 있던 정보들을 나한테 전송하게 되지. 시간이 좀 걸리는 일이라 나로선 썩 내키지 않는 방법이긴 하지만 말이야. 어때, 그렇게 할까?"

나는 다리를 징그럽게 움직이는 벌레를 세륨의 눈앞에 들이민다. 녀석의 얼굴이 비로소 새파랗게 질린다.

"알았어, 말할게! 그거 좀 저리 치워!"

세륜은 아이처럼 새된 소리로 애원한다. 쉽게 굴복하는 그를 보니 묘한 기분이 든다. 그런 모습은 내 안에도 있었던 한 가능성이었다. 몇몇 사소한 초기 조건과 우연 때문에 세륜은 외부에 비쳐지는 자신의 캐릭터를 '나이스 가이'로 정했다. 그 캐릭터 때문에, 또 몇몇 중요한 전투가 자신과 먼 곳에서 벌어지는 바람에, 그는 정면 대결보다는 위장술이라든가 장기전을 선호하게 되었으며 이것은 다시 그의 성격에 영향을 미쳤다.

아마 세륜은 그사이에 내가 배우지 못한 여러 장점들을 익혔으리라. 오랜 시간 참고 기다리는 법을 배웠을지도 모른다. 그걸 '세륜스러움'이라고 표현해도 좋을 것이다. 그러나 그는 내가 겪은 고통을 맛보지 못했다. 차라리 죽는 게 낫겠다 싶은 고통을, 다른 모든 고통과 두려움을 지우고 오히려 사람을 죽지 못하게 하는 고통을 경험하지 못했다. 그래서 어느 선 이상의 스트레스를 버티지 못한다.

나는 손을 치운다. 사마귀를 잡아 뜯듯이 손등에서 벌레를 떼어내고, 바닥으로 도망치는 녀석을 밟아 터뜨린다. 세륜은 그 광경을 반쯤은 겁에 질리고 반쯤은 혐오하는 눈길로 보다가 입을 연다.

"독립연맹은 해체한 게 아니야. 미디어 앞에서 해체한 것처럼 쇼를 한 것뿐이지. 가돌리늄한테 뭔가 있다는 건 우리도 알고 있었어. 그래서 일단 '반反가돌리늄 전선'을 구성해서 그 녀석을 먼저 제거한 다음 우리끼리 승부를 내기로 합의했어. 토성으로 오는 길에 다 같이 초소형 플루토늄 폭탄이 탑재된 알약을 먹었어. 그 폭탄은 생체 신호랑 연결이 되어 있어서, 몸뚱이의 주인이 죽게되면 잠시 뒤에 폭발하지. 가돌리늄은 텔레비전을 꽤나 의식하는데다 언제나 칼싸움으로 마무리를 하니까, 괜찮은 방법이라고 생각했어."

노란색과 녹색, 보라색 화염이 세륨 주변을 천천히 휘감는다. 그 무늬 덕분에 나는 세륨이 진실을 이야기하고 있음을 알 수 있다.

"그게 전부야?"

"그리고 우리끼리 제비를 뽑았어. 타이탄공항에서 나와 루테튬이 2인 1조로 가돌리늄과 싸우기로 했어. 루테튬이 드러내놓고 싸우고 있으면 내가 뒤에서 숨어 있다가 틈을 노리기로. 플루토늄 폭탄은 생체 신호가 멎은 뒤 일 분 정도 후에 작동하니까 한 사람이 죽어도 도망갈 여유는 있어. 그리고 만약 우리 둘 다 실패하면 터븀이 공항 전체를 극소 반물질 폭탄으로 날려버릴 예정이야. 그러면 반경 오십 킬로미터는 폐허가 될 거야. 반물질 폭탄은 나와 루테튬이 둘 다 죽어야 기폭 장치가 작동하게 돼 있어."

나는 세륨에게 다시 마취 침을 꽂고 기계실에서 나온다.

공항 전체를 공격한다는 아이디어는 그다지 새롭지 않다. 시청자 게시판에도 '내가 세륨/터븀/루테튬이라면 가돌리늄이 오는 시각에 맞춰 공항을 통째로 날려버리겠다'는 글들이 많이 올라왔다. 당연히 가돌리늄도 그에 대한 대비책을 마련해두고 있을 터다. 어떤 식으로든 방공防空 계획을 세워놨겠지. 게다가 세륨도 정신을 잃어 기계실에 갇혀 있다. 나는 터븀의 반물질 폭탄에 대해서는 걱정하지 않는다.

루테튬의 몸속에 들어 있다는 플루토늄 폭탄은 조금 염려스럽다. 달리 받아들이면 내가 건재하다는 사실과 함께, 반전의 열쇠로 활용할 수 있을 것 같기도 하다.

로비로 나왔더니 공항에서 마련한 무대 위에 루테튬이 서 있다. 환호하는 사람도 있고 야유를 퍼붓는 가돌리늄 팬도 있다. 루테튬 팬들과 가돌리늄 팬들은 함께 스크럼을 짜서 경찰 로봇이 공항에 들어오지 못하도록 막고 있다.

독립연맹을 선언한 장본인인 루테튬은 차분한 표정이다. 그는 무대 아래에는 아무도 없다는 듯이 묵묵히 탄소 나노 튜브 섬유로 짠 가방에서 견착식 로켓 런처를 꺼내 조립한다. 대형 가방 안에는 각종 중화기가 가득하다.

붉은 하늘에서 은빛 점이 점점 커진다. 가돌리늄의 전용기는 공항 활주로에 바로 착륙하지 않고 곡예비행을 하며 에어쇼를 펼친다. 팬 서비스다. 루테튬이 무덤덤한 얼굴로 무대에 선 채 그 우주선을 향해 로켓 런처를 발사한다.

*

　루테튬이 쏜 로켓은 공항 유리창을 뚫고 날아가 가돌리늄의 은
빛 우주선을 맞힌다. 관중은 일순 경악하지만, 텔레비전 화면에는
로켓에 맞기 직전 우주선에서 뛰어내린 가돌리늄의 모습이 보인
다. 가돌리늄은 공항 옆 호수에 떨어질 찰나에 옷에 달린 활강 날
개를 펼친다. 그는 마침 불어닥친 강풍을 이용해 새처럼 수면 위
를 미끄러져 공항 터미널까지 날아온다. 루테튬이 로켓포를 몇 발
더 발사하지만, 이번에는 적중하는 운이 따르지 않는다.

　가돌리늄이 터미널 지붕에 착륙하자 루테튬은 무기를 슈퍼바주
카로 바꿔서 가돌리늄이 서 있으리라고 생각한 지점에 포탄을 퍼
붓는다. 어느새 사라진 가돌리늄은 전혀 예상치 못한 방향에서 무
대로 달려오며 루테튬을 향해 총을 쏜다. 저출력 코일 건이다. 화
력은 바주카포와 비교도 되지 않게 약하다. 게다가 일부러 루테튬
을 제대로 겨냥하지 않고 총알을 빗나가게 했음이 분명하다.

　루테튬은 중기관총으로 가돌리늄을 사격한다. 총알이 쏟아지는
걸 본 타이탄의 시민들이 비명을 지르며 사방으로 흩어진다. 몇몇
사람들이 총에 맞아 머리가 터지고 팔다리가 잘려나가지만 루테
튬은 꿈쩍도 하지 않는다.

　가돌리늄은 기둥 뒤에 숨은 것처럼 보인다. 그러나 기둥이 중기
관총 총알 세례를 견디지 못하고 무너졌을 때 그의 모습은 보이지

않는다.

　가돌리늄이 칼을 들고 천장 구조물에서 무대로 뛰어내린다. 루테튬은 가돌리늄의 공격을 피해 유탄발사기와 화염방사기를 챙기고 무대에서 내려온다. 루테튬은 비명을 지르는 군중 사이를 성실하게 내달리며 유탄발사기로 가돌리늄을 공격한다. 가돌리늄은 유탄을 피하면서 조금씩 거리를 좁혀나간다.

　적이 수 미터 앞으로 다가오자 루테튬은 화염방사기를 켠다. 가돌리늄이 던진 단도가 어깨에 꽂히지만 루테튬은 버틴다. 가돌리늄이 새 단도를 꺼낸다.

　그때 내가 뛰어든다. 최대 출력으로 높인 플라스마 채찍으로 가돌리늄의 등을 내리친다. 가돌리늄은 바닥에 얼굴을 처박고 쓰러지지만 죽거나 정신을 잃지는 않는다. 나로서도 아쉽지는 않다. 그는 또렷한 의식으로 고통을 겪어야 한다. 가돌리늄이 재빨리 몸을 굴려 내가 재차 휘두른 채찍질을 피한다.

　"사마륨?"

　나는 대꾸 없이 플라스마 채찍을 휘두른다. 루테튬이 어깨에 꽂힌 단도를 뽑고 나를 흘깃 보더니 가돌리늄에게 다시 화염을 발사한다. 가돌리늄의 머리카락이 조금 그슬린다. 그게 전부다. 가돌리늄이 혀를 내두를 솜씨로 루테튬에게 발차기를 먹인 뒤 내게 달려온다. 루테튬은 화염방사기를 놓치고 사오 미터쯤 날아간다. 나는 채찍을 광선검 크기로 줄여 휘두른다. 가돌리늄을 내리쳤다고 생각했지만 그저 상대의 망토를 찢었을 따름이다. 가돌리늄의 칼날이 내 목을 아슬아슬하게 스친다.

가돌리늄은 허리를 한 바퀴 돌려 절묘하게 플라스마 채찍을 피하며 내 바로 앞까지 파고든다. 그의 칼을 플라스마 채찍의 손잡이로 힘겹게 막는다. 다이아몬드 단도가 채찍 손잡이에 깊이 박히자 플라스마가 꺼진다. 가돌리늄은 단도를 포기하고 팔꿈치로 내 명치를 찍으려 한다. 간발의 차로 급소를 피한 나는 그의 발을 걸어 넘어뜨린다.

나는 일어나는 가돌리늄에게 권투 스텝을 밟으며 다가가 잽을 날린다. 가돌리늄은 몸을 회전하며 다리로 나를 차려 든다. 카포에이라와 비슷한 무술이다. 별것 아닐 거라 생각하며 한 팔로 막았다가 낭패를 겪는다. 머리를 직접 맞는 걸 간신히 피했을 뿐, 팔이 저려서 일순 회복이 안 될 정도로 강력한 회전 킥이다.

가돌리늄이 나보다 까마득하게 우월하다는 점을 나는 즉각 알아차린다. 근력에서나 운동신경에서나 상황 판단력에서나. 그는 절망적으로 강하다. 루테튬이나 세륨, 터븀 같은 자들과는 비교도 되지 않는다.

나는 그를 이길 수 없다.

가돌리늄도 그 사실을 알아차린다. 예상치 않았던 내 등장에 당황했던 그는 다시 여유를 되찾는다. 관중들의 함성이 들린다.

"사마륨, 변했구나. 강해졌고."

가돌리늄이 말한다. 그 말을 받아칠 여유가 없다.

가돌리늄의 뒤쪽에서 루테튬이 정신을 차리고 일어난다. 그러고는 허리에서 권총을 꺼내든다. 나는 그가 가망 없는 싸움을 계속하려 한다고 착각한다. 틀렸다. 루테튬은 총구를 자기 입에 넣는다.

루테튬이 무슨 일을 저지르려는 건지 깨달은 순간 나는 뒤를 돌아 정신없이 달린다. 가돌리늄도 무슨 상황인지 알아차린 듯하다. 그도 도망친다. 몇 초 뒤에는 그가 나를 앞지른다.

총소리가 울린다. 가돌리늄과 나는 엄폐물을 향해 미친듯이 뛴다.

뒤이어 플루토늄 폭탄이 폭발한다.

바닥에 엎드려 눈을 감고 있었는데도 눈앞이 번쩍한다. 등지고 있는 기둥 옆으로 충격파와 열 폭풍이 지나가는 것이 느껴진다. 조금 뒤에 주먹만한 돌덩이들이 날아온다.

온갖 빛깔로 오로라가 빛난다. 빛의 줄기가 나를 휘감고 돌더니 길을 안내하듯 앞으로 펼쳐진다. 나는 그 빛을 따라 달린다. 근처에 있던 사물과 사람들이 열선과 방사선을 쬐어 그대로 증발하거나 녹아내린다. 코앞에서 천장과 기둥이 무너져내리고 크고 작은 파편들이 뺨을 스치지만, 나는 무사하다.

딱 한 번 뒤를 돌아본다. 귀는 들리지 않지만 앞은 보인다. 냄새도 맡을 수 있다. 지옥 같은 광경이다. 피 냄새와 살 타는 냄새가 가득한 가운데 짙은 잿빛 먼지가 온통 앞을 가리고 있다. 오로라가 경고하듯 붉은색을 띠며 다리를 감싼다. 나는 절뚝거리며 다시 달린다. 온 힘을 쥐어짜서 타버린 피부 세포와 다친 다리, 한쪽 팔을 조금씩 재생시킨다.

가돌리늄이 폭발을 피했는지 궁금하다. 폭발의 순간 나는 기적적인 행운을 누렸다. 아마 내가 가돌리늄보다 나은 점이라고는 그 행운밖에 없을 것이다. 만약 가돌리늄이 폭발 뒤 살아남았다면, 내게 다음 기회는 없다. 나는 그를 이길 수 없다.

나는 그걸 안다.

*

가돌리늄은 폭발에서 살아남았다. 털끝 하나 다치지 않은 것처럼 보인다.

나는 타이탄의 작은 호텔에서 텔레비전으로 그를 본다. 기자들이 그에게 '터븀을 죽인 게 당신 아니냐'고 묻는다. 질문이 아니라 아첨처럼 들린다. 가돌리늄은 "노코멘트"라며 웃는다.

터븀은 두 시간 전에 타이탄의 거리에서 총에 맞아 죽었다. 총알은 적어도 삼십 킬로미터는 떨어진 곳에서 날아온 것으로 판정되었다. 그 정도 거리에서 사격하려면 초정밀 초장거리 저격 라이플로, 목표물의 이동속도나 공기의 온도, 습도, 풍향, 풍속 같은 요소는 물론, 타이탄의 자전 속도나 토성의 중력까지 고려해서 쏴야 한다. 초지능체인 가돌리늄 외에 그런 사격을 할 수 있는 사람은 아무도 없다.

어쩌면 그 사격이 노린 대상은 죽은 터븀이 아니라 나인지도 모르겠다. 내가 아무리 오로라의 힘을 빌린다 해도 삼십 킬로미터 멀리 떨어진 곳에서 움직이는 사람을 한 방에 맞히는 계산을 할 수는 없다. 가돌리늄은 자신의 초지능을 내게 과시하는 것이다.

터븀은 죽기 전날 가돌리늄에게 공개적으로 항복했다. 텔레비전에 나와, 자신이 아스타틴의 유산을 물려받을 자격이 없음을 인정한다고 말했다. 그리고 아스타틴의 자리에 오를 사람으로 가돌리늄을 지지한다고 밝혔다.

그런 항복 선언을 한 뒤로 터븀의 인기는 바닥에서 지하로 추락했다. 가돌리늄이 항복을 받아들이건 말건 그 상황에서 터븀이 아스타틴이 될 가능성은 없게 되었다. 아스타틴이 될 가능성이 없어졌으므로 가돌리늄이 자신을 신경써야 할 이유도 사라지고, 그러니 안전해질 거라고 터븀은 생각했던 것 같다. 그러나 그가 항복의 대가로 받은 것은 멀리서 날아온 구식 총알이었다.

타이탄공항에서는 가돌리늄도, 세륨도 살아남았다. 세륨은 나보다도 더 운이 좋았다. 지하 기계실에 갇혀 있느라 방사선을 조금 쬔 것 빼고는 비교적 멀쩡하게 몸을 보신했다. 세륨은 가돌리늄을 피해 타이탄 안에서 열심히 대륙을 돌아다니는 중이다.

나는 될 대로 되라는 심정이다. 아무런 계획도, 투지도 없다. 가돌리늄은 내 위치를 한 치의 오차 없이 파악하고 있음이 틀림없다. 이제 남은 것은 세륨과 나다. 아마 세륨이 나보다 먼저 죽고, 내가 최후의 악역을 맡게 되지 않을까. 그러니 나는 당분간은 안전할 테지. 적어도 호텔방에서 텔레비전을 보다가 죽지는 않을 테지. 많은 사람들이 지켜보는 무대에 끌어올려져, 방송 카메라 앞에서, 잠깐은 가돌리늄을 궁지에 몰아넣는 것처럼 보이다가 극적인 반전에 허를 찔려 죽게 될 테지.

그렇게 호텔방에 멍하니 누워 있으면서, 어느 순간 나는 가돌리늄이나 그의 전략, 나의 죽음에 대해서 더 생각하지 않게 된다. 텔레비전에서 정치평론가들이 떠드는 말도 귀에 들어오지 않는다.

나는 에오스에 대해 생각한다.

내가 어떤 식으로든 그녀의 죽음을 극복하고 나면, 그다음에는 어떻게 될 것인지가 궁금하다. 화상을 입어 쪼글쪼글해진 턱과 뺨의 흉터처럼, 그녀도 내게 그렇게 남게 될까? 지워지지는 않지만 더이상 아프진 않은 흉터로? 그건 좋은 일일까?

나는 약간 두려워진다. 이렇게 차분히 에오스를 떠올릴 수 있다는 것 자체가 상실의 시작이 아닌가 하는 생각이 든다. 고통 없이 그녀를 기억하는 것이 일종의 배신처럼 느껴진다.

아픈 기억들을 어떻게 다뤄야 하는지에 대해 생각하다가 나는 과거의 기억들이 이 문제에 별 도움이 되지 않음을 깨닫는다. 이식된 기억들에서는 아무런 고통도 느낄 수 없다. 후회도, 뉘우침도, 미련도 없다. 그것들은 깔끔하게 정리되고 분류된, 완결된 정보들이었다. 그 기억들이 너무 오래됐기 때문에 아무런 회한을 맛볼 수 없는 것인지, 아니면 디지털신호로 삽입되었기 때문에 그런 것인지 알 수가 없다.

나는 내가 인생을 살아본 적이 없음을 깨닫는다.

방의 모든 벽이 노란색과 녹색, 보라색의 화염으로 불타오른다.

텔레비전 화면이 갑자기 바뀐다. 가돌리늄이 카메라를 향해 뭐라고 떠드는 중이다. 나는 그가 하는 말에는 거의 관심을 기울이지 않는다.

텔레비전 속 가돌리늄이 손가락을 튕겨 딱 소리를 낸다.

"이봐, 사마륨. 사람을 그렇게 무시하면 내가 너무 무안해지잖아. 그 호텔방 위치 알아내느라 시간 좀 걸렸어."

가돌리늄이 말한다.

*

"다른 사람들은 이 대화를 엿들을 수 없으니 편히 말해. 거기 마이크가 없는 것 같다고? 괜찮아. 다 들을 수 있어. 원리는 묻지 말고."

가돌리늄은 싱긋 웃는다. 기자들에게 보인 미소와 똑같다.

"넌 누구지? 가돌리늄이 맞나?"

내가 묻는다.

"물론 나는 가돌리늄이지. 네가 사마륨인 것처럼. 초지능체가 되었다고 해도 넌 계속 사마륨이잖아, 안 그래?"

"넌 이미 아스타틴머신과 통합한 거지?"

나를 아득히 뛰어넘은 적수가 다시 웃는다. 노란색 오로라가 화면에서 두 줄기로 피어오른다. 그가 뭔가를 숨기고 싶어한다는 뜻이다.

"즐겁네. 다른 초지능체와 대화를 하는 것 말이야. 선대 아스타틴들은 늘 고독해했지."

그는 정말로 즐거워 보인다. 그러나 오로라는 여전히 두 줄기 노란색 선이다.

"넌 아스타틴이 아닌 것처럼 이야기하는군."

내가 말한다.

"당연히 아니지 않나? 너도 네가 아스타틴이 아니고, 아스타틴이 될 수 없다는 사실을 알잖아. 자연인 아스타틴은 죽었어. 우리는 어떻게 해도 아스타틴이 될 수 없어. 게다가 내 경우에는 비율이 달라."

가돌리늄이 말한다.

"비율?"

"통합의식에서 아스타틴머신이 차지하기로 한 비율. 우리는 신경세포 단위로 생화학적 결합을 추진하고 있지. 절대 분리될 수 없도록. 통합이 끝나면 아스타틴머신과 현재의 내가 그 의식에서 차지하는 비율은 반반이 아니라 팔십 대 이십 정도 되지."

노란색 오로라가 하나로 합쳐지면서 보라색으로 변한다.

"아스타틴머신이 먼저 통합을 제안했나? 그런 조건으로?"

"그래. 아스타틴머신이 나를 찾아왔어. 나로서야 사양할 이유가 없었지. 게임을 마치기도 전에 상을 받는 셈이니."

"정신을 절반 이상 기계에게 내주더라도 확실하게 권좌에 오르는 게 낫다?"

가돌리늄은 진심으로 실망한 표정을 짓는다.

"너까지 그런 말을 할 줄은 몰랐는데. 나는 그게 부끄럽지 않아. 오히려 자랑스럽지. 눈이 나빠져서 안경의 렌즈 도수를 높이면 눈이 안경한테 시력을 양보하는 건가? 아니야, 안경과 눈이라는 통합체가 더 적절한 배율로 조합되는 거라고 봐야지. 아스타틴머신은 처음에 아스타틴이라는 자연인과 통합할 때보다 훨씬 빨라지고 정확해졌어. 상징체계 파악이라든가 공간 감각 같은 것이 예전과는 비교도 안 돼. 나는 그런 부분을 사고하는 일을 아스타틴머신에게 맡겼을 뿐이야. 넌 27차원이라는 공간을 직관적으로 이해할 수 있어? 난 가능해."

27차원 공간을 머릿속에 떠올려보려 하지만 잘 되지 않는다. 애초에 정원 컴퓨터 자체의 문제인지, 아니면 통합의식에서 정원 컴퓨터가 차지하는 비중이 낮아서인지는 모르겠다.

27차원을 이해하는 자가 말을 잇는다.

"반면에 자연인 아스타틴의 개성이라고 하는 것들은, 내가 보기에는 대부분 무의미한 특성들이야. 명백한 흠결도 많고. 다리 떠는 습관이나 과시욕 같은 게 도대체 어디에 쓸모가 있는 거지? 용기라든가 상상력 같은 문제도 그래. 아스타틴게임에 참여한 우리 형제들이 다 무모하게 구는 거 봤어? 어쩌면 초대 아스타틴은 그냥 운이 좋았던 건지도 몰라. 운이 좋아서 무모한 시도들이 성공했고, 사람들은 그 만용을 용기라고 생각하는 건지도. 아스타틴의 처지에 서보지 않은 상태로 아스타틴의 용기가 뭐였는지 알 방도는 없어. 그건 그냥 의미 없는 추상명사에 불과해. 상상력은? 상상력이란 어떤 사안의 상징체계를 다양한 각도에서 살펴본 다음 그 각각을 외삽하는 능력이야. 난 그 작업을 아스타틴머신에게, 뭐랄까, 아웃소싱하고 있지. 그런 외삽은 인공지능이 인간보다 더 잘 수행하거든.

우리가 생각하는 아스타틴스러움이라는 성질을 이런 식으로 하나하나 분해하면 뭐가 남게 될까? 사소한 특성까지 제거하고 나면 마지막까지 남는 본질이 뭘까? 권력욕, 그리고 더 뛰어난 인간이 되고자 하는 의지 아닐까? 그런 의미에서는 내가 바로 아스타틴이라고 할 수 있지. 나는 그 아스타틴스러움의 정수를 가진 사람이지. 아스타틴은 몇백 년 전에 태어나 죽은 자연인을 가리키는 게 아니라 육체를 바꿔가며 스스로를 개량하고 세계를 정복하려는 의지의 상징이야."

"왜 이런 이야기를 나한테 하는 거지? 그냥 찾아와서 나를 죽이면 되잖아. 아니면 그 사소한 과시욕에서 아직 못 벗어난 거야?"

"어, 사실 그것도 맞긴 해. 이런 걸 어디 뽐내고 싶어도 알아봐줄 사람이 있어야 말이지. 그리고 또다른 이유는……"

텔레비전 화면이 반으로 나뉜다. 화면 왼쪽에는 가돌리늄이, 오른쪽에는 막대그래프가 나타난다. 가돌리늄에 대한 지지도를 묻는 여론조사 결과다.

"아무리 초지능이라 해도 대중의 변덕은 참 예상하기 힘들군. 터븀을 그렇게 죽인 다음에 지지도가 떨어졌어. 항복을 선언한 사람을 굳이 제거한 게 잔인하다고 생각했나봐. 예상은 했지만 이렇게 떨어질 줄은 몰랐어."

텔레비전에 나타난 막대그래프에 따르면 가돌리늄의 인기가 떨어지면서 반사이익을 얻은 사람은 나다. 가돌리늄에 대한 지지도는 68퍼센트, 나에 대한 지지도는 32퍼센트다.

"총통 자리에 오르면 시간을 들여 복잡계를 제대로 연구해볼 참이야. 모든 사람의 마음을 읽고 행동을 예상한다는 일에 대해 상상해본 적 있나?"

가돌리늄이 말한다.

"무척 따분한 인생이 될 거란 생각이 드네."

내가 응수한다.

"사마륨, 난 널 죽일 생각이 없어. 세륨도 마찬가지고. 세륨이야 위험할 게 하나도 없지. 평균보다 조금 더 똑똑하고, 조금 더 튼튼한 일반인이지. 너의 초지능도…… 음, 그 초지능은 이오에서 얻은 거지? 지하 궁전에서?"

"그래."

나는 고개를 까닥인다.

"그래, 알겠어. 그 정도면 크게 위험하지는 않을 거야. 우리는 친구가 될 수도 있을 거야. 원한다면 너를 아스타틴이사회 멤버로 임명할 수도 있어. 사람들이 더이상의 살육을 싫어하니까. 나는 아스타틴이 된 다음의 일도 생각해야 하는 처지잖아. 아스타틴이 되고 나면 나한테는 완전히 다른 판이 펼쳐지는 거지. 경쟁이 아니라 통치를 해야 하는 거야. 이쯤에서 대인의 풍모를 보여줘야해. 지구에 있는 사람들도 생각해야지. 이 게임이 어느 정도는 지구 시청자를 겨냥한 쇼인 거 알지? 부활에 대한 거부감을 없애고, 목성권과 토성권의 매력적인 장소들을 보여줘서 이민 희망자를 늘리는 용도지. 지구에서는 많은 사람들이 여전히 부활을 인정하지 않아. 그들은 우리를 구분해서 부르지. 1대 아스타틴, 2대 아스타틴, 하는 식으로. 나는 3대 아스타틴이 돼. 3대 아스타틴은 선대보다 더 관대한 인물이다, 하는 평가가 퍼지면 앞으로 지구권 국가들과 사업을 하는 데 유리할 거야. 아, 참. 이오의 지하 궁전에

갔다면 '그 여자'도 만났겠군?"

가돌리늄이 갑자기 말을 돌린다. 보라색 화염이 내 주변에서 활활 타오른다.

"아스타틴머신이 그 여자에 대해 말해주던가?"

내가 되묻는다.

"아냐, 그 여자에 대해 직접적으로 아는 건 없어. 하지만 선대 아스타틴이 이오에 가기 전에 품었던 구상들은 기억이 나. 나중에 이리저리 유추한 것도 있고. 그런데 그 여자는 어떻게 됐나?"

"죽었지. 그 여자는 툴륨이랑 사랑에 빠졌어. 그 꼴을 보고 있으려니 배알이 뒤틀려서 내가 죽여버렸지. 툴륨이랑 같이."

내가 말한다. 나는 오로라를 최대한 숨기려 애쓴다.

"아하! 그럼 참 잘됐군. 선물이 마음에 안 들면 어떻게 하나 걱정했는데……"

밖에서 누군가가 호텔방 문을 두드린다. 가돌리늄이 말한다.

"열어봐. 내가 보낸 선물이야."

내가 침대에서 일어나 문을 연다.

거기에는 에오스가 서 있다. 흰 피부, 회청색 머리카락, 파란 눈동자, 도톰한 입술. 우리가 처음 만났을 때와 같은 모습이다. 그녀는 하늘거리는 흰 가운을 입고 있다.

여자는 나를 보자마자 내게 안긴다. 내 눈과 뺨, 입술에 키스를 퍼붓는다.

나는 놀란 눈으로 텔레비전을 바라본다. 화면 속에서 실오라기 하나 걸치지 않은 에오스가 또 한 명 나타나 가돌리늄을 뒤에서 안는다.

*

"이상형을 만들 때 자기 유전자를 사용한 게 패착이었어, 선대 아스타틴은. 우리 유전자는 사실 별거 없거든. 이런저런 결함도 많아. 독립심이 지나치게 강하고 고집도 세지. 배우자로서 바람직한 성격은 아니잖아. 아직 발현 안 된 유전병도 몇 가지 있어. 아스타틴이사회 금고에 그 치료약들이 잔뜩 쌓여 있지."

가돌리늄이 설명한다. 나는 험악한 목소리로 위협해 에오스를 닮은 여자를 내게서 떨어뜨린다. 그녀는 겁을 먹고 방구석에 있는 의자에 앉는다. 연녹색 오로라가 그녀 주위에 피어나 미약하게 일렁거린다.

"왜, 마음에 안 들어? 이성 취향은 우리가 다 같이 공유하는 줄 알았는데. 정히 안 내키는 데가 있으면 그 클론의 가운 주머니에 유전자 설계도와 나노 머신이 든 캡슐이 있으니까 커스터마이징을 해보든지."

"아니, 그냥 시험해본 거야. 얼마나 고분고분한지 보려고 말이야. 그런데 저 여자는 지나치게 온순한 것 같네."

간신히 정신을 차린 내가 대답한다.

"아! 그건 골든 레트리버에서 추출한 유전자를 삽입해서 그런 거야. 커스터마이징으로 어느 정도 조정이 될 거야. 다른 점은 어때? '그 여자'랑 외모는 똑같아? '그 여자'는 이름이 뭐였어?"

"몰라. 안 물어봤으니까."

나는 고개를 젓는다. 에오스를 닮은 여자는 겁에 질린 표정으로 의자에 앉아 나를 본다. 그녀가 에오스를 닮았기 때문에 기분이 더 불쾌해진다. 존재 자체가 에오스를 모독하는 듯하다. 가돌리늄은 내 표정을 이해하지 못한다―그 순간 검은색 오로라가 낙뢰처럼 내리꽂히고 나는 이오의 정원 컴퓨터가 적어도 한 가지 점에서는 아스타틴머신보다 낫다는 사실을 깨닫는다―나는 가돌리늄을 속일 수 있다.

"뭐, '그 여자'랑 유전자도 다르고 성격도 다르고 아마 지능지수도 많이 낮을 거야. 하지만 겉모습은 똑같잖아? 코끼리처럼 생긴 게 코끼리처럼 움직이고 코끼리 소리를 내고 코끼리 냄새가 난다면, 그건 코끼리인 거야."

나는 눈을 감고 에오스의 검은 머리와 검은 눈동자, 그리고 가무잡잡한 피부를 떠올리려 애쓴다.

'아스타틴의 후계자들이 저를 쫓을 일은 더 없겠군요. 저는 이제 당신들의 이상형이 아닐 테니까.'

'이제 더 배웅해주지 않으셔도 돼요.'

'고마워요.'

나는 눈을 뜬다.

"아스타틴이 되기를 포기하고 너를 인정하는 대가가 이건가? 이것과, 아까 또 뭐라고 했지? 아스타틴이사회의 이사?"

내가 묻는다.

"상임이사 자리를 줄게."

그 제안은 별로 솔깃하지 않다. 차라리 그다음에 가돌리늄이 한 말이 더 설득력이 있다.

"너는 이 게임을 이기지 못해, 사마륨. 너에게 아스타틴은 허상이야. 그건 나한테만 리얼해. 네가 만약 아스타틴처럼 살고 싶다면 내 손에 죽거나, 아니면 스스로를 비굴하고 무능력한 존재로여기면서 자기 비하 속에 연명할 수밖에 없어. 하지만 그럴 필요가 뭐가 있지? 그냥 네 나름의 삶을 살면 되잖아? 아스타틴이 아닌, 사마륨의 삶을 말이야. 아스타틴이사회의 이사는 괜찮은 자리야. 이런저런 즐거움을 누리고, 여러 가지 경험을 쌓을 수 있는 자리라고. 그것들도 리얼해. 가짜가 아니야. 저 여자도 리얼해. 네가 '그 여자'의 허상을 계속 쫓는다면 저 여자가 가짜겠지만, 그 허상을 버린다면……"

"일주일만 시간을 줘."

내가 말한다. 구석에 앉은 여자는 뭐가 어떻게 돌아가는지 몰라 여전히 불안한 표정이다. 연노란색의 오로라가 그녀의 손과 턱끝에 물방울처럼 맺힌다.

"사흘 줄게. 아무리 불완전하다 해도 초지능체를 혼자 오래 놔
두는 건 아무래도 불안하니까 말이야."

나는 입술을 깨물고 고개를 끄덕인다. 가돌리늄이 비릿하게 웃
는다.

4. 가니메데

너는 종기이고 역병으로 생긴 부스럼이며,
오염된 나의 피로 인해 부풀어오른 염증이다.
　　　　　　　　　　　　　　　　　　—리어

가니메데는 목성의 가장 큰 위성이다. 가니메데는 목성권과 토
성권의 사실상의 행정 수도이기도 하다. 아스타틴이사회 본부가
가니메데에 있기 때문이다.

아스타틴머신과 아스타틴이사회는 가돌리늄을 아스타틴의 현
신現身으로 인정했다. 가돌리늄은 가니메데의 아스타틴광장에서
취임식을 올릴 예정이다. 그는 전용기를 타고 가니메데로 왔다.
법적으로는 아직까지 시민이 아니라 부활 대상자지만, 또 여러 범
죄의 용의자지만, 경찰 로봇은 그를 저지하지 않았다.

나는 아스타틴이사회에서 제공해준 우주선을 타고 가니메데로
왔다. 세륨과 나란히 일등석에 앉았다. 경찰 로봇은 우리도 저지
하지 않았다. 내 옆자리에는 에오스를 닮은 여인이 앉았다. 세륨

은 그 자신도 여성이면서 에오스를 닮은 여인을 보고 황홀한 표정을 지었고, 말을 붙이려 했다. 나는 그가 여자와 이야기를 나눌 수 있도록 자리를 피해주었다. 세륨은 정작 내게는 인사조차 건네지 않았다. 나 역시 마찬가지였다. 나는 아스타틴이사회의 상임이사가, 세륨은 비상임이사가 될 예정이었다.

나는 가돌리늄이 조만간 우리 둘을 제거하리라 생각한다. 아무리 그가 무소불위의 권력자가 된다 하더라도, 아스타틴의 유전자와 기억을 가진 형제는 그냥 놔두기에는 찜찜한 존재다.

암살을 하거나, 교묘하게 짜놓은 스캔들의 희생자로 만들거나, 둘 중 하나이지 않을까.

세륨이 먼저일까, 내가 먼저일까?

공항의 보안 검색대는 아스타틴이사회의 이사 자격으로 그냥 통과한다. 그러나 아스타틴광장의 취임식장에 들어갈 때에는 나도 세륨도 꼼꼼히 몸수색을 받는다.

세륨은 신체를 여러 군데 개조하여 검색대에서 애를 먹는다. 나도 검색대를 통과하는 데 시간이 오래 걸린다. 검색대 직원이 다가와 말한다.

"사마륨 이사님, 저희가 엑스선으로 신체 검진도 같이 하고 있는데요. 이사님 한쪽 폐가 다 상해 있습니다. 거의 죽은 거나 마찬가지입니다."

직원이 홀로그램을 손 위에 띄워 내민다. 내 왼쪽 폐는 구멍이 잔뜩 뚫려 너덜너덜한 누더기 뭉치처럼 보인다.

"제가 유황 가스를 너무 많이 들이마셔서 그런 모양이군요. 조만간 이식수술을 받도록 하겠습니다."

나는 직원에게 고맙다고 답한다. 에오스를 닮은 여자가 나를 걱정하는 눈빛으로 바라본다. 그녀가 겨우 내게 말을 건다. 취임식이 끝나는 대로 같이 병원에 가자고 애원한다. 나는 천천히 머리를 끄덕인다.

아스타틴광장 곳곳에는 가니메데에서 볼 수 있는 특유의 검은 고드름이 하늘로 거꾸로 솟아 있다. 테라포밍 초기, 이 위성의 대기 성분을 바꾸는 데 사용된 나노 머신 일부가 돌연변이를 일으켰다. 자기조직화 코드에서 오류가 발생한 듯한데, 그 결과 나노 머신들이 뭉쳐서 결정이 되는 현상이 벌어졌다. 땅 곳곳에 그런 결정들이 혹처럼 자라났다. 사람 키만큼 자란 것도 있었다. 청소 로봇들이 정기적으로 제거 작업을 벌이지만 근본적인 대책은 없다. 어떤 나노 머신 결정은 건물 모서리나 창틀에서 괴상한 모양으로 자라났다. 마치 나무뿌리가 벽을 뚫고 나온 것처럼.

광장에는 사람들이 천 명가량 모여 있다. 이사회와 의회 관계자들, 기업인들, 주민 대표로 뽑힌 사람들, 축하 사절들이다. 지구권 국가의 전직 대통령 몇 사람도 있다.

광장 밖에서는 극렬 공화주의자 몇십 명이 시위를 벌이는 중이다. 그들은 '아스타틴 일인 독재 이젠 그만' 같은 구호가 적힌 피켓을 들고 있다. 얼굴을 가린 사람도 있고 아예 부활을 포기한 자들도 있다. 경찰 로봇이 그들을 도발하며 폭력 시위를 유도하지만 공화주의자들은 쉽게 속아넘어가지 않는다.

취임식은 지루하다. 아스타틴이라면 피식 웃으면서 행사 중간에 자리에서 일어나 나가버렸을 것이다. 특히 식전 행사가 길다. 인기 가수들이 무대에서 공연을 펼치고, 목성과 토성의 각 위성 대표로 온 아이들이 〈목성의 노래〉와 〈토성의 노래〉를 몇 번이나 부른다. 탁한 빛깔의 오로라가 식장 조금 위 공중에서 부드럽게 넘실거린다.

본 행사 전에 식사를 한다. VIP석에서는 뷔페식으로 밥을 먹는다. 아스타틴이사회의 이사들이 내게 다가와 인사한다. 나는 주의 깊게 공손한 태도를 유지한다. 그들이 나의 몸종이나 다름없었던 기억을 억누르려 애쓴다.

의장대가 행진하고 예포를 발사하면서 본 행사가 시작된다. 하늘에 거대한 홀로그램이 나타난다. 영웅 가돌리늄을 주인공으로 한 영상이다.

이사회의 수석상임이사 다음 연설자는 나다. 나의 축사 뒤에 가돌리늄이 올라와 취임사를 읽을 예정이다.

나는 단상에 오른다.

*

"존경하는 목성권과 토성권의 주민 여러분, 멀리서 찾아와주신 지구권 인사 여러분, 의장님을 비롯한 이사회 관계자 여러분, 안녕하세요. 저는 사마룸입니다. 저는 선대 아스타틴님의 유전자와 기억의 일부를 물려받았습니다. 덕분에 가돌리늄님과 잠시나마 서로의 운명을 걸고 경쟁하는 영광을 누리기도 했습니다."

청중이 설레고 긴장한 표정으로 나를 바라본다. 게임 막판에 너른 품을 지닌 지도자로 이미지 변신에 성공한 가돌리늄이나 대중에게 겁쟁이로 인식된 세륨과 달리, 나는 끝까지 수수께끼의 인물이었고 또 음험한 캐릭터였다. 이 자리에 모인 사람들 중에 가장 앞날이 불투명한 인물이기도 하다. 모두 내가 언젠가는 숙청당할 거라고 예상한다. 내가 가돌리늄에게 반기를 들고 반란을 일으키길 은근히 기대하는 사람들도 있다. 현실 정치를 사극처럼 즐기는 이들 말이다.

나는 준비한 원고를 계속 읽는다.

"그러나 저는 가돌리늄님에 비하면 실력이 형편없이 모자랐습니다. 지력에서도, 체력에서도, 의지력에서도 상대가 되지 않았습니다. 하지만 제가 아스타틴게임에서 마지막에 가돌리늄님께 항복을 한 것은 그런 실력 부족 때문이 아니었습니다."

나는 사람들이 뒷이야기를 궁금히 여기도록 뜸을 들인다. 하지만 다음에 이어지는 내용은 전혀 중요하지 않다. 아무렇게나 쓴 문장들이다. 나는 내가 아스타틴스러움에 대해 오해했으며, 그것이 나의 패인이라고 고백한다. 내게 '아스타틴이란 무엇인가'를 가르쳐준 사람이 바로 저기에 앉아 있다, 라고 말하며 가돌리늄을 가리킨다. 가돌리늄은 그런 제스처를 재미있어하는 얼굴이다. 아스타틴은 우리를 낳은 아버지이고 영적 스승이며 자아를 실현하는 방법에 대한 우화이자 우리 문명의 나아갈 바를 알려주는 신화라고, 나는 목소리를 높인다. 그런 개소리에 청중들이 감동한다.

나는 본론으로 들어간다.

"어쩌면 우리 모두가 아스타틴인지도 모릅니다. 우리 안의 가장 대담하고 자유롭고 용감한 그 정신이 바로 아스타틴인 것입니다. 이 말씀이 황당하게 들리실지도 모르겠습니다. 하지만 진짜 황당한 게 무엇인지 아십니까? 제가 며칠 전에 타이탄에서 발견한 단백질입니다. 이 단백질이야말로 그 어떤 화려한 수사보다 더 진실하고 분명하게, 아스타틴이라는 위대한 정신이 무엇인가를 웅변하고 있습니다."

노란색 오로라가 두 줄로 내 몸에서 뿜어져나간다. 그 단백질은 실은 바이러스다. 백오십 나노미터쯤 되는 놈이다. 나는 그 바이러스를 발견한 게 아니다. 내 몸에서, 정확히는 폐 안에서 만들어 키웠다. 바이러스의 독성을 강화시키는 실험을 사흘 동안 쉴새없이 거듭하는 바람에 폐가 헌 걸레처럼 구멍이 송송 뚫리고 너덜너덜해졌다.

"그 단백질이 언제 타이탄에 퍼졌는지는 잘 모릅니다. 그러나 토성의 다른 위성, 엔켈라두스에도 그 단백질이 있을 거라고 확신합니다. 가니메데의 대기에는 분명히 있습니다. 목성의 다른 위성들에도 그 단백질이 있을 것입니다. 바글바글할 것입니다!"

최근 사흘 사이에 타이탄에도, 다른 위성들에도 그 바이러스가 퍼졌다. 내 폐에서 입을 거쳐 대기로 나간 것이었다. 타이탄공항에서 나는 여러 차례 숨을 깊이 들이마시고 뱉었다. 다른 위성으로 가는 승객들이 그 바이러스를 묻혀 가도록. 가니메데에서는 지금 이 순간에도 내 입김을 통해 바이러스가 뿜어져나오고 있다. 바이러스는 아마 에우로파의 수중 도시로까지 침투했을 것이다. 나는 바이러스의 전파속도와 발병 시기에 대해 몇 번이나 시뮬레이션을 해보았다.

가돌리늄이 비로소 불안한 기색을 띤다.

"이 단백질이 아스타틴과 무슨 상관이냐고요? 여러분, 아스타틴의 정신은 불멸이고, 무적입니다. 그 위대한 정신은 단백질 따위에 굴복하지 않습니다. 하지만 우리가 아스타틴이라고 불렀던 어떤 남자의 몸은, 그 단백질에 반응합니다. 이 단백질은 전 세계에서 단 서너 사람의 몸에 기이한 유전병을 일으킵니다. 그 남자의 유전자에 애초에 새겨져 있던 결함을, 이 단백질이 세상에 드러냅니다. 그 병이 발병할 가능성이 있는 한, 우리는 다시는 아스타틴의 복제 인간을 그대로 재현할 수 없습니다. 다시는 아스타틴을 그대로 부활시킬 수 없습니다. 아스타틴의 유전자에 손을 대야 하고, 그러면 새로 태어나는 사람은 아스타틴이 아닌 것입니다. 그러나 여러분, 아스타틴의 정신은 그런 유전자와는 무관합니다. 그 혼은……"

가돌리늄이 자리에서 일어나 내게로 뛰어든다.

가돌리늄이 취임사를 하러 무대에 올라오면 그에 맞춰 하늘 위로 장엄한 홀로그램이 뻗어오르게 되어 있다. 아스타틴의 과거 업적을 편집한 영상들이다. 그런데 가돌리늄이 불쑥 뛰어드는 바람에 뜬금없이 영상이 재생된다. 재생속도 또한 빨리 감기 된 채라서, 하늘에 떠오른 거대한 아스타틴이 우스꽝스러운 음악에 맞춰 춤추는 코미디언처럼 보인다.

이게 내가 만들어놓은 덫이다.

취임식 행사를 맡은 프로그램의 보안장치가 너무 막강해서, 내가 할 수 있었던 해킹이라고는 그 홀로그램의 속도를 조절하거나 멈추는 것밖에 없었다. 하지만 그것이면 충분하다.

내가 만든 단백질은 아스타틴의 유전자를 가진 사람에게만 병을 일으키는 맞춤형 바이러스다. 이 바이러스는 아스타틴의 잠재된 유전병 하나를 발현시킨다. 아주 희귀한 타입의 광光과민성 뇌전증이다. 아스타틴의 몸을 가진 사람이 이 바이러스에 감염되면 특정한 속도로 깜빡이는 빛이나 같은 속도로 진동하는 물체를 볼 때 극심한 발작을 일으키게 된다. 그 발작은 절대로 멈추지 않는다.

'이게 뭐야' 하는 표정으로 하늘을 올려다본 세륨이 바닥에 쓰러져 경련을 일으킨다. 가능하면 하늘을 바라보지 않으려 했으나, 이미 내 몸도 반응을 보이고 있다. 머리가 어지러워서 서 있기 힘들어진다. 어깨가 절로 떨렸고, 신물이 식도를 거슬러올라온다. 죽어가는 어미 옆에서 어쩔 줄 모르는 새끼 동물처럼 오로라가 내 몸 주변을 어지럽게 돌아다닌다.

나는 얼굴을 찌푸리며 무대에 쓰러진다. 에오스를 닮은 여자가 뛰어온다…… 가돌리늄…… 가돌리늄은 어디에……? 나는 입에서 침을 흘리며 필사적으로 바닥을 긴다. 턱과 어깨에 힘을 주어 몸을 튼다.

가돌리늄은 무대 한쪽 편에서 배를 하늘로 향한 채 드러누워 팔다리를 덜덜 떨고 있다. 살충제를 뒤집어쓴 바퀴벌레처럼.

나는 크게 웃고 싶어진다. 내 입에서는 웃음 대신 위액이 왈칵 쏟아져나온다.

*

나는 앰뷸런스에서 정신을 차렸다. 그리고 정신을 차리자마자 뭔가 잘못됐음을 깨달았다.

나는 정신을 차리면 안 되었다. 세륨도, 가돌리늄도, 그리고 나도 모두 발작으로 죽었어야 했다. 나는 몇 번이나 시뮬레이션을 해봤다. 그때마다 결론은 같았다. 우리는 모두 뇌사 상태에 빠졌어야 했다. 발작은 우리 몸의 인간적인 부분을 넘어 초지능에까지 영향을 미치도록 설계되어 있었다.

이유는 알 수 없지만 어쨌든 몸 상태가 멀쩡해져 있었으므로, 나는 앰뷸런스 뒷문을 부수고 달리는 차에서 뛰어내렸다. 그리고 쫓아오는 경찰 로봇을 피해 근처에 있는 건물로 숨었다.

텔레비전 뉴스를 통해 세륨도, 가돌리늄도 죽지 않았음을 알게 됐다. 세륨은 혼수상태였다. 의사들이 가돌리늄을 구하는 치료법을 찾아내기 위해 세륨의 몸으로 이런저런 실험을 벌이는 것 같았다.

가돌리늄은 사흘째 되는 날 모습을 드러냈다. 언론은 그가 건재함을 과시하며 사망설을 잠재웠다고 보도했지만, 화면 속 가돌리늄의 모습은 어딘지 이상했다. 과거의 자신만만함은 온데간데없었다. 경호 로봇이 지척에 네 대 있었고, 사복을 입고 민간인인 척하는 경호 인력도 수십 명이 보였다. 그의 걸음걸이는 더이상 우아하지 않았다.

중요한 재판 두 건이 이유 없이 갑자기 연기되었다. 각료 회의도 연기되었다. 내게는 천문학적인 현상금이 걸렸다.

나는 무슨 일이 일어났는지에 대해 가설을 하나 세웠다. 이 가설에 따르면, 내가 만든 바이러스는 절반의 성공을 거뒀다. 이 바이러스는 원래 아스타틴의 유전자를 가진 사람의 뇌를 박살내도록 되어 있었다. 그래서 세륨은 식물인간이 되었다.

나와 가돌리늄의 경우에는, 우리의 의식과 결합된 초지능이 순간적으로 바이러스의 작동 기제를 파악하고 대처한 것 같았다. 내 경우에는 무의식 속 정원 컴퓨터의 생존 본능으로, 가돌리늄의 경우에는 통합의식의 80퍼센트를 점유하고 있던 아스타틴머신의 능력으로.

정원 컴퓨터는 내가 의식을 잃은 사이에 재빨리 바이러스의 치료제를 개발해 몸에 적용한 것 같았다. 대신에 바이러스와의 대결 과정에서 생체 회로의 결정적인 부분들이 작동하지 않게 된 것 같았다. 나는 이제 아무리 애를 써도 오로라를 볼 수 없다. 다시 말해, 이오에 가기 전의 몸 상태가 되었다.

가돌리늄과 아스타틴머신도 치명상은 피한 듯했다. 그러나 절반 정도 진행된 그들의 통합의식은 두 조각이 나면서 양쪽에 모두 상처를 입힌 게 틀림없었다. 가돌리늄의 걸음걸이가 달라진 건 그 때문이다. 아스타틴머신은 일종의 부분 뇌사 상태에 빠진 것 같다. 재판과 각료 회의가 열리지 않는 이유가 그 때문이지 않을까? 일상적인 행정 업무는 처리할 수 있지만, 고도의 사고 능력을 요하는 일들은 할 수 없게 된 것 아닐까?

이 모든 것이 나를 겨냥한 가돌리늄의 기만 작전일 가능성도 있긴 하다. 내 가설이 옳은지 확인하는 길은 하나뿐이다.

*

가돌리늄이 공식적으로 아스타틴이 된 지 닷새째 되는 밤, 나는 그의 집무실을 습격한다.

경비 로봇이 수십 대 달려들지만 내 상대가 되지 못한다. 나는 플라스마 채찍으로 로봇들을 모두 정리한 뒤 아스타틴타워의 최고층으로 올라간다. 방송사들이 보낸 드론이 아스타틴타워 주변을 붕붕 날아다니면서 내 모습을 찍는다.

가돌리늄은 집무실 의자에 새파랗게 질린 얼굴로 앉아 있다. 경호 로봇 여덟 대가 내게 덤벼든다. 앞에서 네 대, 뒤에서 세 대, 그리고 천장에서 한 대. 출력 제한을 적용받지 않는 모양인지, 움직임도 빠르고 화력도 지나치게 강하다.

개중 한 녀석이 발사하는 탄자彈子는 내력벽을 마분지인 양 쉽게 뚫어버리고, 그래서 한쪽 벽이 거의 무너질 지경에 이른다. 또다른 한 대는 구형球形 번개와 닮은 에너지 덩어리를 쏘아올리는데, 이 에너지 덩어리들은 공중을 천천히 떠다니면서 이따금 플레어를 내뿜는다. 그 자체로는 대수롭지 않은 공격이나, 근접 신관이 있는 대인용 미니 유도미사일을 쏘는 다른 로봇의 공격과 결합하니 패턴을 파악하기가 까다롭다.

내가 로봇들과 싸우는 사이 가돌리늄은 위층으로 도망친다. 마지막 로봇을 처리한 나는 그를 쫓아간다.

"총통 전용기를 기다리고 있나? 안 올 거야. 여기 오기 전에 그 우주선부터 부수고 왔거든."

가돌리늄의 꿍꿍이는 탈출용 비행기를 타는 것이 아니다. 격납고를 겸하는 그 방에는 바닥과 천장, 그리고 벽마다 인공중력장 발생기가 있는 모양이다. 가돌리늄이 인공중력을 조절한다. 위아래가 바뀌고, 나는 천장을 향해 떨어진다. 가돌리늄이 마이크로 레일건을 내게 겨눈다. 인공중력이 그에게는 영향을 미치지 않는다. 간단히 말해 그는 이 방에서 날아다닐 수 있고, 나는 다음 순간 내가 어느 방향으로 떨어질지 모르는 신세다.

나는 몇 분간 천장과 바닥, 벽에 매달리거나 그 위에서 뛰거나 구르며 고전한다. 마이크로 레일건의 탄알이 내 주위로 우박처럼 쏟아진다. 그러나 나는 결국 가돌리늄의 손목에 감긴 물건이 인공중력 조절기라는 사실을 알아차리고, 플라스마 채찍으로 그 기계를 내리치는 데 성공한다.

마침내 가돌리늄은 나와 같은 평면 위에 선다. 가돌리늄은 벌벌 떨면서 마이크로 레일건을 내게 겨눈다. 조준이 형편없어서 탄알이 다 빗나가지만, 나는 그중 몇 개를 굳이 플라스마 채찍으로 쳐낸다. 방송 카메라에는 그편이 더 멋있게 잡힐 테니.

가돌리늄의 레일건에서 탄알이 다 떨어진다. 나는 하품을 하는 시늉을 하고 그의 앞에 단도를 던져준다.

"이걸로 싸워보자고. 네 특기잖아?"

가돌리늄은 떨리는 손으로 단도를 집어든다. 나도 플라스마 채찍을 끄고 단도를 뽑는다.

가돌리늄은 처음에는 그럭저럭 선전하는 듯 보인다. 내가 그런 장면을 연출하기 때문이다. 나는 결정적인 순간에 그의 칼날을 쳐내거나 간발의 차이로 피하면서 그의 힘을 천천히 뺀다. 가돌리늄도 내가 봐주고 있다는 사실을 곧 눈치챈다.

"그냥 죽여! 죽이라고! 이렇게 모욕하지 말고!"

나의 원수는 칼을 집어던지고 부르짖는다.

"단검술조차 아스타틴머신의 능력이었어? 도대체 넌 뭐였어? 걸어 다니는 시체였어? 네 머릿속에서 아스타틴머신을 빼고 남는 게 있긴 있었어?"

내가 묻는다.

"난 의지였어! 아스타틴머신은 의지의 도구였고! 내가 계획을 세웠어! 통합연대에 대항해서 독립연맹을 만들고, 행성간 유도미사일 프로그램을 업그레이드할 때 몰래 넣은 코드로 이오에 미사일을 발사하고, 홍보 효과가 좋은 순서대로 남은 녀석들을 죽였어! 그게 다 내 머리에서 나온 생각이었다, 사마륨 이 개자식아!"

그가 악을 쓴다.

"그랬군."

나는 그에게 다가가 단도로 목을 긋는다. 헤모글로빈이 개조돼 지구인보다 훨씬 선명한 붉은빛을 띤 피가 하늘로 솟구친다.

*

내가 가돌리늄을 죽이고 모습을 감추자 공화주의자들이 반란을 일으켰다. 아스타틴머신이 작동하지 않자 그제야 공화주의자임을 밝히고 나선 사람들이 꽤 있다.

공화주의자들은 여전히 소수파이지만, 의견이 통일돼 있다는 점에서 유리하다. 공화주의자들에 맞선 아스타틴파는 저들끼리 여러 갈래로 의견이 분분하다. 크게 네 가지 분파가 있다. 나를 새로운 아스타틴으로 인정하자는 분파, 나를 새로운 아스타틴으로 인정하되 그전에 이사회 정관을 바꿔야 한다는 분파, 아스타틴머신을 고친 뒤 아스타틴머신에 물어보자는 분파, 부활 의식을 처음부터 다시 시작해야 한다는 분파.

부활 의식을 처음부터 다시 시작해야 한다는 분파는 현실적인 한계에 부딪혔다. 아스타틴의 유전자를 이용해 아스타틴의 사본들을 다시 만들어낸다면, 그들 역시 극심한 광과민성 발작을 일으키는 '아스타틴병'에 걸릴 것이다. 내가 만든 바이러스는 이미 인간이 살고 있는 모든 천체에 골고루 잘 퍼진 상태다. 지구와 달, 소행성대에까지. 그걸 다 없앨 수는 없다.

아스타틴머신에 물어보자는 의견 역시 만만치 않은 반대에 맞닥뜨렸다. 아스타틴머신은 고차원적인 사고를 담당하는 영역이 완전히 고장났다. 소위 인공지능 전문가라는 자들조차 그 회로를 제대로 이해하지 못한다. 그나마 가능성이 있음직한 유일한 방법은 아스타틴머신을 완전히 껐다가 새로 켜는 것뿐이다. 그런데 그랬다가 기계가 제대로 켜질 거라는 보장이 없기에, 이 방법에 반대하는 사람들이 많다. 아예 고차원적 사고를 담당하는 영역이 고장난 아스타틴머신을 그대로 운영하자는 사람들이 대다수다. 특히 나와 가돌리늄의 결투를 통해 아스타틴머신이 부활 의식에 간여했다는 사실이 알려지면서 그런 의견이 많은 지지를 얻었다.

나를 새로운 아스타틴으로 인정하자는 분파와 나를 새로운 아스타틴으로 인정하되 그전에 이사회 정관을 바꿔야 한다는 분파는 필사적으로 나를 찾아다녔다.

나는 폐를 완전히 재생시킨 다음날 그들의 우두머리를 만난다.

아스타틴파의 우두머리는 대의명분을 장황하게 설명한다. 어떻게 공화주의자들을 물리치고 벌줄 것인지도 역설한다. 오로라를 볼 수 있는 능력이 여전히 남아 있다면 저자의 주변에 어떤 색, 어떤 모양의 오로라가 펼쳐질지 잠시 궁금해진다. 나는 짐짓 진지한 표정을 지으며 부탁한다.

"생각할 시간이 좀 필요합니다. 일주일만 시간을 주십시오."

"사흘이면 안 될까요? 사람들이 불안해합니다."

아스타틴파의 우두머리가 호소한다. 가장 불안해하는 사람은 그자인 것 같다. 나는 알겠다고 대답한다. 사흘 뒤에 내게 영상 전화를 걸라고 이른다. 중대 메시지를 발표할 테니, 그 영상을 아스타틴방송으로 방영하면 좋겠다고도 넌지시 말한다.

나는 그 사흘 사이에 아스타틴이사회의 금고를 턴다.

아스타틴파의 우두머리가 약속한 시간에 내게 전화를 건다.

"아스타틴님, 아스타틴님!"

아스타틴파의 우두머리 뒤로 기대에 부푼 지지자들의 모습이 나타난다. 각종 구호를 적은 현수막들이 벽에 걸려 있다. 자기들끼리 그림자 내각을 짜고 살생부를 만들었다는 이야기는 뉴스 보도에서 들었다.

"저는 아스타틴이 아닙니다. 저는 사마륨입니다."

내가 대꾸한다.

"아, 죄송합니다. 사마륨님. 혹시 그사이 마음을 정하셨는지요?"

그는 이 모든 것이 정치적 쇼라고 믿는 듯하다. 내가 사흘의 말미를 달라고 한 이유도, 그저 이 기자회견의 주목도를 높이기 위해서였다고 생각하는 것 같다.

"예, 정했습니다. 여러분 덕분입니다. 원래도 그렇게 해야겠다고 생각하고 있었지만, 여러분들의 모습을 보고 마음이 더 확고해졌습니다."

"그렇다면 빨리 말씀해주십시오! 아스타틴님의…… 아니, 사마룝님의 그 고귀한 결단을! 저희는 목숨을 걸고 말씀을 따르겠습니다. 방해하는 자들은 저희들이 앞장서서 제거하겠습니다!"

아스타틴파의 우두머리가 기쁨에 찬 목소리로 외친다.

"아니, 제 말에 목숨을 거실 필요까지는 없습니다. 아무튼 제가 결심한 내용을 말씀드리지요. 저는 목성권과 토성권을 떠나기로 했습니다. 지구권으로 가지도 않을 것입니다. 저는 여러분들이 저를 찾을 수 없는 곳에 가서 새로운 삶을 살기로 했습니다. 목성권과 토성권 주민 여러분들의 앞날에 좋은 일들이 가득하기를 기원합니다. 많은 어려움이 있을 터이고 새로이 도전해야 할 일도 있겠지만, 여러분들이 지혜롭게 풀어가시리라 믿습니다."

경악에 찬 아스타틴파 우두머리를 내버려두고 나는 자리에서 일어난다. 우주선 상태를 점검하기 위해서다.

훔친 우주선은 원래는 목성에서 토성 정도까지 갈 수 있는 배이다. 객실을 뜯어내고 화물과 연료를 채워넣은 터라 상태를 꼼꼼히 살펴야 한다. 화물 대부분은 아스타틴이사회의 금고에서 가져온 테라포밍 관련 장비들이다. 금고에서 그 물건을 빼내올 때 아스타틴의 유전자지도나 수정란 같은 것들은 몽땅 다 파괴했다.

*

조종석으로 돌아갔더니 아스타틴파 우두머리가 그때까지도 전화를 끊지 않고 나를 기다리는 중이다. 조금 전에 발표된 쇼킹한 뉴스의 헤드라인 홀로그램들이 그의 머리 주변을 떠다니고 있다.

"저희에게는…… 가련한 저희 같은 것들에게는…… 초인이 필요합니다."

나를 본 아스타틴파의 우두머리가 애원한다.

"하지만 초인에게는 아무도 필요하지 않죠."

우주선의 시동을 건다.

"그러면 앞으로 누가 우리를 이끌어준단 말입니까?"

아스타틴파의 우두머리는 당장이라도 울음을 터뜨릴 것만 같은 표정이다.

"스스로 이끌어가십시오."

영상 전화 강제종료.

목성권과 토성권의 주민들에게는 아무런 미안함도 없다. 그들은 스스로 살길을 찾을 것이다. 아스타틴머신을 다루는 법을 익힐 것이다.

아예 꺼버리는 것도 괜찮은 해결책이고.

에오스를 닮은 여자에게는 약간 미안한 마음이 든다. 하지만 그녀는 어떤 기준으로 봐도 매력적인 여자다. 괜찮은 연인을 만나고, 자기 인생을 살 수 있으리라 믿는다. 나를 향해 프로그래밍된 애정은 극복할 수 있을 것이다. 그녀 역시 프로그램 이상의 존재다. 그녀 안에도 많은 가능성이 있다.

활주로 주변에는 돌연변이 나노 머신이 뭉쳐져 생긴 검은 고드름들이 유난히 많다. 우주선이 밤 활주로를 달리기 시작한다. 고드름들이 툭툭 끊어지며 어둠 속으로 사라진다.

가니메데의 도시들이 반짝거리며 멀어진다. 나는 단숨에 가니메데의 대기를 뚫고 날아오른다.

목성 중력권을 벗어난다.

어디로 갈지는 아직 마음을 정하지 않은 상태다. 천왕성이나 해왕성이 머릿속에 처음 떠오른 후보다. 천왕성의 위성 중에는 오베론이, 해왕성의 위성 중에는 트리톤이 테라포밍에 적합해 보인다.

우주선의 컴퓨터가 내 의도를 읽고 화면의 해왕성을 확대한다. 터키색 행성을 보고 나는 한 여인의 눈동자를 떠올린다.

아니면 더 먼 곳으로 갈까?

혜성들이 만들어지는 곳으로?

멀리에 별들이 있다. 나는 공허를 헤치고 나아간다.

* 각 장의 도입부에서 인용한 셰익스피어의 4대 비극 대사는 2014년 펭귄클래식코리아에서 출간한 스탠리 웰스의 『오셀로』(케네스 뮤어 엮음, 강석주 옮김), 『햄릿』(T. J. B. 스펜서 엮음, 노승희 옮김), 『맥베스』(조지 헌터 엮음, 김강 옮김), 『리어 왕』(조지 헌터 엮음, 김태원 옮김)에서 가져왔다.
* 소설의 마지막 두 문장 "멀리에 별들이 있다. 나는 공허를 헤치고 나아간다"는 앨프리드 베스터의 『타이거! 타이거!』(최용준 옮김, 시공사, 2004)의 또다른 제목 'The Stars, My Destination'을 오마주했다.

데이터 시대의 사랑

이유진과 송유진은 서울 신도림동의 한 극장에서 만났다. 오후 열한시 오십오분에 상영하는 대만 영화가 시작되기 몇 분 전이었다. 대만에서는 상업 영화였는데 한국에 와서 다양성 영화로 대접받는 그런 영화였다.

팝콘과 음료수를 파는 카운터와 영화 예고편을 되풀이해서 틀고 있는 커다란 광고 스크린 사이에서 열댓 명 정도가 지치고 무료한 표정으로 각자 휴대전화기 화면을 들여다보고 있었다. 그러다 그중에 몹시 마른 한 중년여성이 가슴을 움켜쥐며 바닥에 쓰러졌고, 사람들이 쭈뼛거리며 그 주변에 모였다.

이유진은 쓰러진 여성의 맥박을 짚고 얼굴이 하얗게 질린 극장 직원에게 근처에 자동심장충격기가 있을 테니 찾아오라고 지시했다. 그녀는 또 멀뚱하게 서 있는 송유진을 손가락으로 가리키며 119에 신고해달라고 부탁했다. 그러고 나서 쓰러진 여성을 상대로 심폐소생술을 실시했다.

119 구조대원들이 여성을 들것에 신고 가자 구경하던 사람들은 멋쩍은 표정을 지으며 상영관으로 들어갔다. 이유진은 송유진에게 도와줘서 고맙다고 말했다. 송유진은 바보 같은 얼굴로, 이유진이 쓰러진 여성과 일행인 줄 알았다고 말했다. 이유진은 오늘 처음 본 사람이라고 대답했다.

지금 들어가면 영화를 보실 수 있을 거 같은데요. 앞부분은 좀 놓치겠지만…… 이유진이 말했다.

글쎄요. 사실 영화를 보러 왔다기보다는 그냥 잠이 안 와서 나온 거라…… 송유진이 말했다.

그들은 극장을 나와 영화관만큼이나 어두컴컴한 바에 들어갔다. 송유진은 이유진에게 심폐소생술을 어디서 배웠느냐고 물었다. 이유진은 자신이 빈곤 여성과 아동을 돕는 국제 비영리 기구에서 일하며, 분쟁 지역에 파견되는 응급 구호팀에서 근무한 적이 있다고 했다. 그녀는 약대를 졸업했고 약사 자격증이 있다는 얘기를 할까 말까 하다가 하지 않기로 했다. 비영리 기구에서 일하기 전에는 잠시 목공을 배운 적도 있었다.

어릴 때는, 세상을 구하고 싶었죠. 겁이 없어서. 이유진이 말했다.

송유진은 자신이 혼자서 스페인 음식점을 운영한다고 이야기했다. 어떤 날에는 장사를 마친 뒤에도 흥분이 식지 않아 멍하니 혼자 술을 마시거나 영화를 보러 간다고 했다. 피곤할 날일수록 더 그렇다는 말은 굳이 덧붙이지 않았다. 그는 자기 할아버지가 그란카나리아섬에서 태권도를 가르쳤고, 스페인에서 자란 한인 2세 아버지가 마드리드로 유학 온 한국인 어머니와 결혼했다고 설명했다. 정작 그 아들인 송유진은 스무 살에 서울로 왔다.

돌고 돌아 한국에서 스페인 요리를 만들게 됐네요. 송유진이 말했다.

송유진은 이유진에게, 왜 하필 자신을 가리키며 119에 전화를 걸라고 말했느냐고 물었다.

그런 상황에서는 한 사람을 콕 집어서 부탁해야 해요. 아니면 서로 눈치를 보다가 아무도 나서지 않거든요. 이유진이 말했다.

그건 알겠어요. 그런데 왜 다른 사람이 아닌 저를 가리키셨느냐는 말이죠. 송유진이 말했다.

글쎄요, 잘생겨서?

*

이유진은 송유진을 처음 봤을 때 '야비하게 잘생긴 남자'라는 생각이 들었다고 말했다.

야비하게 잘생긴 건 또 뭐야. 송유진이 웃으며 물었다.

만나보면 스릴이 있을 거 같은데 깊이 사귀고픈 마음은 들지 않았다는 얘기지. 젊을 때는 그런 남자 한번 만나보는 것도 좋지. 이유진이 말했다. 그리고 그 '야비하게 잘생겼다'는 첫인상이 곧 '잔인하게 잘생겼다'로 바뀌었다고 덧붙였다.

잔인하게 잘생긴 건 또 뭐야. 송유진이 이유진을 끌어안으며 그녀의 귀에 속삭였다.

다시 보니 처음 봤을 때보다 더 섹시해 보였다는 얘기야. 이유진이 대답했다.

이유진은 서른여섯번째 생일이 며칠 지난 날에 송유진을 알게 되었기 때문에 한동안 고민했다. 이성 관계에서 스릴을 원하는 나이는 지났다고 여겼기 때문이다. 게다가 송유진은 그녀보다 다섯 살이나 어렸다. 만난 시점도, 나이 차이도 애매했다. 그녀가 사십대가 되어도 송유진은 여전히 삼십대 중반이라는 얘기였다. 송유진이 저돌적으로 접근해왔을 때 그녀는 거기에 휩쓸려가면서도 그 사실을 잊지 않았다.

당초 예상보다 송유진과의 연애가 길어지고, 또 달콤했기에 이유진은 본격적인 고민에 빠져들었다. 이제 갓 서른을 넘긴 남자인 송유진이 관계 맺기의 속도를 너무나 능숙하게 잘 조절해서 이유진은 흡족하면서도 불안한 이중적인 기분이 들었다. 이 관계는 얼마나 오래 지속될 수 있을까.

그런 고민을 털어놓자 데이터 마이닝 업체에 다니는 친구가 한 알고리즘을 소개해주었다.

원래 보험회사를 위해 개발한 서비스인데, VIP 고객들에게 비공식적으로 제공하기도 해. 사모펀드 투자자들이라든가, 금융회사 임원들이라든가, 그 자식들이라든가. 친구가 말했다. 부담 가질 거 없어. 우리들끼리는 늘 하는데 뭐. 유명 배우랑 나랑 사귈 확률이 얼마나 될까, 사귀게 되면 얼마나 오래갈까 맞춰보지. 물론 진지하게 사귀는 사람을 상대로도 해보지만.

이것은 생애 주기 예측 분석이라는 신사업의 아주 작은 조각이었다. 연애, 결혼, 임신, 출산, 자녀의 입학이나 졸업, 이사, 본인이나 배우자의 불륜, 부모의 사망, 배우자의 사망 같은 사건을 겪을 때 사람들의 소비 패턴은 크게 바뀐다. 기업들은 이를 알아내기 위해 고객 정보를 수집하고 분석했다. 더 싸고 더 쉽게 구할 수 있는 적은 양의 정보로 더 정확한 결과를 내는 것이 이 비즈니스의 관건이었다. 통찰이 곧 돈이었다.

우리가 만든 건 의뢰인이 이미 알고 있는 상대의 정보와 외부에 공개된 정보만으로 관계 지속성을 예상하는 알고리즘이야. 상대의 생년월일이나 사는 동네, 직업 같은 건 대충 알잖아? 그걸 우리한테 알려준다고 너랑 이름 같은 그 남자의 내밀한 개인 정보까지 넘기는 건 아니지. 사실 나한테 조금 전에 다 얘기했지만 말이야. 거기에 그 남자가 인터넷에 올린 글과 사진, 영상들, 그 남자에 대한 다른 사람들의 공개된 평가까지 더해 분석에 들어가. 친구가 말했다.

고화질 사진 한 장으로 알아낼 수 있는 게 얼마나 많은지 알면 놀랄걸. 사진 속 여성이 임신했는지 아닌지를 98퍼센트 이상의 정확도로 가려낼 수 있어. 손의 위치나 피부 상태를 보고 알 수 있지. 입고 있는 옷과 머리 모양, 다른 꾸밈새, 나이, 사진을 찍은 날짜를 알면 그 인물이 유행에 어느 정도나 민감한지, 나이드는 걸 얼마나 부담스러워하는지도 파악할 수 있어.

오래 걸려? 이유진이 물었다.

하루면 돼. 해줄까? 친구가 물었다.

*

이유진이 젊었을 때만 해도 결혼을 앞둔 남녀가 역술가를 찾아가 궁합을 보거나, 그들의 부모들이 자녀에게 상대방의 사주를 받아오라고 요구하는 일이 드물지 않았다. 이유진이 그런 친구들을 힐난하면 대부분은 그저 재미로 봤을 뿐이라며 스스로를 속였고, 일부는 사주팔자는 일종의 통계학이라고 반박하기도 했다.

이유진은 두 가지 차원에서 그 사주 풀이를 불신했다. 하나는 음양오행이 어쩌고 육십갑자가 어쩌고 하는 명리학 세계관이 현실세계 인간의 행동과는 동떨어져 보인다는 점에서였다. 또하나는 역술가 역시 서비스업 종사자라서, 의뢰인의 심기를 크게 거스르려 하지는 않을 거라는 점에서였다. 실제로 지인들이 받아온 궁합 결과는 한 줄로 요약하면 죄다 100점 만점에 60~80점 정도였다. '대체로 괜찮은데 이런저런 함정이 있으니 조심하라'에서 '썩 좋다고 할 수는 없지만 사랑으로 극복할 수 있다'까지. 그런 예언이 예언자에게도 심각한 책임질 일 없이 가장 무난할 터였다.

친구가 일하는 데이터 분석 업체의 예측 결과는 아주 가차없었다. 그들은 돈을 다루는 사람들로부터 몇 년이나 냉혹하게 결과를 평가받았고, 자신들의 예측에 책임을 졌다.

친구는 난감한 표정이었다. 술기운을 더한 우정으로 이유진과 송유진의 관계 지속성을 분석해주겠다고 약속했던 걸 후회하는 빛이 역력했다.

친구의 회사에서 개발한 예측 분석 알고리즘에 따르면 이유진과 송유진은 오 년 이상 사귈 가능성이 거의 없었고, 십 년 이상 관계가 이어질 확률은 기적에 가까웠다. 송유진은 금전 거래에 있어서는 엄격하겠지만 다른 관계에서는 성실 의무를 그다지 중요하게 여기는 사람이 아니라고 했다. 특히 배우자나 연인에 대한 충실성은 보통 사람에 비해 현저히 낮다고…… 즉, 쉴새없이 바람을 피울 거란 말이었다.

아예 몰랐던 얘기는 아니네. 이유진은 친구 앞에서 애써 태연한 척했다.

그렇지. 얼굴이 그렇게 생겼는데. 그리고 스페인에서 자랐다며. 거기 바람둥이 많은 나라 아냐? 친구가 말했다.

이유진은 그 저렴하고 직관적인 분석을 한 친구에게 주먹을 한 방 날리고 싶은 기분이 들었다.

송유진은 일반적인 의미의 바람둥이는 아니라고 이유진은 생각했다. 그는 유혹에 저항하지 않거나 못하는 쾌락주의자, 끝없이 새로운 것을 찾는 자유주의자라기보다는, 사람들 간의 신의에 의미를 두지 않고 자기한테 일어나는 일을 대부분 내버려두는 허무주의자에 가까웠다. 어쩌면 카나리아제도에서 이방인으로 자랐고 서울에서 국외자로 생활하기 때문인지도 모른다. 여자들을 쉽게 가질 수 있었기에 그런 성격이 된 건지도 모른다. 송유진은 친구 커플과 술을 마시던 중 남자 쪽이 자리를 비우자 여자가 바로 자신에게 작업을 걸었던 일화를 들려주기도 했다. 송유진은 자기 인생에 무심한 태도였고, 그런 분위기는 옆에 있는 사람을 더 감질나게 했다.

어떻게, 계속 사귈 거야? 친구가 물었다.

끝이 안 좋을 게 너무 명확해 보이는데. 우리도 이제 나이가 있잖아. 이유진이 말했다.

그러면, 헤어질 거야? 친구가 물었다.

간 좀 보다가 나랑 헤어지려고 할 때 내가 먼저 차야지. 이유진이 웃었다.

꾸준히 남자들 좀 만나면서 주변에 예비 카드를 하나 만들어
놔. 친구도 웃었다.

*

심리학자들이 말하는 '로미오와 줄리엣 효과'가 일어났다. 송유
진이 금지된 대상이어서 이유진은 그에게 더 깊이 빠졌다. 얼굴에
서 표정을 지우려 할수록, 차갑게 대하고 거리를 두려 할수록, 속
마음은 걷잡을 수 없어졌다. 그녀는 부모의 반대나 빈부 격차, 신
체장애는 가뿐히 극복할 수 있을 거라 자신했다. 성격이나 가치
관 차이도 어찌어찌 이겨낼 수 있을 것 같았다. 그러나 거의 확실
하게 예정된 추악한 결말은 강력한 어퍼컷과도 같았다. 자신과 헤
어진 뒤에도 송유진이 많은 여자들을 만날 것이며, 그는 자신에게
두고두고 기억되는 상처이겠지만 자신은 상대에게 두꺼운 책의
작은 챕터 정도로, 기껏해야 아쉬움 따위가 되리라는 전망은 스트
레이트 펀치였다.

요즘 왜 그래? 내가 뭐 잘못했어? 송유진이 화를 내며 따졌을
때 이유진은 폭발했다. 제대로 설명도 못하고 감정을 그렇게 쏟아
낸 것은 스무 살 이후로 처음이었다. 어이없어하는 송유진을 카페
에 놔둔 채 그녀는 눈물을 글썽이며 집으로 돌아갔다. 송유진은
노련하게도 그녀를 붙잡지 않았으며, 화가 풀리면 전화해달라고

문자메시지 하나만 그날 밤에 남겼다.

　이유진은 이성으로 일주일을 버텼고, 수치심과 자존심과 자기 혐오로 일주일을 더 버텼다. 무너지기 직전에 송유진에게서 연락이 왔다. 송유진도 얼굴이 핼쑥했고 보름 동안 잠을 제대로 자지 못했다고 해서, 겁을 먹은 동시에 분노해 있는 것 같아서, 그런 감정을 그도 감추지 못해서, 이유진은 안도했다.

　이건 이제 내 문제가 아니라 우리 문제야. 이걸 어떻게 해결할 건지 논의해야 해. 이유진이 관계 지속성 예측 분석 결과를 내보이며 말했다.

　송유진은 당황했다. 그는 세상일들 대부분에 대해 '내 의견이 뭐가 중요해?'라는 의견이었고, 자기 자신에 대해서도 그런 입장이었다. 자신이 어떤 인간인지, 다른 사람들에게 어떤 상처를 입히는지에 대해 깊이 성찰해본 적이 없었다. 축구 선수를 막연히 동경하지만 딱히 노력한 건 없는 어린아이에게 누군가 '너는 심각한 평발이야'라고 알려주면 지금 같은 기분이 들지 않을까, 하고 송유진은 생각했다. 그는 지금껏 자신이 이유진을 사랑한다고 소박하게 믿었는데, 갑자기 사랑이라는 단어의 의미를 이해해야 했고 또 그 무게를 감당해야 했다.

　송유진은 시한부 선고를 받은 사람이 거친다는 다섯 단계의 앞부분을 그대로 밟았다. 먼저 부정하고, 그다음에는 화를 냈다. 그 뒤에 온다는 협상 단계에서 송유진은 유전자분석 업체를 찾아갔다. 이유진에게 "유전 과학자들은 데이터 과학자들이랑 다른 얘기를 하던데"라고 말해주기 위해서였다. 그런데 유전자분석 결과, 그는 깊이 있는 대인관계와 관련된 특정 도파민 수용체 유전자가 없어서 남들보다 새로움을 더 많이 추구하는 경향이 있는 것으로 나타났다. 바람둥이 유전자가 있다는 얘기였다. 통계역학과 생물학, 두 분야에서 같은 진단을 받자 송유진은 전의를 상실했다.

송유진은 우울해졌고, 그다음 단계는 수용이었다. 송유진은 제일 마지막 단계의 어느 지점에서 멈췄다. 그는 자신에게 플레이보이 기질이 있음을 인정했다. 여태까지 한 이성과 반년 넘게 사귄 적도 없었고 애인이 없었던 적도 거의 없었다. 그래도 동시에 두 사람을 사귀거나 상대를 속이지는 않았다. 그는 인터넷으로 인간 행동 분석 알고리즘에 대해 검색하다 어느 인문학 강의 동영상을 보고는 이유진을 찾아갔다.

나는 알고리즘에 굴복하지 않겠어. 나는 변하겠어. 인간은 변화할 수 있는 존재야. 나를 도와줘. 내가 더 나은 인간이 될 수 있게 해줘. 송유진은 그 자리에서 청혼했고 이유진은 받아들였다. 그러나 이유진의 마음 깊은 곳 한구석에는 객관적으로 전력이 열세인 경기를 앞두고 정신력을 강조하는 스포츠 감독을 바라보는 듯한 심정도 있었다. 그런 느낌을 아무리 지워보려 해도 잘 되지 않았다.

*

　송유진은 결혼이 서약이라고 생각했고, 성대하게 식을 치를수록 더 굳건한 관계를 다짐할 수 있으리라 기대했다. 비혼주의자였던 이유진은 그런 발상에 몸서리를 쳤다. 결혼식에 온 입이 걸고 짓궂은 조각가 친구 하나가 아주 예측 가능한 공장식 예식이라며 이유진을 놀렸다. 이유진은 웨딩드레스를 입은 채로 분을 삭였다.

　'내가 더 나은 사람이 될 수 있게 해줘'라는 송유진의 말이 더이상 로맨틱하게 들리지 않음을 이유진은 그때 깨닫고 놀랐다. 너를 더 나은 사람으로 만들어주기 위해 내가 너의 신부가 돼야 하는 건 아니야. 나는 내 행복을 위해 결혼하는 거라고. 하지만 이유진은 그런 생각을 입 밖으로 내지는 않았다. 사실 그녀 자신의 행복을 위해 결혼하는 것인지도 명확지 않았다. 사랑의 완성이라는 신화와 충동적인 감정에 휩쓸려버린 건 아닐까?

　그래도 처음 일이 년은 아주 괜찮았다.

　이 년이 지나자 서서히, 어쩔 수 없이, 권태가 찾아왔다.

　이유진은 사십 세가 가까워졌다. 그녀는 흰머리가 부쩍 늘어난 걸 보고 겁에 질렸다. 가슴이 처지고 피부도 푸석푸석해진 것 같았다. 반면 송유진은 여전히 젊어 보였다.

　송유진은 식당을 확장하고 셰프가 나오는 예능 방송에 출연하면서 준연예인이 되어가고 있었다. 방송에서 송유진은 기혼자임을 굳이 밝히지 않았다. 주방에서든 스튜디오에서든 그의 옆에 와서 가벼운 농담을 하거나 시시한 부탁을 던지는 여자들이 많았고, 송유진은 그들을 피하지 않았다.

이유진은 아시아 문맹 퇴치 프로젝트를 기획하고 책임지면서 해외 출장을 자주 가게 됐다. 그녀는 트렁크를 끌고 공항으로 향할 때마다 집에 돌아왔을 때 분위기가 그대로일지 장담할 수 없다는 불안을 지우지 못했다. 송유진이 바람을 피운다면 그녀가 출장갈 때를 노려서 일을 저지를 타입이 아님을 알면서도.

하루는 송유진이 저녁에 맥주를 마시며 야구 경기 중계를 보고 있는데 이유진이 예전에 들었던 재미있는 일화를 들려주었다. 중계 카메라가 관중석을 비출 때였다.

어떤 유부남이 애인이랑 야구장에 갔다가 관중석에서 손잡고 앉아 있는 장면이 중계에 잡혔대. 그걸 아내가 집에서 우연히 보고는 법원에 이혼서류를 냈다는 거야. 열받은 남자가 방송국이 자기 사생활이랑 초상권을 침해했다면서 손해배상 청구 소송을 제기했는데 재판에서 졌대. 관중석에 앉은 사람은 자기 얼굴이 텔레비전에 찍혀서 나가는 데 합의한 셈이라고.

이유진은 별생각 없이 한 말이었으나 송유진은 얼굴이 굳어졌다.

왜 맨날 나한테 그런 이야기를 하는 거야? 내가 그렇게 의심스러워?

송유진이 말했다.

이유진은 자신들이 불길한 예언을 피하려다 운명을 완성하고야
마는 그리스비극의 주인공들처럼 예측 분석 결과에 지배받고 있
다는 생각이 들었다.

우리한테 어떤 규칙이 필요하지 않을까.

송유진이 어느 날 제안했다. 송유진은 이제 결혼한 지 겨우 이
년 차인데 부부 사이에 불신이 자리잡고 있음이 불만스러웠다. 잘
못을 저지르지 않았는데도 찜찜하고 켕기는 기분에 빠져 사는 것,
늘 감시당하는 느낌을 받는 것이 피곤했다. 그는 무엇이 부정이고
무엇이 아닌지 그 선을 명확히 정의하고, 둘 중 누군가 그 선을 넘
으면 어떻게 할 건지 미리 정해놓자고 주장했다. 어느 쪽이든 선
을 넘은 사람은 즉각 고백하자고 말했다. 바람을 피웠네 그건 바
람이 아니네 지저분하게 싸우는 게 최악이라는 데 이유진도 동의
했다. 정신적인 불성실은 규정하기가 어려웠으므로, 그들은 불륜
의 기준을 육체관계로 한정했다.

좋아, 그러면 어디서부터 불륜이야? 섹스? 키스? 아니면 손잡
는 것? 이유진이 물었다.

키스. 송유진이 대답했다. 뺨이나 이마가 아니라 입술에 하는.

그들은 둘 중 한 사람이 다른 이성과 키스하면 그 즉시 결혼생
활을 끝내고, 잘못을 저지른 쪽이 재산을 포기하기로 합의했다.

이런 약속은 기묘한 부작용을 낳았다. 송유진은 가벼운 마음으

로 여자들과 시시덕거리게 됐다. 여자들이 노골적인 눈빛으로 쳐다보거나 어깨를 손바닥으로 치거나 팔꿈치를 잡으면 전에는 불편한 죄책감을 품었으나 이제는 그러지 않았다. 가끔은 그런 접근에 매끄럽게 호응하면서 몇 도쯤 달아오른 성적 긴장감을 은근히 즐기기도 했다. 그는 신실한 인간이 되고 싶어 결혼을 선택했고, 자기기만과 변명을 피하기 위해 신실함을 명확한 언어로 정의하려 했다. 그리고 그로 인해 아랫도리만 신실한 인간이 되어갔다.

*

마르케스의 소설 배경에서 이름을 따온 송유진의 스페인 식당 '마콘도'는 강남 신사동으로 자리를 옮겼다. 이제 요리사만 네 사람이었다. 세련된 블랙 톤으로 꾸민 오픈 키친에서 요리사도 주방 보조도 홀 서빙 직원도 모두 검은 유니폼을 입고 일했다. 직원들끼리는 서로를 차장님, 과장님 같은 호칭으로 불렀다. 송유진은 더이상 직접 요리를 만들지 않았고 대신 직원을 감독하거나 메뉴를 개발하거나 전체적인 콘셉트를 정리하는 일을 했다.

직원들과 직원 가족을 불러 연 파티에서 이유진은 새로 온 대리급의 여성을 처음 만났다. 눈이 똘망똘망한 대리는 과장스러운 말투로 이유진이 아름답고 우아하며 사장님과 너무 잘 어울린다며 극찬했다. 이유진은 그 젊은 대리가 송유진에게 푹 빠져 있으며, 송유진이 바람을 피운다면 상대는 이 사람이겠구나 하고 직감했다.

타고난 바람둥이들이 대개 그러하듯이, 송유진은 그때까지 자신이 누구와 바람을 피우게 될지 몰랐다. 그 사실을 그에게 알려준 것은 새로운 데이터 분석 기술이었다.

주방용품과 조리 기구뿐 아니라 속옷, 셔츠, 바지, 시계, 안경, 목걸이 등 모든 물건에 센서와 CPU가 탑재되는 시대였다. 목걸이의 가속도 센서는 목걸이의 주인이 얼마나 활달하게 움직이는지, 얼마나 자주 웃는지, 얼마나 하품을 자주 하는지 분석했고, 손목시계의 동작 센서와 온도계는 손의 주인이 얼마나 대화를 하고 그러는 동안 손을 얼마나 흔드는지 횟수를 세고, 맥박이 얼마나 빠르게 뛰는지, 체온이 얼마나 빠르게 오르락내리락하는지 기록했다.

인간 행동 데이터 분석가들은 어떤 사람이 하루 중 언제 행복한지, 무슨 일을 할 때 가장 고양되는지를 알아낼 수 있다고 발표했다. 만물의 구성 요소에 대한 학문이 철학에서 물리학으로 분리되었듯, 자아의 본질에 대한 연구가 신경과학으로 떨어져나왔듯, 이제 행복의 정체와 원리도 데이터 과학의 영역으로 넘어왔다. 행복은, 사람이 얼마나 자주 웃고 고개를 끄덕이는지, 얼마나 손을 활발하게 흔드는지로 규정되는 문제였다. 그 데이터가 사람들이 주관적으로 기록한 행복감과 가장 정확히 일치했다. 물질이 소립자

로 구성돼 있고 자아는 신경세포들이 만든 시스템이듯 행복 또한
과학적으로 정의할 수 있게 됐다.

송유진은 자신이 젊은 대리와 있을 때 가장 행복하다는 사실을
알게 되었다. 행복 레벨이 이유진과 있을 때보다 평균 다섯 배 높
았다. 그래프를 보고 그는 말문이 막혔다. 그는 언젠가부터 자신
이 집을 보금자리로 여기지 않음을 인정하는 수밖에 없었다.

송유진이 여름휴가를 떠나기 전날 밤, 젊은 대리가 새로운 타파
스 메뉴를 몇 가지 개발했다며 그에게 시식해달라고 요청했다. 퇴
근 시간 뒤였고 주방에는 두 사람뿐이었다. 송유진은 대리가 만든
요리를 맛본 뒤 칭찬할 부분은 칭찬하고 지적할 부분은 지적했다.
대리는 송유진의 말을 다 듣고 기습적으로 그에게 입을 맞췄다.

눈이 똘망똘망한 대리는 입술을 떼고 너무 가깝지도 멀지도 않
은 거리에서 송유진의 반응을 기다렸다. 거의 애원하는 표정이었
다. 송유진은 아직 자신에게 기회가 있음을 알았다. 자기도 놀랐
다고, 피할 틈이 없었다고, 그 이상 아무 일도 없었다고, 당장 그
대리를 쫓아내겠다고 잘 설명한다면, 이유진도 넘어갈 거라고 생
각했다.

하지만 그건 너무 빤한 거짓말이잖아. 송유진은 생각했다. 이런
일이 일어날 줄 알았잖아. 심지어 기다렸잖아. 대리가 새 메뉴를
개발했다고, 평가해달라고 말할 때부터 눈치챘잖아. 다음에 다른
사람들과 있을 때 같이 먹어보자고 얘기할 수도 있었잖아. 너도

그 정도는 예측하고 분석할 수 있잖아.

그러나 중요한 것은 예측이나 분석이 아니라 행동이다. 언제나. 그날 마콘도의 주방에서 그 단순한 진실을 알았던 사람은 송유진이 아니라 대리였다. 그녀는 송유진이 무슨 생각을 하고 있는지, 그가 어떻게 행동할지 가늠할 수 없었다. 그래서 그냥 몸을 던지기로 했다. 그녀는 얼굴을 들고 눈을 감은 채 송유진에게 다가갔다.

송유진은 대리가 코앞까지 왔을 때 고개를 숙이고 눈을 감으며 생각했다.

씨발, 이게 나야.

송유진이 이유진과 결혼한 지 만 사 년 구 개월 오 일째 되는 날이었다.

그래, 이게 나라고. 어쩌라고.

*

이유진은 송유진이 바람을 피웠음을 곧 알아차렸다. 회사 근처 아파트, 피트니스 클럽, 치유 명상 센터, 1인 여행 상품, 결혼 정보 회사, 이혼소송 전문 변호사, 삶의 의미와 홀로서기에 대한 각종 책과 강연에 대한 광고가 쏟아져 들어오기 시작했으므로 모를 도리가 없었다. 기업들은 송유진이 바람을 피웠다는 사실, 송유진의 부인이 이유진이라는 사실을 알았고, 이유진이 조만간 피트니스 클럽이나 치유 명상 센터를 찾든지, 새 배우자 후보나 변호사를 구할 거라고 예측한 것 같았다. 송유진이 이런저런 상품을 사거나 서비스를 구독하면서 약관을 제대로 읽어보지 않고 자기 개인 정보를 활용하거나 다른 업체에 넘겨도 된다고 승인한 게 틀림없었다. 칠칠치 못하게.

송유진은 이유진에게 자신이 선을 넘었음을 고백하지 않았다. 그래서 이유진은 기업들의 분석이 틀렸을지도 모른다는 가냘픈 희망을 품었다. 이유진이 아는 송유진은 설령 바람은 피울지언정 거짓말을 하는 사람은 아니었다.

송유진이 이유진을 속인 이유는, 이중생활이 만족스러워서가 결코 아니었다. 송유진은 뭘 어떻게 해야 할지 몰랐다. 젊은 대리와 잠을 자면서, 송유진은 자신이 이유진을 얼마나 사랑하는지, 이유진이 자신에게 얼마나 중요한 존재인지를 역설적으로 깨달았다. 자신이 그녀를 배신했고, 그녀가 곧 그 사실을 알아차리고 자신을 떠날 거라고 생각할 때마다 가슴이 찢어지는 듯 아팠다. 그래서 깨져버린 찻잔과 엎질러진 물 앞에 우두커니 서서 엉뚱한 생각을 하는 어린아이처럼 멍하니 하루하루를 보냈다.

이유진을 향한 감정만큼은 진실했다. 그는 순수와 불성실이 그런 식으로 섞일 수 있음을 전에는 상상도 하지 못했다. 그런 관점에서 볼 때는, 사랑이나 배신행위를 구체적인 언어로 묘사하겠다고 했던 시도 자체가 오류였다.

그들이 결혼한 지 만 사 년 십일 개월 이십육 일째에 이유진은 더 견디지 못하고 송유진에게 물었다.

나한테 할말 있지 않아?

송유진은 이유진이 센서와 CPU가 달린 콘택트렌즈를 착용하고 있다고 생각했다. 거짓말 탐지 기능이 기본으로, 상대의 땀구멍이 평소보다 몇 퍼센트 더 커지고 거기서 땀이 몇 밀리리터 배어나오는지까지 분석할 수 있다는 홈쇼핑 상품. 원래 범죄 수사용으로 개발됐지만 연인 사이에서 선풍적인 인기를 끌고 있다는.

이유진은 그런 웨어러블 기기를 장착하고 있지 않았다. 그래서 송유진이 불륜을 저지른 것은 맞지만 여전히 이유진을 사랑하며, 자신에게 한 번만 더 기회를 달라고 말했을 때 그 말이 진실이라고는 상상하지 못했다. 너무 진부한 대사처럼 들린다고만 느꼈다.

이유진은 송유진에게 당장 나가라고 말했고, 송유진은 주섬주섬 짐을 쌌다. 송유진이 트렁크를 펼치자 이유진이 그 트렁크는 자신이 해외 출장을 갈 때 쓰는 것이니 손대지 말라고 했다. 송유진은 벌컥 화를 냈다. 자신이 그동안 해온 노력을 왜 몰라주느냐고 항의하고 싶었다. 이유진은 어이가 없어 입을 벌리고는 적반하장도 유분수라고 맞섰다. 그 모습은 진부한 드라마를 꼭 빼닮아 있었고, 그들도 그걸 알았다.

결국 우리도 뻔한 인간들이었던 거지. 뻔한 드라마를 비웃는 것조차 뻔한 일이었던 거야. 그런 주제에 무슨 운명을 개척한다고…… 이유진은 생각했다.

송유진이 백팩에 속옷을 몇 벌 넣어서 집을 나가자 거실에 설치된 오디오 시스템이 막 이별한 사람들에게 인기 높은 잔잔한 음악을 틀어주었다. 이유진은 혼자 몇 시간이나 술을 마셨고 송유진을 떠올리게 하는 물건들을 내다버렸다. 그녀는 새 삶을 다짐하며 요가 센터에 등록했다. 잠들기 직전 중동 여행 상품을 예약할 때에는 그런 통속성을 속으로 얼마간 즐기고 있었다.

다른 사람들과 마찬가지로 그녀가 할 수 있는 일에는 한계가 있었다. 그녀는 부정하고 싶었지만 한계는 엄연히 실존했다. 그 한계 안에 있는 것들은 대개 통속적이었다. 한계를 받아들이자 마음이 편안해졌다.

*

송유진은 젊은 대리와 얼마 못 가 헤어졌다. 그 관계가 얼마 못 갈 것임은 당연히 그도 알고 있었는데, 대리가 어떤 이유를 둘러 댈지는 미처 예상하지 못했다. 대리는 최근에 출시된 새로운 데이터 분석 앱으로 그들의 관계가 얼마나 지속될지 알아봤는데, 오년 안에 헤어질 확률이 95퍼센트 이상으로 나왔다고 말했다.

이런 말 하기 미안하지만, 그 앱 알고리즘이 굉장히 정확하대.

그녀가 말했다.

나도 알아. 송유진이 웃으며 대꾸했다. 이유진이 생각나 가슴이
터질 것만 같았다. 그러면 왜 대리와 잤느냐는 질문에는 뭐라고
답하기 어려웠다.

이별한 뒤에도 대리는 계속 마콘도에서 일했다. 그런 관계를 어
색하다기보다는 쿨하다고 여기는 것 같았다. 그녀는 과장으로 승
진했고, 차장이 될 즈음에 마콘도를 나가 다른 사람과 자기 가게
를 차렸다. 송유진은 그녀에게 잘되라고 덕담을 건네고 칼을 몇
자루 선물했지만 그녀의 식당을 찾아가지는 않았다. 그때 이미 송
유진은 음식평론가와 사귀었다가 헤어지고, 음식평론가의 친구인
영화평론가와 교제중이었다.

그는 알고리즘이 예언한 대로, 유전자에 예고된 대로, 바람둥이
가 되었다. 그는 여자들이 자기에게 접근해오면 대부분 내버려뒀
고, 유혹에 저항하지 않았다. 커플인 지인과의 약속 자리에서 남
자 쪽이 자리를 비웠을 때 여자가 작업을 걸어오면 거기에 응했
다. 일종의 정신적 자해 행위로서. 송유진은 관계 맺기의 속도 조
절에 더 노련해졌고, 여자들을 더 감칠나게 만들었다. 그는 자신
이 게임 캐릭터처럼 변해가고 있다고 느꼈다.

이유진은 송유진보다 자기 자신에 대해 훨씬 더 분개했다.
NGO 단체에서 일하는 동안 그녀는 현실감각 없는 이상주의자들
을 너무 많이 봤다. 사업에 가장 방해가 되는 것도 그런 부류들이

었다. 그런데 알고 보니 인생에 있어서 그녀 자신이 세상 누구보다 순진해빠진 이상주의자였다. 주위 모든 사람들과 기계가 뻔히 내다봤고 실은 그녀도 알고 있었던 현실을 부정했던 것이다.

그녀는 송유진과 보낸 사 년 십일 개월 이십육 일이 낭비였다고 여겼다. 허비한 시간을 따라잡기 위해 이유진은 맹렬하게 일에 매달렸다. 그녀는 냉철한 전략가, 과단성 있는 경영자, 용맹한 투사가 되었다. 그녀는 자신이 몸담고 있던 국제 비영리 기구의 역대 최연소 서울사무소장이 되었고, 얼마 뒤에는 아시아 이사회에도 최연소 이사로 등록됐다. 아시아 사무총장 자리도 머지않아 보였다.

신문에 칼럼을 쓰고 텔레비전 토론 프로그램에 패널로 출연하면서 이번에는 그녀가 점점 유명해졌다. 그녀는 사회운동에 헌신적인 여덟 살 연하의 소설가를 만나 두번째 결혼식을 올렸다. 첫번째보다 더 나이 차이가 나는 결혼이었으나 별로 불안하지는 않았다. 상대에게 그리 반하지 않았기 때문이었다. 궁합을 보지도 않았고, 관계 지속성을 예측하지도 않았다. 결혼식은 작고 소박하게 치렀다. 그러지 않으려 애썼지만 자꾸 첫번째 결혼식이 기억났다. 그 순간조차 송유진을 미워하는 감정이 새 남편에 대한 사랑보다 몇 배 더 강렬했다.

그녀를 롤 모델로 삼은 젊은 여자들이 찾아와 일과 삶에 대해 조언을 구했다. 자기 안에 있는 커다란 검은 구멍을 그녀들이 전혀 보지 못한다는 사실이 신기했다. 진로를 설정하고 경력을 관리하는 일에 대해서는 몇 가지 떠들 얘기가 있었지만 사랑, 결혼, 인생에 대해서는 해줄 말이 없었다. 존경에 찬 눈으로 자신을 쳐다보는 젊은 여성들에게 이유진은 이렇게 말했다.

딱히 드릴 말씀이 없는데요…… 글쎄, 남자 얼굴 보고 결혼하면 안 된다는 거?

그러면 다들 이유진이 겸손한데다 유머 감각까지 갖췄다고 감탄했다.

그러는 사이 송유진은 어떻게 살아야 할지 알 수가 없어서 데이터 과학의 신봉자가 되었다. 알고리즘이 지시하는 대로 매장을 꾸미고, 새 메뉴를 고르고, 냉동식품과 프랜차이즈 사업에 참여했다. 그러다 금융시장이 붕괴할 때 거의 모든 재산을 날렸다. 알고리즘 기법을 사용하던 투자자들이 큰 피해를 입었고, 송유진도 그중 하나였다.

그뒤로 몇 년은 실의와 자기파괴 충동으로 남들이 하지 말라는 일을 찾아 하며 살았다. 그는 자신이 예측 불허의 인간이 됐다고 믿고 싶었으나, 모든 추천을 그대로 따르는 사람과 반대로 하는 사람은 기실 똑같은 정도로 예측 가능했다.

송유진은 익스트림 스포츠에 뒤늦게 빠졌고, 윙 슈트를 타다가 온몸의 뼈가 부러지고 폐에 구멍이 뚫리고 신장이 파열됐다. 두 다리 신경이 완전히 끊어져서 잘라내고 로봇 다리를 달았다. 병원

침대에 누워서 그는 삶을 예측하는 일이 어떻게 그의 삶을 망쳤는지에 대해 숙고했다. 예측이 옳건 그르건 간에 그 자신이 보지 못하는 그의 내부와 미래를 누군가 그렇게까지 깊이 들여다보면 안 되는 것이었다고 그는 생각했다.

*

소설가 남편은 제자와 사랑에 빠졌다. 그는 이유진에게 일부일처제는 인간을 억압하는 제도라며 비독점적 다자연애를 제안했다. 그와 이유진과 제자가 〈북회귀선〉의 헨리 밀러와 준 밀러와 아나이스 닌처럼 결혼 제도 밖에서 함께 사랑할 수 있다고. 이유진은 한 글자짜리 단어 두 개로 화답했다.

좆 까.

송유진은 스페인어 능력과 식당 운영 경력 덕분에 돼지고기 수입 유통업체에서 일하게 됐다. 그는 가족이 없었고, 퇴근 시간 이후에는 사람도 잘 만나지 않았다. 가끔 로봇 다리를 끌고 밤에 혼자 극장에 가서 별 관심도 없는 영화의 마지막 회차를 봤다. 그때마다 이유진이 생각났다. 이유진과 보낸 기간이 그의 인생에서 가장 흥미진진하고 충만했던 챕터였다.

국제 비영리 기구의 아시아 사무총장이 된 이유진은 신입 직원, 인턴들과 식사를 하다가 요즘 청년들은 모두 데이팅 앱으로 이성을 만난다는 사실을 알고 놀랐다. 실제로 만나본 적 없는 사람들이 만나면 품게 될 호감도와 관계 지속성을 분석하는 복잡한 알고리즘을 갖춘 서비스들이었다.

저는 첫번째 남편을 극장에서 우연히 만났는데요.

이유진이 농담처럼 말했지만 젊은 직원들은 그리 유쾌하게 웃지는 않았다. 다들 떨떠름한 표정이었고, 충격을 받은 듯한 젊은 이도 있었다.

그러면 상대가 누군지도 제대로 모르는 채로 사귀었단 말인가요? 한 인턴이 물었다. 그건 너무 무책임하지 않나요, 라는 말을 참는 듯했다.

그래서 오래 못 갔죠. 그 시절에는 그런 일이 드물지 않았어요. 이유진이 대답했다. 이유진은 소싯적 취미가 음주운전이었다거나 제일 즐겼던 요리가 개고기였다고 으스댄 다음 사회가 후진적이고 시민의식도 발전하지 못했던 시절이었다고 변명한 것 같은 기분이었다.

임팩트 투자자와 기업인들이 모이는 포럼 만찬 행사에서 이유진과 송유진은 재회했다. 행사는 남산한옥마을의 야외 공간 한 구역을 통째로 빌려서 열렸다. 이유진은 거기서 연설을 하게 돼 있었고, 송유진은 뷔페의 한 부스에서 스페인의 돼지고기 요리인 치차론과 여러 가지 타파스를 만드는 역할이었다. 행사 주최 측은 로봇이 아니라 인간 요리사를 쓸 정도로 고급스러운 만찬을 마련했음을 내세우고 싶어했다.

정중한 매너가 중요하게 요구되었으므로 송유진은 나노 가면을 쓰고 있었다. 가루 형태로 되어 있어 얼굴에 바르면 계속 부드러운 미소를 띠고 있는 것처럼 근육을 잡아주는 발명품이었다. 송유진을 고용한 케이터링 업체는 모든 직원에게 근무시간에 그 가루를 바르도록 했다.

만찬 행사는 손님들이 식사를 하는 가운데 진행됐다. 주요 귀빈들의 연설이 끝난 다음에는 모든 참석자들이 연단에 올라 3박 4일 동안 포럼에 참여한 소회를 말했다. 연단 아래 테이블에서 사회적 기업의 대표와 거액 기부자들이 고개를 끄덕이며 식사를 했다.

사람들은 대체로 두 접시, 혹은 세 접시 정도를 먹었다. 행사가 시작되고 두 시간이 지나자 음식이 차려진 바 쪽으로 가는 사람들의 발길은 뜸해졌다. 이유진은 치차론과 타파스가 있는 부스를 네 번째로 찾았다. 이번에는 접시를 들지 않고서였다.

잘 지내? 이유진이 물었다.

응. 송유진이 깍듯하게 고개를 숙이며 대답했다. 그 바람에 머리카락이 빠진 정수리가 드러났다. 그래도 그는 여전히 나이에 비해 젊어 보였고, 특유의 오만한 매력도 남아 있었다.

좋아 보이네. 이유진이 말했다.

그냥저냥 살고 있지 뭐. 송유진이 사업적인 미소를 잃지 않고 말했다.

이유진은 상대의 자존심을 다치지 않게 하면서 대화를 더 이어가고 싶었으나 상황이 너무 복잡했다. 헤어진 다음에도 자주 그를 생각했다고 말하고 싶었고, 그는 어땠는지 묻고 싶었다. 자신들이 함께 보낸 사 년 십일 개월 이십육 일이 시간 낭비였다거나 실패였다고 이제는 여기지 않으며, 다만 그들이 함께하지 못한 날들이 아깝다고, 요즘은 인생에서 실패와 성공을 따지는 것이 괴상한 일이라고 생각한다고 말하고 싶었다.

딱 한 문장만 적절하게 꺼낼 수 있다면 그런 이야기들을 자연스럽게 풀어놓을 수 있을 것 같았다. 그녀는 그 한 문장을 한참 궁리하다가 결국 포기하고 테이블로 돌아왔다. 그녀는 자리에 놓인 와인 잔을 단숨에 비웠다. 나를 만나는데 나노 가면을 쓰고 오다니. 어떻게 그럴 수가 있담. 그녀는 속으로 중얼거렸다. 술기운으로 머리가 핑 돌았다.

*

이유진이 어렸을 때에는 매년 겨울 뻔한 로맨틱 코미디 영화들이 몇 편씩 나왔다. 그 영화들에서는 모든 사람이 안 어울린다고 하는, 결코 맺어질 수 없을 것 같은 남녀가 이상한 우연으로 만난다. 그리고 한 시간 정도 티격태격하면서 상대의 숨은 장점을 발견하고 천천히 사랑에 빠진다. 영화가 끝나기 십오 분쯤 전에 커다란 위기가 와서 두 사람은 헤어지게 되지만 영화가 끝나기 오 분쯤 전에 어떤 기적적인 이벤트가 일어나고, 둘은 서로가 서로의 진정한 짝임을 깨닫게 된다. 그리고 대개는 남자 쪽이, 가끔은 여자 쪽이, 어떤 때는 두 사람이 동시에 달리기 시작한다. 차로를 무단 횡단하고, 신호를 어기고, 비행기를 세우기도 하면서. 영화가 끝나기 오십 초쯤 전에 두 사람은 헐떡이며 서로의 마음을 확인한다.

선형계획 문제에서 최적해를 구하는 알고리즘을 개발한 수학자 조지 댄치그는 사랑과 결혼도 알고리즘으로 계산할 수 있다고 믿었다. 그는 일부일처제가 일부다처제보다 더 좋은 제도임을 수학적으로 증명하려고 했지만 실패했다고 한다. 댄치그는 박사학위 과정중에 강의 시간에 지각했다가 칠판에 적힌 문제가 숙제인 줄 알고 집에 가서 끙끙대며 풀었다. 이번 숙제는 왜 이렇게 어렵지, 하면서. 그는 '숙제'를 며칠 만에 풀어서 제출했는데, 알고 봤더니 그 문제는 그때까지 통계학계에서 풀리지 않는 난제라며 교수가 학생들에게 소개한 것이었다. 댄치그는 그 사실을 몰랐기에 거기에 도전할 수 있었다.

그러면 상대가 누군지도 제대로 모르는 채로 사귀었단 말인가요?

인턴이 물었을 때 이유진은 잠시 대답을 망설였다. 어차피 오래 사귀어도 상대가 누군지 모르는 건 마찬가지예요, 끝까지 그렇답니다, 라고 말하고 싶기도 했다. 상대가 누군지 몰라야 사귈 수 있지 않나요, 하고 되묻고 싶기도 했다.

이제 이유진은 인간 삶의 기본 조건에 불확실성도 있다고 생각한다. 음식, 의복, 주택, 안전만큼 중대한 문제는 아닐지 몰라도 애정이나 존경, 소속감보다 후순위는 아닐 거라고 생각한다. 어쩌면 불확실성은 그런 조건의 조건일지도 모른다. 사람은 자신이 누구인지 모르고 미래가 어떨지 몰라야 사랑하고 모험하고 발견하고 결단할 수 있다.

중국에서 온 한 사회적 기업의 대표가 마이크를 잡고 이백의 시를 인용하며 포럼 주최 측에 감사를 표할 때, 이유진과 같은 테이블에 앉아 있던 중년남성이 가슴을 움켜쥐며 쓰러졌다. 이유진은 깜짝 놀라 자리에서 일어났고, 남자의 맥을 짚은 뒤 심폐소생술을 시도했다. 행사 진행 요원이 곧바로 심장충격기를 가지고 와서 이유진을 일으켰다. 사람들이 웅성대며 쓰러진 남자 주변에 모여들자 이유진은 치차론과 타파스를 만드는 부스로 달려갔다.

그들은 이름이 같았고, 같은 동네에 살았고, 같은 영화를 같은 시간에 보러 갔고, 한 사람이 그들 앞에서 심장이 멎을 뻔했다. 그건 운명이라고 이유진은 생각했다.

로맨틱한 사람들은 종종 근거가 희박한데도 앞에 보이는 길을 운명이라 믿고 일을 저지른다.

여기 주방이 어디야? 이유진이 물었다.

송유진이 손가락으로 야외 정원 한편을 가리켰다.

이유진은 송유진에게 따라오라는 손짓을 하고는 주방으로 성큼성큼 걸어갔다. 송유진이 따라갈 때 낡은 로봇 관절에서 듣기 싫은 소리가 났다. 그는 이제부터 어떤 일이 생길지 알았고, 기다리고 있었다. 이유진이 빈 접시를 들고 세 번이나 타파스 부스에 왔을 때부터 눈치채고 있었다.

주방에 들어간 송유진은 행주로 얼굴에서 나노 가면을 닦아냈다. 이유진은 이제 송유진의 수치심과 죄책감, 그리고 흥분을 알아볼 수 있었다. 주방에는 인간 요리사는 한 사람도 없고 비인간형 로봇만 두 대 있었다. 이유진은 송유진의 얼굴에 주먹을 한 방 날렸고 송유진은 피하지 않았다.

키스하면 선을 넘는 거야. 이유진이 말했다. 송유진은 고개를 끄덕였다.

이유진은 얼굴을 들고 눈을 감은 채 송유진에게 다가갔다. 다가온 얼굴에서 다정한 불확실성의 향이 났다. 송유진은 고개를 숙이고 눈을 감으며 생각했다.

이게 우리야.

작가의 말

나는 '전방에 급커브—속도를 줄이시오'라고 적힌
표지판을 들고 길옆에 서 있는 사람이다.[*]
—J. G. 밸러드

이 책에 실린 글 일곱 편 중 네 편은 몇 년 전에 출간한 단행본
에 실려 있었다. 이 년 전 그 소설집을 절판했는데 사연이 궁금하
시다면 인터넷에서 '장강명 인세'로 검색해보시면 관련 기사가 여
러 건 나온다.

책을 절판하고 끙끙 앓으면서 SF라는 방법론으로 어떤 소설을
쓰고 싶은가 생각했다. 이를테면 나는 소설가로서 외계 문명에 큰
관심이 없다. 아니, 상상의 한계를 느낀다고 표현하는 편이 더 정
확하려나. 내가 외계 문명에 대해 뭘 상상하든 지구에 이미 존재

---

[*] Mick Brown, 'From Here to Dystopia: Interview with J. G. Ballard',
Telegraph Magazine, 2 September 2006, pp. 16~22.

하는 생물이나 문화의 모습을 벗어나지 못할 것 같다. 그리고 대개의 경우 문어나 홍해파리, 개미 군체의 생태가 외계인에 대한 내 상상보다 훨씬 더 흥미롭다. 게다가 그런 소재가 주는 경이로움을 추구할수록 내가 쓰려는 주제—당대 인간의 삶과 사회—에서 멀어지게 된다. 반대로 그다지 기이하지 않은, 우리와 닮은 외계 문명을 현실의 은유로서 사용할 때는 그런 비유가 현실을 묘사하는 노력을 피하기 위한 편의적 발상이 아닌지 스스로 의심하게 된다.

앞에서 적었듯이 나는 당대 인간의 삶과 사회에 관심이 있는데, 과학기술이 우리 삶과 사회에 미치는 영향이 하루가 다르게 커지고 있다. 비유나 무대장치가 아니라 그 자체로서, 초광속 통신이나 항성 간 우주선이 아니라 근미래에 정말 등장할 것 같은 기술들에 대해 이야기해보고 싶었다. 증강현실이 미디어 기술과 결합하면 사회는 어떻게 변할까? 저렴한 대체육과 유전자 편집은 동물권 논쟁에 어떤 영향을 미칠까? 뇌공학은 창조력을 향상시킬까? 그러면 예술의 개념도 바뀔까?

이런 질문들을 떠올리며 소설을 썼고, 이미 발표했던 작품도 그런 관점에서 고쳤다. 약弱인공지능이 노동시장에 전방위로 충격을 가할 날이 이제 곧 닥칠 것 같은데, 그에 대한 소설은 쓰다가 분량이 길어지는 바람에 따로 단행본으로 내기로 했다.

이런 소설에 새 이름을 붙여도 좋겠다는 생각을 했다. 'STSscience,

Technology and Society SF'라고 부르면 어떨까. STS는 과학과 기술이 사회와 어떤 영향을 주고받는지 탐구하는 학문 분야다. 과학기술은 이제 여러 영역에서 실존적 위기를 일으키고 있고, 나는 문학이 여기에 대응해야 하며, 대응할 수 있다고 믿는다.

어떤 분들은 이미 여러 SF 작가가 그런 작업들을 해왔다고 비판할지도 모르겠다(개인적으로는 사이버펑크 작가들이 1980년대에 벌였던 시도의 덜 우중충하고 덜 히피스러운 2020년대 버전이 'STS SF'인 것 같다는 생각도 한다). 하지만 카테고리를 만들고 적절한 라벨을 붙이면 목표와 세부 사항이 명확해지는 경우도 있다. 따지고 보면 SF라는 용어도 소설가 휴고 건스백이 만들어낸 것이며, 건스백 이전에도 메리 셸리나 쥘 베른 같은 작가들이 그 용어 없이 SF를 썼다(기실 나는 SF라는 용어가 그다지 정확하지 않다고 보는데 그 이야기는 언젠가 다음 기회에……).

과학기술이 삶과 사회에 미치는 영향이 이렇게 커진 시대에 "기술은 사람이 쓰기 나름"이라는 말만큼 위험한 기만도 없다고 생각한다. 흔히들 칼이 요리사의 손에 들어가면 주방 도구가 되고 강도의 손에 들어가면 흉기가 된다고 한다. 그런데 그건 칼이니까 그런 거고, 총으로는 할 수 있는 일이 그리 많지 않다. 실탄이 든 권총이 쓰는 사람에 따라 요리나 예술의 도구가 될 수 있는 물건인가? 그보다는 처지가 불안한 요리사나 예술가를 강도의 길로 유혹하는 물건 아닐까?

나는 오히려 오늘날 시장에 나오는 신기술 대부분에는 개발 주체의 아주 분명한 의도가 깃들어 있다고 본다. '돈을 벌고 싶다' 혹은 '힘을 갖고 싶다'는 것이다. 기술 개발에는 돈이 든다. 기업이건 국가건 그 비용을 대는 사람들은 들인 돈 이상으로 수익이나 군사력을 얻을 수 있다는 기대로 기술 개발을 후원한다. 초지능을 처음으로 개발하는 사람이나 기관은 그걸 과연 이타적으로 사용할까?

한데 새로운 기술은 개발자나 투자자의 의도마저 쉽게 벗어난다. 기술을 만드는 사람들뿐 아니라 이용하는 사람들도 창의적이다. 어떤 기술은 사회제도나 문화와 단단히 결합한다. 그런 결합에 사람들은 다시 제 생각과 행동을 맞추고 또다른 신기술과 사용 방법을 보탠다. 그런 결합은 하나의 거대한 시스템—나의 작가적 테마라 할 만한 바로 그것—이 된다.

기술이 디스토피아를 낳는다는 얘기를 하는 게 아니다. 유토피아를 말하는 것도 아니다, 물론. 나는 기술이 우리의 삶과 사회와 복잡한 영향을 주고받으며, 그때 우리는 아주 깊은 차원에서 질적으로 변화할 수 있다는 얘기를 하고 싶었다. 즉, 우리는 기술로 인해 '변질'된다. 그 변질을 포착하는 것이 STS SF의 목표다.

인간과 인간 사회의 어떤 긍정적인 잠재력이 기술로 인해 비로소 현실화될 수도 있겠다. 반면 우리가 지켜야 한다고 믿는 가치가 우리가 알아차리지도 못하는 새 훼손될 수도 있다. 예를 들어 나는 삶의 불확실성을 껴안고 결단을 내리는 행위가 인간에게 꼭 필요하고 또 중요한 일이라고 믿는데, 데이터 예측 분석 기술은 여기에 심오한 영향을 미칠 것 같다.

이런 생각들을 하다보면 아주 간단한 삼단논법에 이른다.

① 오늘날 과학기술은 나의 삶과 내가 사는 사회에 큰 영향을 미친다.

② 나는 좋은 삶을 살고 싶고, 좋은 사회를 만들고 싶다.

③ 그러므로 나는 과학기술을 통제해야 한다.

나는 이 결론을 진심으로 믿는데, 이에 대한 이런저런 반박이 거세리라 예상한다. 거기에는 러다이트나 유나바머 같은 이름까지 들어 있을지도 모르겠다. 하지만 나는 기계를 때려 부수자거나 기술 문명을 무너뜨려야 한다는 주장을 하는 게 아니다. 나는 항생제와 상수도와 수세식 화장실과 비열처리 맥주와 악기와 자전거와 자전거도로를 만드는 기술을 사랑한다. 그 기술들과 더불어 살고 싶다. 하지만 세그웨이나 백린탄 같은 물건은 내게 필요 없다.

다른 사람들과 함께 '기술이 우리 삶과 사회를 어떻게 변화시킬까? 그 변화는 바람직한가?' 하고 폭넓게, 적극적으로 따져 묻고 싶다. 우리가 어떤 기술에 대해서는 개발하거나 사용하지 말자고, 혹은 사용을 제한하자고 합의할 수 있으며, 그렇게 해야 한다고 본다. 사실 우리는 이미 그런 일을 하고 있다. 프레온가스와 DDT, 유연휘발유, 원자력 같은 사례들이 있다. 그런가 하면 언뜻 불쾌하고 기괴해 보이지만 분명히 현실화될 것이기에 불편하더라도 우리가 반드시 미리 논의해야 하는 기술도 있다. 내게는 STS SF가 그런 질문과 논의의 한 창구이다.

「알래스카의 아이히만」은 당연히 해나 아렌트의 『예루살렘의 아이히만』의 영향을 받았다. 제2차세계대전 이후 알래스카에 유대인 정착촌이 세워진 평행우주가 배경인 마이클 셰이본의 휴고상 수상작 『유대인 경찰연합』(전2권)(김효설 옮김, 중앙북스, 2009) 도 참고했다.

「당신은 뜨거운 별에」는 철학자이자 인지과학인 대니얼 C. 데닛이 쓴 콩트 「나는 어디에 있는가」의 영향을 받았다. 이 콩트는 몸과 뇌를 분리하는 상황을 그린 이야기인데 사이언스북스에서 나온 『이런, 이게 바로 나야! 1』(더글러스 호프스태터, 대니얼 C. 데닛, 김동광 옮김, 사이언스북스, 2001)에 실려 있다.

「데이터 시대의 사랑」의 제목은 가브리엘 마르케스의 『콜레라 시대의 사랑』에서 따왔다. '행복은 가속도 센서로 측정할 수 있다' 는 주장은 히타치 중앙연구소장 야노 가즈오의 『데이터의 보이지 않는 손』(홍주영 옮김, 타커스, 2015)에 나온다.

원고를 꼼꼼히 살피고 유용한 조언을 해준 문학동네의 정민교 편집자님, 『지극히 사적인 초능력』을 일본어로 옮겨준 기라 가나에 번역가님, 과분한 추천사를 써주신 천선란 작가님과 소설과 관련된 대담을 함께해주신 홍성욱 서울대 교수님께 감사드린다.

내내 곁에서 응원해준 아내, 김혜정 그믐 대표에게도 진심으로 이 말을 전하고 싶다.

사랑해요.

2023년 여름,

장강명

문학동네 소설집
당신이 보고 싶어하는 세상
ⓒ 장강명 2023

1판 1쇄 2023년 7월 11일
1판 3쇄 2023년 8월 11일

지은이 장강명
책임편집 정민교 | 편집 김수아 정은진
디자인 김하얀 최미영 | 저작권 박지영 형소진 최은진 서연주 오서영
마케팅 정민호 한민아 이민경 안남영 김수현 왕지경 황승현 김혜원 김하연
브랜딩 함유지 함근아 고보미 박민재 김희숙 정승민 배진성
제작 강신은 김동욱 이순호 | 제작처 천광인쇄사

펴낸곳 (주)문학동네 | 펴낸이 김소영
출판등록 1993년 10월 22일 제2003-000045호
주소 10881 경기도 파주시 회동길 210
전자우편 editor@munhak.com | 대표전화 031) 955-8888 | 팩스 031) 955-8855
문의전화 031) 955-3576(마케팅) 031) 955-2675(편집)
문학동네카페 http://cafe.naver.com/mhdn
인스타그램 @munhakdongne | 트위터 @munhakdongne
북클럽문학동네 http://bookclubmunhak.com

ISBN 978-89-546-9414-8 03810

www.munhak.com